RIVALES INFAMES

La liga de los picaros - 4

LAUREN SMITH

Traducido por
L. M. GUTEZ

ISBN: 978-1-956227-25-3 (edición libro electrónico)

ISBN: 978-1-956227-26-0 (edición papel)

CAPÍTULO 1

Regla 8 de la Liga: *Como la independencia de un hombre está inextricablemente ligada a su riqueza, es vital que no se permita a ninguna mujer entrometerse en ella, por muy bellos que sean sus ojos.*

Extracto de *La Gaceta del Monóculo de Cristal*, 29 de mayo de 1821, la columna de Lady Society:

Lady Society desafía a Lord Lennox. Ella no puede evitar pensar que él le teme a cierta dama que está en competencia directa con él.

Vamos, Lord Lennox, ¿qué lo retiene con tanto miedo y angustia para no dejarse ver con ella en público? En el baile de Lady Jacintha, usted salió por piernas cuando la astuta dama pisó la pista de baile.

No puede esconderse para siempre detrás de su flota de barcos, ni pedirle apoyo a sus amigos. La Liga de los Pícaros está sucumbiendo rápidamente a los encantos de Eros y adquiriendo esposas. ¿Quizás saben algo que usted prefiere ignorar? Para un hombre de tal intelecto y perspicacia, seguramente no puede dejarlo así.

Lo desafío, mi frío y sereno barón, a que pase una noche con la dama y se comporte lo mejor posible. Las campanas de boda, me atrevo a decir, sonarán poco después.

—¿Quiere que haga qué, milord?

Ashton Lennox miró fijamente al canoso banquero sentado frente a él en las oficinas del Banco Drummond. Sabía que lo que le estaba pidiendo era atrevido y posiblemente ilegal. Sin embargo, era necesario vengarse de ciertos individuos en su esfera de los negocios. Eso no significaba que sus exigencias no asustaran a cualquier banquero con sentido común.

—Es tan simple como he dicho, señor Reed. Quiero que le niegue a Lady Melbourne el crédito si acude a usted en busca de un préstamo —mientras hablaba, dejó que sus palabras salieran con esa voz fría y firme que no admitía discusiones, y terminó pasando las puntas de los dedos por sus pantalones, alisándolos. A los treinta y tres años, Ashton había aprendido a hacer que los hombres cumplieran sus órdenes con una mirada fría y un tono imperioso. Los que se cruzaban con él o se atrevían a ir en contra de sus deseos, solían acabar sufriendo un golpe en sus posiciones financieras.

—Pero, milord —dijo el señor Reed, con los ojos tan abiertos como los platillos de una taza de té—, ella siempre ha sido una clienta valiosa aquí...

—No lo dudo, pero usted y yo tenemos un acuerdo, ¿no es así? —a pesar de su tono, no era una pregunta. Ashton se encontró con la mirada ahora asustada de Reed—. Fui yo, como recordará, quien lo ayudó a seleccionar los fondos consolidados para invertir el año pasado. Pudo comprar una mansión en Sussex con los beneficios que obtuvo, ¿no es así? Creo que le gustaría conservar mi ayuda en asuntos futuros.

La garganta del viejo banquero agitó y logró asentir temblorosamente.

—Estoy agradecido, por supuesto, pero con respecto a la dama en cuestión, ella es... —le costó encontrar las palabras.

—¿Problemática? —respondió Ashton, y se le escapó un gruñido mientras su fría conducta amenazaba con derrumbarse cada vez que pensaba en *ella*.

Lady Rosalind Melbourne era más que problemática. Como propietaria de Melbourne, Shelly & Company, había pasado los últimos meses robando pujas en las líneas navieras y comprando otras empresas al ofrecer ofertas inferiores a la de Ashton.

La mujer era una amenaza. Él había hecho todo lo que un hombre razonable podría hacer, ofreciéndole comprar sus participaciones e intentando ocuparse de sus propios negocios, pero ella había frustrado todos sus esfuerzos, o mejor dicho, todos sus esfuerzos *legales*. Si se tratara de un hombre, él habría admirado sus tácticas, la forma en que lo aventajaba y lo superaba en astucia en todo momento.

Pero no era un hombre, era una mujer, una fuerza femenina irresistible, hermosa y *exasperante*, con un ardiente temperamento escocés que hacía que Ashton perdiera el control.

La situación no era aceptable. El control era su principal arma y su primera línea de defensa. Donde otros hombres perdían sus cuerpos por las pasiones, sus mentes por las obsesiones y sus corazones por el amor, él siempre se mantenía en control.

Excepto cuando se trataba de Rosalind. Si no fuera una mujer, la habría desafiado hacía tiempo y habría resuelto sus diferencias en un campo al amanecer. Tardó un momento en volver a centrarse en el asunto en cuestión.

—¿Tenemos un acuerdo, señor Reed? ¿Hará lo que le he pedido?

Ashton se levantó de su silla y se alzó sobre el banquero.

Tragando con fuerza, el hombre de mayor edad asintió.

—Lo tenemos, Lord Lennox. Lady Melbourne verá denegadas sus solicitudes de crédito hasta que usted me indique lo contrario.

Ashton inclinó la cabeza en señal de aprobación y salió del despacho de Reed. Se alisó el pañuelo de cuello y cogió su sombrero del perchero en la esquina exterior de la oficina. Una vez en la entrada de Drummond, llamó a un coche de caballos de alquiler.

—¿Adónde, señor? —le preguntó el conductor.

—Al Club Berkley —Ashton subió al carruaje y se reclinó con un suspiro.

—Muy bien, milord.

Después de esta mañana, una tarde en Berkley era exactamente lo que necesitaba. No le gustaba utilizar y disfrutar de unas medidas tan drásticas, pero había mucho más en juego, no solo el orgullo profesional. Las empresas de Lady Melbourne estaban siendo utilizadas por el único hombre en Inglaterra que preocupaba a Ashton lo suficiente como para quitarle el sueño por la noche.

Sir Hugo Waverly había sido visto visitando a los capitanes de los barcos de Lady Melbourne, y sus hombres, o los hombres que Ashton sospechaba que trabajaban para Waverly, cada vez figuraban con más frecuencia en sus listas de pasajeros. Sospechaba que Waverly estaba utilizando de alguna manera las compañías de Rosalind. El plan de Waverly era incierto, pero Ashton creía que no era nada bueno.

Había una guerra secreta, una que no se libraba con pistolas o espadas, sino con ojos y palabras; y no en terrenos abiertos, sino en las sombras. Hugo había declarado esta guerra tiempo atrás, y Ashton había estado armando una defensa en su propia forma silenciosa. Lo mejor para la Liga era asumir el control de la situación, lo cual, por el momento, significaba controlar las empresas de Lady Melbourne para poder analizar sus actividades comerciales y ver cómo Waverly podía estar vinculado a ellas.

Esta mañana, Ashton había visitado cinco bancos de la ciudad y había conseguido que cada uno de ellos le prometiera que Lady Melbourne no podría obtener créditos. De ese modo, cuando los amigos de Ashton solicitaran sus pagarés en cada banco, ella no tendría los medios para pagarlos.

Eso la aplastaría. Al menos temporalmente. La mujer no

estaría derrotada por mucho tiempo; Ashton no era tan tonto como para creer que podría arruinarla. Pero un golpe temporal a sus ingresos y a su autosuficiencia sería suficiente para subyugarla.

Lady Melbourne subyugada. Un pensamiento delicioso, sin duda. *Te poseeré, Rosalind.*

Sin poder evitarlo, pensó en la noche en que la sorprendió a solas en un rincón del teatro. La intención había sido hablar con ella, convencerla de que dejara en paz a sus compañías, pero entonces la había tocado y ese plan se había esfumado, permitiéndole la entrada a algo más primitivo.

Él había intentado utilizar la respuesta de su cuerpo frente al suyo en su contra, llevándola al borde de la pasión para luego dejarla sufrir sin parar como reprimenda por sus tácticas empresariales poco ortodoxas. Había sido un capricho tonto, pero, en ese momento, Ashton no había podido evitarlo.

Eso tampoco había funcionado.

En cambio, ella había cambiado las cosas y él se había derrumbado con el firme contacto de sus manos. El recuerdo de ver cómo ella dejaba caer un delicado guante blanco a sus pies, como si fuera una invitación a un duelo, todavía lo ponía duro. Un duelo de ingenio disputado a través de la seducción... Esa era su manera de jugar. Y ahora había conocido a una mujer que jugaba tan perversamente como él.

Movimientos y contraataques, como una partida de ajedrez. Era imposible negar la admiración que sentía por ella, pero estaba decidido a no dejarla ganar.

El carruaje se detuvo frente a la elegante casa de ciudad que había sido la sede del Club Berkley durante más de cincuenta años. Berkley no había sido el único club de caballeros para el que Ashton había conseguido una invitación, aunque sí la única que había aceptado. Le había servido para esos momentos en los que quería escapar de las discusiones comerciales, de las cuestiones políticas y de otras cosas por las que la mayoría de los clubes eran famosos. Berkley era estrictamente un club para hombres que deseaban escapar del torbellino de la vida en Londres.

El club era también el único lugar donde él y sus amigos más cercanos —la Liga de Pícaros, el apodo de los diarios—, podían instalarse cómodamente, lejos de la prensa sensacionalista y de los cotilleos de esa maldita Lady Society. Sus artículos en *La Gaceta del Monóculo de Cristal* parecían empeñados en sacar a la luz sus secretos para diversión de la élite londinense. Ella era la causante de la fama de su apodo en los últimos años.

Ashton no dudaría en admitir que el título de la Liga siempre había sido una descripción adecuada de los cinco miembros originales: Godric, Lucien, Cedric, Charles y él mismo. Con la incorporación del recién descubierto hermano menor de Godric, Jonathan, ahora eran seis.

A lo largo de los años, algunas de sus actividades habían sido despiadadas, insensibles e incluso peligrosas. Pero las cosas estaban cambiando. Los oscuros recuerdos del pasado estaban siendo enterrados por otros nuevos, mejores. Al menos en algunos aspectos. Estaban sentando cabeza, algo que Ashton nunca había creído posible.

Todo comenzó cuando Godric secuestró a una joven para vengarse y luego se enamoró de ella. Ahora, como fichas de dominó de marfil, todos estaban cayendo uno a uno por mujeres sin las que no podían vivir. Lucien, uno de los pícaros más escandalosos, se había enamorado de la hermana de Cedric, Horatia. Y justo el mes pasado, Cedric había sorprendido a todos al proponerle matrimonio a Anne Chessley, la heredera.

Ashton se había dado cuenta —con cierta alarma—, que la Liga ahora estaba dividida a partes iguales entre los hombres libres y los encadenados al matrimonio. Sus charlas vespertinas en el club habían dejado de abordar temas de seducciones y conquistas para centrarse en los próximos alumbramientos.

Si no tenemos cuidado, la Liga pasará de ser una fuerza poderosa a un hazmerreír. El poder que hemos conseguido podría desaparecer y nuestros enemigos trabajarían juntos para intentar destruirnos de nuevo.

Ese pensamiento hizo que se le helara la sangre. El último año lo había pasado sorteando uno que otro incidente mortal. En la medida en que la Liga se dejara dividir por las esposas y los hijos, Waverly tendría más posibilidades de perjudicar a los más queridos de la Liga.

No era que no deseara lo mejor para sus amigos. Estaban felizmente, locamente enamorados de sus esposas. Pero el poder que todos habían conseguido con esfuerzo desde su salida de la universidad, podría desmoronarse. Nuevos gigantes surgirían del polvo de su caída y también nuevos enemigos. Ashton no descansaría hasta asegurar el bienestar de todos.

Hasta entonces, dormía con un ojo abierto, y ese deber le afectaba cada día más. Como el mayor de los miembros, se sentía obligado a ser el protector de la Liga.

El carruaje se detuvo en la entrada del club.

—Club Berkley —anunció el chofer.

—Gracias —Ashton descendió y le pagó al hombre antes de subir las escaleras. Un joven finamente vestido con el uniforme de Berkley le abrió la puerta. Ashton le entregó su abrigo y su sombrero.

—¿Busca a alguien en particular, milord?

Ashton tiró de su chaleco.

—Essex, Rochester o Sheridan —esperó a ver si el muchacho reconocía alguno de los títulos.

El rostro del lacayo se iluminó con una expresión casi reverente.

—Por supuesto. Están bebiendo en el Salón Bombay. ¿Conoce el camino, milord?

—Sí, gracias —recorrió el club, pasando por mesas y sillas con hombres bebiendo, hablando y disfrutando tranquilamente de un respiro de las exigencias de la sociedad. Los cálidos sillones eran acogedores junto a los fuegos que ardían en las chimeneas, y el aroma de la comida y el brandy acariciaba su nariz. Berkley era como un segundo hogar.

El Salón Bombay tenía una decoración con temática india y

estaba situado en un piso superior. La puerta ya estaba entreabierta, y el sonido de unas voces familiares en el interior lo reconfortó. Permitía que pocas cosas le importaran profundamente, pero la Liga, aparte de su familia, era lo más importante en su vida.

Lo primero que Ashton oyó al empujar la puerta fue la risa alegre de Cedric Sheridan.

—Ash estará furioso. Lady Society lo está desafiando —el vizconde estaba reclinado en su silla, sosteniendo un ejemplar del *Monóculo de Cristal*, y sonreía.

—¿Otra vez? —preguntaron los demás.

—Menos mal que quien escribe esa columna permanece en el anonimato. Ash la destruiría.

—Nada altera a Ash. Es demasiado lúcido —Godric St. Laurent, el Duque de Essex, alcanzó el papel y lo escaneó—. Esperad a que Emily lea esto. Está convencida de que Ash y Lady Melbourne necesitan reunirse en un entorno adecuado en el que se vean obligados a ser civilizados.

Lucien Russell, el Marqués de Rochester, se encontraba parado junto a la ventana, girando la cabeza ante las palabras de Godric.

—Horatia no ha dejado de hablar de eso desde hace un mes. Dijo que Anne las ha invitado a beber el té con Lady Melbourne esta tarde.

Ashton se quedó en el umbral de la puerta, escuchando a los tres miembros casados de la Liga hablar de sus esposas de una forma divertida y despreocupada. Se echó a reír, sobresaltando a sus amigos, quienes no se habían percatado de su presencia.

—Dios mío, ¿dejáis que vuestras esposas se reúnan para el té?

Lucien fue el primero en responder.

—Ya sabes lo que cuesta intentar detenerlas. Si alguna vez dijera que no, Horatia me tiraría una almohada bordada a la cabeza. Y después un jarrón.

—Me temo que están tan unidas como nosotros —replicó

Godric—. Incluso se pusieron ese maldito nombre. La Sociedad de... —calló, olvidando lo siguiente.

Lucien movió las manos en el aire, como si estuviera exhibiendo el nombre allí.

—*La Sociedad de Damas Rebeldes.*

—En efecto —Cedric se rio y apoyó sus zapatos sobre la mesa más cercana—. Mientras Audrey no esté entre ellas, no pueden meterse en demasiados problemas.

Ashton no estaba del todo seguro de estar de acuerdo con eso. Audrey Sheridan era la hermana menor de Cedric, y aunque ya era bastante problemática, Ashton sabía que las otras damas tenían casi el mismo talento para hacer travesuras.

—Ash, echa un vistazo —Godric le entregó la *Gaceta* mientras Ashton ocupaba una silla a su lado.

Miró el artículo que habían estado discutiendo cuando llegó. Su temperamento no tardó en estallar.

—*Escondido* detrás de mi flota de barcos, ¿eh? —el gruñido que se le escapó fue completamente inesperado. Luchando por mantener la calma, Ashton cerró los ojos y contó hasta diez en latín, como había hecho toda su vida para calmar su temperamento. Cuando volvió a abrir los ojos, estaba sonriendo. Eso ya no importaba. Su plan se había puesto en marcha y muy pronto acabaría con Rosalind.

—Bueno, ella tiene razón sobre vosotros tres —volvió a revisar el artículo para recitar las palabras exactas—. 'Sucumbiendo a los encantos de Eros y adquiriendo esposas'.

Godric arrancó el papel de las manos de Ashton.

—Ojalá supiera quién ha escrito esta tontería. Probablemente algún viejo loco en Upper Wimpole Street incapaz de encontrar una forma adecuada de entrar en la *alta*, ejerciendo su venganza por no estar entre los pocos de la élite —su tono ligeramente sarcástico revelaba su desagrado por los de su propia clase.

Lucien agitó su copa de brandy y abandonó su posición junto a la ventana para ocupar una silla vacía junto a Cedric. La inspiración pareció alcanzarlo.

—¿Por qué no hacemos que nuestras queridas esposas se encarguen de ello? Si resolvieran un misterio, eso sin duda las mantendría ocupadas y al margen de nuestros asuntos para variar.

Cedric se carcajeó.

—Me atrevo a decir que incluso podrían resolver el misterio, pero es imposible que Emily, Anne u Horatia traicionen a una de las suyas. Y por mucho que lo intentemos, no hay quien las detenga cuando se trata de nuestros asuntos.

Ashton asintió con la cabeza. Pero el problema que pesaba en su corazón era el peligro que una parte del pasado de la Liga representaba para las mujeres en sus vida.

Como si coincidiera con la inquietud de Ashton, Godric se cruzó de brazos, con una expresión severa en sus ojos verdes.

—Eso me recuerda, ¿en dónde estamos parados en cuanto a Waverly?

Ashton se sintió presa de una gran tensión, cada músculo de su cuerpo se contrajo. Waverly siempre despertaba oscuros recuerdos y viejos temores, junto con una tormenta de remordimientos.

Hubo un tiempo en el que Hugo no era más que un molesto privilegiado que habían conocido en Cambridge. Pero debido a una vieja venganza familiar, Waverly había intentado matar a su amigo Charles, pero otro estudiante había muerto esa noche en su lugar. Uno que había sido inocente y que solo intentaba buscar la paz. Fue un momento que cambió sus vidas.

Las palmas de Ashton comenzaron a temblar, como si pudiera sentir la sangre de ese hombre inocente todavía en sus manos.

—Se le ha visto en los muelles donde está mi flota, pero no he podido averiguar cuáles son sus intenciones por el momento. Sugiero que nos cuidemos unos a otros hasta que el próximo plan de Waverly se revele.

Godric intentó contener un ceño fruncido, pero no lo consiguió. La paciencia nunca había sido una de sus virtudes cuando consideraba que podía actuar.

Ashton metió la mano en su chaleco y sacó un pequeño reloj de bolsillo con una delgada cadena de plata. Hacía una hora que había dado sus instrucciones al último de los bancos en relación con el crédito de Rosalind. En menos de media hora, los hombres con los que él se había reunido enviarían avisos al banco de Rosalind para exigir que sus pagarés fueran canjeados por oro. La diabilla escocesa pagaría por haberlo avergonzado en el teatro el mes pasado.

Si pudiera ver su cara en el momento en que descubriera que estaba arruinada.

Por supuesto, no era tan cruel como para enviarla a la prisión de deudores. La mujer recuperaría su fortuna con el tiempo, después de que Ashton se enterara de los secretos que Hugo tenía en su negocio, después de que ella aprendiera que no se podía jugar con él. Lady Melbourne se merecía una lección de esa índole por haberlo desafiado.

—Dios mío, Ash está sonriendo. Eso nunca es una buena señal —masculló Lucien.

Ashton abandonó sus pensamientos casi alegres.

—Ash —el tono de Godric estaba lleno de advertencia—. ¿Te importa compartir con nosotros lo que está pasando por esa cabeza tuya?

Cedric, Lucien y Godric se inclinaron hacia delante, como si temieran ser escuchados a pesar de la privacidad del Salón Bombay en el club. El reloj de pie de la esquina dio la hora, pero no desvió la completa atención de sus amigos.

Ashton volvió a meter el reloj en el bolsillo de su chaqueta y se enfrentó a sus miradas.

—Hace una hora aproximadamente, he puesto en marcha un plan que quebrará financieramente a Lady Melbourne. Me permitirá poner fin a sus actividades y, por tanto, perjudicar a Waverly.

—¿Está aliada con él? —preguntó Cedric.

—Lo único que sé con certeza es que él ha estado utilizando los barcos de Lady Melbourne para sus propios fines, y quiero detenerlo. Se ha asociado con ella en varias empresas y deseo tener acceso a sus libros y a los manifiestos de carga. Pero la única manera en que puedo controlar sus compañías es reclamándolas yo mismo. Por lo tanto, he comprado la mayoría de sus deudas, aunque no tenía muchas. Seré su dueño en todo menos en el nombre.

Un silbido bajo escapó de los labios de Cedric.

—Ash, nuestras esposas la han invitado a beber el té esta tarde.

Por primera vez en mucho tiempo, Ashton se sintió gozoso.

—Lo que daría por estar allí y ver su cara cuando se entere de la verdad —ver sus hermosos ojos grises abiertos de par en par por la conmoción, sus labios entreabiertos mientras respiraba sorprendida... Sería casi tan hermoso como haber reclamado su cuerpo en su cama. Pero como no podía tener su cuerpo —después de todo, uno no se acuesta con sus enemigos—, esto tendría que ser suficiente.

Después de varios momentos, sus amigos finalmente rompieron el silencio.

—No es por el incidente del teatro, ¿verdad? —preguntó Lucien—. ¿Quieres vengarte porque ella cantó victoria en esa alcoba? —Cedric se rio disimuladamente y Godric maldijo en voz baja. No era la respuesta que Ashton esperaba. En el pasado, esto habría sido normal para la Liga. Lo habrían felicitado por semejante victoria.

—¿Qué? —exigió Ash cuando los demás permanecieron en silencio.

Godric se pasó una mano por el pelo oscuro.

—¿Y si Lady Melbourne se toma esto como algo demasiado personal y trae a esos salvajes hermanos suyos desde Escocia? Todavía tengo pesadillas sobre la última vez que me enfrenté a ellos. Uno de ellos rompió una maldita silla sobre mi espalda. Me tocó pagar los daños de la taberna en la que peleamos.

—Tres escoceses salvajes no me asustan —Ashton nunca había perdido un combate de boxeo, ni tampoco una riña en una taberna. Aunque Charles era el verdadero pugilista del grupo, la habilidad de Ashton competía con la suya. Aunque solo peleaba cuando era necesario.

—No, *uno* debería asustarte —refunfuñó Godric—. Tres deberían aterrorizarte.

—¿A nadie más le preocupa que en este momento nuestras esposas estén entreteniendo a la víctima del plan de Ash? —preguntó Cedric—. Si descubren que lo sabíamos, es probable que pase el próximo mes durmiendo en mi estudio en lugar de en la cama con mi mujer.

Los murmullos a favor de Godric y Lucien hicieron que Ashton frunciera el ceño ante todos ellos.

—Empiezo a creer que Charles tenía razón. Todos os estáis volviendo blandos.

Charles había dicho una vez que el amor y el matrimonio estaban dividiendo la Liga, destruyendo su fuerza. En ese momento, Ashton no había estado dispuesto a creerle, pero últimamente...

Un golpe en la puerta hizo que todos se volvieran hacia la entrada del Salón Bombay. Un joven entró con los ojos muy abiertos y las manos temblando un poco mientras llevaba una carta. La reputación de todos aún intimidaba a algunos, como mínimo.

—Disculpen la intromisión, mis lores. Tengo una carta urgente para Lord Lennox —la cara del muchacho recorrió a los hombres. Sintió que había interrumpido algo, y sin duda sintió la tensión invisible presente en la habitación.

Ashton le hizo un gesto al muchacho.

—Tráela aquí.

El chico prácticamente se la lanzó a Ashton y huyó.

—Al menos alguien aún conserva el buen juicio de tenernos miedo —bromeó Godric.

El delgado papel contenía un breve mensaje de su hermana menor, Joanna.

ASHTON,

Debes venir a casa de inmediato. Nuestras dos granjas se han incendiado ayer por la noche y están completamente destruidas. Afortunadamente, nadie ha resultado herido. Las familias están a salvo, pero sin refugio. Por favor, vuelve a casa. Las granjas tendrán que ser reconstruidas de inmediato.

Atentamente,

Joanna

ASHTON DOBLÓ TRANQUILAMENTE LA CARTA Y LA METIÓ EN EL bolsillo interior de su abrigo.

—¿Malas noticias? —preguntó Lucien.

—Es de mi hermana. Dice que las casas de mis dos medieros se han quemado. Debo ir a casa de inmediato —se levantó de su silla.

—¿Qué pasa con Lady Melbourne? —preguntó Cedric.

—¿Qué pasa con ella?

Cedric levantó una ceja.

—¿La has llevado a la ruina financiera y ahora te vas de Londres?

Una lenta sonrisa se dibujó en su rostro.

—Si decide venir a arrastrarse a mis pies, por favor, no dudéis en enviarla a mi finca. Estaré encantado de recibir sus disculpas allí.

Se puso el abrigo y salió del Salón Bombay, abandonando a sus amigos.

Si tan solo eso fuera posible: Lady Melbourne de rodillas, suplicándole perdón, con sus ojos grises brillantes por las lindas lágrimas y su largo cabello oscuro recogido al estilo griego. Esos largos rizos acariciando su cuello...

Sí, Ashton había imaginado la escena demasiadas veces en la última semana. ¿Cómo le diría a Lady Melbourne que, si realmente quería calmarlo, podía pensar en algunas formas creativas de hacer las paces, a puerta cerrada? No era que pudiera confiar en ella hasta en la cama, y ciertamente nunca obligaría a una mujer para que se acostara con él, pero valía la pena explorar esas fantasías en su cabeza.

Ashton salió de Berkley y llamó a un coche de caballos de alquiler. Hizo que su ayudante de cámara empacara ligero para que pudieran llegar rápidamente a su finca. La nota de Joanna era preocupante. Aunque los incendios eran bastante comunes, el hecho de que sus dos medieros estuvieran a kilómetros de distancia era alarmante.

No creo en esas coincidencias.

Una vez más, imaginó un tablero de ajedrez en su mente. Una partida estaba en juego, la Liga contra Waverly, y el reloj avanzaba con cada jugada y contrajugada.

CAPÍTULO 2

Manos deslizándose por la parte exterior de sus muslos, levantando su vestido, un aliento cálido y suave contra su mejilla, ojos azules en llamas con deseos perversos y una cascada de pelo rubio pálido...

—¿Lady Melbourne?

Rosalind Melbourne volvió en sí. Estaba sentada en un acogedor sillón dentro de un iluminado salón con paredes azules. Tres pares de ojos femeninos estaban fijos en ella, todos un poco preocupados. Hacía un momento, había estado escuchando a sus anfitrionas hablar de los últimos escándalos e intrigas políticas hasta que la conversación se centró en los matrimonios y en los hombres de sus vidas. Fue natural que sus pensamientos se dirigieran a Ashton ante la mención de sus amigos. Y eso la había llevado a recordar su último encuentro con él... en la ópera... cuando ambos habían perdido el control.

Nunca debería haber permitido que ese hombre me besara, tampoco debí tocarlo. Fue un error.

Cogió la taza de té más próxima a ella en la mesa.

—Lo siento. Estaba soñando despierta.

—No pasa nada —dijo Lady Sheridan, sonriendo de nuevo—.

Nos alegra que haya tenido un momento para reunirse con nosotras.

Rosalind le devolvió la sonrisa. Anne era una de las pocas mujeres de la *alta* que toleraba. Ella tampoco era del agrado de la mayoría de los tontos engreídos. Como dama escocesa procedente de un castillo en ruinas con tres hermanos salvajes, benditos sean, no había tenido ninguna posibilidad de encajar en la sociedad londinense normal, ni siquiera cuando se casó con Lord Melbourne, que en paz descanse. El hombre tenía más de sesenta años cuando pidió su mano.

Nunca olvidaba aquel día. Cada vez que sus hermanos no estaban presentes, ella llamaba la atención de su padre y él descargaba su ira contra ella. Aquella última noche huyó del Castillo Kincade casi cegada por el dolor. Caminó descalza casi tres kilómetros hasta el pueblo más cercano. Los golpes de su padre aún le quemaban la cara y la espalda.

Entró a trompicones en una taberna del pueblo y cayó en el regazo de Lord Melbourne al tropezar con una tarima levantada. Él le había mirado el rostro y con el ceño fruncido había dicho:

—Nadie debería tratar así a una dama.

Insistió en invitarla a cenar en la taberna. Después de comprobar que estaba abrigada, alimentada y que llevaba un par de botas nuevas adquiridas a través de una camarera, la había llevado directamente a un herrero para casarse con ella esa misma noche.

Pobre Henry. Un hombre muy dulce.

Después de su matrimonio con Henry, ella se mudó a su nueva casa de Londres, y él murió mientras dormía solo un año después. Había sido una larga espera, pero ahora era la dueña de su propio destino. Ese buen hombre la había instruido en las estrategias empresariales y bancarias. Ella siempre había tenido una habilidad natural para ello, pero él la había ayudado a fomentar una confianza y unos conocimientos que la fortalecieron y la hicieron capaz de valerse por sí misma tras su muerte.

Sus empresas se habían convertido en su imperio, y seguirían siendo suyas a menos que se volviera a casar. De acuerdo con la ley inglesa, pasarían a manos de su nuevo marido, y ella misma se convertiría en una propiedad.

Mi vida dejaría de ser mía. Para siempre.

No tenía intención de dejar que eso sucediera. Ser una viuda poderosa era preferible a ser una esclava casada.

—Lady Melbourne, tengo entendido que tiene varias compañías navieras —preguntó la Duquesa de Essex antes de dar un sorbo a su té.

La Duquesa, quien había insistido en que la llamaran Emily, era una criatura encantadora de ojos violetas, pelo castaño y una sonrisa llena de picardía y astucia.

—Sí, así es. Me hice cargo de la empresa de mi difunto marido y la he hecho crecer adquiriendo otras líneas navieras a medida que salen al mercado. El comercio marítimo puede ser algo arriesgado, pero hasta ahora ha dado sus frutos —sonrió un poco, feliz de hablar de negocios. Era una de sus alegrías en la vida; la búsqueda de empresas, las adquisiciones, los barcos. Los retos mentales de dirigir las empresas que formaban su fortuna siempre habían sido enormemente gratificantes.

Las otras dos damas, Anne, la Vizcondesa Sheridan, y Lady Rochester, quien insistía en que la llamaran Horatia, intercambiaron miradas. Rosalind no era tonta. Las tres mujeres habían estado haciendo esto desde el momento en que entró en la casa de los Sheridan para beber el té. Sospechaba que la habían invitado a Curzon Street con algún propósito, y deseaba que simplemente le preguntaran lo que fuera que les interesaba.

—¿Tiene negocios con Lord Lennox? —preguntó Horatia. Sus mejillas se tiñeron de rosa, delatando la dirección de la conversación que Rosalind estaba temiendo. Dada la estrecha amistad de sus maridos con Lennox, había esperado exactamente esto.

Rosalind suspiró.

—Lord Lennox... —el barón infernal tenía una extraña manera de manifestarse. Era él quien había estado en su mente momentos atrás. El hombre que la había besado despiadadamente en la alcoba del teatro. Había pretendido castigarla por su intromisión en sus negocios, pero ese castigo se había convertido en un intento de pasión, sin duda con la intención de dejarla sola y suspirando por él.

Se esforzó mucho por contener su pequeña sonrisa ante ese recuerdo en particular. Ella se había dado cuenta de su estratagema y la había vuelto en su contra, y él había estado indefenso ante ella. Recordó haber dejado caer su guante a sus pies, como un desafío inicial antes de abandonarlo para que se ocupara de la mancha en sus pantalones.

Sin duda, Lennox estaría planeando algo para obtener su venganza; su ego no permitiría otra cosa. Pero estas damas estaban casadas con sus amigos, así que ella tendría que responder con cuidado.

—Bueno, nuestros intereses comerciales, aunque compartidos, tienden a ponernos en competencia directa —dudó en decir más. Era posible que cualquier cosa que les dijera a estas tres mujeres terminara en oídos de Ashton a través de sus maridos. El secreto de su éxito residía en el sutil equilibrio de obtener información de los demás y mantenerla alejada de oyentes indiscretos.

En más de una ocasión, se había cruzado con las amantes despechadas de Ashton: viudas, hijas o esposas infelices de aquellos con los que competía. Ellas le habían proporcionado información en el transcurso de una noche, a menudo en la cama, y él había utilizado dicha información en su beneficio.

Pero Ashton también había dejado un buen número de mujeres dispuestas a hablar de *él* y de sus tácticas. Rosalind había utilizado esa información en su propio beneficio y había sido capaz de rastrear sus movimientos y estrategias, incluso de anticiparse a sus objetivos comerciales y ser más astuta que él en más de una ocasión.

Emily empujó el codo de Horatia. Horatia habló.

—Estoy segura de que debe pensar que estamos espiando en nombre de nuestros maridos, pero le aseguro que no es así —Horatia dejó su taza de té—. La razón por la que hacemos estas preguntas es para protegerla, si podemos.

—¿Protegerme? —Rosalind dejó su propia taza. Un escalofrío de inquietud la recorrió como un conejo asustado en la maleza—. ¿De qué?

Emily se aclaró la garganta.

—Lo que queremos decir, es que conocemos a Lord Lennox. Sabemos de lo que es capaz cuando está de mal humor. Todas nosotras admiramos su valor y su capacidad para competir entre los hombres. Y no queremos que Ashton, es decir, Lord Lennox, la moleste simplemente porque él está enfadado. Adoro al hombre, pero como el resto, puede volverse severo para los negocios en los que su orgullo resulta perjudicado. Solo deseamos protegerla, Lady Melbourne. Nosotras como mujeres debemos apoyarnos.

—Bueno...

¿Qué podía responder? Rosalind tiró de su vestido de día color rosa y desvió la mirada, sintiéndose un poco incómoda.

—¿Tiene alguna forma de saber si sus finanzas están protegidas? —preguntó Anne en voz baja—. Cedric, es decir, mi marido, dijo una vez que Ashton desafiaría a un hombre infligiendo daños a sus capacidades bancarias, como su crédito y sus deudas.

Rosalind sintió un nudo en el estómago. Estas damas hablaban en serio sobre Lennox. Y ella ciertamente había herido el orgullo del hombre. Le había ganado tres compañías en el último mes, además de haber atraído a sus antiguos socios comerciales a sus líneas. Pero seguramente él no haría algo tan drástico. Pero ella había solicitado líneas de crédito para comprar las últimas empresas, y su propio banco era de oro si alguno de sus pagarés vencía en ese momento.

—Pero él seguramente no lo haría... —repasó los números y los escenarios en su cabeza. Vio una situación de vulnerabilidad. ¿Y si...?

De repente, la habitación se sintió demasiado caliente, demasiado cerrada. Necesitaba aire.

—¡Rápido, Anne, abre una ventana! —jadeó Horatia.

Rosalind se apresuró a salir de su asiento y siguió a Anne, quien abrió una ventana que daba a los jardines traseros. Se apoyó en el alféizar, clavando las manos en la madera mientras aspiraba el aire fresco de la primavera.

—Tranquila, tranquila —dijo Anne—. Respira y estarás bien.

Rosalind deseaba que fuera así de sencillo. Pero si Lennox estaba poniendo en marcha ese plan, ella tendría pocas posibilidades de detenerlo, a menos que pudiera llegar a los bancos y pedir más crédito para cubrir las salidas de dinero. Pero eso no resolvería su problema de deudas, en caso de que él las comprara. Entonces, ella le seguiría debiendo todo.

—¿Qué podemos hacer para ayudar? —preguntó Horatia.

Rosalind tardó varios minutos en recuperarse. Su corsé estaban demasiado apretado, y se sentía mareada.

—Me temo que debo irme... —si lograba salir de esto, podría sobrevivir.

—Por supuesto —respondió Emily—. ¿Quiere que alguien la acompañe?

—¡No! —jadeó Rosalind, luego se recuperó—. Es decir, no gracias, Su Excelencia. Me temo que no sería bueno que entrara en un banco conmigo. Se comportan pobremente cuando entro; no me gustaría ver cómo reaccionan ante una duquesa.

Emily sonrió ampliamente, con sus ojos violetas brillando.

—Tonterías. Los escándalos no me preocupan. Olvida con quién estoy casada. Los escándalos no son nada nuevo para mí.

Rosalind debatió sus opciones. No era muy dada a aceptar ayuda, pero algo en Emily la tranquilizaba. Ni ella, ni Horatia, ni Anne parecían ser el tipo de mujeres que permitían que los hombres las controlaran, ni siquiera sus maridos.

—Bueno, si no le importa —finalmente suspiró y se frotó las sienes.

—En absoluto —Emily compartió otra de esas miradas reservadas con Anne y Horatia.

—¿Puedo preguntar por qué me está ayudando, Su Excelencia? —Rosalind cerró la ventana que daba al jardín y se centró en las tres mujeres—. No pude evitar notar que no dejaban de mirarse.

Horatia se sonrojó.

—En el pasado, todas hemos tenido que tolerar a los hombres cuando han causado problemas. Deseamos ayudarla, y sabemos que Ashton puede ser muy perjudicial para su negocio.

—Llamaré a mi carruaje —Emily se levantó de su silla y tiró de un fino cordón en la puerta.

❦

MEDIA HORA MÁS TARDE, EL CARRUAJE CON EL ESCUDO ESSEX se detuvo frente al Banco Drummond. Era el banco donde Rosalind tenía la mayoría de sus líneas de crédito.

Rosalind y Emily descendieron y se dirigieron al lugar, ignorando las miradas de los hombres y mujeres de la calle. Durante el trayecto, a Rosalind le había sorprendido descubrir que Emily era una hábil mujer de negocios. Había manejado las cuentas de su tío y, una vez casada, se había hecho cargo de las de su marido. En el transcurso de la conversación, Emily le había contado una fantástica historia de secuestro, intriga y, finalmente, de amor, que había culminado en su matrimonio con el Duque de Essex. Desde luego, los diarios locales no habían dado ninguno de *esos* detalles.

Cuando llegaron a la puerta del banco, Rosalind la detuvo.

—¿Está segura de que quiere entrar conmigo? Se hablará, más que eso, si lo hace.

Con una risita, Emily respondió:

—Hace bastante tiempo que no se me considera escandalosa, así que es hora de volver a sumergirse en los cotilleos, creo.

Si los nervios de Rosalind no hubieran estado muy alterados, se habría reído con ella.

El interior del banco estaba lleno de hombres de negocios y miembros de la nobleza hablando, consultando papeles y haciendo negocios. Un silencio colectivo llenó la sala cuando ella y la duquesa entraron. Se suponía que las mujeres no debían entrar en ese ámbito sin que un caballero las acompañara. Era algo a lo que ella se había acostumbrado, a las miradas sofocantes de los hombres que deseaban intimidarla para que se fuera. Pero ella nunca cedía. Ninguno de ellos podía hacerle nada. Después de haber vivido la mayor parte de su vida a manos de un padre abusivo, Rosalind se había cansado de dejar que los hombres dictaran su vida.

—¿Siempre es así? —Emily se inclinó para susurrar—. ¿La forma en que te miran?

Rosalind respondió con un leve movimiento de cabeza.

De repente, un hombre alto, de pelo oscuro y ojos marrones como la miel, salió de la multitud y se acercó a ellas. Rosalind reconoció al caballero. Casi había temido que el marido de Emily o alguno de los llamados "pícaros" acudieran para interceptarla, pero este hombre no era uno de ellos, aunque sí un conocido suyo.

—Su Excelencia —la sonrisa del hombre disipó parte de la tensión que los rodeaba. Todavía había algunos refunfuños, pero la mayoría de los hombres retomaron sus conversaciones.

—¡Lord Pembroke! Qué alegría verlo —saludó Emily y se volvió hacia Rosalind—. Lord Pembroke, esta es Lady Melbourne.

Pembroke se inclinó sobre su mano y besó sus nudillos.

—Un placer. ¿Qué os trae, damas, a Drummond? —los ojos de Pembroke se movieron alrededor de ellas, pero no parecía del todo sorprendido de encontrarlas en semejante bastión de actividad masculina.

—Hemos venido a resolver un asunto —dijo Emily—. Rosalind, ¿a quién tenemos que ver?

—Al señor Reed.

—Muy bien —Pembroke ofreció un brazo a Emily y ella lo aceptó, guiñándole un ojo a Rosalind mientras las acompañaba al despacho del señor Reed.

El banquero estaba sentado detrás de su escritorio, estudiando detenidamente varias cartas. Levantó la mirada y se quedó helado al ver a Rosalind, Emily y el Conde de Pembroke en su puerta.

—¿Lady Melbourne? —su nombre se le escapó en un tartamudeo.

—Seños Reed —se sentó frente a él y estudió detenidamente al hombre mayor. Su piel había adquirido un tono níveo. Comenzó a mezclar todo tipo de papeles y objetos sobre su mesa. Eso no presagiaba nada bueno.

—¿Qué puedo hacer por usted? —preguntó el señor Reed mientras deslizaba un dedo por debajo de su pañuelo de cuello y tiraba de él.

—Quería ver la posibilidad de ampliar mi línea de crédito.

—Su crédito... —el señor Reed tragó saliva y sonrió un poco, pero la expresión era forzada.

—Sí, tengo varios pagarés y me temo que pueden ser reclamados —ella dudó cuando la mirada del señor Reed se desvió y luego volvió.

—Lady Melbourne, lamento decirle esto, pero no puedo extender más líneas de crédito.

A Rosalind se le hizo un nudo en el estómago. Se inclinó hacia delante en su asiento.

—¿Por qué no? ¿Necesita más garantía?

El señor Reed negó con la cabeza.

—No puedo ampliar su crédito bajo ninguna circunstancia.

—¿Por qué? —exigió Lord Pembroke.

Rosalind vio que el hombre se había quedado con ella y con Emily. Ahora, él tenía el ceño fruncido mientras se apoyaba en el marco de la puerta del despacho del señor Reed.

—Bueno, la política del banco es tomar decisiones que protejan nuestra estabilidad y...

—Señor Reed —interrumpió Emily con suavidad, aunque Rosalind visualizó un destello severo en los ojos de la joven—. Tiene una hija que debutará este año, ¿no es así?

—Bueno, sí. Amelia. Mi hija más joven —el señor Reed suspiró y bajó la cabeza unos centímetros.

—Es una chica encantadora, según recuerdo —continuó Emily—. Y ella podría ser un buen partido si tuviera ayuda, suponiendo que una *duquesa* la patrocinara.

Rosalind parpadeó. ¿Emily estaba realmente ofreciéndose a patrocinar a la hija del banquero?

La cara del señor Reed se iluminó.

—Vaya, eso sería maravilloso.

Emily levantó una mano enguantada.

—Sería un honor patrocinarla, pero me temo que simplemente no podría hacerlo a menos que confiara en usted, señor Reed, en *todas* las cosas.

El banquero miró fijamente a Emily durante un largo momento.

—¿Ayudaría a Amelia a encontrar un buen hombre, con digamos diez mil libras al año?

La sonrisa de Emily se hizo más grande.

—Ya tengo en mente unos cuantos candidatos adecuados.

Cuando el señor Reed volvió a hablar, su voz era baja y se inclinó hacia ella.

—No debes decirle al hombre que he traicionado su confianza.

—No lo haremos. Ahora, ¿*quién* le ha dicho que no permita ninguna ampliación de crédito? Supongo que alguien lo ordenó, ¿correcto?

—Lord Lennox.

Era el nombre que Rosalind temía escuchar. Escuchar cómo sus inquietudes eran confirmadas envió espirales de pánico a través de su cuerpo. Así que Lennox por fin estaba haciendo su jugada, después de un mes de hacerle creer que estaba a salvo tras aquella noche en el teatro.

—Gracias, señor Reed —Emily miró hacia Rosalind.

Pembroke parecía horrorizado.

—Un momento. ¿Lennox está intentando impedir que obtenga un crédito? ¿Para qué? Lo conozco. Es un hombre de negocios despiadado, pero no con las damas.

Con una carcajada sin humor, Rosalind cerró los puños contra sus faldas.

—Parece que yo soy la excepción.

Qué suerte tengo. Su voz interior era un poco descortés, pero ¿quién podía culparla? Lennox la tenía entre la espada y la pared, y ella no lo estaba manejando muy bien.

—Lady Melbourne, me aconsejaron *no* darle detalles. Sin embargo —dijo Reed, volviendo a mirar a Emily—, me han informado que él también ha comprado las deudas que usted tiene y que esta tarde exigirá los pagos a través de los apoderados.

Rosalind se hundió en su asiento. Aquello era mucho peor que las demandas de dinero que había esperado, pero también era muy inteligente. ¡Oh! Un toque personal para hacerle saber exactamente quién la había superado.

—¡Ese pretencioso y maldito bastardo! —la maldición no vino de Rosalind, sino de Emily—. *Esperad* a que le ponga las manos encima. Se supone que es el más caballeroso de la Liga. *¡Ooh!* —las manos de Emily se cerraron en puños y la ira brilló en sus ojos.

Pembroke gruñó y miró a las dos damas.

—Eso es, en efecto, un gesto de lo más rastrero. Si me lo permites, haré que la mitad de la *alta* lo desconozca de inmediato, esta misma tarde. Y será expulsado de su club.

—Gracias, James, pero eso no será necesario. Tengo un mejor plan en mente para lidiar con nuestro travieso amigo.

Rosalind colocó una mano sobre la duquesa.

—Por favor, Emily, no es necesario que te involucres...

—Tonterías. Eso es *precisamente* lo que debo hacer. Pero primero, tenemos que llevarte a casa, Rosalind.

—Pero tengo que ocuparme de los pagarés...

Emily se alisó las faldas.

—Deja que yo me encargue de eso. Tú debes encargarte de Ashton.

—¿Cómo diablos sugieres que haga eso? —ella tenía sus propias ideas, por supuesto. La estrangulación era la primera de su lista. Pero también tenía curiosidad por saber qué diría Emily.

—Ustedes son rivales, ¿correcto? —preguntó Emily.

—Sí —si eran rivales en algo más que en los negocios, que el Señor la ayude.

—¿Y cómo lidiarías con un rival de negocios?

Finalmente, Rosalind se animó a sonreír.

—Encontrando su debilidad. Destruyéndolo desde dentro.

—¿Y conoces alguna debilidad que puedas aprovechar?

Sus pensamientos retrocedieron hasta teatro. Un encuentro acalorado en esa alcoba y él había perdido el control, pero ella había mantenido el suyo. Había ganado.

Y puedo volver a ganar.

Emily aplaudió al ver la astuta sonrisa de Rosalind.

—¿Ves? Tienes derecho a ello. Estoy segura de que puedes utilizarlo en tu beneficio. Ahora vamos a llevarte a casa para que te pongas algo más adecuado para seducirlo.

El banquero escupió con sorpresa y Pembroke disimuló una risa con una tos cortés.

—Dejad que os acompañe, señoras, a vuestro carruaje —Pembroke se despidió de Reed con una inclinación de cabeza.

—Gracias, Lord Pembroke —dijo Rosalind, pero su mente seguía dando vueltas.

¿Seducción? Ella no había pensado necesariamente en ese tipo de plan. De cierta manera, era lógico. Si podía recuperar lo que era suyo; su vida, su independencia, entonces y lo manipularía. Si era necesario. Pero solo había estado con un hombre antes, su difunto marido. Había sido dulce y gentil en la cama, pero su toque nunca había *quemado* como el de Ashton, ni todo su cuerpo se había sentido como si estuviera al borde de algo oscuro y salvaje gracias a sus besos.

Pero ella detestaba a Lennox. Él sabía cómo provocarla hasta que su temperamento, apenas controlado, estallaba. ¿Cómo podía una mujer disfrutar del sexo cuando quería estrangular al hombre con sus propias sábanas? ¿Era siquiera *capaz* de ser seducido? Dudaba que él alguna vez se dejara llevar lo suficiente como para caer completamente en una seducción, pero ¿qué otra cosa podía intentar?

Para cuando finalmente se despidió de Emily y Lord Pembroke, ya estaba completamente agitada. No, esa no era una palabra lo suficientemente fuerte, pero las palabras que llegaron a su mente eran impropias de una dama.

Cuando llego a la puerta principal de su casa de ciudad, su mayordomo estaba allí, sosteniendo ansiosamente una carta.

—¿Qué es, Pevensly? —ella cogió la carta de sus manos temblorosas.

—Un hombre al servicio de Lord Lennox me ha entregado esto. Me ha dicho que debe leerla inmediatamente, y que él volvería en una hora para asegurarse de que las instrucciones de la carta se cumplieran.

Con temor, Rosalind se quitó los guantes y rompió el sello de la carta al entrar en el salón. Pevensly cerró la puerta tras ella.

La carta estaba escrita con elegancia y, sin embargo, cuando empezó a leerla, le pareció más burlona con cada trazo de la pluma.

MI QUERIDA LADY MELBOURNE,

Como estoy seguro de que ya sabe, el Banco Drummond, así como todos los demás bancos a su alcance, han recibido órdenes estrictas de no ofrecerle ningún crédito adicional. Si me entero que intenta recuperar sus pagarés, serán cobrados por mis apoderados.

Además, he comprado todas sus deudas. En este momento, mis conta-

bles y abogados están haciendo un recuento completo de todos sus negocios en sus oficinas de Londres y Brighton. Todo su destino está en mis manos. ¿La casa en la que se encuentra en este momento? Mía. ¿La ropa que tiene puesta? También es mía. Me perteneces, Lady Melbourne, en todo menos en nombre.

¿Qué significa esto? La echaré a la calle. Sus sirvientes pueden quedarse en la casa y yo me encargaré de que sigan trabajando, pero usted, mi astuta rival, debe buscar un techo en otra parte hasta que yo decida qué hacer con usted.

Me perteneces.

CAPÍTULO 3

Me perteneces.

Las palabras de la carta de Ashton se difuminaron mientras Rosalind luchaba por respirar. No, él no podía hacerle esto. La conmoción paralizó su cuerpo y sus músculos se tensaron dolorosamente.

El pasado surgió de las profundidades donde lo había enterrado, sumergiéndola en sus aguas heladas, incapaz de detener los recuerdos mientras la envolvían.

Los fríos pasillos del castillo, el viento silbando a través de los tapices desteñidos y raídos. El estruendoso grito de un padre enfurecido.

—¿Crees que puedes decirme qué hacer? ¡Pequeña desgraciada! Me perteneces y no vales ni el aliento de tus pulmones.

Una copa con hidromiel se estrelló contra la pared donde Rosalind, de solo dieciséis años, se escondía detrás de una puerta entreabierta. El dolor de la reciente muerte de su madre flotaba en los pasillos como una nube invisible. Había llevado a su padre al límite.

—Rosalind —le reprendió una voz grave desde el fondo del pasillo. Rosalind se sobresaltó, pero su hermano mayor, Brock, la sostuvo—. Deja tranquilo a papá, ha estado bebiendo.

La puerta se abrió de golpe y su padre, Lord Kincade, se lanzó contra Rosalind.

Primero, balanceó un puño hacia ella, pero Brock le apartó la mano de un golpe.

—¡Oh! ¿Crees que eres un hombre para enfrentarte a mí? ¡Ningún hijo mío se atrevería! —se movió rápido, demasiado rápido. El puñetazo tiró a Brock al suelo. Rosalind también fue golpeada, girando violentamente mientras rebotaba en la pared y caía al lado de Brock—. ¡Pedazos de mierda, ambos! ¡No valen ni la ropa que llevan puesta! Debería venderos a los dos por lo inútiles que sois para mí —su padre gruñó como un jabalí y se alejó ofendido por el pasillo, dejándolos solos.

Sus ojos derramaron lágrimas mientras se llevaba la mano a la mandíbula dolorida. Sentía que estaba fracturada. Sabía que no lo estaba, pero le dolía profundamente.

Una mano se posó en su hombro, estremeciéndola.

—Solo soy yo —dijo Brock con brusquedad, pero había dulzura en su tono. No era apropiado que una joven llorara, pero ella no podía evitarlo. Vivir con un miedo constante a su padre le estaba destrozando el alma.

—No puedo seguir con esto —susurró—. Él me va a matar.

Su hermano mayor aún no era rival para su padre, pero Rosalind sabía que seguiría recibiendo golpes por ella. Todos sus hermanos lo harían.

—Rosalind, ¿de qué estás hablando? —Brock le cogió la barbilla, pero ella gimió ante la sensación súbita de dolor y se apartó.

—No pienso quedarme. Tengo que salir de esta casa. Desde que mamá murió, este no ha sido mi hogar.

Su hermano le limpió las lágrimas de las mejillas, y sus ojos grises, tan parecidos a los suyos, eran tan plateados como una luna menguante en los páramos.

—Rosalind, este es tu hogar. Siempre será tu hogar. Y nosotros te protegeremos.

Rosalind le creyó, pero no era tonta. Siendo el vivo retrato de su madre, no podía quedarse aquí y seguir arriesgándose a la ira de su padre. Algún día tendría que marcharse. Pero necesitaría una vía de escape, un lugar donde refugiarse.

Si hubiera un hombre que quisiera realmente casarse con ella, Rosa-

lind podría escapar. ¿Pero quién querría a la hija arruinada del cruel Lord Kincade?

El pasado se desvaneció, dejando un sabor amargo en sus labios y pequeñas espinas clavadas en su corazón.

Este hogar era el que ella había construido para sí misma, el que su difunto marido le había dejado administrar. Era su mundo, ¿y ese maldito idiota de Lennox se creía con derecho a quitárselo todo? ¿A echarla?

Se quedó mirando la nota y notó que no había terminado de leerla.

No soy un hombre cruel. Si desea discutir la situación, puede reunirse conmigo en mi finca. Sin embargo, no puede llevarse su carruaje, ya que ahora también está bajo mi control. Estoy seguro de que si viniera a verme, podríamos llegar a un acuerdo que nos beneficiara a ambos.

Lennox

—¿Un *acuerdo* que nos beneficiara a ambos? —masculló ella. La ira y el pánico la invadieron, en un duelo por el dominio. Ese maldito inglés. Quería estrangularlo, pero la realidad de su situación era grave. Él tenía pleno control sobre ella y la estaba manipulando como un gato lo haría con un ratón. Debía hacer algo. Tal vez la sugerencia de Emily de seducir al hombre era realmente una buena idea. Rosalind presintió una oportunidad. Si Lennox la deseaba y creía que ella se doblegaría, Rosalind demostraría quién era el que tenía el control cuando lo *sometiera*.

Pero ella llevaría su propio carruaje, ¡maldito sea Lennox!

Tengo que enfrentarme a él. Después de todo, tal vez el consejo de la duquesa sobre la seducción no era tan descabellado.

—¿Qué pasa, Su Señoría? —preguntó Pevensly. Sus oscuras cejas se juntaron en señal de preocupación.

Rosalind miró la dirección en el pergamino, frunciendo el ceño, y luego se lo entregó.

—Puedes leerlo, pero, por favor, no informes al resto del personal; no quiero que se preocupen. ¿Podrías hacer que mi carruaje se acerque en una hora? Voy a solucionar esto. Ten la seguridad de que volveré. Por favor, no dejes que los sirvientes se preocupen demasiado —dejó a Pevensly boquiabierto en el vestíbulo mientras subía corriendo las escaleras, llamando a su dama de compañía.

—¿Sí, Su Señoría? —una mujer no mucho mayor que ella apareció por una puerta abierta al final de la escalera.

—Empaca mi maleta de inmediato. La mejor ropa que pueda encontrar. No te molestes con los sombreros. No tendré espacio para las cajas.

Claire se acercó a ella mientras caminaban hacia su habitación.

—¿Se trata de ese hombre que vino antes? Pevensly estaba casi frenético cuando el hombre se fue. Parece que le sugirió que usted no estaría contenta cuando volviera de hacer sus recados.

No tenía sentido ocultarle la verdad. A la mujer no se le escapaba nada en sus observaciones; por eso era una excelente criada.

—Lord Lennox acaba de intentar comprar mi vida a través de mis deudas. Me ha ordenado que me vaya de esta casa.

Claire se llevó una mano a los labios, pero esa mano se cerró en un puño con la misma rapidez.

—Seguramente no dejará que eso permanezca así.

—No lo permitiré. Pienso viajar a su finca de inmediato para solucionar este error.

Claire asintió.

—Ah. Entonces la acompañaré, por supuesto.

—No, eso no será...

—Es necesario —insistió Claire—. Es una *dama*. Una criada debe acompañarla, y ninguna de las otras chicas la conoce tan bien como yo. No voy a perder la cabeza en un momento de pánico.

Eso era cierto. Claire era una mamá gallina que velaba por la casa, pero la mujer también tenía unas agallas de hierro.

—Muy bien, solo tú puedes venir. Pero te advierto que es mejor mantener en privado los medios que pienso utilizar para recuperar mi vida —Rosalind confiaba en su personal, pero los secretos siempre eran más fáciles cuando no se tenían demasiados depositarios—. Gracias, Claire. Empaca todo lo que puedas. Nos vamos en una hora.

Dejó que su criada hiciera la maleta mientras ella iba a su estudio a escribir unas cuantas cartas precipitadas. Tenía varios socios comerciales que necesitarían ser informados de la situación de inmediato. Dada la gravedad del asunto, Rosalind solo podía rezar para que fueran indulgentes. Sabía que Sir Hugo Waverly sería muy comprensivo. Él, más que nadie, estaba al tanto de su historia competitiva con Lennox. De hecho, él había fomentado muchas ideas que la habían llevado a triunfar sobre Lennox en batallas de ofertas y compras de empresas.

Ordenó las cartas en su escritorio y se detuvo cuando encontró un paquete del tamaño de la palma de la mano dirigido a ella. La tinta del remitente estaba borrosa por el agua de la lluvia, pero parecía ser de Escocia. Su corazón empezó a latir con fuerza cuando desató el cordel y abrió el paquete.

Un objeto envuelto en un pañuelo cayó en sus manos. Apartó el pañuelo y estudió el objeto.

Era un reloj de bolsillo. Volviendo su atención al pañuelo, notó una letra K demasiado familiar bordada en la esquina. Kincade. Su padre cargaba con esos pañuelos. Se le hizo un nudo en la garganta al pensarlo. ¿Había descubierto por fin su paradero? ¿Siempre lo había sabido? ¿Vendría a por ella y le exigiría que volviera a Escocia con él?

Parpadeó para no llorar mientras extendía la tela y encontraba una sola hoja de pergamino en su interior. Una carta. La leyó con manos temblorosas.

· · ·

ROSALIND,

Guarda esto, mantenlo cerca. Llévalo a casa, a Escocia. He confiado a tus hermanos un secreto que ni siquiera ellos entienden. Todavía puedes tener la oportunidad de deshacer los males que he creado en mi vida.

Montgomery

EL RELOJ DE BOLSILLO ERA UNA PESADA PIEZA DE ORO SIN grabados notables. Lo abrió para ver una simple carátula del reloj, y parecía estar roto. ¿A qué clase de juego estaba jugando su padre? Fuera lo que fuera, ella no tenía ningún deseo de involucrarse. Metió el reloj en el pañuelo y lo devolvió al paquete junto a las cartas. No había tiempo para preocuparse por ello.

Se apresuró a terminar las cartas para sus socios y, con una última mirada curiosa al paquete, salió de su estudio. Encontró a Claire ocupada empacando en su habitación.

—¿Podrías encargarte de que la pila de cartas que hay en mi estudio también sea empacada? Tendré que leerlas y responderlas, si es necesario, mientras estemos en la finca de Lord Lennox.

—Me ocuparé de ello inmediatamente —Claire se marchó y Rosalind se sentó en su cama, con la mente todavía acelerada mientras decidía lo que iba a hacer con respecto a Lennox. Tendría que preocuparse por su padre y su enigmático regalo más tarde.

❧

JONATHAN ST. LAURENT SE ENCONTRABA EN LA ENTRADA DE una elegante casa de ciudad en Half Moon Street. Las llaves de la puerta se sentían pesadas en la palma de su mano mientras su corazón latía rápidamente. La residencia había pertenecido a un barón, Lord Chessley, quien había fallecido a principios de abril. Su hija, Anne, se había casado con el amigo de Jonathan, Cedric, tres semanas después.

"Al diablo con el escándalo" como había dicho Cedric. Como

Cedric y Anne residían en su casa de Londres, en Curzon Street, no tenían necesidad de una segunda casa y habían optado por venderla.

Ahora la Casa Chessley era suya. Se había reunido con el mayordomo y el ama de llaves, y parecía que todo el personal, excepto la dama de compañía de Anne, habían aceptado quedarse con él. Sin embargo, se sentía extrañamente inseguro al ser el encargado de la casa.

Había pasado toda su vida como sirviente del Duque de Essex, para luego descubrir que Godric era su medio hermano. Tras la muerte de la antigua duquesa, el padre de Godric se había vuelto a casar en secreto con la dama de compañía de su esposa, y Jonathan había sido el resultado de esa unión. El hijo secreto, pero legítimo, de un duque.

Después de esa revelación, su vida cambió por completo. Fue empujado al mundo de Godric incluso se le consideró miembro de la Liga de los Pícaros. Pero ahora estaba contemplando la posibilidad de casarse y sentar cabeza.

Resopló. Bueno, quizá no sentaría cabeza. La mujer que le interesaba no era para nada dócil, y probablemente nunca se establecería. Pero quería al menos tener un hogar que ofrecerle cuando le propusiera matrimonio.

—Señor —el mayordomo salió de las habitaciones del servicio—. No sabía que estaría aquí hoy. Por favor, entre y déjeme coger su sombrero.

—Gracias —Jonathan le entregó su sombrero al hombre. Todavía era extraño ser un caballero. Había sido lacayo, jardinero y ayuda de cámara durante los últimos diez años, y era difícil frenar los viejos hábitos, como querer ocuparse de su propio sombrero o cerrar la puerta tras de sí.

—¿Cómo está la casa? ¿Usted y el resto del personal tenéis todo lo que necesitáis? —preguntó Jonathan.

—Estamos bastante bien, señor. Recibió esta nota hace una hora. Estaba a punto de hacerla llegar a la casa de Lord Essex.

Le entregó una carta sellada y Jonathan la abrió. Una mano conocida había garabateado unas líneas.

JON,

Reúnete conmigo en el Fives Court a las dos de la tarde. Tengo la intención de romper algunas narices en el ring. Será divertido.
Charles

JONATHAN RESOPLÓ. CHARLES. EL CONDE DE LONSDALE siempre estaba tramando algo. No fue una sorpresa para a Jonathan. Había crecido viviendo al margen del mundo de la Liga y estaba bien informado de sus excentricidades.

Esbozó una amplia sonrisa. *El deber me llama, supongo.* No sería difícil unirse a Charles para verle boxear.

—¿Necesita algo de mí, señor? —preguntó el mayordomo.

—Eh... no, voy a salir de nuevo. No estoy seguro de si volveré para la cena, así que no dejes que la cocinera se moleste en prepararme algo. Fiambres y un poco de vino estarán bien para cuando vuelva.

—Muy bien, señor.

Jonathan miró el reloj junto a la base de la escalera. La una y media. Tenía que marcharse inmediatamente. No aceptó el sombrero cuando el mayordomo se lo tendió.

—No lo necesitaré —dio media vuelta y se dirigió al exterior, aliviado al ver que el coche de caballos de alquiler aún no se había marchado—. ¿Sigue disponible? —preguntó al conductor.

—Lo estoy —el conductor levantó las riendas de un tirón y la yegua negra golpeó el suelo con sus patas y mordió el freno con irritación.

Jonathan subió junto al chofer y el vehículo se balanceó precariamente.

—¿A dónde?

—A Fives Court, en St. Martin's Lane, Leister Fields. ¿Lo conoce?

El conductor le mostró una sonrisa y golpeó los costados de su yegua las correas.

—Lo conozco.

Jonathan se metió en el vehículo, el cual se sacudió hacia adelante.

Para cuando llegaron a Fives Court, los sonidos de una multitud salvaje se oían afuera del viejo edificio de ladrillos que albergaba los eventos de boxeo. Casi un millar de hombres podían entrar a presión en el edificio y rodear el cuadrilátero de combate.

Jonathan descendió y le pagó al conductor antes de volverse hacia Fives Court.

—¡Tres chelines! —gritó un muchacho en la entrada—. ¡Solo tres chelines para ver a los púgiles privilegiados luchar en el ring!

Púgiles privilegiados. Jonathan se rio. Charles era más que un luchador privilegiado, siempre ganaba sus combates.

El chiquillo extendió una mano mugrienta cuando Jonathan se acercó.

—Aquí tienes —le tendió al chico sus tres chelines.

—Gracias, señor. La pelea acaba de empezar.

—¿Oh? ¿Quién está ahora?

—Un tipo de pelo rubio. Lonsdale, creo, y otro hombre que no conozco. En mi opinión, es un poco patético —el chico descarado sonrió.

—¿Lonsdale está peleando con alguien con poco entrenamiento? —eso fue inesperado. Se suponía que los combates de Fives Court eran entre hombres entrenados y aprobados por John "Gentleman" Jackson, el mejor boxeador de Londres.

—Es un boxeador mediocre, aprobado por Jackson. En mi opinión, es un tramposo —susurró el muchacho de forma conspirativa.

—Bueno, esto va a ser muy interesante —Jonathan se deslizó por la puerta y echó un vistazo al interior del edificio de techos altos. Docenas de hombres cerca de él gritaban salvajemente mientras dos hombres en una plataforma elevada giraban uno alrededor del otro, con los puños enguantados en alto.

Charles estaba de pie con el pecho desnudo frente a un hombre de su misma altura. Charles estaba bien tonificado, era fuerte y musculoso, pero su oponente era una bestia enorme, un verdadero matón. Había bastante sangre en la barbilla del otro hombre, y Charles se balanceaba ligeramente sobre sus pies y sonreía como el mismísimo diablo. Eso no era una buena señal, al menos para el otro sujeto.

—¡Acaba con él! —gritó una voz aguda delante de él. Sobresalía entre los gritos más bajos de los hombres que lo rodeaban. Jonathan comenzó a zigzaguear entre la multitud, abriéndose paso con los hombros hacia la parte delantera de la plataforma. En el borde del cuadrilátero, dos muchachos movían las manos y animaban a Charles.

—¡Arráncale la cabeza, milord! —exclamó el segundo muchacho cuando Jonathan se acercó a ellos en el borde del ring.

El perfil del primer joven fue uno que reconoció al instante. Tom Linley, sirviente de Charles y hombre de mundo, aunque apenas lo suficientemente mayor para ser llamado hombre. Jonathan siempre había sentido que había algo raro en él. No podía precisarlo. El muchacho era... sospechoso, o tal vez simplemente reservado.

Secretos. En el pasado, los destellos de miedo y desafío que había visto en los ojos del muchacho habían sido una advertencia que Jonathan no pudo ignorar. Había algo en Linley que desconcertaba a Jonathan. Pero su lealtad a su amo era igualmente evidente ahora, en su expresión de orgullo mientras gritaba entusiasmado.

—¡Enséñale, Charles! —la voz del segundo muchacho era... más aguda. Demasiado aguda. Jonathan se inclinó hacia delante para mirar la cara de Linley y su corazón golpeó contra sus costillas. Aquel muchacho de pelo oscuro no era ningún muchacho.

Los bombachos que llevaba se ajustaban perfectamente a *sus* nalgas gruesas y femeninas.

—¿Audrey?

El chico de pelo oscuro se paralizó y se giró lentamente hacia él.

Era Audrey. Audrey Sheridan, la hermana pequeña de Cedric y una notoria diablilla. También era la mujer a la que estaba considerando cortejar. Desde luego, no había forma de domar a esa criatura salvaje.

Su posible futura esposa llevaba pantalones, estaba entre una multitud de hombres que olían a alcohol y estaba viendo un combate de boxeo en Fives Court.

La boca de Audrey se abrió mientras se humedecía los labios. Se apresuró a comprobar su atuendo y a acomodar algunos mechones sueltos bajo la gorra.

—*Audrey* —gruñó, acercándose a ella. Finalmente, Linley se percató de su presencia.

—Hola, señor St. Laurent. ¿Ha venido a ver el combate?

Jonathan apenas le dedicó una mirada a Linley.

—Audrey, ¿qué demonios estás haciendo aquí? —sus dedos se clavaron en la parte superior de su brazo.

Audrey forcejeó con él.

—¡Suéltame!

—¡No hasta que me digas qué estás haciendo!

Sus ojos se entrecerraron.

—Estoy probando algunos disfraces —sus pequeños labios rosados, muy irresistibles, formaron un delicado mohín.

—¿Disfraces?

¿No era consciente del peligro que corría aquí? Si uno de los hombres a su alrededor descubría que era una mujer, podría resultar herida, podría... Él se estremeció y sacudió la cabeza. No. Eso no ocurriría porque él la sacaría de este lugar de inmediato.

—Si no me sueltas en este instante ...

—¿Qué vas a hacer? —la retó—. ¡Tengo la intención de enrojecer ese culito tuyo para que no puedas sentarte durante la próxima semana! —su tono amenazante atrajo más de una mirada de los hombres que lo rodeaban.

Los cálidos ojos marrones de Audrey ardían por su temperamento.

—Todo el mundo está mirando. Será mejor que me suelte.

—Ella tiene razón, señor St. Laurent —Linley se inclinó para susurrar.

Jonathan odiaba admitir que tenían razón. Varios hombres estaban perdiendo el interés en Charles y en el otro hombre del ring. En su lugar, se habían girado para observarles a él y a Audrey.

—¡Joder! —maldijo y liberó su brazo.

Con un resoplido demasiado delicado, Audrey tiró de su pequeño chaleco azul y comprobó que la gorra siguiera ocultando lo que él sabía que era un espiral de sedoso pelo castaño oscuro. Se había vuelto adicto al sabor de su piel y a la dulzura de la madreselva que se aferraba a sus cabellos. Desde el momento en que la conoció, Audrey lo había cautivado.

Suspirando, volvió a centrar su atención en Charles. En el poco tiempo que había estado distraído por la artimaña de Audrey, parecía que Charles había sufrido. Uno de sus ojos tenía un tono rojo oscuro y había sangre goteando por un lado de su barbilla a causa de un labio roto.

—¿Qué le pasa a Charles? —le preguntó Jonathan a Linley.

El muchacho se encogió de hombros, pero sus ojos azules se entrecerraron al centrarse en los dos hombres del ring.

—Mi señor está luchando limpiamente, pero el otro está empeñado en romperle la crispa.

—¿Romperle la crispa? —Jonathan no tenía mucha experiencia en el boxeo.

—Es una paliza —explicó Linley.

—Pobre Charles —masculló Audrey. La emoción inicial en sus ojos ante la primera parte de la pelea se había desvanecido. El boxeador más grande balanceó un puño enguantado y Charles lo esquivó, pero jadeaba con fuerza. Eso no serviría en absoluto. Charles no podía perder un combate, no si Jonathan podía ayudarlo.

Jonathan apoyó las palmas de las manos en el borde de la plataforma.

—¡Acaba con él, Charles!

La mirada de Charles recorrió la multitud mientras se distanciaba de su oponente. Cuando vio a Jonathan, empezó a sonreír de nuevo.

—¡Me preguntaba cuándo ibas a aparecer!

Jonathan casi se rio.

—Aquí estamos.

Charles retrocedió, luego avanzó, luego se hizo a un lado, y sus golpes eran rápidos y contundentes. El otro boxeador no lo vio venir. Finalmente, Charles estaba sacando ventaja. El público vitoreaba y los hombres gritaban apuestas sobre las condiciones cambiantes del combate.

Un magistral uppercut pilló desprevenido al oponente de Charles, quien retrocedió a trompicones y cayó fulminado. Su cuerpo se estrelló contra la plataforma con un fuerte golpe, y todos los hombres que apostaron por el púgil se estremecieron. Con el pecho agitado, Charles lanzó un grito de triunfo y se quitó los guantes, lanzándoselos a un hombre que estaba al borde del ring. Luego se deslizó debajo de las cuerdas y saltó de la plataforma.

—Jon —saludó Charles, con sus ojos grises brillando con deleite—. Solo estaba ganando algo de tiempo mientras tú aparecías —cogió un paño que le tendió un hombre que pasaba por allí y se limpió el sudor y la sangre de la cara.

Audrey le sonrió y se acercó.

—Bien hecho, Charles.

Jonathan observó el movimiento con una extraña sensación de cosquilleo por debajo de la piel. No le gustaba la forma en que Charles estaba allí de pie con el pecho desnudo sin ser para nada consciente del hecho de estar exhibiendo ese pecho delante de una mujer casta que acababa de pasar por su temporada de debut.

—¿Qué te ha parecido, muchacho? —le preguntó Charles a Linley.

El chico frunció los labios, pensativo, antes de responder.

—Perdió la oportunidad de arrancarle los ojos cuando lo tuvo contra las cuerdas.

Charles se echó a reír.

—Así no funciona el pugilismo, muchacho. Esto no es un combate callejero; se trata de dos hombres con honor.

—Eh —gruñó Linley en claro desacuerdo—. Si él no estaba peleando limpiamente, ¿por qué usted sí?

La atención de Charles había caído nuevamente sobre Jonathan.

—Me alegro de que hayas recibido mi nota. Tenemos que hablar.

Lanzándole una mirada a Audrey, Jonathan asintió de forma seria.

—Por supuesto —planeaba dejarle otro ojo morado a Charles si no tenía una buena razón para haber traído a Audrey a un combate de esta índole.

—¿No crees que deberíamos enviar a la dama a casa? —señaló con la cabeza a Audrey.

De nuevo, sus ojos se entrecerraron y se cruzó de brazos.

—Oh, no. Yo me quedo aquí.

—Por supuesto que no —Jonathan miró a Audrey con reproche y luego a Charles—. ¿Quizás deberíamos vernos más tarde?

—Recibí una carta esta tarde diciendo que Ashton necesita ayuda en su finca. Deberíamos reunirnos allí esta tarde —sugirió Charles.

—Muy bien, te veré esta noche —se volvió hacia Audrey—. Ahora, tú vienes conmigo. Te acompañaré directamente a casa, y será mejor que reces para que tu hermano no esté allí y no tenga que explicarte dónde has estado —volvió a cogerla del brazo.

—¡Charles! No puedes dejar que me saque de aquí —protestó Audrey.

Jonathan compartió una intensa mirada con Charles, quien sonrió.

—Bueno, recuerda mi consejo.

—Lo recuerdo.

—¿Consejo? ¿Qué consejo? —espetó Audrey.

—Que te saque en brazos de aquí y te ponga la mano en el trasero si sueltas otra palabra de protesta.

Audrey se mordió el labio y tiró de su brazo, pero Jonathan fue inflexible. Ella no iba a quedarse aquí donde era peligroso. Sin dejarla decir una palabra más, la levantó y se la echó al hombro. Ignorando los golpes de sus puños contra su espalda, la sacó de Fives Court. Ella chilló como una auténtica fiera, escupiendo, arañando y atrayendo miradas de mal gusto hacia los dos.

—¡Me las pagarás por esto! —juró.

—Estoy seguro de que lo intentarás, cariño —azotó su trasero como un castigo juguetón mientras se dirigía a un carruaje que lo estaba esperando.

—Curzon Street, por favor —le dijo Jonathan al conductor y luego abrió la puerta del carruaje y metió a Audrey. El viaje iba a ser largo y tendría que proteger su miembro de sus pequeños zapatos.

CAPÍTULO 4

Las cenizas se esparcían por los campos como si fueran nieve. La escena era espeluznante en medio de una soleada tarde inglesa. Las ruinas de la casa de su aparcero no eran más que carbonillas y vigas humeantes. Contrastaban con las brillantes flores del campo cercano y el balido de las ovejas que salpicaban el camino. Un atento ovejero estaba sentado con ellas, moviendo la cola entre el polvo. Varios niños de la aldea miraban por encima de una valla de piedra que llegaba hasta la cintura y que estaba situada a un lado del camino, con ojos desolados sobre el lugar que alguna vez había sido el hogar de alguien.

Ashton se subió las mangas de su camisa y se aflojó el pañuelo de cuello mientras estudiaba las ruinas.

—¿Cómo se inició el fuego, señor Higgins?

El granjero observaba con angustia los restos destruidos de su casa.

—No sabría decirle, milord —el hombre se frotó los ojos como para ocultar cualquier evidencia de lágrimas recientes. La familia Higgins había vivido en esta tierra y en esa casa durante setenta y cinco años. Y ahora había desaparecido. El señor Maple y su familia en la granja vecina habían sufrido un destino inquietantemente similar. Ashton comprendía las sensaciones momentáneas del hombre; una sensación de pérdida y vergüenza por no poder asegurar un techo para sus hijos y su esposa. Solo había una cosa por hacer.

Ashton apoyó una mano en el hombro de Higgins.

—Usted y su familia se instalarán en las habitaciones de la Casa Lennox hasta que construyamos nuevas casas para vosotros y la familia Maple.

El granjero palideció.

—¡No, milord! No podríamos...

—Tonterías. No quiero oír ni una palabra al respecto —cuidar de sus inquilinos era un asunto que asumía con seriedad, y su próspera situación financiera podría contribuir a reconstruir las casas. No permitiría que se quedaran sin techo. El deber de un caballero era velar por el bienestar de sus tierras y sus inquilinos.

—Gracias, milord —dijo Higgins, bajando la mirada.

—Volvamos a la casa solariega. Me encargaré de que su familia se instale.

Él y Higgins subieron a sus caballos y siguieron el camino de tierra hacia la casa. Detrás de ellos avanzaba una carreta con los niños llevada por dos caballos de tiro. Una mujer joven estaba de pie en los escalones frontales de la grandiosa y antigua Casa Lennox. Una brisa agitaba las faldas de su vestido de día en tonos azules pálidos. Una larga melena rubia, idéntica a la de Ashton, estaba recogida en la parte superior de su cabeza al estilo popular del momento. Sin capota, por supuesto. Su hermana pequeña, Joanna, detestaba esas cosas.

—¡Ashton! —ella se apresuró a bajar los escalones mientras él descendía de su caballo castrado y le entregaba las riendas a un mozo de cuadra que lo estaba esperando.

—Joanna —él sonrió y extendió los brazos. Ella se apresuró a abrazarlo. No dejaba de sorprenderle que ningún hombre en Inglaterra hubiera intentado cortejarla desde su debut. Era encantadora, aunque un poco tímida, pero extraordinariamente inteligente y formidable para conversar. Había fijado una gran dote por ella, con la esperanza de tentar a algunos de los más valientes para que la visitaran, pero ninguno lo había hecho. Quizás las virtudes que él veía en ella no eran consideradas como rasgos atractivos por otros hombres.

—Gracias por venir a casa tan rápido. Mamá y yo hemos estado frenéticas por los inquilinos. Supusimos que querrías traerlos aquí hasta que se pudieran construir las nuevas casas —Joanna vio a Higgins y a su aluvión de niños de pie, vacilantes, a unos metros de distancia—. Señor Higgins, por favor, pase. Su mujer y sus hijos se instalarán también, y hemos preparado nuevas habitaciones para todos.

Ashton observó a su hermana con orgullo mientras conducía al cansado y estresado granjero junto con su excitada prole al interior de su casa. Siguiéndolos a distancia, él se detuvo en la gran escalera. Algún día, Joanna sería una magnífica mujer de familia. Si tan solo pudiera encontrarle un hombre. Si Jonathan St. Laurent no se hubiera interesado ya por Audrey, Ashton habría estado tentado de dirigir las atenciones del joven hacia su hermana. Buscaba a un hombre en el que pudiera confiar para que amara y cuidara a Joanna, no a un joven recién salido de la universidad con intenciones de desenfrenarse en Londres.

Una voz fría interrumpió sus pensamientos.

—Así que has vuelto.

Su madre, Regina Lennox, estaba de pie en lo alto de las escaleras. Todavía encantadora para una mujer de su edad, era una belleza con un vestido color arándano.

—Me llamaron. Por lo tanto, he vuelto —golpeó las manos contra sus muslos, enviando una nube de polvo al aire antes de subir las escaleras para alcanzarla.

—Al menos te preocupas lo suficiente por los granjeros como para volver —el tono de Regina contenía un fuerte juicio. Le aguijoneó el corazón, pero él reprimió cualquier emoción antes de que pudiera mostrarse en su rostro.

—No empieces, madre. No estoy de humor.

—Como quieras.

De niño había adorado a su madre, y ella lo había adorado a él y a sus hermanos. Sin embargo, después de ser enviado a Eton, su padre había consumido su fortuna en las mesas de juego. Su madre había sufrido su caída de la sociedad cuando sus amigos le dieron la espalda y empezó a recibir menos invitaciones para las cenas y los bailes. Para una mujer como su madre, quien se alimentaba de la compañía humana, se sentía cada vez más atrapada y sola. Y todo esto había empeorado cuando su padre fue atropellado por un carruaje al salir de un garito de juego. Él había muerto y dejado sus vidas en un completo caos.

Ashton había vuelto a casa y se había esforzado al máximo por recuperar la buena situación de la familia. Pero su madre no había respondido a sus acciones con alegría. Más bien, le había dicho que su necesidad de dinero y poder lo había hecho igual a su padre.

Las palabras fueron drásticas, y la frialdad que sintió por su madre desde aquel día lo había dejado herido y furioso. Incluso el recuerdo le dejaba un sabor amargo en la boca. Estaba de más decir que las cenas familiares en la Casa Lennox eran malditamente incómodas —cuando Ashton se molestaba en ir a casa para asistir a ellas—.

Regina continuó como si su conversación anterior no hubiera ocurrido.

—Esta noche cenaremos con invitados. Los Merton estarán aquí a las siete. Sería bueno que asistieras.

Ashton se detuvo en lo alto de las escaleras, encontrándose con los ojos de su madre. Durante un largo momento, ninguno de los dos se movió. El silencioso desafío quedó flotando en el aire.

—Merton todavía tiene una hija soltera, ¿no es así?

Los ojos de Regina se entrecerraron.

—Sí.

—Ah, ahí está el problema. No tengo intención de cenar con una familia con la que pretendes aliarte por matrimonio —

Ashton se quitó el pañuelo de cuello mientras esperaba el inevitable estallido de su madre.

—No todo es cuestión de alianzas, hijo. A veces se trata de amor y afecto. Cielos, sabía que tenías mucho de Edmund en ti, pero esperaba que también hubiera un poco de mí en alguna parte —sus ojos brillaron con ira y dolor, sorprendiendo a Ashton. Pero había pasado demasiados años sufriendo sus crueles comentarios sobre su frío corazón y su despiadada alma como para resultar afectado ahora.

—Soy un bastardo insensible, madre. ¿Acaso no me has llamado así? Eso no va a cambiar —respondió él con un tono frío—. Ahora, si me disculpas, tengo que quitarme esta ceniza y ocuparme de algunos asuntos en mi estudio. Charles y Jonathan llegarán esta noche, así que haz que el ama de llaves prepare dos habitaciones en el ala sur.

Su madre no dijo nada, pero él sabía que ella obedecería. Quizá odiaba a su hijo mayor, pero siempre fue una anfitriona cálida y amable, incluso con la Liga.

Ashton se dirigió a su habitación y comenzó a quitarse la ropa. Su hombro, el que había recibido una bala la Navidad pasada, seguía punzando con un ocasional dolor fantasma. Los músculos protestaron cuando estiró el brazo varias veces. Se miró en el espejo, sorprendido por su rostro, el cual seguía cubierto por la ceniza del fuego. Su boca estaba llena de arrugas y un cansancio ensombrecía sus ojos. Se parecía... a su padre, con un tono blanquecino en las mejillas y una expresión atormentada en los ojos. El pensamiento sombrío le hizo echarse agua fría en la cara, eliminando los restos de su pesadilla personal. Lo último que deseaba era ser como el hombre que había destruido el mundo de su familia.

No se dio la vuelta cuando su ayuda de cámara entró en la habitación.

—Un baño caliente está listo para usted en su vestidor, milord.

—Gracias, Lowell. ¿Cómo se están instalando las familias Higgins y Maple?

Lowell, un joven de unos veinte años, esbozó una amplia sonrisa.

—Bien, milord. Los niños están corriendo por las cocinas, y la señora Gibbs no puede hacer tartas de ciruela lo suficiente-mente rápido para mantenerlos alimentados.

Una sonrisa se dibujó en los labios de Ashton mientras se dirigía al vestidor para bañarse.

—Me alegro de oírlo.

La señora Gibbs adoraba a los niños, y las dos familias inqui-linas la mantendrían felizmente ocupada durante algún tiempo. La Casa Lennox rara vez tenía huéspedes. Sus vecinos más cerca-nos, los Merton, eran los únicos invitados que asistían a las poco frecuentes fiestas de la casa para cenar. Ashton pasaba todo su tiempo en Londres o en las fincas de sus amigos, prefiriendo evitar a su madre, excepto cuando los negocios exigían su regreso.

A veces se quedaba en la residencia de soltero de su hermano menor, Rafe, o en la finca de su hermana mayor, Thomasina, casada con Lord Reddington. Reddington era un buen hombre, y Thomasina estaba completamente enamorada de él. Ya tenían tres hijos; unos encantos cada vez que llegaban de visita.

Ashton nunca había considerado mucho la posibilidad de tener un hijo, pero si ellos se parecían a la prole de Thomasina, algún día sería un padre orgulloso.

Ashton se metió en el agua caliente y se hundió en ella hasta el pecho, suspirando. Su cabeza cayó hacia atrás para apoyarse en el borde de la bañera e intentó no pensar en el futuro, en el matrimonio o en los bebés. Si nunca se casaba, la herencia pasaría a Rafe, pero Rafe no tenía cabeza para los negocios. Prefería vivir la vida en exceso y no estaba especialmente dotado para aprender a ganar lo que perdía en los garitos de juego. Su madre no se hacía ilusiones con Rafe ni con su comportamiento, lo que presionaba aún más a Ashton para que él fuera el que se estableciera y tuviera al heredero requerido, y uno extra.

Dios... A Godric, Lucien y Cedric les había resultado bastante fácil manejar a sus esposas. Pero Ashton no podía imaginar estar atado a una mujer en la que no pudiera confiar completamente a la hora de hacer lo que él le dijera. No era que quisiera una mujer a la que pudiera controlar; más bien, necesitaba a alguien que confiara en él sin rechistar en los momentos difíciles.

Y quería a alguien dulce para llevársela a la cama cada noche, una mujer que ronroneara y suspirara mientras él le hacía el amor, aunque a veces fueran un poco bruscos. Quería a una mujer fuerte pero delicada que disfrutara de la pasión. Se había acostado con muchas mujeres, a veces para triunfar en sus asuntos comerciales, pero ninguna había conseguido satisfacerlo. Siempre había faltado algo.

Levantó una mano del agua caliente, dejando que las gotas cayeran de nuevo en la bañera, formando olas hacia afuera mientras pensaba en lo que realmente deseaba. Quería un cierto fuego en un beso que le quemara como una llamarada insaciable. Ashton quería estar con una mujer y perderse completamente dentro de ella. A decir verdad, solo había habido una mujer que lo había afectado de esa manera, y ella era la última mujer en la tierra en la que podía confiar.

La diablilla escocesa. La mujer de la que, aparentemente, no podía alejarse desde el momento en que se dio cuenta de que iba a ser su competencia.

Rosalind Melbourne era demasiado astuta, muy poco fiable, su equivalente en tácticas comerciales despiadadas. No podía confiar en ella, en su cama o fuera de ella. Sin embargo, cuando la había besado, casi había perdido la cabeza y el control. Algo en ella, la lucha mutua por el poder y el placer, lo volvía loco de lujuria. Si alguna vez se acostaba con ella, ninguno de los dos podría caminar durante días. Probablemente romperían una cama en el proceso; sin duda, disfrutó de la idea.

Una lenta sonrisa perfiló sus labios al pensar cómo se sentiría llamar suya a esa salvaje muchacha.

Probablemente ella me asfixiaría después de dormirme y huiría a Escocia al amanecer.

Pero primero se acostaría con Rosalind como era debido... muchas veces y de muchas maneras.

Sí, esa sería una noche increíble. Maldita sea.

SIR HUGO WAVERLY ESTABA RECLINADO EN UN ASIENTO AL fondo de la sala de juego del Club Boodle, observando el desarrollo de la velada con poco interés real. Su mente estaba en asuntos más importantes. Una cortina de humo de cigarro flotaba en la base de los candelabros de techo como nubes oscuras, proyectando sombras cambiantes entre las luces de las velas. Los hombres lanzaban cartas sobre las mesas, reuniendo y perdiendo fortunas en apuestas apresuradas. Pero Hugo no era un hombre de apuestas.

Si no puedo asegurar mis apuestas, no jugaré.

La puerta de la sala de juegos se abrió, mostrando a un hombre que Hugo conocía. Era uno de sus hombres de mayor confianza, Daniel Sheffield. Con la ayuda de Daniel, Hugo dirigía la red de espionaje más eficiente y eficaz del país, lo cual, tristemente, no era mucho. En general, el espionaje en Inglaterra era penosamente amateur y dejaba a su país vulnerable. También volvía indispensables a los que se tomaban el juego muy en serio, como Sheffield y él mismo. Habían salvado a la Corona de más de una guerra en el extranjero y, sin embargo, nunca recibirían crédito por sus acciones.

Pero la vida era algo más que elogios y galardones. Él estaba bien compensado, tanto económicamente como a través del poder y la influencia que su posición le otorgaba. Podía chantajear a casi todo el mundo para que hiciera lo que él quisiera. Si un hombre no podía ser comprado, podía ser amenazado, y eso era suficiente para Hugo.

Un paso por debajo de la Corona. Para un hombre que no era de la realeza, era lo más cerca que podía estar de gobernar Inglaterra.

Hugo no hizo ninguna señal de haber notado la presencia de Daniel. Daniel jugó con su reloj de bolsillo, se detuvo junto a una mesa en la que los hombres jugaban al faro y, con una discreta mirada, esperó a que Hugo asintiera ligeramente antes de acercarse.

Daniel tardó un minuto entero en recorrer la sala. Se detuvo para coger una bebida de un camarero que pasaba por allí, y luego deambuló hasta la mesa de Hugo y eligió una silla alejada, pero no tanto. Debajo de uno de sus brazos estaba *La Gaceta del Monóculo de Cristal*, y la levantó lentamente para leer los artículos.

La columna de cotilleos de Lady Society era claramente visible desde donde Hugo estaba sentado. Frunció el ceño ante el nombre. ¡Qué tontería! Si se molestara en averiguar la identidad de esa mujer, ella sufriría un accidente que la incapacitaría para volver a escribir en su vida. Estaba cansado de su interminable desfile de artículos que mostraban a la Liga de los Pícaros como héroes. No eran hombres que debían ser admirados o temidos; eran tontos. Tontos peligrosos. Tontos que él destruiría a su debido tiempo.

El crujido de la madera le indicó que Sheffield había movido su silla un centímetro más cerca. Cuando Hugo apartó muy discretamente su propio diario, vio la mano de Sheffield envolviendo suavemente una copa de brandy.

—Hoy hace buen tiempo, pero creo que aparecerán nubes — observó Sheffield.

Hugo se tensó. Eso significaba que una situación que él estaba supervisando no marchaba según el plan.

—¿Qué tipo de nubes?

Sheffield dejó su vaso sobre la mesa, y debajo de él había una nota cuidadosamente doblada.

—Negras —Hugo bajó su diario y dejó que cubriera la superficie junto al vaso de Sheffield. Luego apartó con cuidado la bebida de Sheffield y cubrió la nota—. La dama por la que me he interesado recientemente —añadió Sheffield en voz baja—, ha decidido visitar a unos amigos en el campo.

Esa sería Rosalind Melbourne. ¿Así que el cuervo escocés había huido al campo? Eso era preocupante. Ella prefería quedarse en la ciudad, y él también prefería que fuera así. Le resultaba más fácil vigilar sus asuntos. Hasta ahora había tenido la suerte de manipularla para que lo aceptara como socio de negocios, y luego la había convencido para que alterara las compañías navieras de Ashton Lennox.

—¿Qué amigos está visitando la dama?

—A los del barón —Sheffield cogió su copa medio vacía de la mesa y bebió.

¿Lennox? Eso no era bueno. Hugo quería que ella y Lennox permanecieran enemistados. Si alguna vez formaran una alianza, la mitad de los planes actuales de Hugo podrían desmoronarse fácilmente. La logística de alterar esos planes con reemplazos fiables sería, como mínimo, molesta.

Tendría que encontrar una manera de atraer a Lady Melbourne de regreso a Londres, donde podría vigilarla de cerca.

—Mmm. Bueno, podemos ocuparnos de eso pronto. ¿El barón sufrió alguna pérdida hoy?

—Sí. Anoche se quemaron dos casas de aparceros. Eso lo mantendrá ocupado y alejado de Londres.

—Excelente —eso era justo lo que Hugo pretendía. Él y Sheffield estaban organizando el traslado de algunos agentes a Francia, pero, últimamente, Lennox había estado vigilando de cerca las acciones de Waverly. Muy de cerca. Y Lennox y sus hombres tendían a entrometerse en sus misiones y arruinarlas. Sería propio de ellos cargar con la responsabilidad de una guerra por no querer mantenerse al margen. Así que Sheffield se había ocupado de una distracción decente para alejar a Lennox de Londres durante un tiempo.

Sheffield se aclaró la garganta.

—Hay otro asunto pendiente —susurró, con una leve inclinación de cabeza hacia el papel que había metido bajo la copa—. Urgente.

Hugo deslizó su diario hacia la orilla, arrastrando hábilmente la nota que Sheffield le había entregado. Observó el sello de cera roja con un diseño escocés. Lo reconoció. Kincade. Aquello despertó viejos recuerdos.

Diez años atrás, había sudo un joven que acababa de entrar al servicio de Su Majestad. Inglaterra había firmado recientemente un acta que unía Escocia e Inglaterra, pero ya había rumores a favor del separatismo. El trabajo de Hugo había sido descubrir a los líderes del movimiento antes de que pudiera ganar popularidad. Y lo consiguió, una alianza informal de terratenientes escoceses que se autodenominaban Los Anti-Unionistas.

En el transcurso de un año, todos sus nueve líderes, excepto uno, habían sido eliminados en una serie de accidentes. Solo quedaba un hombre, Montgomery Kincade, el padre de Rosalind Melbourne.

El astuto bastardo había traicionado a sus compatriotas a cambio de una considerable suma y de que le perdonaran la vida. Habría sido prudente ocuparse también de Kincade, pero el hombre era astuto y había protegido bien sus intereses. Le había advertido a Hugo que, si moría en circunstancias accidentales o sospechosas, se expondría una colección de cartas que había escrito tontamente.

Algo así arruinaría a Hugo. Además del daño a su reputación, los escoceses lo querrían muerto, y la Corona lo desautorizaría para proteger la endeble relación entre ella y Escocia. Incluso podrían encargarse de que él mismo tuviera un accidente.

Él no habría cometido tal error ahora, pero, en ese entonces, solamente había sido joven.

Había pocas cosas que Hugo olvidaba, pero esto... esto era algo que deseaba eliminar de su mente. Irónicamente, esta misma misión fue la que le aseguró su lugar entre sus compañeros y le ayudó a alcanzar su posición actual.

Respirando tranquilamente, rompió el sello y leyó la carta. Estaba codificada con el patrón de la vieja clave que él había utilizado diez años atrás. Se necesitaba un dispositivo especial para descifrarlo, uno que Hugo había diseñado. Todavía lo llevaba consigo y lo utilizaba de vez en cuando para los mensajes menos importantes. Lo sacó de su bolsillo y ajustó los símbolos para que coincidieran con la esquina superior izquierda de la carta, lo que le permitió descifrar el resto del mensaje.

Sir Hugo,

Han pasado muchos años desde la última vez que hablamos, pero mi memoria se mantiene fresca. Te escribo desde mi lecho de muerte. Ya no puedes castigarme. Ahora, eso depende del Señor.

Pero no creas que has ganado. Acepté dinero a cambio de silencio cuando asesinaste a mis compatriotas, y ellos acuden a mí en busca de venganza. Ya no puedo ignorarlos.

Todavía tengo todas las cartas que escribiste, con el código expuesto. Pronto, la única persona de mi confianza recibirá el dispositivo que alguna vez me diste, junto con las instrucciones para encontrar la ubicación en la que he escondido las cartas. Por fin, ellos te expondrán como lo que eres.

Pronto tu rey y tu país sabrán a cuántos asesinaste por el bien de tu preciosa nación. Una nación construida edificada sobre mentiras. Una nación que mata a su propia gente cuando insinúan defenderse.

Me río de ti, Waverly. Me río desde el más allá. Sospecho que pronto te veré en el infierno.

Kincade

. . .

Hugo no podía respirar. El dispositivo de cifrado y las cartas... las cartas que podían condenarlo y arruinar su vida. Y serían enviadas a... ¿quién?

Hugo volvió a examinar la carta, buscando una pista. *La única persona de mi confianza.* Él no confiaba en nadie, porque había estado dispuesto a traicionar a cualquiera.

Quizás su familia era la excepción. Si confiaba en alguien, tenía que ser alguien de su familia. Reflexionó sobre lo que sabía del hombre. Cuatro hijos. Tres hijos y una hija.

Pero no tenía sentido. Exponer esas cartas destruiría el nombre de Kincade, así como el de Hugo. El hombre no confiaría en sus herederos para destruir sus propios futuros.

Rosalind, sin embargo...

Su riqueza y estatus eran independientes del nombre Kincade. Y por lo que sabía de sus encuentros, no había habido amor entre ella y su padre. Todo lo contrario. Por esa misma razón, el viejo bastardo podría asumir que ella estaría más que dispuesta a exponer los pecados de su padre.

Y ella estaba en camino a encontrarse con uno de sus mayores enemigos, presumiblemente con el código en su poder. Pero no las cartas. Todavía tenía tiempo para encontrarlas antes que ella.

—Joder —susurró.

—¿Debemos preocuparnos por algo? —preguntó Sheffield.

Hugo dobló la carta y la guardó en su bolsillo. Al llegar a casa la quemaría.

—Un fantasma intenta atormentarme. Ponte en contacto con nuestro hombre dentro de la finca de Lennox. Haz que envíe informes a nuestro agente contratado por Lonsdale. Quiero que encuentren la manera de recuperar un dispositivo de cifrado que puede estar en posesión de Lady Melbourne. Se parece a esto —levantó el suyo para que Sheffield lo viera. Luego lo devolvió a su bolsillo—. Quiero que se registre la residencia de Lady Melbourne para comprobar si lo ha dejado allí. Si no se encuentra, busca una razón para que Lady Melbourne regrese a Londres. Podré ocuparme de ella yo mismo.

—Me encargaré de ello —Sheffield se levantó y, con una mirada casual a la habitación, dejó su copa de brandy vacía sobre la mesa y salió de la sala de juegos de Boodle.

Hugo sintió el peso de la carta de Kincade en el bolsillo de su chaleco. Rosalind poseía un arma que podía destruirlo, y estaba a punto de ir directamente hacia uno de sus enemigos con ella. Pero por sí sola no era más que una baratija. Una curiosidad. Encontraría la manera de evitar que ella encontrara las cartas antes que él.

Sus nervios comenzaron a equilibrarse. Tener un plan de acción siempre lo calmaba. Pero, como si quisieran traicionarlo y recordarle sus preocupaciones, sus manos temblaron al dejar el vaso sobre la mesa.

Maldita sea la Liga de los Pícaros, malditos sean todos.

⚜

BROCK KINCADE ESTABA DESPLOMADO SOBRE SU ESCRITORIO EN su pequeño estudio del Castillo Kincade. La última vela que podía permitirse desperdiciar se estaba consumiendo hasta el final de su mecha, y la cera se acumulaba en la base del portavelas. En el exterior, el viento silbaba a través de los tapices y las grietas de la piedra y el cristal, llenando todas las habitaciones con un inevitable viento abrasador, incluso en primavera.

Los papeles que tenía frente a él se difuminaban mientras el cansancio lo invadía. Pero tenía que permanecer despierto por si lo necesitaban. Parecía que el peso del mundo lo aplastaba. Arriba, su padre se estaba muriendo, y el solo hecho de pensar en ello estaba agitando y alterando la vida de Brock.

La puerta del estudio se abrió con un golpe y su hermano menor, Brodie, apareció con el pecho agitado como si hubiera corrido todo el camino.

—Tienes que venir. Ya es hora.

Brock se lamió el pulgar y el índice y apagó la vela. Se levantó de la silla y siguió a Brodie por los sinuosos y estrechos escalones hasta la torre donde se encontraba la habitación de su padre.

Se detuvieron frente a la alcoba y Brock abrió la puerta. Su hermano menor, Aiden, estaba sentado a los pies de la cama con el rostro blanquecino.

Aiden miraba fijamente al anciano que yacía en la cama.

—No va a durar mucho más, Brock.

Montgomery Kincade, antes un hombre alto, de pecho ancho y sólido, se había vuelto frágil, pequeño, arrugado. Era algo extraño contemplar a la horrible bestia humana completamente indefensa que lo había herido en numerosas ocasiones.

Ahora, su padre no podía golpearlos ni gritarles. Estaba demasiado débil para hacer algo más que balbucear. Pero Brock podía ver un destello malicioso detrás de los ojos del anciano mientras lo miraba con desprecio.

—Aiden, no tienes que quedarte. Puedes despedirte ahora e irte —dijo suavemente Brock.

Aiden siguió mirando fijamente al débil anciano.

—No. Quiero quedarme y... —se aclaró la garganta—. Asegurarme de que está muerto.

Brock compartió una mirada de sorpresa con Brodie. Aiden era el más dulce de los tres, suponiendo que alguno pudiera considerarse dulce. En los últimos cuatro meses, también fue el que más cuidó de su padre enfermo cuando su salud se deterioró.

—Quédate si quieres —Brock suspiró y se acercó para parase junto a la cama. Los ojos de su padre abandonaron a Aiden y se posaron en él, mostrando la misma frialdad y crueldad—. Finalmente, tienes que escucharnos. Después de años de sufrimiento, no puedes moverte, no puedes hablar. Me parece justo —luego cruzó los brazos sobre el pecho—. Quiero que sepas esto, padre. Te queremos tal y como Dios quiere que lo hagamos, pero nunca nos has agradado. Alejaste a Rosalind con tu crueldad, pero ya no volverás a hacerle daño —su tono era suave, como una cuchilla envuelta en una tela escocesa.

Los ojos de su padre mostraron un destello rojo. Al abrir la boca, solo se le escapó un suave siseo. El derrame cerebral que había sufrido hacía dos días le había quitado la capacidad de movimiento, excepto una mano, la cual intentó levantar.

—Cartas —la palabra brotó de los labios del anciano—. Debo dar... a Rosalind.

—¿Cartas? ¿Qué cartas? —Brodie dio un paso más hacia su padre, como si estuviera dividido entre la curiosidad y la duda.

—Debajo de... mí —la mirada de Montgomery cayó hasta la parte baja de su espalda. Brodie levantó el colchón de plumas y rebuscó durante un minuto antes de que su mano se detuviera. Brock vio a su hermano menor sacar un montón de cartas, amarillentas por el paso del tiempo y atadas con cordel. Brodie se las entregó a Brock y volvió a mirar a su padre.

—Debo guardarlas... para Rosalind. A ella... dáselas.

Brock había contenido su ira durante muchos años y, sin embargo, ver a su padre roto y aún con mucha malicia en su interior, lo enfurecía.

—¿Qué son? —exigió.

Montgomery sacudió la cabeza. El movimiento fue tan ligero que Brock casi no lo percibió bajo la escasa luz.

—Para... solo ella. Ella tiene la llave.

Furioso, Brock golpeó las cartas contra una de sus manos. No estaba dispuesto a viajar hasta Londres para entregarle a su hermana pequeña unas cartas que probablemente estaban llenas de odio e insultos de un viejo amargado y moribundo.

Los labios de su padre se curvaron en una fría sonrisa, como si quisiera reírse de su hijo mayor.

—Si deseas vengarte de mí... este es el camino... —sus ojos se fijaron en las cartas que tenía su hijo y tosió.

—No voy a participar en ningún maldito juego contigo, padre. Cuando te hayas ido, seré el amo de este castillo y las cosas serán diferentes.

—Brock, no —advirtió Brodie. Ninguno de ellos quería pasar más tiempo con su padre, pero no era prudente provocarle una muerte prematura. Sería poco amable, aunque su padre no se merecía ninguna amabilidad.

Pero Brock ya no tenía compasión. Ni lenidad. Tres décadas lo habían agotado, y su control se había desvanecido.

Durante la siguiente media hora, él y sus hermanos contemplaron el rostro arrugado de su padre bajo la luz menguante de las velas. Era casi medianoche cuando el anciano se sacudió súbitamente, contrayendo todos sus músculos. Luego su mirada se desvió hacia el cielo y exhaló, un suspiro débil y poco profundo.

Su último. Montgomery había muerto. El peso de las cartas en las manos de Brock era tan intenso como una columna de piedra. Se acercó a la cama de su padre y regresó las cartas al colchón. Podía quemarlas mañana, si así lo deseaba, pero no se las daría a Rosalind, no cuando estaba seguro de que su contenido le causaría daño.

Brodie se inclinó sobre la cama y las puntas de sus dedos rozaron los ojos de su padre, cerrándolos mientras Brock y Aiden lo observaban.

—¿Qué... qué hacemos ahora? —preguntó Aiden.

Brock cogió la vela titilante y, con una mirada a sus hermanos, la apagó.

—Padre está muerto. Hemos recuperado nuestras vidas.

—¿Y Rosalind? —preguntó Aiden—. ¿Volverá a casa?

Lo último que sabían de su hermana era que se había casado con un inglés, que ahora era viuda y vivía en Londres. Se habían enterado de eso a través de informes ocasionales de amigos que iban a Londres cada cierto tiempo. Pero no se habían atrevido a ponerse en contacto con ella desde su partida. No había sido seguro. Temían que su padre la persiguiera, la arrastrara a casa y la castigara, aunque nunca se había preocupado por ella.

—Quiero que vuelva a casa —dijo Aiden—. La echo de menos.

Brock asintió.

—Lo sé —Brodie tenía treinta años, pero Aiden era apenas dos años mayor que Rosalind, y de pequeños habían estado muy unidos. Los tres habían llorado su partida, incluso sabiendo que tenía que irse por su propio bien. Pero Aiden había actuado como si le hubieran arrancado una parte del corazón. Tenía mucho de su madre en él. Como Rosalind, él era una persona con un gran corazón.

—La traeremos a casa. Ella está a salvo ahora. Todos lo estamos.

❧

FUE EL PEOR VIAJE EN CARRUAJE DE ROSALIND. CUANDO HIZO los preparativos para salir esa tarde, el cielo estaba despejado y el día era bueno y soleado. Sin embargo, cuando subieron al carruaje esa misma tarde, le pareció percibir un olor a lluvia en el aire. Una hora después, en las afueras de Londres, las nubes de tormenta se acumularon en el horizonte y el cielo no tardó en abrirse.

La lluvia golpeó las ventanas y el conductor maldijo cuando los caballos se resistieron a seguir. Parecía que su chofer se dirigía deliberadamente a todos los huecos y zanjas del camino.

—Cielos, será una tormenta espantosa —exclamó Claire, envolviéndose con su capa.

—Lloverá —masculló Rosalind con pesimismo. Un día desafortunado siempre podía empeorar.

—¿Cuánto falta para llegar a la finca de Lord Lennox?

—Al menos una hora, o más.

De repente, el carruaje se hundió. Rosalind y Claire cayeron al suelo. El brazo de Rosalind se resintió cuando aterrizó incómodamente sobre él.

—¿Se encuentra bien, Su Señoría? —preguntó Claire.

—Sí. ¿Qué pasa? Nos hemos detenido —el carruaje ya no se movía. Los finos vellos de su nuca se erizaron. Si su conductor se detenía en esta tormenta, no era por una buena razón. Abrió la puerta y parpadeó bajo la lluvia mientras buscaba al hombre.

Estaba de pie junto a la rueda trasera del carruaje—. ¡Señor Matthews! ¿Por qué nos hemos detenido?

—La rueda está dañada, mi señora. Se ha roto en la última pendiente. No llegaremos lejos con este clima. Primero se romperá por completo.

—Oh, cielos —Rosalind gimió y miró alrededor del camino bañado por la lluvia. Entonces, su corazón se detuvo. Había una sombra en el borde del camino, acercándose. Alguien se dirigía hacia ellos desde el bosque. Volvió a meterse en el carruaje.

—Claire, trae mi reticule. Tengo una pequeña pistola dentro —esperaba, por Dios, no tener que usarla. Había oído que en estos pequeños caminos rurales había muchos asaltantes de caminos y otros ladrones que se aprovechaban de los viajeros.

Su criada encontró el reticule y se lo entregó. Rosalind rebuscó hasta que sus dedos se cerraron en torno a la empuñadura con incrustaciones de perlas.

—Quédate atrás mientras veo quién es.

Abrió la puerta del carruaje y se paralizó. El conductor había empezado a subir de nuevo a su lugar en vehículo, con las manos en alto. Una figura encapuchada con un antifaz que ocultaba sus rasgos tenía una pistola apuntando al chofer. Un asaltante de caminos. Los iban a robar.

CAPÍTULO 5

De todos los problemas en los que Rosalind había imaginado involucrarse al intentar recuperar su vida de las garras de acero de Ashton, no había esperado ser robada por un asaltante de caminos.

—¿Quién está dentro? —le preguntó el hombre al conductor.

—Lady Melbourne y su dama de compañía.

—Aléjese de los caballos y párese junto al camino —el hombre agitó la punta de su pistola para indicarle el lugar exacto.

—¿Qué pasa? —susurró Claire.

Esto no es malo. No se compara con lo que he tenido que enfrentar. Rezó para poder convencerse de ello.

Sin apartar la mirada del hombre armado, Rosalind le susurró:

—Creo que están a punto de robarnos —su corazón latía con tanta fuerza que apenas podía oírse a sí misma.

—¿Qué? —jadeó Claire.

—Deja que yo me encargue de esto. Quédate detrás de mí en todo momento.

—Pero...

Rosalind levantó la mano con la pistola mientras el enmascarado se dirigía decididamente hacia el vagón. Justo cuando llegó a la puerta, Rosalind le apuntó al pecho con su pistola. Nunca le había disparado a un hombre, y rezaba para no tener que hacerlo ahora.

El hombre se detuvo, como si se hubiera asustado por su audacia al apuntarle con la pistola. Luego sonrió ante su vacilación.

—Ni se te ocurra dispararme. Tengo hombres en el bosque listos para ocupar mi lugar si yo caigo. El resultado final será el mismo, aunque es probable que sean menos amables que yo —el acento del asaltante de caminos era refinado y extrañamente familiar. Ella no sabía muy bien en qué lugar había escuchado su voz. A pesar de la tormenta, había suficiente luz para ver los ojos del hombre mientras la miraba fijamente. Ojos de un tono azul eléctrico. Ojos que reconoció. Los ojos del mismo hombre que quería desesperadamente encontrar y estrangular.

—¿Lord Lennox? —jadeó.

Los ojos del hombre se ensancharon un segundo antes de estrecharse. Un rayo iluminó su propia pistola apuntando al pecho de Rosalind.

—Sea prudente, señora, y guarde su arma. Quiero su dinero y sus joyas.

La lluvia bañó el rostro de Rosalind cuando se inclinó un poco hacia el exterior del carruaje, pero no parpadeó ni dio marcha atrás. Aun así, dudó en usar el arma.

—No tenemos joyas ni dinero.

El hombre se carcajeó.

—No obstante, ¿lleva un vestido muy costoso? No lo creo —apoyó la boca de su pistola justo encima de su corazón, el metal frío contra su piel—. Su dinero. *Ahora.*

Ella no hizo ningún movimiento para satisfacer las exigencias del asaltante de caminos, sino que Claire le entregó repentinamente el bolso por encima del hombro de Rosalind.

—¿Qué estás haciendo? —dijo entre dientes.

—Salvando nuestras vidas —susurró Claire.

El enmascarado esbozó una fría sonrisa mientras le arrebataba el bolso a Claire. Sus dedos enguantados estaban temblando.

—Al menos una de vosotras es sensata y hace lo que se le dice —dio un paso atrás, con la pistola aún en alto, y agitó la bolsa con todo el dinero que Rosalind tenía en ella—. Pasad una encantadora noche, señoras —corrió hacia su caballo, se subió a él y golpeó los flancos del animal con sus botas.

Esto era demasiado como para soportarlo. Además del hecho de que Rosalind no podía imaginar encontrarse en una situación mucho peor, varada en medio de la nada con un carruaje averiado y sin dinero, esta atroz agresión a su persona era intolerable. No dejaría las cosas así.

Rosalind saltó del carruaje, levantó el brazo con el arma y disparó. El hombre se estremeció y sujetó su brazo, pero siguió cabalgando hasta desaparecer bajo la intensa lluvia y la oscuridad.

—¡Gracias a Dios que no le has dado! —exclamó Claire.

—Estaba apuntando a su negro corazón —apartando las gotas de lluvia de sus ojos, buscó al conductor. Su mano con la pistola empezó a temblar. Nunca le había disparado a un hombre, y solo ahora empezaba a sentir las repercusiones de ello.

El conductor se acercó con cara seria.

—¿Supongo que no conseguiremos hacer el resto del camino con esa rueda? —preguntó Rosalind.

El señor Matthews negó con la cabeza.

—Ni siquiera avanzaremos una milla. Conozco una posada no muy lejos de aquí. La mujer que la administra podría permitirnos pasar la noche, y yo podría ver la posibilidad de negociar el cambio de rueda o cabalgar de regreso a Londres cuando amanezca, si la tormenta cesa.

Rosalind suspiró. Su frustración palpitaba bajo su piel.

—Supongo que tendrá que ser así —volvió a subir al carruaje. Su vestido gris de tela bombazine se sentía pesado por el agua, haciéndola sentir agotada mientras arrastraba las faldas por los escalones. Una vez que el carruaje comenzó a avanzar, su criada se inclinó hacia ella.

—Ha llamado al enmascarado Lord Lennox —dijo Claire en voz baja—. No pudo haber sido él, ¿verdad, Su Señoría?

Rosalind dudó.

—Pensé que lo era. Sus ojos eran como los de él, pero la forma de hablar... no lo sé —sacudió la cabeza—. Es una tontería. Lennox no tiene motivos para robar a nadie a punta de pistola cuando lo hace tan bien con los abogados y los bancos. Supongo que, últimamente, no puedo dejar de pensar ese canalla.

Claire no dijo nada mientras seguían avanzando.

—Bueno, no importa. Hoy no. Por ahora, debemos concentrarnos en la comida y el refugio. No puedo seducir a Lord Lennox para que me devuelva lo que es mío a menos que pueda descansar y alimentarme —Claire le entregó a Rosalind su chal para que le sirviera como toalla y se secara mientras el carruaje se sacudía de nuevo hacia adelante.

Para cuando llegaron a la pequeña posada, el vestido de Rosalind aún estaba pesado y húmedo, y su piel se había enfriado. El señor Matthews bajó sus maletas y las llevó a la sala común antes de salir a buscar a alguien que pudiera reparar o sustituir la rueda. El estómago de Rosalind refunfuñó ante los aromas de la sopa y el pan.

Echando un vistazo a la habitación poco iluminada, Rosalind vislumbró demasiada gente, demasiadas caras. La mayoría eran hombres que la miraban con cierto interés, poco acostumbrados a ver a una dama distinguida detenerse en una posada tan pequeña. Se hallaban en una única vía con muchos viajeros. ¿Y si la posada estaba llena? Sacudió la cabeza. ¿Qué importaba? Ella y Claire no tenían dinero para pagar una habitación.

—¿En qué puedo ayudarlas, señoras? —una mujer rechoncha de rostro alegre se acercó a ellas.

Rosalind inhaló y luego exhaló lentamente ante la súplica que estaba a punto de expresar.

—Esperamos que tenga una habitación libre para pasar la noche.

La agradable sonrisa de la mujer se desvaneció.

—Me temo que no. Acabo de ocupar la última.

Con una sensación de hundimiento en el pecho, Rosalind bajó la cabeza en señal de derrota.

—Me lo temía, dada la tormenta. ¿Qué me dice de la comida?

—De eso hay mucho, gracias a Dios —la posadera les sonrió—. ¿Qué desean?

Por un breve momento, Rosalind se sintió aliviada, pero luego recordó que seguían sin dinero. Ella no era el tipo de persona que cogía algo sin dar nada a cambio.

—Gracias, señora, pero no tenemos dinero —interrumpió Claire—. Su Señoría y yo fuimos agredidas por un asaltante de caminos que se llevó todo, menos la ropa de nuestros baúles. ¿Hay alguna forma de ganarnos una cena ligera? Puedo cocinar y lavar los platos.

Rosalind miró fijamente a su criada. No se le había ocurrido una solución tan sencilla. Cuando consiguió controlar su propia lengua, añadió apresuradamente:

—Yo también puedo ayudar.

La posadera sonrió.

—Esta noche hemos estado escasos de personal a causa de la tormenta —señaló con la cabeza a Claire—. Puedes ayudar en las cocinas. Y tú —miró a Rosalind—, puedes ocuparte de las mesas. Haré que empecéis, y en unas horas las tres podremos comer.

Rosalind se quitó los guantes y la bufanda, entregándoselos a Claire antes de seguir a la posadera para reunirse con el barman. Luego se puso a trabajar, yendo y viniendo de la docena de mesas de la sala hacia la barra y las cocinas.

Con los brazos cargados de bandejas de comida o pintas de ale, tuvo que concentrarse en no derramar nada. La mayoría de los hombres la trataron con bastante respeto. Solo uno o dos intentaron pellizcarla de forma inapropiada. No era la primera vez que los hombres se le insinuaban, y una mirada penetrante los hacía bajar las manos.

Cuando la taberna se calmó por la noche, Rosalind se desplomó en una silla cercana en una mesa ahora vacía. Le dolían los pies y sabía que le saldrían ampollas donde sus tobillos habían rozado las botas.

—Aquí está, querida. Te lo has ganado —la posadera colocó un humeante cuenco de estofado de carne delante de ella y luego se volvió para agitarle una mano a Claire, quien acababa de salir de la cocina con el vestido cubierto de harina y manchado de grasa.

—Ahora, a comer —su anfitriona fue a buscar su propio cuenco. Cuando regresó, Rosalind estaba lamiendo su cuchara y sintiéndose un poco somnolienta.

—¿A dónde os dirigíais, señoras, antes de que os robaran?

—Nos dirigíamos a la Casa Lennox. ¿Queda lejos de aquí?

La mujer pensó por un momento.

—¿La Casa Lennox? Sí, todavía está lejos. Alrededor de una hora en carruaje. Tres a pie.

¿Tan lejos?

—¿Supongo que nadie nos permitiría ir en la parte trasera de un carruaje de camino a la casa?

La posadera parecía decepcionada.

—Si no hubiera enviado a mi hijo al pueblo, habría hecho que os llevara. Pero no volverá hasta dentro de dos días.

—Gracias. Apreciamos todo lo que ha hecho por nosotras — Rosalind lo decía en serio. Esta mujer había hecho mucho por ellas, más de lo que debía.

—Entre mujeres debemos ayudarnos —la mujer se rio, pero Rosalind intuyó que había trabajado duro en la vida por una razón, y que había conseguido su pequeña posada sin ayuda de nadie. Rosalind, una mujer de negocios como ella, admiraba a la posadera por ello.

—Tengo algunos sacos de grano en el almacén y podéis hacer camastros con ellos para pasar la noche. Si es necesario, podéis quedaros hasta que vuelva mi hijo.

Rosalind miró a su criada y luego asintió.

—Eso estaría bien —el Señor sabía que ella había dormido en cosas peores en su juventud. Siguieron a su anfitriona hasta el almacén y la ayudaron a depositar los sacos de grano en el suelo antes de que ella y Claire se subieran a ellos. Claire abombó su saco una vez y luego se quedó dormida.

No fue tan fácil para Rosalind. El sonido del grano moviéndose en los sacos, siseando en la oscuridad, le alteró los nervios. Los crujidos de las paredes de madera de la posada y el ruido de las patas de los roedores la mantenían inquieta. Una fría corriente de aire se deslizaba por las grietas bajo la puerta del almacén. Golpeó el grano debajo de ella, pero no pudo ponerse cómoda.

¿Me he vuelto muy blanda desde que me casé con Henry? Antes de eso, había dormido más de una noche en el suelo pedregoso del establo sin nada más que un poco de heno para calentarse. Esto era mucho mejor que aquellos días.

Cada vez que cerraba los ojos, solo podía ver al bandolero; su fría sonrisa y sus arrogantes ojos azules. Eso hacía que su corazón volviera a golpear con fuerza contra su pecho. Pero su voz no era la de Ashton. Un eco, tal vez, pero no era igual. Cada sobresalto de su pulso no se debía al ladrón en sí, sino a la persona que él le había evocado.

¿Estoy siendo una tonta por imaginar a Lord Lennox como un ladrón enmascarado? Era una completa tontería. El hombre no tenía necesidad de robar a las damas en el camino, y no parecía el tipo de actividad que realizaría para divertirse. Y conociéndolo, si la hubiera robado, se habría quitado la máscara y jactado de ello.

Sin embargo... algo en él le recordaba a Ashton. Simplemente, tal vez ya se sentía robada por él y estaba muy decidida a asociar a todos los villanos con ese maldito barón. Hizo una pausa. Sus pensamientos giraron en torno a algo que la sobresaltó. El plan de Ashton para quedarse con sus negocios había sido astuto, brillante, y ella tenía que admirar las tácticas que había utilizado.

En algún momento cerca de la medianoche, el hombro de Rosalind fue sacudido y ella rodó, medio dormida, para mirar fijamente a la posadera.

—La tormenta ha cesado, querida. Uno de mis muchachos está dispuesto a llevaros hasta la mitad del camino en su caballo, pero solo puede llevar a una de vosotras.

Rosalind parpadeó, miró a su criada dormida y suspiró. *Debería dejar que Claire durmiera hasta que el carruaje viniera a por ella.* No podía permitirse esperar dos días para enfrentarse a Ashton.

—Yo iré. ¿Le importaría dejar que mi criada se quede aquí hasta que yo pueda enviarle a alguien? Nuestro carruaje debería estar reparado antes de que su hijo regrese. Mientras tanto, ella trabajará por el alojamiento y la comida, y yo debería poder pagar cualquier diferencia una vez que llegue a la Casa Lennox. Por favor, hágale saber que espere a nuestro chofer.

La posadera asintió.

—Eso estaría bien. Me gustaría tener ayuda en las cocinas. Se lo diré cuando despierte. Ahora vamos, el muchacho te está esperando.

Apartándose el pelo de la cara, Rosalind se quitó la suciedad de su vestido de carruaje y siguió a la mujer a través de la tranquila sala común.

Un joven inquieto esperaba junto a la puerta, y se inclinó tímidamente cuando las vio caminando en su dirección.

—Hola, Su Señoría,

—Gracias por el viaje —Rosalind lo decía en serio. Cuando el muchacho abrió la puerta de la posada, la lluvia seguía cayendo, pero solo era una llovizna. El joven le ofreció ayuda para subir a la silla de montar, y Rosalind mantuvo firme al caballo mientras él montaba detrás de ella.

—¿Cómo te llamas? —le preguntó mientras él la rodeaba para coger las riendas.

—Rolfe, Su Señoría.

—Gracias. No olvidaré esto, Rolfe —ella encontraría una manera de pagarle a él y a la posadera. Podía ser despiadada con alguien como Ashton, pero no con esta gente. Le recordaban demasiado a su hogar y a la maravillosa gente de los pueblos cercanos al castillo de su familia.

Durante la siguiente media hora, su pelo se soltó y su vestido, apenas seco, no tardó en empaparse de nuevo. Para cuando llegara a la finca de Ashton, parecería un gato ahogado, no una mujer dispuesta a seducir a un hombre para vengarse.

Todavía no estaba convencida de que el plan de Emily fuera a funcionar. ¿Era Ashton el tipo de hombre que *podía* ser seducido? Él era muy frío y desapasionado... Pero aquella noche en la ópera ella había visto otro lado de Ashton, uno que le había dado poder sobre él en aquel momento donde la pasión había sido cegadora. Tal vez podía ser seducido...

—Hemos llegado —Rolfe tiró de las riendas para detener el caballo frente a un par de viejas columnas de piedra que delimitaban la entrada a las tierras de Ashton—. Tienes suerte. Parece que la tormenta apenas afectó este lugar.

—¿Qué distancia hay hasta la casa? —al pensar en la caminata bajo este clima y con sus botas negras, a Rosalind comenzaron a dolerle los pies.

—Unos cinco kilómetros —Rolfe se bajó del caballo y la dejó en el suelo con la gracia de un caballero—. Siento no poder llevarte más lejos. ¿Estarás bien? —esperó a que ella respondiera, con los ojos muy abiertos.

—Sí, gracias. He conseguido caminatas más largas.

—Quédate en este camino y te aseguro que llegarás a la casa —Rolfe volvió a subir a su caballo y se alejó tan rápido como había llegado—. ¡Buen viaje!

Rosalind enderezó los hombros y emprendió la larga y agónica travesía por el camino de tierra, con la esperanza de ver pronto la casa. La lluvia se intensificó y el camino se volvió espeso como el barro. Las faldas, antes hermosas, de su vestido de carruaje no tardaron en romperse, empapándose y cubriéndose de barro. La prenda se arrastraba, cada vez más pesada, agobiándola hasta que sintió como si estuviera vadeando un río a la altura de las rodillas.

Sus pies ardían mientras el cuero irritaba sus delgadas medias. Los árboles salpicaban el camino más adelante, trazando una línea interminable que apuntaba a su objetivo. Un estornudo la sorprendió y tropezó, a punto de caer, pero consiguió incorporarse.

Debo continuar. No importaba su deseo de estar acurrucada frente al fuego con un buen libro y un cuenco de sopa caliente.

El rostro de Ashton ocupaba su mente. Una fuerza impulsora que la obligaba a seguir moviéndose, aunque eso la matara.

CAPÍTULO 6

Jonathan estaba inclinado sobre una mesa de billar, preparándose para su tiro.

—Menos mal que Cedric no estaba en casa cuando llevé a Audrey desde Fives Court.

Ashton frotó distraídamente la punta de su taco contra su zapato, sin perder de vista la intensidad del rostro de Jonathan mientras hablaba.

—Estás planeando casarte con esa mujer, ¿no es así? —preguntó Ashton mientras esperaba su turno.

La llegada de sus amigos esta noche, después de la cena, lo había aliviado. Había pasado toda la comida intentando no darle a la pobre señorita Merton la impresión de que iba a recibir una propuesta de matrimonio. Entre las esposas de sus amigos y los planes de su madre, cada vez era más difícil permanecer soltero.

—Tengo la intención de proponerle matrimonio una vez que haya tenido tiempo de instalarme en la nueva casa de ciudad y preparar todo. No tiene sentido precipitarse —Jonathan metió una bola roja en la tronera de la esquina.

—Bien hecho —dijo Charles—. Pero seamos sinceros, Jon. Esa pequeña astuta no puede ser controlada por ningún hombre. Primero, él perdería la cordura. Ella es demasiado. Dudo que seas capaz de seguirle el ritmo. Incluso me hizo huir una vez, como bien sabéis.

Ashton observó cómo el rostro de Jonathan se ponía rojo. Al parecer, tenía el temperamento celoso de su hermano mayor, pero lo mantenía mucho mejor oculto que Godric.

—Lo juro —continuó Charles—, nunca me había perseguido una mujer. Pero allí estaba ella, tirándome a un sofá. Os pregunto, ¿qué puede hacer un hombre frente a ello?

—Todavía no puedo creer que permitieras que te besara así —habló Ashton—. Es una dama, no una prostituta. No me sorprende en absoluto que Cedric te haya dejado el ojo morado.

Charles soltó un resoplido indignado.

—Nunca habéis sido abordados por ella. No tenéis ni idea de lo fuertes que son sus delicadas manitas, ni de cómo puede derribar a un hombre adulto. Es una amenaza para cualquier soltero decente. Mantendré mi distancia hasta que te cases con ella —Charles alineó su taco y ejecutó su tiro, fallando lo suficiente como para maldecir.

—¿Distancia? Entonces, ¿por qué dejaste que asistiera a tu combate en Fives Court? ¡Eso era peligroso y lo sabías! ¿Y si la hubieran reconocido? O peor, ¿y si un hombre la hubiera cogido mientras tú estabas en el ring? Linley no habría podido protegerla, ese muchacho es demasiado escuálido para eso —Jonathan se enfureció.

—Tom es joven. Ganará peso. Yo era más pequeño que muchos hombres hasta que cumplí veintitrés, ¿no es así, Ash?

—Lo eras —coincidió Ashton. En efecto, Charles había sido delgado de joven; era una de las razones por las que había necesitado ayuda aquella noche en el río. Waverly no había necesitado ayuda para dominar a Charles. Los oscuros pensamientos y recuerdos se arremolinaron cerca de la superficie, y Ash los enterró.

—Estoy seguro de que Tom es un muchacho capaz, pero Jonathan tiene razón sobre Audrey. No fue prudente dejarla entrar en Fives Court.

Charles suspiró de forma dramática.

—Ella está ayudando al hermano de Lucien, Avery, en su... ocupación, como bien sabéis. Una dama inteligente vale su peso en oro, pero una que también sabe disfrazarse es mucho más valiosa. Audrey solo intentaba ver si podía engañar a la multitud. Lo estaba consiguiendo.

—No, no lo estaba haciendo. Yo la reconocí —insistió Jonathan.

Charles se rio.

—Porque miras demasiado su pequeño trasero como para *no* reconocerla.

—Ten cuidado, hombre —advirtió Jonathan.

Ashton vio que el temperamento del hombre más joven se estaba calentando y decidió intervenir.

—En cuanto Jonathan se case con Audrey, estoy seguro de que no tendremos que preocuparnos de ella; de que se escape y se meta en problemas. Problema resuelto.

—*¡Ja!* —era evidente que Charles no estaba convencido.

—En cualquier caso, ¿a quién le toca?

—No tengo ni puta idea —farfulló Charles y se acercó a la ventana que daba al frente de la casa.

—Creo que te toca, Ashton —Jonathan se apoyó en su taco, todavía frunciéndole el ceño a Charles.

Charles se inclinó contra la ventana en mirador, contemplando la oscuridad.

—Dime, Ash, ¿muchos mendigos aparecen en este camino?

Ashton apoyó una cadera en el borde de la mesa de billar.

—¿Aquí afuera? Pues no. ¿Por qué?

Charles señaló las ventanas.

—Parece que tienes uno, y se dirige directamente a tu puerta principal. Al parecer, es alguien con mucho lodo encima.

Ashton dejó su taco y se unió a Charles en la ventana. Era casi una hora después de la medianoche, y solo la luz de las ventanas proporcionaba cierta iluminación sobre la pobre figura que se arrastraba hacia su casa.

—Es una mujer, creo —habló Jonathan.

—Creo que tienes razón —afirmó Charles—. Pero es difícil saberlo con todo ese barro.

—¿Tal vez deberías ir a ver a la pobre criatura? —sugirió Jonathan.

Ashton asintió.

—Sí. ya vuelvo —dejó a sus dos amigos y se dirigió a la puerta principal. Al llegar, escuchó unos leves arañazos y luego un fuerte golpe, como si algo pesado hubiera golpeado la puerta. O alguien.

Ashton abrió bruscamente la puerta y dio un paso atrás cuando las lámparas del vestíbulo proyectaron el cuerpo lamentable y encogido de una mujer en el umbral de la puerta. Él se arrodilló, tocó su hombro y la giró. Su mente se bloqueó durante un segundo mientras miraba a la persona que tenía a sus pies.

Lady Melbourne yacía inconsciente a sus pies, empapada y helada hasta los huesos.

—¡Santo Cielo! —se mente se recuperó y movió la mano hasta que pudo pasar un brazo por debajo de las rodillas de la mujer y el otro en su espalda. ¿Qué hacía ella aquí? No, eso lo sabía muy bien, pero ¿por qué así? ¿Cómo había viajado a pie con este clima?

Charles apareció por un lado y Jonathan por el otro.

—¿Qué pasa?

Ashton gruñó mientras se levantaba y llevaba al interior a la pesada mujer bañada en agua y barro.

Charles intentó mirar por encima del hombro de Ashton.

—Alto. Conozco esa cara.

—No puedo creer que esté aquí —masculló Ashton para sí mismo. Estrechó a la mujer con una extraña actitud protectora hacia ella. Pero por supuesto que se sentía protector. Esto era culpa de Ashton. Independientemente del motivo que la había llevado a esto, él era el único responsable.

—¿Quién es ella? —preguntó Jonathan.

—Lady Rosalind Melbourne —dijo Charles.

Ashton ignoró a los hombres que le seguían los pasos. Fue hasta su dormitorio y Jonathan se apresuró a abrir la puerta.

—Jon, trae a mi hermana y a su dama de compañía. Sé que es tarde, pero tenemos una emergencia —Ashton hizo que Charles extendiera una manta sobre la cama antes de colocar a la mujer sobre ella. Su pelo oscuro y pesado era espeso y se le pegaba a la cara. Ashton le echó los mechones hacia atrás. Rosalind parecía un gatito medio ahogado, y joder, esa imagen maldita era perturbadora.

Había esperado su llegada, pero en un carruaje y en compañía de abogados. Se suponía que ella no debía ponerse en peligro en una tormenta como esta. Esto despertó en él dos emociones que intentó evitar: lástima y amabilidad. Y sabía que esta criatura solía ser lo suficientemente fuerte como para no necesitar ninguna de las dos cosas.

—¿En qué demonios estabas pensando? —se dijo, observando sus rasgos; la piel cremosa y pálida que brillaba como el alabastro y las largas pestañas que se extendían por sus mejillas. Su rostro en forma de corazón y sus suaves labios rosados parecían hechos para las sonrisas y los besos.

—¿Ash? —la voz cansada de Joanna llegó desde la puerta. Se aferraba a su bata, con el pelo rubio en ondas sobre su cara. Él se apartó apresuradamente de la cama.

—Siento despertarte, Joanna, pero necesitamos tu ayuda —señaló la figura inconsciente de Rosalind en la cama.

Su hermana se precipitó hacia la cama, con su criada Julia detrás de ella. Ambas mujeres se quedaron boquiabiertas ante Rosalind.

—¿Quién es ella? ¿Qué ha pasado? —Joanna colocó el dorso de una mano sobre la frente de Rosalind.

—Esta es Rosalind Melbourne. En cuanto a lo que ha pasado, no estoy del todo seguro. Parece que pudo haber caminado hasta aquí bajo la tormenta

Joanna apoyó una mano en el pecho de Ashton y lo empujó.

—Julia y yo nos encargaremos a partir de aquí. Debéis salir de inmediato. Todos vosotros.

Ashton notó que Charles y Jonathan habían estado flanqueándolo como centinelas silenciosos.

Con un movimiento de cabeza, él los animó a salir. Luego cerró la puerta y se mantuvo en su habitación. Al principio, Joanna y Julia no parecieron darse cuenta.

—Ah, la pobrecita está medio congelada —dijo Julia con su tono irlandés—. Helada hasta los huesos. Voy a preparar un baño. Tú quítale esa ropa llena de barro.

El vestido del carruaje terminó arrugado en el suelo cuando las damas se dieron cuenta de que Ashton seguía presente.

—Ashton, *vete.* No puedes estar aquí —Joanna protegió el cuerpo de Rosalind con el suyo, poniéndose delante de la cama y cruzando los brazos.

—Necesitarás ayuda para meterla en la bañera —apartó suavemente a su hermana, quien se quedó con la boca abierta mientras él levantaba a Rosalind y la llevaba a su gran bañera de latón. Julia solo se quedó mirándolo durante un minuto—. ¿Necesitas ayuda con el baño? —le preguntó a la criada.

—No, milord. Puede meterla. El agua está caliente.

—Gracias, Julia —se volvió hacia su hermana—. Por favor, trae un camisón de repuesto.

Su hermana parecía escandalizada.

—¿Y dejaros a solas?

—Es una viuda, Joanna, no una debutante. Su reputación no está en juego como lo estaría la tuya. Ahora vete y tráeme esa ropa.

Joanna asintió y se aferró al brazo de su criada mientras partían. Una vez que se quedó solo, volvió a centrarse en Rosalind.

Aunque todavía llevaba su camisola, Ashton sabía que su hermana y su criada protestarían porque él había ido demasiado lejos al abusar de su tiempo aquí. Se inclinó sobre la bañera y metió cuidadosamente a Rosalind. Su piel fría y pálida empezó a adquirir color cuando se arrodilló junto a ella. Su cabeza rodó y sus pestañas se agitaron. Ashton le cogió la mejilla y le acarició el pómulo izquierdo con el roce de su pulgar.

—Claire —masculló somnolienta—. ¿Me he quedado dormida en el baño?

Ashton tuvo que ahogar una risita.

—Algo así, mi diablilla. Despierta por mí.

Los ojos de Rosalind se abrieron de golpe.

—¡Lennox! ¡Maldito bastardo!

¡Zas! La palma de la mano de Rosalind conectó con la mejilla de Ashton, pillándolo desprevenido, pero no tomó represalias. Manteniéndose muy quieto, la miró fijamente, observando el juego de emociones que cruzaba su rostro. Sorpresa, rabia, vergüenza y luego, para su disgusto, el miedo se sobrepuso a todo ello.

Su diablilla escocesa por fin se había despertado.

CAPÍTULO 7

—¿Cómo he...? —Rosalind se miró a sí misma y Ashton vio que cada uno de sus músculos se tensaba.

Él casi podía oír los pensamientos de Rosalind intentando dar alcance a su pánico. Estaba casi desnuda y sentada en una bañera de agua caliente con Ashton a escasos centímetros. Un rubor intenso encendió su rostro.

—Te encontré en mi puerta. Inconsciente —no pudo evitar que su tono sonara severo. La imagen de ella desmayada a sus pies era difícil de recordar.

—Oh —ella bajó la cabeza, pero Ashton todavía podía ver sus pensamientos girando mientras intentaba reconstruir la serie de eventos que la habían arrastrado a esta bañera.

—¿Has caminado desde Londres? —preguntó, llamando de nuevo su atención.

Los hombros de Rosalind cayeron y se cubrió los pechos con los brazos, demasiado consciente de la dirección que sus ojos estaban siguiendo.

—¿Qué? No, claro que no. No seas tonto.

—Entonces, ¿cómo demonios has acabado en mi casa

cubierta de barro? —Ashton apoyó su trasero junto a la bañera y siguió mirándola, ahora con diversión.

Cuando ella no contestó, Ashton sus largos dedos en la bañera y le lanzó gotas de agua de forma despreocupada. Se mordió el labio al notar que los ojos de Rosalind seguían el movimiento de su mano. *Asustadiza como un potrillo...*

Ella se obligó a apartar los ojos de su mano y se encontró con su mirada curiosa. Entonces, levantó la barbilla para desafiarlo en silencio a que la salpicara de nuevo.

—Cogí mi carruaje, a pesar de que me lo prohibiste. Mi criada y yo estábamos a mitad de camino cuando... —sus ojos se entrecerraron y, de repente, se abalanzó sobre él, golpeándolo fuertemente con el puño cerrado.

A pesar de la sorprendente fuerza del puñetazo, Ashton no se inmutó.

Lo miró fijamente como si buscara algún tipo de reacción, y pareció decepcionada al no encontrarla.

—Maldición.

—Entiendo el primer golpe. ¿Puedo preguntar por qué fue *eso?* —Ashton levantó una ceja. No iba a permitir que se saliera con la suya sin una explicación.

Un rubor rojizo tiñó sus mejillas.

—Vamos, Rosalind, ya me has golpeado dos veces en mi propia casa. Esperabas algo. Una reacción. ¿Para qué?

Los ojos grises de Rosalind brillaron.

—Mi criada y yo fuimos robadas por un asaltante de caminos esta tarde después de que se averiara una rueda de mi carruaje. El hombre era rubio... y tenía tus ojos.

—¿*Mis* ojos? No me digas que me estás viendo como un fantasma en la noche.

—¡No seas ridículo!

—¿Entonces me agrediste porque...? —la observó atentamente, entre divertido y preocupado.

Ella levantó la barbilla.

—Mientras ese desgraciado se alejaba con mi bolso, le

disparé y le di en el hombro derecho. De haber sido tú, me atrevo a decir que no habrías podido contener tu dolor.

¿Un asaltante de caminos? No había ninguno en estas zonas de Hampshire. Al menos, Ashton no había oído hablar de nadie.

—¿Así que te robaron y pensaste que este tonto era yo?

—Consideré la posibilidad, sí —ella cerró los ojos, como si se sintiera totalmente humillada.

Le enfurecía la idea de que alguien le apuntara a Rosalind con un arma. Pero le enfurecía aún más saber que ella lo había tachado como sospechoso.

Por supuesto, después de orquestar su miseria, incluso temporal, ¿podía culparla? De repente, el plan de Ashton no era la maravillosa victoria que había esperado. Dejando de lado el bien mayor, esto lo dejó sintiéndose vacío y ruin, y hubo una agitación de ansiedad dentro de su pecho.

—¿Y luego? —insistió.

Rosalind no continuó de inmediato. Mantenía los ojos cerrados, con la cabeza apoyada en el respaldo de la bañera.

—Nuestro chófer fue a ver cómo reparar el carruaje. Nos dejó en una posada.

Ashton sintió que ella todavía no le estaba contando todo.

—¿Pero no pudisteis pasar la noche porque no teníais dinero?

—Pudimos conseguir un lugar para dormir y una comida.

Él resopló.

—Sin duda aseguraste que me harías pagar por todo una vez que me visitaras y exigieras la devolución de tus activos —era exactamente el tipo de cosas que ella haría.

Los ojos de Rosalind se entrecerraron hasta convertirse en franjas furiosas.

—No hice nada de eso. Mi criada y yo nos ganamos nuestra comida y nuestro lugar de descanso.

—¿Vosotras dos os lo habéis ganado? —no podía imaginar a Rosalind ganándose una comida—. ¿Cómo diablos hiciste eso?

La mirada que ella le lanzó podría haber congelado un lago.

—La posadera dejó que mi criada ayudara en las cocinas

mientras yo atendía las mesas. Las habitaciones estaban llenas, pero nos permitieron quedarnos en el almacén sobre sacos de grano.

¿Durmió sobre sacos de grano en un almacén? En lugar de provocarle una risa, la imagen lo hirió profundamente: dormir sobre sacos de grano con bultos mientras lastimaban sus músculos y la dejaba llena de dolor para la mañana siguiente. Enemiga o no, una mujer como ella merecía acostarse en una cama de plumas con una montaña de mantas para mantenerla caliente.

—Si se suponía que estabas durmiendo allí, ¿cómo has acabado aquí?

—Un chico me acercó hasta la mitad del camino a tu casa antes de que se desatara de nuevo la tormenta. El resto del camino lo hice *a pie* —levantó un delicado pie del agua. Unas ampollas rojas e inflamadas salpicaban sus tobillos. Ella suspiró y volvió a bajar el pie.

Este debería haber sido su momento de triunfo, la derrota de su mayor rival. Sin embargo, encontrarla casi muerta en la puerta de su casa, el miedo en sus ojos al despertar y ahora sus pies llenos de ampollas... todo eso le destrozó el corazón. Su diablilla escocesa era una valiente y digna oponente. No había ningún placer en su sufrimiento, y él quería que volviera a recuperarse.

Ashton se levantó bruscamente; la repentina presión de un autodesprecio por las consecuencias de sus acciones lo había hecho sentirse demasiado incómodo para mirarla. Necesitaba un minuto para respirar, para recordar que él tenía el control y que no permitiría que sus emociones interfirieran.

—Mañana haré llegar un mensajero a la posada para que pague la estancia de su criada, mande a reparar su carruaje y lo traiga aquí en cuanto esté listo. Por favor, tómate tu tiempo en la bañera. Haré que te envíen comida. Mi hermana, Joanna, te prestará ropa. Si necesitas algo, solo tienes que pedirlo.

Ella resopló.

—Porque te *pertenezco*, ¿verdad?

Sus palabras llenas de agresividad lo aguijonearon. Su primer impulso fue desafiarla, declarar que *sí* le pertenecía. Entonces recordó a otra joven, una que el año pasado le había enseñado que una dama en apuros tenía derecho a atacar verbalmente. Y la dama cuando lo hacía, necesitaba que un caballero le respondiera, no un bruto posesivo. Emily le había enseñado mucho en los últimos meses.

—Puede que no lo creas, pero una vez fui un caballero. Necesitas comida, refugio y ropa. Es mi deber proporcionártelos, ya que mis acciones causaron tu situación —la dejó para que se bañara y volvió a su habitación.

El sonido de su ligero chapoteo resonó a través de la puerta parcialmente cerrada. Ashton suspiró y apoyó un brazo en el respaldo de una silla, observando cómo el fuego creaba sombras en el suelo.

¿He ido demasiado lejos? He robado a Rosalind tanto como ese maldito asaltante de caminos. Esto no hace más que señalarme como un villano. Tan malo como Waverly.

Ese pensamiento que lo bajó a la realidad lo hizo recapacitar. Tenía que encontrar una manera de seguir logrando sus objetivos sin causarle más daño a Rosalind.

Los sonidos del agua que salpicando aumentaron, y él sintió que ella debía estar lista para salir. Volvió a entrar en el vestidor y cogió una toalla. Estaba acurrucada en la bañera, con los brazos cubriendo sus pechos y las piernas recogidas. Verla tan pequeña y vulnerable hizo que algo en su pecho comenzara a doler. Extendió la toalla y se la tendió.

—Será mejor que salgas antes de que el agua se enfríe. Quítate la camisola. Habrá que lavarla muy bien.

Los ojos de Rosalind brillaron peligrosamente y, por un momento, a Ashton le preocupó que se quedara en el agua solo por rencor.

—Sostenla un poco más arriba —ordenó ella.

Él levantó la toalla hasta el punto en que le impidiera ver su cuerpo mientras salía de la bañera. Oyó el chapoteo y el sonido húmedo de la tela mojada sobre su piel, y luego el impacto de la camisola contra el suelo. Ashton bajó la toalla lo suficiente como para ver la inclinación de sus hombros antes de que ella se apresurara a cogerla y envolverla alrededor de su cuerpo. Tenía curvas. A él le gustaba eso, pero su figura era más delgada y pequeña de lo que había imaginado. Cuando Rosalind se irguió completamente, apenas le llegaba a los hombros.

—¿Ha dicho comida, *milord?* —enfatizó las palabras con un tono burlón que le hizo desear haber robado algunas tiras de seda roja a su amigo Lucien. Atar a esta mujer a su cama sonaba como un castigo perfecto para su temperamento.

Alejó esos pensamiento. No debería pensar en ella de ese modo. Desde luego, no en este momento. Nunca había mostrado lo creativos que eran sus gustos en la cama. Se veía a sí mismo como alguien no muy diferente a Lucien, amante de una buena atadura —o dos—, y de los espejos, tal vez para observar su dominación sensual desde todos los ángulos. Pero no le confiaba a muchas mujeres esos deseos secretos. Lo último que necesitaba era que la *alta* hablara sobre sus "apetitos" y los utilizaran en su contra.

—He prometido alimentarte. Cenaré contigo, por supuesto.

Rosalind se sobresaltó.

—¿Perdón?

—Sería desconsiderado dejarte cenar sola.

Ella arrugó su pequeña nariz, una expresión que Ashton encontró extrañamente adorable.

—¿Por qué nos torturas a ambos con una cena compartida? Nos detestamos.

Él dejó que una sonrisa perfilara sus labios.

—Sí, ¿por qué? Tal vez porque esta es mi alcoba y tendré que ir a dormir en algún momento de esta noche.

Rosalind, quien se había estado peinando con una mano el pelo mojado, se paralizó.

—¿*Tu* habitación?

—Naturalmente. ¿Qué fue lo que dije? Oh sí, me *perteneces,*

Rosalind —acarició su nombre, dejando que cada sílaba exquisita se deslizara por su lengua, deleitándose con el fuego de sus ojos. Ahora estaba lista para volver a luchar.

—Exijo otra habitación. Llévame a una de inmediato —empezó a dirigirse a la puerta, con la intención de salir furiosa.

—¿Lo exiges?

—Sí, lo exijo —el desafiante vaivén de sus caderas en esa toalla era demasiado intenso como para que cualquier pícaro se resistiera.

—De acuerdo —antes de que ella pudiera detenerlo, Ashton la alzó en sus brazos y la arrojó sobre su hombro.

—¡Bájame, infeliz patán! —gritó y pateó, casi apartando la toalla que rodeaba su cuerpo. Él sujetó firmemente la toalla contra su trasero, disfrutando demasiado del indecente apretón.

—He dicho que me *bajes*, tú...

La puerta de su habitación se abrió y ambos se detuvieron al oír una voz.

—Ashton Malcolm Lennox, en el nombre de Dios, ¿qué estás haciendo?

Regina, en camisón, bata y el pelo trenzado a un lado, lo miraba fijamente. Detrás de ella estaban Joanna y Julia, sosteniendo la ropa para Rosalind. Más atrás, Charles y Jonathan estaban apoyados en la pared opuesta, sonriendo con satisfacción. Malditos bastardos.

Ashton suspiró.

—Estaba a punto de atender la petición de nuestra huésped sobre el alojamiento.

Regina lo miraba fijamente. Llevaba casi veinte años sin llamarlo por su nombre completo. Eso no auguraba nada bueno.

—¿Pidió que la llevaran al hombro estando solo en toalla?

—No, madre.

—¿Madre? —jadeó Rosalind—. ¡Cielos, bájame Lennox, *por favor*!

Ashton retrocedió unos pasos, se dio la vuelta y caminó hacia su cama. Entonces, dejó caer a Rosalind.

—Joanna me ha informado que tenemos una visita importante. Lady Melbourne, ¿verdad? —miró fijamente a Rosalind por encima del hombro de Ashton.

Cuando Ashton la miró, vio que ahora estaba aferrada a la colcha de la cama, envolviendo su cuerpo con ella.

—Me disculpo, Lady Lennox, por conocerla de esta manera —sus palabras eran torpes y extrañamente tímidas, algo que él encontró sorpresivamente encantador.

—Un simple malentendido, estoy segura. Es un placer conocerte, querida. Espero que mi hijo se esté... comportando —Regina lo fulminó con la mirada—. Él debió haberte traído más temprano desde Londres para que pudieras cenar con la familia y nuestros vecinos —su sonrisa volvió a aparecer, y Ashton no pudo evitar mirarla fijamente.

¿Qué demonios estaba haciendo su madre? ¿Planeaba llevar a Rosalind a beber el té de la tarde? Dios... ese pensamiento le revolvió el estómago. No quería que su madre se acercara a esa mujer. Las dos podrían planear un golpe de Estado y derrocarlo.

—Madre, ¿por qué no te vas a la cama? Estoy seguro de que Rosalind disfrutaría mucho más conociéndote por la mañana.

Su madre levantó una ceja.

—¿Por la mañana? ¿Después de que ella pase la noche en tu alcoba? Qué interesante —por su tono frío, él notó que estaba siendo graciosa.

—Al contrario, yo... —Ashton hizo una pausa, sintiendo que se le estaba presentando una oportunidad. Tal vez no haría daño que su madre asumiera algunas cosas—. Lo siento. ¿Qué estabas diciendo?

Lady Lennox continuó.

—Esta tarde, olvidaste mencionar que por fin has decidido establecerte. Estoy encantada, por supuesto. Ella es encantadora. Eso significará unos nietos preciosos.

Ashton no sabía qué le sorprendía más, si el genuino encanto de su madre por conocer a Rosalind, o que ya estuviera hablando de nietos. No quería que su madre planeara *su* futuro.

De pronto, tuvo una idea. Si su madre creía que estaba cortejando a Rosalind con la intención de casarse, cesaría su interminable desfile de damas elegibles por la puerta de su casa. Lo dejarían tranquilo para ocuparse de los asuntos de la hacienda, al menos hasta que averiguara qué hacer con Rosalind.

¿Y si conseguía convencerla de que le siguiera el juego? Ella no aceptaría una relación real, Ashton lo sabía. Pero si le ofrecía recuperar el control de sus empresas una vez que su madre creyera firmemente que se estaban cortejando... Sí, eso podría funcionar. Y al final, si las cosas prosperaban, incluso podría terminar con una esposa.

Casarse con Rosalind resolvería muchos de sus problemas. Él tendría el control total de sus empresas y podría vigilar la participación y los movimientos de Waverly con más facilidad.

—Oh, no estamos... —comenzó Rosalind.

Ashton interrumpió.

—Todavía no hemos fijado una fecha, madre. Rosalind sigue debatiendo la posibilidad de casarse conmigo —podía sentir los puñales invisibles dirigidos a su espalda. Demasiado tarde. Él ya había tomado una decisión. Iba a convencer a su madre de que estaba planeando casarse con su diablilla escocesa. Ella nunca sabría que su verdadera intención era impedir que lo desposara con la hija del vecino.

—¿Debatiendo? ¡Es un poco difícil debatir cuando ni siquiera me lo has preguntado —el acento irlandés de Rosalind se intensificó con su enfado.

Regina se aclaró la garganta, silenciando a ambos.

—Bueno, eso no es ciertamente lo que esperaba de ti, Ashton. Llevar a una mujer a la cama sin una propuesta. No voy a permitir que el nombre de esta familia se vea manchado por el escándalo, no otra vez.

Su madre lo fulminó con la mirada. La mirada de ira, dolor y determinación lo golpeó con fuerza cuando ella pronunció esas palabras. Hoy, ella ya le había echado en cara el pasado, y ahora por segunda vez. Las manos de Ashton se cerraron en puños y reprimió su ira como siempre lo había hecho.

—Basta, Ashton. No puedo soportarlo —la voz de su madre tembló—. No más escándalo —la palabra fue pronunciada en voz baja, pero lo sumergió en los recuerdos que habían abierto profundas heridas en su alma.

Su padre saliendo a trompicones de un burdel y Ashton, un niño de quince años, persiguiéndolo y gritando para que se detuviera y volviera a casa. El sonido de los cascos y los gritos de los hombres.

Escándalo. La muerte de su padre por embriaguez y las montañas de deudas. Ashton había crecido muy rápido y salvado a su familia de milagro.

Años más tarde, había protagonizado escándalos como parte de la Liga, pero no eran similares a los que su padre había conseguido. Durante años, él y sus amigos habían sobrepasado los límites de un comportamiento aceptable. Pero sus escándalos consistían en seducciones y corazones robados, y ellos habían conquistado sus fortunas en lugar de perderlas. Era un tipo de escándalo diferente, uno que incitaba a las mentes de la sociedad en formas que ellas mismas deseaban en secreto, aunque no lo admitieran.

Los ojos de su madre se entrecerraron como si estuviera leyendo sus pensamientos.

—¿Alguna vez te has preguntado por qué ningún hombre se le ha propuesto a tu hermana? —detrás de su madre, Joanna se mordió el labio y desvió la mirada—. Tú y Rafe sois *completamente* irresponsables con vuestras vidas. Eso ha destruido sus posibilidades porque nadie aceptará a una mujer cuyos hermanos carecen de un sentido básico de responsabilidad.

El rostro de Joanna se volvió carmesí.

—Mamá, eso no tiene nada que ver con Ashton o Rafe. Los caballeros simplemente no...

—Tonterías, Joanna —espetó Regina—. He visto a varias damas menos encantadoras casarse este último año con dotes mucho menores que la tuya. Esto es culpa de Ashton, y él se encargará de volverse respetable para proporcionarte una pareja adecuada —con un gesto decidido en sus labios, ella lo desafió a discrepar.

—Pienso hacerlo, madre. Pero parece que mi futura esposa es la que necesita ser convencida.

Una mano envolvió su brazo y volvió a mirar a Rosalind. Se estaba mordiendo el labio con tanta fuerza que él temía que se hiciera daño.

Una hora atrás, no habría dicho que planeaba casarse con ella, pero en cuanto su madre lo supuso, Ashton decidió que eso era exactamente lo que quería hacer: *fingir* que estaban comprometidos. Si eso aumentaba las posibilidades de que Joanna se casara, mucho mejor. Llevaba dos años sin que ningún hombre se interesara por ella.

Cedric se había enfrentado a los mismos problemas con sus hermanas. Los miembros de la Liga solían ahuyentar a los posibles pretendientes. En el caso de Horatia, ella no había buscado muchos candidatos, pero Cedric había ahuyentado deliberadamente a varios de los pretendientes de Audrey.

—Madre, continuaremos discutiendo este asunto por la mañana. Rosalind y yo necesitamos un tiempo *a solas* —extendió una mano hacia Joanna, quien, con la cara roja, le entregó el camisón que llevaba en la mano. Enseguida, Ashton cerró la puerta en la cara de su madre antes de volverse hacia su diablilla escocesa. Eso no le impidió oír las risas de Jonathan y Charles al otro lado de la habitación. Los ignoró.

—¿Rosalind? —dejó que su nombre saliera como una delicada pregunta.

Ella parpadeó, sacudió la cabeza y pronunció una palabra.

—*No.*

Un extraño dolor en el pecho lo pilló desprevenido, y aspiró una bocanada de aire.

—Espera un momento. Pensemos en esto, ¿de acuerdo? Sé que no deseas casarte conmigo, pero considera esto. Tengo el deseo de alejar a mi madre de la idea del matrimonio, y la mejor manera de hacerlo es convencerla de que pienso casarme contigo. No tiene por qué saber que no tenemos intención de hacerlo.

Arqueó una ceja.

—Presiento que me estás ofreciendo algo para que te siga el juego. Más vale que valga la pena.

—Digamos que, para empezar, la compañía naviera Southern Star. Te devolvería los derechos de propiedad de esa empresa y liberaría parte de tus deudas para que pudieras mantenerla por tu cuenta sin temor a que yo la reclamara. Con el tiempo, consideraría oportuno devolverte el resto de las empresas y los activos. Nuestros abogados podrían redactar el papeleo necesario mañana a primera hora.

Hubo una intensa pausa. Finalmente, Rosalind asintió.

—Supongo que eso sería aceptable. Pero déjame aclarar que jamás me casaré contigo, independientemente de lo que podamos hacer en público por el bien de tu madre.

Era una respuesta que Ashton esperaba, pero la intensidad de su resistencia despertó su curiosidad. Él se llevó las manos a la espalda y comenzó a caminar de forma militarista.

—¿Cuáles son tus objeciones para casarte conmigo?

Rosalind se estremeció y desvió la mirada.

—¿Te importa que coja ese camisón? Tengo frío.

Sin decir una sola palabra, Ashton se lo entregó. Ella se acercó al fuego, dándole la espalda mientras dejaba caer la toalla. Él obtuvo una vista completa de su trasero desnudo, las curvas inclinadas de su cintura y sus caderas pronunciadas. Una hermosa y adictiva silueta contra el fuego. Rosalind dejó caer el camisón sobre su cabeza, cubriéndose. Era imposible que el cuerpo de Ashton no respondiera a una imagen tan gloriosa. Tragó con fuerza mientras luchaba por sofocar su creciente excitación.

—Entonces, ¿cuáles son tus objeciones? —esperó, mirándola fijamente.

Rosalind se acercó a su cama. Cogió la bata, la deslizó sobre su cuerpo y la cerró.

—Muy sencillo. No nos soportamos.

Ashton se pasó una mano por la mandíbula.

—Eso no es cierto, al menos no para mí. Te encuentro bastante fascinante cuando no estás robando mis negocios. ¿Realmente te desagrado?

Dio dos pasos lentos y medidos hacia ella. Tal vez era necesario recordarle el fuego que podía arder entre ellos. Cuando él terminara, Rosalind estaría gimiendo su nombre y rogando que le hiciera todas las cosas perversas con las que había estado fantaseando durante meses.

CAPÍTULO 8

Rosalind no podía creer el lío en el que estaba metida. ¿Casarse con Ashton? ¿Hablaba en serio? No le repugnaba la idea de fingir —a decir verdad, una parte de ella lo disfrutaba en secreto—, pero ahora él le estaba preguntando por qué no se casaría *realmente* con él.

Se estremeció, a pesar de que la bata le calentaba el cuerpo. Su pelo mojado seguía cayendo sobre sus hombros, sintiéndose pesado y grueso. Se sentía vulnerable, demasiado expuesta física y emocionalmente. Dado el intenso brillo de los ojos de Ashton, ella sabía que él era consciente de su vulnerabilidad y que, sin duda, planeaba utilizarla en su beneficio.

Sin embargo, percibía en él una templanza ensayada que siempre la sorprendía. Nunca había conocido a un hombre con tanto control. Cualquier otro hombre aprovecharía su ventaja para saciar su lujuria, pero no Ashton. Si no hubiera sido por ese momento en el teatro, Rosalind se habría preguntado si él alguna vez había llegado a desearla de verdad. ¿Todo era un juego para él, incluso sus pasiones?

—¿La idea de casarte conmigo es tan terrible de contemplar que te revuelve el estómago? ¿Qué es lo que encuentras desagradable en mí?

Los ojos de Rosalind se entrecerraron.

—Además de mis prácticas comerciales, por supuesto —Ashton se acercó más. Solo unos centímetros los separaban ahora, pero ella se mantuvo firme. Levantó la cabeza y lo miró fijamente.

—Déjame pensar... —dio golpecitos en su barbilla con un dedo mientras organizaba su lista—. Para empezar, eres demasiado alto. Eres arrogante, más que la mayoría de los hombres. Piensas que puedes poseer cualquier cosa, o a cualquier persona, y tus acciones siempre están justificadas si consigues lo que quieres. Y, francamente, no me gusta tu forma de besar.

Rosalind juró ver una sutil sonrisa. Él alzó una ceja dorada oscura y levantó lentamente una mano hacia su mejilla, rozando su piel con sus nudillos. Su toque era maravilloso, y ella *odiaba* que lo fuera.

—En cuanto a lo primero, no se puede evitar. A lo segundo lo llamaría confianza, no arrogancia. Admito de buen grado lo tercero, y creo que mientes descaradamente sobre el último. Aun así, no veo ninguna razón por la que no debamos seguir adelante con este plan para engañar a mi madre. No si crees que es para un beneficio mutuo. ¿Deberíamos arreglar el asunto con nuestros abogados?

Rosalind se enfureció.

—Eso es quizás lo que más desprecio. Contigo todo son negocios. Datos, hechos, cifras. Todo es muy frío, crudo —gruñó con frustración.

—*Normalmente* lo es, pero, desde luego, no tiene por qué serlo. Soy un amante magistral.

—Ahí está de nuevo esa arrogancia.

—Confianza —corrigió Ashton. Su cálido aliento le abanicó la cara. Intentó no pensar en lo bien que se sentía la proximidad de un cuerpo grande, cálido y varonil. Cuando podía evitarlo, nunca solicitaba la ayuda de nadie, pero a veces podía sentirse tentada por la fuerza de un hombre como Ashton. Alguien que imaginaba que la protegería, que la cuidaría.

Eso no me hace débil; simplemente, él es demasiado difícil de resistir.

—No estoy interesada en ser tu amante —dijo Rosalind. Sin embargo, no podía dejar de mirar sus labios. Carnosos, sensuales, *irresistibles...*

—No tienes que serlo. Pero unos cuantos besos en el momento adecuado convencerían al menos a mi madre de que nos estamos cortejando. Y ella debería creer que ya nos hemos besado.

—Ya nos *hemos* besado.

—La práctica hace al maestro ... —la cabeza de Ashton se acercó unos centímetros a la de Rosalind, pero sus labios no llegaron a tocarse. Su cuerpo estaba desbordado, a punto de estallar por la tensión que suponía su cercanía. Estaba enfadada, pero también llena de deseo y totalmente confundida, pero sabía que quería besarlo... porque él tenía razón. Ella había mentido. Le encantaba su forma de besar.

Rosalind no supo quién dio el primer paso. Cuando sus bocas se encontraron, fue como acercar una antorcha a un barril de pólvora. Todo lo que había soportado los dos últimos días brotó de ella a través de su beso, con rabia y pasión a partes iguales.

Sujetó la camisa de Ashton por el cuello, aferrándose a él, fusionando sus labios. De repente, fue levantada y ella envolvió sus piernas alrededor de su cintura.

La madera dura golpeó su espalda mientras él la acorralaba contra la pared y la besaba despiadadamente.

Incluso en esto competimos. La idea dibujó una sonrisa en sus labios, y entonces una risita surgió entre sus besos desenfrenados. Cuando Ashton se detuvo para mirarla, ella no pudo evitar una sonrisa tonta.

—¿Qué? —preguntó él, con un tono juguetón—. ¿Qué es lo que te divierte? —le acarició la mejilla con la nariz.

Casi no se lo dijo, pero el fuego de la habitación y su cuerpo caliente contra el suyo se sentían divinos. Rosalind no podía pensar más allá de la deliciosa confusión que la invadía.

—Competimos incluso en los besos.

La carcajada de Ashton fue oscura y deliciosa.

—Somos rivales, cariño. ¿Quizás deberíamos competir también en la cama?

Su sugerencia la inundó con imágenes de sus cuerpos unidos, luchando por ser el mejor en complacer al otro hasta el punto de que ninguno de los dos pudiera recuperarse durante días.

—¿No quieres superarme en eso, futura esposa? —preguntó con voz ronca—. ¿Ponerme en mi lugar?

Futura esposa. Eso hizo que su desoladora situación volviera a caer sobre ella.

—Esto es solo un juego —se lo recordó a sí misma, pero también a él.

Ashton se apartó, pero solo unos centímetros.

—Lo sé, pero ¿por qué te asusta tanto la idea?

Rosalind arrugó la nariz.

—Porque no puedo darle a un marido lo que él querría —nunca podría revelarle el terror que le producía la posibilidad de perder el sentido de la identidad que había logrado construir para sí misma.

Él le besó la comisura de la boca y hundió suavemente una mano en su pelo. El delicado pero posesivo dominio hizo que el cuerpo de Rosalind ardiera de calor.

—¿Por qué... no? —Ashton volvió a preguntar, lamiendo ahora la concha de su oreja.

—Porque no puedo... —su mente estaba demasiado agitada y su cuerpo demasiado caliente para pensar con claridad.

Una de las manos de Ashton ascendió por la parte exterior de su muslo. Su contacto era firme, pero no dolía. Simplemente perfecto...

—Vamos, cariño, ¿qué te asusta tanto?

Maldita sea, el hombre sabía cómo sostenerla, tocarla...

—No puedo dejar que *ningún* hombre vuelva a controlarme. Jamás —los recuerdos de las largas, frías y aterradoras noches en Escocia, cuando el temperamento de su padre se desbordaba, habían dejado cicatrices en su corazón.

Se apartó de ella para mirarla fijamente.

—¿Tu marido fue cruel contigo? —supuso Ashton.

Negando con la cabeza, Rosalind empujó su hombro, pero él no la soltó.

—No, mi marido no. Él me rescató del infierno, pero también me enseñó a ser fuerte y a ser dueña de mí misma. Fue mi caballero de brillante armadura.

—Él parece mucho más que eso. Cualquier caballero que enseñe a una damisela a manejar una espada y a defenderse, es un hombre que puedo respetar. Pero si él no te controlaba, entonces ¿quién fue? —los ojos de Ashton se entrecerraron—. ¿Tus hermanos?

—¡Ellos nunca lo harían! A menudo recibían las palizas para librarme de ellas.

Los de Ashton se iluminaron.

—Ah. Tu padre.

Rosalind no respondió. Él podía leer su rostro y el dolor que había pasado años intentando ocultar.

—Es una historia que he escuchado con demasiada frecuencia —continuó Ashton—. Los débiles hieren a los más débiles para sentirse fuertes. Ningún hombre debería hacerle eso a una mujer, y mucho menos a su propio hijo.

Él levantó la mano y le apartó un mechón húmedo de la cara. Rosalind bajó la cabeza ante el contacto, pero no retrocedió. Se sintió menos amenazada que antes. Ashton había hecho eco de las palabras de Lord Melbourne la noche en que la conoció, y ella no creía que Ashton fuera capaz de mentir al respecto. Había una seriedad en su voz que le permitió creerle.

Ashton le pasó una mano por el pelo, colocándoselo detrás de la oreja. Rosalind vio infinitas preguntas en sus ojos antes de que finalmente hablara.

—¿Y si seguimos con esta farsa durante una semana? Si no te resulta demasiado desagradable, podríamos continuar un tiempo más. De esta manera, yo tendría un poco más de margen para calmar la incesante necesidad de mi madre de verme establecido.

—¿Una semana? Supongo que podría soportarlo, pero no estoy segura de querer continuar después de ese tiempo.

Ashton bajó las manos de su pelo. La ausencia de esa caricia reconfortante la sorprendió, al igual que cuando él la liberó de su posición contra la pared. No se había percatado de lo relajada que la había hecho sentir su toque hasta que él se alejó de ella.

—Entonces está decidido. Haré que mi abogado se ponga en contacto con el tuyo para empezar a devolverte la empresa Southern Star. Iré a comprobar tus alimentos. Por favor, quédate aquí. No puedo tenerte corriendo semidesnuda por mi casa. Si le doy más sorpresas a mi madre esta noche, es probable que le provoque un ataque de histeria —una vez más, el barón era frío y sereno.

La dejó sola en su dormitorio. El frío que sus besos habían disipado minutos atrás no tardó en volver. Rosalind se quedó quieta, apoyada en la pared, con la mente agitada y el corazón latiendo frenéticamente. ¿Qué iba a hacer?

Unos minutos después de la partida de Ashton, la puerta se abrió y Lady Lennox entró.

—Lady Lennox, siento mucho haberla conocido de esta manera —se disculpó.

Regina agitó una mano.

—Estoy segura de que lo que sea que te haya traído a nuestra casa de este modo, es culpa de mi hijo, y yo debería disculparse. Mi hija me ha explicado que te encontraron media muerta en nuestra puerta, cubierta de barro y agua.

Sonrojada, Rosalind asintió.

—Me vi obligada a caminar unos cuantos kilómetros bajo la tormenta.

—¡Cielos, niña! Casi me da miedo preguntar qué papel ha jugado mi hijo en todo esto, pero debo saberlo —llevó a Rosalind a una de las dos sillas junto al fuego y la hizo sentarse en una antes de ocupar la otra.

Rosalind jugueteó con el encaje de su camisón prestado.

—No deseo molestarla.

Regina frunció los labios antes de hablar.

—Por favor, dímelo. No puede ser tan malo como lo que mi fértil imaginación ha sugerido.

¿Por dónde empezar? Rosalind intentó ignorar el repentino dolor de cabeza que se acumulaba detrás de sus ojos. Intuyó que Lady Lennox era mucho más observadora de lo que su hijo creía. La mujer no creería en la treta de Ashton sobre un matrimonio inesperado. Lo mejor sería que Rosalind se mantuviera fiel a la verdad.

—Lord Lennox, en algún intento maquiavélico de castigarme por competir con sus negocios, ha congelado mis cuentas, bloqueado mis créditos y comprado mis deudas. Se ha apoderado de mi casa en Londres. Utilicé la última de mis monedas para venir aquí, solo para ser robada por un asaltante de caminos después de que mi carruaje perdiera una rueda. Entonces me vi obligada a trabajar por mi cena en una posada antes de caminar hasta aquí bajo la tormenta —listo, lo había dicho todo, pero el dolor de cabeza no desapareció.

El rostro de Regina estaba pálido.

—Entonces... pero... no te vas a casar con mi hijo después de todo eso, ¿verdad? —preguntó, un poco preocupada—. Si yo acabara de soportar todo eso, querría *matarlo*, no casarme con él.

A pesar de su negro humor, Rosalind se rio.

—Sí, ese es *exactamente* mi sentimiento hacia Lennox, pero el maldito tonto cree que se casará conmigo. Está bastante acostumbrado a salirse con la suya, como usted sabe.

—Por supuesto —farfulló Regina en señal de acuerdo, con los ojos todavía muy abiertos por la preocupación—. Oh, querida, vaya lío. Supongo que es mi deber salvarte de él, ya que su comportamiento es culpa mía.

—¿En qué sentido, Lady Lennox? —Rosalind no tenía ni idea de qué estaba hablando la madre de Ashton.

La mujer mayor suspiró y se reclinó en su silla, mirando el fuego, o más bien mirando a través de él hacia algo más allá que nadie podía ver.

—Mis dos hijos poseen las dos peores facetas de su padre. A Rafe le encantan los vicios, las mujeres, el juego, las carreras, y Ashton tiene la fría determinación de controlar el mundo; siempre está sediento de poder. A pesar de mis esfuerzos, no he podido quitarles esas cualidades. Sus fracasos también son míos, me temo —la madre de Ashton se limpió uno de sus ojos y parpadeó.

—No creo que Lennox sea el tipo de hombre que dejaría que alguien moldeara su futuro, excepto él mismo. No debe culparse por su terquedad —era extraño percibir a la madre de su enemigo declarado como una aliada.

Regina soltó una risita ahogada.

—¿Terquedad? Ese es un término muy educado para ello. Déjame adivinar, ¿tienes hermanos?

Rosalind esbozó una amplia sonrisa.

—Tres. Todos tan testarudos como tu hijo, quizá incluso más por su sangre escocesa. Y puedo dar fe de que es mucho peor.

La madre de Ashton se carcajeó.

—Tenemos escoceses en la familia, por mi parte. Sé muy bien a qué te refieres.

Compartieron un momento de calma, compartiendo sonrisas. Regina se alisó la bata.

—Entonces, debemos decidir qué hacer con este asunto del matrimonio.

Con seriedad, Rosalind contestó:

—Le dije a Ashton que tengo miedo de volver a casarme —dudó, pero había algo genuino y honesto en la expresión de Regina y Rosalind sintió que podía confiar—. Viví bajo la mano de hierro de un padre brutal. Mi difunto marido me llevaba muchos años, pero me dejó un buen patrimonio. Si me casara, la mayor parte de la fortuna que he construido desde su muerte se transferiría instantáneamente a mi siguiente marido. No renunciaré a ese control sobre mi vida para que otro hombre lo ejerza.

El entendimiento iluminó los ojos azules de Regina; la similitud con los ojos de Ashton era casi inquietante.

—El padre de Ashton era un derrochador sin límites. Yo llegué a nuestro matrimonio con una gran dote y él perdió en las mesas de juego. No tenía control cuando se trataba de sus vicios. Fui tonta y lo seguí amando, incluso cuando trajo vergüenza y ruina a esta casa. Entiendo mejor que nadie cómo debe sentirse.

Rosalind tuvo que admitir que, aparentemente, Regina sí entendía la sensación de impotencia. Pero casarse con Ashton solo empeoraría su situación.

Regina jugueteó con las puntas de su pelo trenzado.

—¿Puedo hacerte una pregunta, querida?

—Por supuesto.

—Mi hijo nunca ha mostrado interés en casarse, y he intentado que se case con innumerables jóvenes adecuadas. Sin embargo, acabas de llegar aquí y él ya parece estar decidido a casarse contigo. Conozco a mi hijo. Sé que no dejaría que el escándalo lo obligara a casarse, a menos que estuviera realmente interesado en una mujer —Regina hizo una pausa, dejando que su pregunta silenciosa flotara entre ellas.

¿Qué me hace diferente? Rosalind sacudió la cabeza, intentando borrar la descabellada suposición que se produjo después. El interés de Ashton era lógico porque eliminaba la presión que su madre aún ejercía sobre él en cuanto al matrimonio.

—¿Has considerado que quizás tienes más poder del que crees? —preguntó Regina.

¿Acaso la madre de Ashton estaba sugiriendo lo que Rosalind había pretendido hacer desde su salida de Londres? ¿Que sedujera a Ashton para recuperar su propiedad y su fortuna?

—¿A qué se refiere, Lady Lennox?

Regina se inclinó para susurrar, a pesar de que no había nadie que las escuchara.

—Una mujer que es capaz de seducir a un hombre suele salirse con la suya en todo momento. A eso me refiero. Si te casaras con Ashton, tal y como él desea, tú podrías obtener el control de su fortuna. Si está locamente enamorado de ti, podrías exigirle todo lo que desees, *incluido* el control de tus tierras y propiedades.

Eso no era muy diferente a lo que Emily había sugerido: seducir a Ashton para que ella se saliera con la suya. ¿Pero siempre se tenía que recurrir a esto? Rosalind había construido sus negocios con astucia e inteligencia, no con su cuerpo. Aun así, cuando los hombres se imponían en numerosas áreas de la sociedad, las mujeres luchaban con las armas que se les proporcionaban. En este momento, Ashton estaba convencido de que Rosalind consentiría por propia voluntad su farsa marital a cambio de aquello que le correspondía por derecho, y su madre le estaba sugiriendo que sedujera a Ashton con el mismo fin.

Pero, ¿por qué limitarse a los juegos de los demás? Rosalind podría haber sonreído ante su propia astucia.

Dejaré que Ashton me corteje para complacer a su madre, y luego lo seduciré para convencer a su madre de que estoy jugando su juego. Al final, recuperaré mis empresas y mis bienes bajo mis propios términos.

Regina se levantó de su silla.

—Sé que no parece el tipo de persona que se enamora. Hasta hace dos horas no lo habría creído capaz de ello, pero hubo algo en la forma en que te miró, querida. Sí, creo que, después de todo, el amor no es algo inalcanzable para él.

—Pero no soy la clase de mujer que engaña a un hombre —dijo Rosalind, esperando ocultar su intención de hacer precisamente eso—. El honor es lo único que me queda, y no utilizaré mi cuerpo como herramienta para engañarlo.

Era mentira, ya que eso era exactamente lo que pretendía, pero, por alguna razón, quería mantener el respeto de Regina. No tenía mucho sentido que le agradara Lady Lennox mientras despreciaba a Ashton. Pero Regina había demostrado ser una mujer inteligente, y no se parecía en nada a su exasperante hijo.

—Por eso serías una magnífica esposa para él. Menudo lío en el que estamos metidos —su risa fue un poco agridulce—. Bueno, descansa esta noche, querida, y no te preocupes. Estás muy segura en esta casa. Nos ocuparemos de que estés bien atendida. Ashton es un caballero, y se lo recordaré tantas veces como sea necesario. Si quieres, haré que los sirvientes te busquen otra habitación.

—Supongo, excepto que sería mejor quedarse aquí y tentarlo, ¿no? —sería como dormir junto a un lobo hambriento, pero Rosalind se había propuesto este curso de acción y necesitaba mantenerlo.

Regina sonrió.

—Puede que tengas razón. Pero si cambias de opinión, llámame.

Rosalind no tenía intención de despertar a Lady Lennox si Ashton decidía llevar las cosas demasiado lejos. No estaba dispuesta a darle un rodillazo a un hombre en las bolas para escapar de él si creía que pretendía hacer algo en contra de su voluntad.

Bostezando, Rosalind se levantó y siguió a Regina hasta la puerta, manteniéndola abierta mientras la madre de Ashton salí al vestíbulo.

—Gracias, Lady Lennox.

Regina le palmeó la mejilla. Rosalind llevaba demasiado tiempo sin sentir el contacto de una madre.

Para cuando Ashton regresó con una bandeja de comida, Rosalind estaba casi dormida en una silla junto al fuego.

—Pensé que tal vez sería mejor una comida ligera, en caso de que tu estómago te de problemas —depositó la bandeja en la mesa entre ellos. Un plato de sopa caliente y un poco de pan con dos vasos de vino la estaban esperando.

Ashton se sentó en la silla junto a ella y entrelazó las manos en su regazo. Era aterrador sentirse tan observada mientras cenaba, pero él no apartaría la mirada.

—Tu criada, ¿todavía está en la posada? ¿Hago que la vayan a buscar?

Tragando un trozo de pan humedecido en la sopa, Rosalind negó con la cabeza.

—Está en la posada, pero está durmiendo. Por favor, no hagas que la traigan esta noche. No me gustaría que la despertaran. Si mi carruaje está reparado para mañana por la tarde, ella podrá volver aquí con él.

Ashton juntó las puntas de sus dedos mientras parecía reflexionarlo.

—Me aseguraré de que todo eso se resuelva mañana por la mañana.

Comieron en silencio durante unos minutos, los cuales fueron sorprendentemente agradables con el calor del fuego y el suave crujido de los troncos. Después de la muerte de su madre, el silencio se había convertido en su más grande temor. Significaba que su padre podía estar al acecho en cualquier esquina, esperando para atacarla. Cuando dejó Escocia por primera vez, no soportaba ese silencio y tenía problemas para dormir en una habitación tranquila. Pero ahora, un silencio realmente agradable y seguro la hacía sentir tranquila, de una manera que no había experimentado en años. Incluso se sintió lo suficientemente segura como para hacer la pregunta que sabía que él no querría que hiciera.

—¿Podremos volver a Londres? —no quería preguntar directamente si él pensaba dejarla volver a su casa y quedarse allí. La cuestión de sus deudas seguía siendo un problema.

—Rosalind, no te dejaré ir. No hasta que arreglemos esta situación entre nosotros, aunque eso lleve más de una semana —Ashton se inclinó hacia delante, apoyando los codos en las rodillas y mirándola fijamente a los ojos. Rosalind se estremeció, pero no por el frío. Desde el momento en que conoció a Ashton, supo que era peligroso. Era un hombre con una intensidad silenciosa, cuya mirada atenta no pasaba por alto nada.

Lo que más la asustaba era la idea de que él viera a través de ella, de su título inglés y sus ropas elegantes; que vislumbrara a la muchacha herida que temía dejar que alguien volviera a acercársele.

—¿Cómo llegaste a casarte con tu primer marido?

La luz del fuego mostraba una incipiente barba dorada en su

mandíbula que, si la dejaba crecer, lo haría aún más atractivo. Ella parpadeó, sorbió precipitadamente su vino e intentó sonreír.

—Nunca acepté compartir los secretos de mi pasado contigo.

—Me parece justo. ¿Y si yo compartiera mis secretos contigo? Pregúntame cualquier cosa. Solo cosas personales. No hay lugar para los negocios aquí esta noche.

¿Secretos personales? La oferta era demasiado tentadora para resistirla.

—Muy bien, pero tú debes hablar primero.

Ashton mostró una sonrisa torcida.

—Te tomaré la palabra. Pregunta.

Este era un momento importante. Podía preguntarle cualquier cosa, y no quería desperdiciar su pregunta. Había una cuestión polémica que llevaba meses queriendo saber.

—Tus amigos, los que los periódicos llaman la Liga de los Pícaros. ¿Cómo habéis llegado a serlo? He oído rumores, pero dudo que sean ciertos.

—¿Rumores? —sus ojos ahora estaban llenos de disgusto.

—Sí, que sois espías de la Corona, o que tenéis un club en el que sacrificáis la virginidad de doncellas complacientes en un altar sobre la cama mientras los demás miran, o que…

—Santo Cielo, ¿el *Monóculo de Cristal* dice que hacemos eso? —se echó a reír. Claramente no era el tipo de rumores que él había estado esperando que ella compartiera.

—Oh, este era otro diario, uno menos halagador que el *Monóculo*. Te juro que ese autor parece alabaros y al mismo tiempo nos provoca a nosotros con vuestros escándalos. Parece que todo el mundo desea tener un fragmento de vuestra historia.

—Querrás decir que el autor desea inventar. No me agrada la atención que nos prestan esos periodicuchos.

—Entonces, ¿no es verdad?

Agitó una mano de manera despectiva.

—Evitamos las vírgenes cuando es posible, al menos yo lo hago —se reclinó en su silla y cruzó sus botas por los tobillos.

—Entonces, ¿cómo os habéis juntado? —Rosalind ya casi

había terminado de cenar y, de no ser por la curiosidad que le producía escuchar su respuesta, se habría quedado dormida. Su cabeza parecía pesar demasiado para sus hombros.

—La historia es larga y complicada, pero la explicaré de la manera más breve posible. Charles Lonsdale tenía una historia con un hombre de nuestro colegio. Este hombre lo sacó de su habitación en medio de la noche. Discutieron y pelearon. Al final, pretendía ahogar a Charles en el río.

Rosalind se cubrió la boca, conmocionada.

—Lucien y yo cruzábamos los terrenos del colegio, volviendo de una noche en la ciudad, cuando vimos la riña. Godric y Cedric llegaron al río al mismo tiempo. Los cuatro trabajamos juntos para sacar vivo a Charles del río. Después de esa noche, los cinco nos volvimos inseparables.

Ahora había sombras en sus ojos, y Rosalind, aunque fatigada, no las pasó por alto. Había más en la historia, mucho más, pero ella tenía la sensación de que él no revelaría esos últimos detalles por ningún motivo.

—Tu turno. ¿Cómo llegaste a casarte con su marido?

—Escapé de la casa de mi padre. Llegué a una taberna, agotada. Henry vio el estado en el que me encontraba, me llevó con el herrero más cercano y nos casamos sobre el yunque. Luego me llevó a Londres para que no tuviera que volver a Escocia nunca más.

Rosalind no le contó todo. No le habló del hogar que había dejado atrás ni de los abusos que había sufrido antes de huir de su padre. No compartiría esas historias con nadie, a menos que confiara plenamente en la persona.

—¿Lo echas de menos? Tu hogar, quiero decir.

Ella se encogió de hombros. El castillo nunca había sido un lugar acogedor, pero la verdad era que echaba de menos a sus hermanos. Pero mientras su padre viviera, Rosalind no volvería a verlos.

—¿Y tus hermanos? ¿Qué hay de ellos?

—Los quiero a todos, pero mientras sigan en Escocia, no

puedo verlos —se ajustó la bata y suspiró—. Milord, ¿podría molestarlo con un vaso de agua?

—Por supuesto —Ashton se levantó de la silla y entró en el vestidor.

Rosalind apoyó la cabeza en el respaldo de la silla.

Si cierro los ojos durante un breve momento, no me quedaré dormida...

<h1 style="text-align:center">CAPÍTULO 9</h1>

P *obre criatura.*

Ashton se detuvo en la puerta entre su dormitorio y el vestidor, con una jarra llena de agua en la mano. Desde donde estaba, podía ver a Rosalind profundamente dormida en la silla junto al fuego.

Después de los acontecimientos de esta noche, estaba agotada. Era un milagro que hubiera aguantado tanto tiempo. Ashton depositó la jarra de agua en la cómoda y se acercó a su silla. Ella no se despertó mientras él la envolvía entre sus brazos y la llevaba a su cama. La colocó allí y retiró las sábanas hacia un lado, luego la levantó de nuevo y la acomodó debajo de ellas.

Cuando intentó meter sus manos para mantenerlas calientes, Rosalind se aferró a sus dedos y no los soltó. La conexión le produjo un agradable calor en el pecho. Él no quería soltar su mano. Se quitó las botas y movió un poco a Rosalind para poder acostarse a su lado, sin dejar de sostener su mano. Se tumbó allí, observando cómo la luz del fuego jugaba con su cara y las sombras de sus ojos.

Esta noche, había aprendido mucho sobre su encantadora rival, cosas que hacían que la respetara mucho más. Sin embargo, le irritaba la idea de que ella hubiera vivido bajo la fuerza opresiva de un padre abusivo. La vida de Godric transcurrió de la misma manera. Él había aprendido que sus seres queridos podían dañarlo, una lección que lo había acompañado por mucho tiempo. Las palabras y la sabiduría de Emily Parr fueron necesarias para derribar las barreras del duque y demostrarle que el amor podía ser bueno y dulce, y estar libre de dolor.

Ashton apartó un mechón de pelo oscuro y sedoso de la cara de Rosalind y lo colocó detrás de una de sus orejas. Tenía unas orejitas muy delicadas, y él había fantaseado con mordisquearlas mientras se deslizaba dentro de ella una y otra vez.

Reprimió un gemido. Llevaba meses sin tener una amante. Había estado muy involucrado en la guerra silenciosa de la Liga con Hugo Waverly y no se había acostado con una mujer en mucho tiempo. Le importaban demasiadas personas, las cuales necesitaban su protección, y la satisfacción de sus propios deseos había perdido relevancia frente a su deber. Hasta ese momento, encontrar los medios para evitar que Waverly destruyera todo lo que apreciaba había sido su prioridad.

Si tan solo supiera lo que Waverly planea hacer a continuación...

Rosalind se acurrucó más en las almohadas y le soltó la mano para poder apoyarla contra el pecho de Ashton, como una niña. Había superado un sinfín de obstáculos. Ashton podía permitirle esta dulce fragilidad aquí en la cama, dejarla dormir profundamente, sin temor a nada.

—Te cuidaré.

Un suave golpe en su alcoba desvió su atención. Jonathan y Charles aparecieron en la puerta.

Ashton se llevó un dedo a los labios. Ellos esperaron a que saliera cuidadosamente de la cama sin interrumpir el sueño de la muchacha de las Tierras Altas.

Una vez alejado de la cama, se reunió con sus amigos en la puerta.

—¿Cómo está? —preguntó Jonathan.

—Exhausta. Vivió toda una odisea intentando llegar a mi casa.

—Me lo imagino, dado el aspecto que tenía cuando la encontraste —Charles empezó a reírse, pero Ashton le lanzó una mirada de desaprobación—. ¿Qué? Pensé que ese era tu gran plan. Someterla.

Ashton apretó los dientes.

—Mi plan era recordarle quién era el mejor en los negocios. No tenía intención de que sufriera un robo, ni de que tuviera que pasar la noche atendiendo mesas como una vulgar moza de bar, ni de que durmiera sobre sacos de grano antes de caminar hasta aquí en medio de la tormenta.

Charles y Jonathan miraron a la mujer con asombro.

Jonathan sacudió la cabeza.

—Santo Dios. Esa sería una difícil noche para cualquiera de nosotros.

—Recuérdame que apueste todo por esta mujer en *cualquier* pelea —dijo Charles.

—Creo que, dada la hora, me retiraré a vigilarla. Vosotros también deberíais descansar. Mañana estaremos muy ocupados limpiando los caseríos quemados.

—Bien —Jonathan hizo una pausa y se volvió hacia Ashton —. Ash, quería decirte que tu hermano llegó de Londres después de que subieras. Parece que tuvo una fea caída y se lastimó durante la tormenta. Tu madre ha mandado llamar al médico, pero no llegará hasta mañana. Si Lady Melbourne se siente mal mañana, el médico podría revisarla también.

Como siempre, Jonathan sorprendió a Ashton con su consideración. Poseía muchas de las cualidades perversas de su hermano mayor, pero también mostraba la misma ternura. Era una buena incorporación a la Liga.

—Gracias, Jon. Te lo agradezco. Os veré a los dos en unas horas —les dio las buenas noches, pero los detuvo mientras se marchaban—. ¿Jonathan? ¿Qué tipo de heridas ha sufrido? ¿Es grave?

—Solo se ha lastimado el brazo, creo. Dijo que cayó sobre su hombro.

Ashton asintió y cerró la puerta en silencio. Estaba a medio camino de volver a su cama junto a Rosalind cuando un pensamiento lo invadió.

Rafe cabalgando en la tormenta... con un brazo herido.

Su mirada se clavó en Rosalind y recordó sus palabras sobre un asaltante de caminos muy parecido a él. Aquel al que ella le había disparado en el brazo.

¡Joder!

Si Rafe había hecho algo tan tonto y descabellado para llenarse los bolsillos pensando en los garitos de juego...

¡Lo mataré, maldita sea!

Ashton se perdió temporalmente en sus pensamientos de ponerle las manos encima a su caprichoso hermano. Luego, un suave sonido femenino desvió su atención. Estrangular a Rafe tendría que esperar hasta la mañana. Ahora, tenía asuntos más importantes en los que ocuparse.

Volvió a tumbarse en la cama, acercándose a Rosalind, pero sin poder justificar el hecho de cogerle la mano de nuevo, no cuando ella estaba hundida en el calor de las mantas.

—Duerme bien, mi infame rival, para que podamos volver a luchar mañana.

❧

ROSALIND TUVO UN SUEÑO DE LO MÁS PECULIAR.

Estaba tumbada en la cama con un hombre, abrazando su cuerpo largo, esbelto, lleno de músculos, con su cálido aliento agitando su pelo mientras él respiraba profunda y lentamente. Era una sensación extraña y maravillosa acostarse muy cerca de un hombre con el que llevaba meses luchando en los negocios y sentirse muy protegida.

Su marido siempre había utilizado una habitación separada para dormir y solo visitaba la cama de Rosalind una vez a la semana; entonces, después de un dulce beso de buenas noches, se marchaba para que ella durmiera sola. Era una costumbre muy antigua, más propia de las clases nobles. Pero ella entendía el deseo de Henry de dejarla tener su intimidad cuando no estaban juntos. El gesto había sido dulce y, de nuevo, Henry había sido un hombre maravilloso. Un puerto seguro contra las tormentas de su pasado.

Pero este... este era un sueño encantador. Había oído a Emily y a sus amigas hablar de las alegrías de dormir al lado de un hombre durante toda la noche.

No debo dejar que esas historias invadan mu mente antes de dormir.

Cuando abrió los ojos, no había ningún hombre a su lado. Como era de esperar. La luz de la mañana atravesaba las cortinas parcialmente cerradas. Más allá de los cristales de la ventana, vislumbró árboles con flores blancas. Sonrió. La primavera siempre estaba llena de magia, con el sol cálido, el embriagador aroma floral y tonos verdes por doquier. Era como si el mundo pudiera ser eterno, con días que nunca terminaban y sueños que parecían lo suficientemente tangibles como para tocarlos.

Los pájaros parloteaban en las frondosas ramas, salvajes y agitados como solían hacerlo después de una fuerte tormenta. Tormenta... El recuerdo de la noche anterior la despertó de golpe y su corazón comenzó a latir con fuerza.

—¡Santo Cielo!

Esta no era su cama. Esta no era su habitación.

Se dejó caer contra las almohadas al recordar la descabellada serie de acontecimientos que la habían dejado en la cama de Ashton con un camisón prestado.

La puerta del vestidor se abrió un momento después y Ashton entró dando zancadas, completamente vestido y luciendo muy satisfecho de sí mismo. Su ayuda de cámara lo seguía, sosteniendo un pañuelo recién planchado.

—Deja eso para esta noche, Lowell. Hoy estaré en el campo —le dirigió una mirada a Rosalind—. Bien, estás despierta. Estaré limpiando algunas granjas quemadas, por si deseas acompañarme.

—¿Quieres que vaya contigo? —eso la sorprendió. Supuso

que él no querría estar cerca de ella. No después de la última noche. ¿Una criatura mojada y desaliñada que había hablado de sus debilidades? No fue su mejor momento y, desde luego, no el más atractivo.

La sonrisa que perfiló los labios de Ashton aguijoneó su orgullo.

—¿Qué otra cosa harías en el día? ¿Andar ? Rosalind, no eres el tipo de mujer que permanece ociosa durante el día. Entonces, ¿qué harás?

La idea de pasar un día en casa sin ninguna actividad no era nada atractiva. ¿Pero quería pasar tiempo con Ashton? Ella supuso que debía hacerlo, considerando la treta que habían acordado ejecutar. Y supuso que sería interesante ver qué hacía él la mayor parte del día.

Rosalind parpadeó. ¿Cuándo se había interesado por la vida cotidiana de Ashton? Pero sí lo estaba, y era algo más que una simple curiosidad. No haría daño satisfacer esa curiosidad mientras interpretaba el papel de una dama a la que estaban cortejando.

—Supongo que podría acompañarte... para guardar las apariencias.

El maldito hombre seguía sonriendo.

—Excelente. Tu criada Claire acaba de llegar con tu carruaje. Ya ha comido y está lista para atenderte. Desayuna rápido y luego nos vamos —cogió el abrigo que Lowell le tendió y se dirigió a la puerta.

Rosalind llamó tras él:

—¡Seguiré sin aceptar nada más allá de nuestro acuerdo!

Ashton se detuvo en la puerta.

—Y yo seguiré dándote una semana para que cambies de opinión —antes de que ella pudiera responder, él se había ido.

Lowell se aclaró la garganta.

—¿Desea que me vaya, Su Señoría? Suelo ordenar ahora, pero si necesita... —su rostro adquirió un color rojizo.

—Oh, lo siento... señor Lowell, ¿verdad? Si pudiera traerme a Claire, me quitaré en breve de su camino.

—Sí, Su Señoría —Lowell se marchó apresuradamente, y Rosalind se levantó de la cama, haciendo una mueca de dolor mientras varios músculos se contraían en señal de protesta. Todavía tenía los pies llenos de ampollas y la espalda dolorida por los sacos de grano. Le dolían los brazos por haber cargado los platos durante la noche. A pesar del dolor, se apresuró a ir al vestidor para atender sus necesidades antes de que Lowell regresara con su criada.

Cuando regresó al dormitorio, Claire ya había colocado la maleta de Rosalind sobre la cama y mascullaba para sí misma mientras buscaba entre la ropa.

—¡Su Señoría! —se apresuró a abrazar a Rosalind. El gesto íntimo no era para nada apropiado, pero después de lo que habían pasado, fue un alivio.

—¿Se encuentra bien? ¿Qué ha pasado? ¿Por qué me dejó en la posada? —la ráfaga de preguntas hizo que la cabeza de Rosalind palpitara.

—Estoy bien, Claire, de verdad. Te lo explicaré todo.

Mientras su criada preparaba un baño y empezaba a ordenar su maleta de viaje, Rosalind narró todos los acontecimientos de la noche, aunque omitió los momentos más íntimos con Ashton. No había necesidad de que Claire pensara que *realmente* iba a casarse con ese hombre.

—Entonces, ¿se va a quedar aquí? ¿En los aposentos de Su Señoría? —los agudos penetrantes de Claire observaron la sutil elegancia de la habitación. Al notar algo fuera de lugar, lo señaló repentinamente—. ¿Para qué son esos?

—¿Qué? —Rosalind miró el lugar que su criada estaba señalando, sobre la cama. Se acercaron. Sobre el cabecero colgaban unas cortinas bastante curiosas. Rosalind se subió a la cama y tiró ligeramente de ellas. La tela cayó para revelar un gran espejo dorado y ornamentado. Colgaba de la pared en un ángulo extraño.

—Es extraño. ¿Qué crees que...?

Lo cubrió, sin querer entrometerse, pero con la curiosidad de saber para qué podía servir un espejo así. Pero, de nuevo, Ashton estaba lleno de misterios. Tendría que añadir esto a una lista cada vez mayor de cosas que quería saber sobre él. No obstante, eso tendría que esperar. Se dio un baño apresurado, consciente de que Ashton podría regresar en cualquier momento.

Su criada le indicó una silla.

—Venga a sentarse. Veré qué puedo hacer con su pelo.

Claire estaba terminando los últimos detalles cuando Ashton regresó. Se detuvo a mitad de camino y Rosalind lo observó en el reflejo del alto espejo. Por un momento juró que había visto cierta calidez en esos ojos.

Tal vez solo estoy imaginando lo que deseo ver.

—El rosa te favorece —él se acercó, rodeándola parcialmente, y sus ojos la recorrieron de pies a cabeza—. Sí, ese color es magnífico.

Rosalind frunció el ceño. No le gustaba su comportamiento, como si su aspecto requiriera su aprobación. Como si fuera su *dueño*.

—Claire, busca mi vestido verde. Me cambiaré...

—¡No! —interrumpió Ashton, no bruscamente, pero sí con firmeza—. No seas tonta, Rosalind. Claire tiene mejores cosas por hacer que cambiarte de ropa simplemente porque deseas llevarme la contraria.

Rosalind arqueó una ceja.

—Mi objetivo no es complacerte. Si deseo cambiarme, puedo cambiarme.

Los ojos de Ashton brillaron.

—Estoy de acuerdo. Tienes todo el derecho a cambiarte de ropa. Sin embargo, una mujer de tu intelecto tiene mejores usos para su tiempo en lugar de averiguar cómo rebelarse contra mí con insignificantes cambios de ropa. Yo preferiría emplear tu mente en una tarea mucho más importante. Tengo planes arquitectónicos para mis nuevos caseríos, y me gustaría consultarte sobre ellos.

—¿Consultarme?

Ashton tiró de su chaleco.

—La construcción de buques es un poco como la construcción de casas, y ambos hemos tenido bastante experiencia en eso. Me gustaría que me dieras tu opinión sobre la conveniencia de los diseños propuestos. Además, mi madre estaría encantada de vernos interactuar en algo así. Ayudaría a convencerla de que voy en serio contigo.

—¿Qué hay de malo con las casas? —preguntó Rosalind, deseosa apartar la atención de ella.

—Se quemaron hasta los cimientos hace dos días. Estoy impaciente por reconstruirlas porque las familias que vivían allí están sin hogar.

—Oh, no. ¿Dónde se están quedando?

—Ahora mismo están en mis habitaciones adicionales para el personal. Se quedarán aquí hasta que pueda ocuparme de las casas nuevas.

—¿Las familias están aquí? —ella no podía imaginarse a Ashton abriendo su casa a simples granjeros. Era demasiado… *amable* de su parte y, por su interacción con él, sabía que Ashton no era un hombre amable. Tal vez astuto, calculador, atento a sus obligaciones, pero no amable.

—Por supuesto. Son mi responsabilidad.

Rosalind se mordió el labio.

—¿Las dos casas se quemaron la misma noche? ¿Una estaba al lado de la otra?

—Propiedades diferentes, pero cercanas.

—Parece que no fue una coincidencia.

Los ojos de Ashton se entrecerraron y su mirada se volvió distante.

—Sí, sospecho que alguien orquestó esta tragedia.

—¿Esto tiene algo que ver con el motivo por el que te dispararon la Navidad pasada?

Eso era algo que Rosalind no olvidaría fácilmente. Cuando lo conoció por primera vez, uno de sus brazos estaba en un cabestrillo. Logró que confesara que le habían disparado en un burdel. Para sorpresa de Rosalind, no había sido mientras disfrutaba de los placeres del sexo, sino al investigar los rumores de un intento de asesinato contra su amigo.

—No estoy seguro, pero no bajaré la guardia. Entonces, ¿me asesorarás con los planos de la casa?

Rosalind se mordió el labio inferior mientras lo pensaba.

—Supongo que sí.

—Excelente. ¿Estás lista para desayunar? Estoy hambriento después de la noche que tuvimos —le hizo un guiño lleno de malicia. Antes de que ella pudiera detenerse, sonrió, pero se apresuró a forzar una mueca en sus labios.

—Estás intentando avergonzarme delante de Claire —siseó en señal de acusación mientras lo alcanzaba en la puerta.

Ashton seguía sonriendo ampliamente mientras le ofrecía el brazo.

—Confieso que el arte de provocarte me produce mucho júbilo.

Esta faceta de él la pilló desprevenida. Ni en sus sueños más salvajes habría imaginado que el hombre frío y sereno fuera tan... juguetón.

Dejó que la acompañara escaleras abajo hasta el comedor. Solo porque él no actuara siempre como un caballero no significaba que ella dejaría de comportarse como una dama.

El comedor era un espacio encantador, con paredes revestidas de madera de nogal y una gran cantidad de retratos familiares. Dos ventanales daban a un jardín lleno de rosas, forsitias y una docena de otras plantas multicolores. La luz del sol bañaba la habitación con una alegre neblina de luz suave que hacía que Rosalind se sintiera como en casa. El castillo en el que había crecido no tenía tales lujos. Era frío, húmedo y lúgubre; un vestigio de glorias caídas en el olvido.

—¿Te gusta? —preguntó Ashton.

—Sí, mucho. Estaba pensando en la gran diferencia entre esta casa y la de mi infancia. La casa de ciudad de mi difunto marido es preciosa, pero siempre he preferido el campo. Me recuerda a Escocia.

Ashton la acompañó a una silla y la sentó, luego comenzó a prepararle un plato sin siquiera preguntarle. Más que molestarse, Rosalind disfrutó de la idea de que él hiciera algo tan cortés. Debería haberle parecido algo inusual en Ashton, dadas sus experiencias con él, pero no fue así.

Él acababa de depositar su plato propio en la mesa cuando otros dos hombres irrumpieron en la sala, riendo y hablando. Rosalind reconoció de inmediato al Conde de Lonsdale, de pelo dorado, libertino y apuesto. Una vez, *La Gaceta del Monóculo de Cristal* había afirmado que se había acostado con treinta mujeres en una noche durante una extravagante fiesta en Covent Garden. Tenía que ser un rumor porque ella había oído que los hombres tendían a quedarse dormidos después de un solo encuentro. Era imposible que el hombre hubiera sobrevivido a treinta.

Miró a Charles mientras él le dedicaba una sonrisa ganadora. Tenía un físico musculoso muy parecido al de Ashton. Tal vez algunos hombres *podían* hacerlo toda la noche...

—Buenos días, Lady Melbourne. Creo que no nos han presentado como es debido. Ash, ven a ayudarnos —Charles dio un codazo al segundo hombre mientras le sonreía brillantemente a Rosalind.

Ashton se acercó y se pasó a su lado.

—Rosalind, este es Charles Humphrey, el Conde de Lonsdale, y este —dijo mientras señalaba con la cabeza al segundo hombre—, es Jonathan St. Laurent, hermano del Duque de Essex.

—Encantado de conocerla —Jonathan se inclinó de manera cortés sobre su mano y la besó. Charles hizo lo mismo, pero con un brillo en los ojos que la puso nerviosa.

—He oído hablar de vosotros dos —dijo ella, desafiando a Charles con su propia sonrisa de suficiencia.

—Solo cosas perversas, espero —dijo Charles con una risita —. Por desgracia, solo la mitad de las historias que escucho sobre mí en estos días son ciertas. Excepto aquella que involucra cisnes, esa sí que lo es.

Rosalind no tenía ni idea de lo que estaba hablando.

—¿Cisnes?

Ashton interrumpió a Charles con una tos.

—Muy bien —disimuló Jonathan a la perfección—. ¿Cómo se siente, Lady Melbourne? Anoche sufrió un gran calvario. Confío en que haya descansado un poco.

—Sí, gracias, señor St. Laurent.

—Por favor, llámeme Jonathan o Jon —su sonrisa era muy cálida y amistosa, más de lo que Rosalind había esperado de un amigo de Ashton. Él era muy tranquilo y frío, y ella esperaba que sus amigos tuvieran la misma tendencia.

—Estoy bien, gracias, Jonathan. Creo que ya casi me he recuperado de mi aventura —no quiso admitir que todavía le dolían los pies, o el cuerpo.

—Imagino que sí, caminando durante tanto tiempo con el vestido empapado. Debió haber cargado con su propio peso en la lluvia y el barro —Charles se sentó.

—Es una dama fuerte —le informó Ashton a Charles, frunciendo los labios.

—Eh... efectivamente —coincidió Charles, y luego se quedó mirando el plato de Jonathan—. Por el amor de Dios, hombre, come algo de fruta. No puedes sobrevivir sólo con huevos y galletas.

Rosalind estuvo a punto de no verlo, pero observó cómo los labios de Ashton se movían al mirar a Charles mientras le daba órdenes al hombre más joven. Ese momento era muy significativo. Ella estaba vislumbrando un momento de la vida privada de Ashton, un momento en el que tenía la guardia baja y el corazón abierto.

Ayer por la noche, él había insinuado que estaba unido a sus amigos, pero presenciar ese vínculo era algo totalmente distinto.

Algo en esos hombres la hacía suspirar por Escocia y sus hermanos. Brock, Brodie y Aiden se cuidaban entre sí y la cuidaban a ella, al igual que estos hombres. Para eso estaba la familia, para amarse y cuidarse unos a otros. La Liga era la familia de Ashton.

Cuando se había sentado a beber el té con Emily, Horatia y Anne, Rosalind había sentido una conexión similar. Esas mujeres eran amigas, justo como sus maridos. Leales, auténticas, honestas. Pensar en ellas le recordaba su deseo de poder compartir un poco de esa intimidad. Se sentía aún más sola aquí mientras veía a Ashton con sus amigos.

Si se volvía a casar, ¿su vida sería así? ¿Formaría parte de un círculo de amistad como este, o la Liga de Pícaros y sus esposas eran una anomalía en la ciudad de Londres?

—Ten —Ashton volvió a llenar el plato de Rosalind y le sirvió más té.

—Gracias —dijo, sintiéndose extrañamente tímida. Todavía le sorprendía que todo esto estuviera ocurriendo. Hacía dos días estaban dispuestos a matarse, ¿y ahora fingían un cortejo fingido y besos genuinos?

—¿Nos acompañarás a evaluar las granjas? —preguntó Jonathan.

Rosalind miró en dirección a Ashton, esperando que respondiera por ella, pero cuando no lo hizo, casi suspiró aliviada.

—Creo que lo haré.

—Excelente —Jonathan sonrió, y disfrutaron del resto de su desayuno. Jonathan y Charles insistieron en compartir una serie de anécdotas sobre Ashton, y Rosalind pudo notar, por el color cada vez más intenso de su rostro, que eran historias que él no deseaba que ella escuchara.

—¿Sabías que fue el único de la Liga que obtuvo las mejores notas en la universidad? —le dijo Jonathan.

—El único que lo hizo sin cautivar a ninguna de las hijas de los profesores —corrigió Ashton.

—¿Oh? —ella se rio al ver la expresión de disgusto en la cara de Charles.

—¿Qué hay de malo en acostarse con una dama simplemente porque su padre es profesor? No significa que un hombre esté haciendo trampa, ¿vale?

—Sí que la hace cuando olvida de esconder el pergamino con las respuestas del examen —Ashton sofocó una risa.

Charles echó la cabeza hacia atrás, como si buscara una intervención divina.

—Llevé a Pepper Plumsby *una* vez a la cama...

—¿Pepper, como pimienta? —Rosalind soltó una risita—. Vaya, ¿ese es su verdadero nombre? ¿Acaso tenía una hermana llamada Sal?

La intensa carcajada Ashton la sobresaltó, pero entonces los otros dos hombres empezaron a reírse también.

Jonathan se golpeó el muslo.

—Ella tiene razón, Charles. Deberías elegir compañeras de cama con mejores nombres.

—Tú, más que nadie, deberías saber que las apariencias engañan —intervino Charles—. Pepper era una chiquilla encantadora y sabía muy bien cómo hacerlo. Tenía esa forma de usar su...

—Charles —advirtió Ashton, moviendo la cabeza hacia Rosalind.

—Oh, claro. Bueno, ¿nos vamos? Los inquilinos estarán ansiosos por empezar a limpiar los escombros, para ver si hay algo que valga la pena salvar. Sé que no te importa alojarlos aquí, pero el orgullo puede interferir, y ellos querrán instalarse en sus nuevas casas tan pronto como sea posible.

Ashton y los demás se levantaron de la mesa, y Rosalind los siguió. Vieron a Lady Lennox en el vestíbulo mientras reunía a un grupo de niños con Joanna.

—Madre, ahí estás. ¿Deseas revisar los diseños de las nuevas casas con Rosalind y conmigo?

Regina negó con la cabeza.

—No, gracias, Ashton. Estoy muy ocupada con los niños. Los llevaremos a jugar al campo en una de las carretas. Estoy segura de que Rosalind aportará muchas ideas maravillosas. ¿Verdad, Rosalind? —Regina le lanzó una mirada cómplice y Rosalind le sonrió a modo de confirmación. Era una señal y una bendición para comenzar su seducción.

Este animado juego que estaba manteniendo con una madre y su hijo era más divertido de lo que había creído. Ambos desconocían lo que el otro hacía o dejaba de hacer.

Ashton asintió con la cabeza en dirección a Charles y Jonathan.

—¿Por qué no os adelantáis vosotros dos? Rosalind va a revisar los nuevos diseños en mi estudio, y luego os alcanzaremos.

Rosalind se estremeció cuando se fueron, pero no de miedo. Fingir sentirse atraída por alguien era algo totalmente diferente cuando se *sentía* realmente atraída por esa persona. Aunque Rosalind deseara lo contrario. Siempre que ella y Ashton estaban solos, las cosas entre ellos subían de tono, y le preocupaba el posible desenlace de las cosas si él seguía mirándola como lo estaba haciendo ahora. Como si deseara morderla y luego besarla.

<h1 style="text-align:center">CAPÍTULO 10</h1>

*D*ios, *no puedo dejar que me bese de nuevo. Parezco perder todo mi buen juicio.*

Rosalind se apartó de Ashton e intentó iniciar una conversación.

—Eres muy amable al dejar que los inquilinos se queden aquí —no se lo había dicho antes, pero había querido hacerlo.

Él la miró detenidamente.

—No soy una bestia, Rosalind —tuvo la impresión de que él intentaba transmitirle algo relacionado con su posible trato hacia ella.

—¿También lees la mente? —mantuvo su tono ligero, esforzándose por devolverle la broma. Exceptuando a sus hermanos, los comentarios burlones siempre conseguían sofocar sus oídos.

Los labios de Ashton se contrajeron de nuevo.

—¿Leer la mente?

Rosalind tuvo el repentino deseo de verlo sonreír con mayor intensidad.

—Ashton, eres demasiado serio. ¿Por qué no sonríes más seguido?

Él le rodeó la cintura con un brazo y la guio hasta una habitación situada a la derecha del pasillo. Ella miró con curiosidad la sala, observando las estanterías de madera de nogal repletas de todo tipo de libros, desde mapas del mundo doblados hasta escabrosas novelas góticas.

—Puede que sonría en unos minutos. Ahora, ven a ver los planos —apartó la mano de su cintura mientras rebuscaba entre las pilas de papel que cubrían su escritorio. Rosalind volvió a mirar las estanterías llenas de libros. Adoraba la lectura. Su madre solía decir que la biblioteca de una persona revelaba gran parte de su personalidad.

Leyó los lomos y se detuvo, reprimiendo una risita.

—¿*Lady Mabel y el Barón Melancólico*?

Ashton se inclinó sobre su escritorio y levantó la mirada. El sol iluminaba su cabello rubio pálido, bañando los mechones con oro. Tenía un aspecto angelical, pero ciertamente no actuaba como un ángel. Ni besaba como uno, a decir verdad. Como en todas las cosas, el hombre era más pecador que santo. Rosalind estaba segura de ello.

—Culpo a Lucien. Ha estado leyendo esas historias de ese horrible L. R. Gloucester. Yo no los tocaría, pero Lucien apostó a que no podría terminar uno. Y entonces admito que me atrapó por completo. Me avergüenza admitir que he devorado todos los libros que ella ha escrito.

—¿Ella? —Rosalind se quedó mirando las iniciales del libro —. ¿Cómo sabes que es una mujer?

Ashton rodeó la mesa y se unió a ella junto a la estantería, sacando el volumen.

—Dos cosas me llevan a esa conclusión. El uso de las iniciales es una forma muy conocida de ocultar el género, pero lo más importante es que la redacción y los personajes son reveladores. Parecen, bueno, demasiado fieles a la representación de la mente femenina. Ningún hombre podría poseer tanta perspicacia. Me sorprendería mucho que no fuera una mujer. Ten, debes darle una oportunidad.

Le entregó el libro y Rosalind no lo rechazó. Si iba a permanecer aquí una semana, podría disfrutar de un buen libro.

—Ahora, ven a ver estos planos —rodeó su cintura y la acercó al escritorio—. Los mandé a dibujar hace unos meses para otras casas en otras partes de mi finca. Es algo afortunado, porque estos mismos diseños deberían servir para reconstruir las casas de los Maple y Higgins.

Extendió un grupo de dibujos y los sujetó con pisapapeles de cristal que brillaban al sol. Rosalind se quedó mirando los dibujos, evaluando el número de habitaciones, la ubicación de las mismas y la estructura de la casa.

—¿No crees que las cocinas deberían ser un poco más grandes? Se trata de familias y necesitarán más espacio del que les has asignado. Una mujer necesita muchas encimeras y armarios en su cocina. No sé que habías pensado para las otras casas, pero una casa debería generar por sí misma un hogar, una familia, la cual aporte más trabajadores a tus tierras una vez que los niños sean mayores.

Ashton miró los planos con ojo crítico y, para sorpresa de Rosalind, estuvo de acuerdo.

—Tienes mucha razón. ¿Qué más?

Durante la siguiente media hora, discutieron detalladamente sobre las casas, con Rosalind añadiendo espacio a las habitaciones, explicando que los niños necesitarían suficiente espacio para separar a los chicos de las chicas por privacidad, y la necesidad de añadir graneros adecuados y un establo para los animales domésticos. Cuando Ashton estuvo satisfecho con los cambios, escribió algunas notas y llamó a un lacayo para que llevara los viejos planos a su arquitecto en Londres y encargara un nuevo diseño con los cambios.

Mientras la acompañaba a la salida de la oficina, sonreía como un muchacho.

—¿Ves? Estoy sonriendo.

—¿Puedo preguntar por qué? —su vientre se agitó debido a la ansiedad, pero también estaba emocionada.

Ashton entrelazó suavemente sus brazos y bajó la cabeza para susurrarle al oído.

—Porque acabamos de tener una conversación y no hemos discutido. Es la segunda conversación desde ayer. Imagina cómo sería si estuviéramos *realmente* casados.

Rosalind se paralizó.

—¿Por qué estás tan interesado en casarte conmigo? Ya controlas todo lo que es mío.

Ashton negó con la cabeza.

—Admito que mi interés inicial era asumir el control de tus propiedades. Pero lo he pensado mucho. Eres perspicaz. Con nuestras fuerzas combinadas, podríamos ser dueños de todo Londres. ¡Piénsalo!

Lo había pensado, pero no confiaba en él. Una vez que Ashton poseyera sus propiedades y su dinero, ella no sería capaz de hacer nada para recuperarse. Con el trazo de una pluma en una licencia de matrimonio, él le arrebataría su seguridad y su identidad.

Sería como volver a vivir con su padre, solo que este hombre tendría aún más poder sobre ella. Sería su marido. Rosalind no podría huir en medio de la noche; él aprisionaría su vida en un puño de hierro. Las esposas no eran mejor que el ganado de un hombre, y estaba en su derecho de golpearla, matarla de hambre o hacer cualquier cosa que deseara. Si alguna vez lo disgustaba, ¿qué clase de tortura le impondría Ashton? Henry siempre le había otorgado suficiente control como para que nunca se sintiera indefensa, pero sabía que Ashton era un tipo de hombre diferente. Rosalind elegiría la muerte antes que ese destino.

—¿Qué pasa? Estás temblando —Ashton la estaba mirando detenidamente. Rosalind se avergonzó al darse cuenta de que *estaba* temblando.

—Lo siento —ella no sabía muy bien por qué se estaba disculpando, pero lo hizo.

Ashton le rodeó la espalda con sus brazos y la envolvió. Temblaba demasiado como para luchar contra el cálido abrazo, así que enterró la cabeza en su pecho. Él olía a pino con un toque de sándalo. Era un aroma adictivo al que podía acostumbrarse, e incluso anhelar cuando careciera de él.

—Háblame, Rosalind. No deseo asustarte.

Necesitó varios minutos para recuperar el aliento. Se limpió los ojos.

—Por favor, no quiero hablar de esto. ¿Podemos irnos?

Ashton cogió su barbilla y la obligó a mirarlo a los ojos.

—No puedes huir para siempre. Algún día tendrás que hablar conmigo.

No cuando finalmente escape de esta locura. El pensamiento era difícil de aceptar, pero era la verdad. Estaría atrapada aquí por una semana, montando un espectáculo en beneficio del madre de Ashton. Pero una vez que la semana terminara, Rosalind regresaría a Londres, independientemente de los deseos de Ashton.

Él suspiró, y su mirada de decepción la afectó de forma inesperada.

—Muy bien. Confío en que puedas montar con ese vestido.

—Sí, si voy a horcajadas.

La media sonrisa de Ashton regresó.

—¿Y permitirme vislumbrar tus piernas? Entonces tengo una razón más para sonreír.

Se dirigieron a los establos, donde Rosalind encontró el reconfortante aroma de los caballos, el heno y el cuero; justo la clase de cosas que hacían que todas sus preocupaciones se evaporaran. Iba a ser un día precioso, y no dejaría que ningún torbellino emocional ensombreciera su ánimo.

—Veamos, ¿quizás deberías quedarte con mi yegua favorita? Es una criatura encantadora —Ashton la condujo a un establo donde una fuerte pero hermosa yegua blanca con manchas grises estaba empujando su balde de avena y resoplando.

—Es encantadora —Rosalind lo dijo en serio. Adoraba los caballos—. ¿Cómo se llama?

Ashton acarició el nariz del caballo con la palma de su mano, sonriendo con indulgencia mientras la alimentaba con algunas castañas de su bolsillo.

—Dama. Nada más parecía encajar con ella. Incluso cuando era una potra, se pavoneaba por el prado como una auténtica dama —apoyó su frente contra Dama y le acarició la cara.

—¿Y tú a quién vas a montar?

Ashton señaló a un caballo castrado que se mostraba curioso y era completamente negro, excepto por sus patas blancas.

—Príncipe.

Ashton hizo que un mozo de cuadra preparara los dos caballos. Mientras esperaban, Rosalind tuvo la oportunidad de admirar los hermosos establos. Fue arrullada por el olor del heno fresco y los resoplidos de los otros caballos que los miraban a ella y a Ashton con curiosidad desde sus establos.

—Tus establos son hermosos —dijo, deslizando la punta de un dedo por la puerta de un establo pintada de un azul brillante.

—Gracias. Estoy muy orgulloso de mis caballos y quiero que tengan solo lo mejor.

—Los caballos están listos, milord —anunció el mozo de cuadra mientras conducía a las dos bestias, una a cada lado, hacia el patio de los establos.

—Gracias. ¿Rosalind? —Ashton sujetó su brazo y la condujo hacia los caballos.

Luego subió a Rosalind a la silla de montar. Ella se levantó las faldas y se acomodó en el lomo de Dama. Ashton montó a Prince y luego giró su caballo hacia el de ella.

—¿Aceptas una carrera por el campo?

—Tal vez. Supongo que ya has pensado en el premio para el ganador.

—Naturalmente.

Rosalind golpeó sus talones para instar a Dama a acercarse a Príncipe.

—¿Cuáles son? —casi le daba miedo preguntarle. Seguramente se llevaría todo lo que ella aún poseía y que él no había podido arrebatarle. Sin embargo... no podía resistirse a un desafío cuando venía de él.

Con una sonrisa arrogante, Ashton se apartó el pelo de los ojos.

—Un beso si gano.

—¿Y si yo gano? —ella arqueó una ceja.

—¿No quieres besarme? —bromeó él, moviendo las cejas.

Los ojos de Rosalind se entrecerraron ante semejante estratagema demasiado evidente.

—No lo creo. Si gano, debes disculparte conmigo por lo ocurrido estos últimos días.

Él se puso serio.

—Estoy dispuesto a hacerlo ahora.

Su sinceridad la sorprendió, pero no iba a ponérselo fácil.

—Entonces, tal vez solo requiera que te disculpes de rodillas si pierdes, en lugar de hacerlo sobre tu vientre —acarició el cuello de Dama.

Ashton la estudió, y luego, con un brillo perverso en sus ojos, impulsó a su caballo y salió disparado a través del campo.

—¡Vaya, maldito tramposo! —gritó Rosalind y golpeó los flancos de su caballo con los extremos sueltos de las riendas, impulsando a Dama al galope. La hierba dorada del campo vibraba al compás de la brisa mientras ella y Dama corrían a la caza del veloz caballo castrado.

Se reía mientras empezaba a acercarse a Ashton. Él no miró hacia atrás hasta que estuvieron a unos metros de encontrarse. Se inclinó sobre su caballo y empezó a extender la zancada de Príncipe, recuperando su ventaja.

—¡No! —Rosalind pateó más fuerte a su caballo, pero fue inútil. El castrado era más veloz.

Ashton atravesó el pequeño camino de tierra donde se encontraban las ruinas quemadas de una casa. Con un movimiento natural, se deslizó fuera de su caballo y cogió las riendas de Rosalind mientras ella frenaba a Dama.

—Tú... —jadeó ella—. Tramposo.

—No es cierto. Después de todo, te permití alcanzarme. Pero

yo tenía un caballo más rápido. No tengo problemas en admitirlo.

—¡Oh! —ella saltó de su caballo para abordarlo. Él la atrapó, y ella le golpeó el pecho con sus puños.

—Tranquila, mi diablilla, dame mi beso...

—Si crees que voy a cumplir una apuesta que tú...

Sus docenas de maldiciones planeadas fueron silenciadas por los labios de Ashton. Él capturó sus muñecas, sujetándolas detrás de su espalda con una de sus manos. Ella forcejeó un momento, pero solo un momento. Estar prisionera en sus brazos le produjo una sensación brutal. La piel le ardía mientras sus labios la devoraban. Era fácil perderse en el beso de este hombre. Mordisqueó su labio inferior y Rosalind jadeó, extrañamente excitada por el calor salvaje de su mordida. Volvió a forcejear con él, pero Ashton solo se carcajeó roncamente.

—Tranquila, querida. Esto no es algo que puedas controlar. Esta vez no.

Rosalind le cedió el control. En sus palabras se escondía la promesa de una próxima vez en la que ella *tendría* el dominio.

Ashton besaba de maravilla. Nunca había tenido amantes después de la muerte de Henry, y sin embargo sabía que si los hubiera tenido y los comparaba con esto, este barón seguiría siendo el mejor. Era su forma de besar, como si tuviera todo el día para explorarla. No existía el menor atisbo de apuro. Solo una pasión lenta y pausada, intensa y adictiva. Rosalind se dejó caer con más fuerza contra su pecho. De repente, sus manos fueron liberadas y ella le rodeó el cuello con los brazos, acercándolo.

—¿Quieres que me detenga? —le susurró al oído antes de marcar un camino de besos desde su oreja hasta su garganta.

La sensación de sus labios, calientes y suaves en su sensible piel, le provocó escalofríos.

—¿Detenerte? —repitió Rosalind a través de la creciente confusión provocada por el deseo.

—Sí —respondió él con una risita ronca—. ¿Debo seguir besándote o no?

—Sigue... —ella hundió las manos en los largos mechones de su pelo—. Besándome.

Rosalind jadeó mientras caían al suelo. Cayó sobre un mar de hierba dorada con Ashton encima de ella. Instintivamente, intentó separar sus muslos, pero las faldas le estorbaban.

—Mis faldas —ella gimió mientras él le besaba la clavícula y le acariciaba la curva de sus pechos con la nariz.

—Cierto —Ashton hurgó en sus gruesas faldas y enaguas, empujándolas hasta sus muslos. Rosalind echó la cabeza hacia atrás cuando las palmas de sus manos se deslizaron por sus piernas y sus bragas. La acarició con la punta de un dedo antes de deslizarlo en su interior. Se sobresaltó y se aferró a sus hombros.

El cielo azul sobre ella parecía extenderse eternamente mientras miraba el inmenso espacio sin nubes. Ashton se alzó sobre ella, cubriendo el sol mientras seguía penetrándola con su dedo. La invasión era suave pero insistente, y ella temblaba ante la creciente tensión. Solo él la había hecho sentir tan salvaje y temeraria, como si todas sus preocupaciones y miedos se hubieran desvanecido desde su primer toque.

—Me perteneces, Rosalind. ¿Lo entiendes? —aceleró el movimiento de su mano y su pulgar encontró el sensible clítoris que la hizo gritar con fuerza cuando ejerció presión sobre él.

—No —jadeó. Rosalind no le pertenecía a ningún hombre; ella era dueña de su propia vida.

Los ojos azules de Ashton eran como el cielo, pero intensificados con un fuego interior.

—Tú *eres* mía. Y yo cuido lo que es mío. Le doy *placer* a lo que es mío —él relajó su delicada seducción solo un momento, y Rosalind se retorció de frustración, deseando que siguiera tocándola y al mismo tiempo luchando contra las consecuencias que supondría su aceptación.

—No soy tuya —ella siguió resistiéndose, pero los labios de Ashton dibujaron una sonrisa irresistible.

—Niégalo todo lo que quieras, pero eres mía, *Lady Melbourne* —enfatizó su título, y ella arañó su espalda.

—Por favor... —ella necesitaba que él terminara lo que había empezado, pero no así. No en estos términos.

—Dilo o me voy —el pelo le caía sobre los ojos, y la sombra de una sutil barba lo convertía más en un pirata vividor que en el caballero de negocios que le gustaba exhibir frente a la *alta* de Londres. Era como si pudiera retroceder en el tiempo unos cientos de años y ver a los antepasados de Ashton asaltando la costa inglesa. Guerreros altos y rubios que se apoderaban lo que querían a cualquier precio. Era aterrador y excitante. Su piel ardió y sus pezones se tensaron bajo el vestido ante la idea de verlo reclamarla allí mismo, en la hierba. No habría nadie para impedir esa locura.

¿Cedo o me resisto?

Ashton frunció los labios y se apoyó sobre sus talones, acomodando sus faldas en su lugar.

—Pero... —ella necesitaba que él siguiera tocándola. Él simplemente no podía parar...

—Hasta que no puedas aceptar sin dudar, no te recompensaré —se puso de pie y se quitó la hierba de la ropa, luego la cogió por la cintura y la levantó. Sus ojos se mostraron violentos con la determinación de negarle lo que más deseaba en ese momento. Volver a estar en la hierba con él. Pero no, él le estaba devolviendo la jugada de la ópera, cuando ella lo había abandonado a su suerte después de sus insinuaciones. Ashton la había sorprendido limpiamente con una trampa en la que ella había caído sin ayuda. ¡Maldito *inglés*!

—¡No eres un caballero! —resopló, con el cuerpo aún vibraba de necesidad y frustración.

Su estruendosa risa le puso los pelos de punta.

—Querida, acabo de contenerme para no reclamar tu cuerpo aquí mismo, en el campo. Creo que eso demuestra que soy un caballero. Si no tuviera control, tu vestido estaría arruinado con manchas de hierba porque te habría follado muy duro, con locura, como ambos queríamos. Pero *tú* me detuviste. Recuérdalo. No quisiste decir lo que yo deseaba oír.

—No puedo darte lo que deseas escuchar. Para ti esto es solo un juego, pero no para mí.

Él tiró de los extremos de las mangas de su camisa, arreglando su aspecto, y Rosalind siseó en voz baja como un gato furioso.

—Tengo que trabajar. ¿Podrías llevar los caballos a algún lugar cercano y atarlos? —Ashton le dio la espalda y ella tuvo la sensación de que lo había decepcionado, lo que la enfureció porque no necesitaba complacerlo. Ella *no* le pertenecía.

Sin embargo, un pequeño lugar dentro de ella continuó planteándose esa simple y peligrosa pregunta.

¿Y si...?

CAPÍTULO 11

—¿**V**as en serio con este asunto del matrimonio? —preguntó Charles mientras él, Jonathan y Ashton levantaban otra viga carbonizada de los cimientos donde solía estar la granja de los Higgins. Colocaron la viga en la parte trasera de una gran carretilla. Otros hombres de la aldea y de las zonas cercanas estaban ocupados en la limpieza de las casas destruidas.

—Sí, voy en serio —Ashton hizo una pausa para pasarse la manga por la frente. Hacía demasiado calor para este tipo de trabajo. En todo caso, él debería estar supervisando a los demás. No era apropiado para un hombre de su posición realizar trabajos manuales, pero no podía quedarse de brazos cruzados, no cuando estaba desbordado de energía sexual frustrada. Si no podía llevarse a Rosalind a la cama, necesitaba utilizar esa pasión reprimida para algo productivo.

—Pero, *¿por qué?* —repitió Charles—. Creía que habías jurado no casarte.

—Es complicado, Charles. Mi madre me está presionando para que me case por el bien de Joanna, y estoy cansado de luchar contra ella. Si ella cree que Rosalind y yo nos estamos cortejando, eso me hará ganar algo de tiempo.

—Pero fingir un cortejo es diferente a cortejarla de verdad. Pensé que habías dicho que esto sería una treta y nada más —Charles ya estaba frunciendo el ceño.

—Bueno, ese había sido mi deseo original, pero cuanto más lo pienso, casarme con ella sería beneficioso en más de un sentido.

—¿Casarse por lucro? Pero es que eso es... —Jonathan dejó que sus palabras murieran mientras él también fruncía el ceño.

—*Oportunista* es la palabra que buscas —añadió Charles.

Ashton no lo negó. Efectivamente, eso era de naturaleza oportunista, pero considerando los acontecimientos del día anterior, él había empezado a sentir que las cosas podían mejorar, tal vez incluso resultar placenteras si terminaban casados. Por supuesto, Rosalind no podía saber que su verdadera intención era aprovechar esta treta y hacerla realidad.

—Necesito mantener el control sobre las empresas de Rosalind hasta que pueda averiguar para qué la ha estado utilizando Hugo. Además, si controlo sus activos, nada puede ocurrir sin mi conocimiento.

—Sí, pero has estado haciendo todo eso sin incluir esta tontería del matrimonio —continuó Charles.

—Llevo unos días pensando en casarme con ella y, después de lo de anoche, me siento obligado a hacerlo. Y no solo porque quiera controlar sus bienes. La pobre criatura necesita que la cuiden.

Por muy fuerte que fuera una mujer como Rosalind, necesitaba protección, cuidado. Y dado su trágico pasado, también merecía que la mimaran. Una vez que dejara de resistirse a sus propuestas románticas, Ashton podría darle el mundo y cualquier otra cosa que deseara.

Jonathan se carcajeó.

—¿Necesita que la cuiden? Parece que la estás compadeciendo. La mujer que conocí no parece necesitar eso.

Charles pareció coincidir.

—La mujer lo estaba haciendo bastante bien por sí misma,

incluso superándote en tu propio juego, hasta que decidiste excederte e intentar arruinarla.

Gruñendo en voz baja, Ashton lanzó una mirada fulminante a sus amigos.

—Nunca os habéis quejado de mis métodos cuando se trata de un hombre.

—Pero ella no es un hombre —señaló Jonathan—. Y hasta donde yo sé, nunca has adoptado medidas tan extremas con tus otros competidores.

Ashton reconoció la verdad en las palabras de Jonathan.

—Sí, bueno, es mi maldita culpa haber ido demasiado lejos. Estoy haciendo todo lo posible para remediar la situación y enmendar lo que pueda.

Charles frunció el ceño.

—Cuando entras en conflicto con una dama, le envías flores y joyas, no te casas con ella. esto no me agrada.

—No tiene que agradarte. *Soy yo* quien se casa con ella, no tú.

—Pero...

Jonathan interrumpió.

—¿Acaso ella ya ha consentido el matrimonio? —cepilló sus manos llenas de hollín contra un paño de tela que colgaba de la parte trasera del carretilla.

—Todavía no, pero lo hará.

Las risas distantes de los niños hicieron que los tres giraran la cabeza.

Rosalind y Joanna perseguían a una docena de niños por el prado. Eran los hijos de las familias Maple y Higgins. Las acciones de Joanna no sorprendieron a Ashton; le abría su corazón a todo el mundo, y los niños parecían sentirse atraídos por ella. ¿Pero Rosalind? Él no podía creer que se hubiera unido.

Su pelo se soltaba de las horquillas y su vestido rosado estaba arrugado y sucio, pero ella parecía ignorarlo. Cogió a un niño de no más de dos años y lo hizo girar, provocando que el pequeño chillara de alegría. Los niños más grandes aplaudieron y rieron.

El brillo rosáceo de las mejillas de Rosalind lo llenó de calor.

Parecía que se sentía mejor, y eso lo hacía feliz. Era evidente que disfrutaba de las aventuras del mundo de los negocios, pero también era una mujer de pensamiento libre con ideas propias, algo que hacía que sus conversaciones con ella fueran fascinantes en lugar de tediosas. Ashton había compartido muchas cenas o bailes con señoritas que se apresuraban a coincidir con cualquier cosa que dijera o a reírse de cualquier comentario que les pareciera una broma.

Estar casado con Rosalind y compartir su vida con ella sería una experiencia muy estimulante. Podrían montar a caballo, planificar decisiones comerciales, incluso dar largos paseos en un agradable silencio. Y, al parecer, a ella le gustaban los niños. Eso le produjo una extraña sensación de calma en el fondo de su pecho. Después de todo lo que había soportado, Rosalind merecía algún tipo de felicidad. El dinero por sí solo nunca lo conseguiría, y Ashton lo sabía muy bien.

Yo podría hacerla feliz. Si algo le habían enseñado Godric, Lucien y Cedric, era que la felicidad alcanzada por la unión de un marido y una mujer compenetrados no era una cuestión de suma, sino de multiplicación.

Joanna lo llamó, saludándolo a él y a sus amigos con la mano.

—Ash, ven a beber un poco de limonada.

—¿Vamos, caballeros? —Ashton señaló con la cabeza la zona junto al camino, donde dos mantas extendidas y unos refrigerios los estaban esperando.

Su madre estaba en su elemento, dirigiendo a los niños y a Joanna mientras los hombres trabajaban. Habían decidido hacer un picnic mientras los hombres ayudaban a retirar los escombros. Ashton era consciente de que su madre observaba a Rosalind con una intensidad que empezaba a preocuparle.

Regina sabía que no debía entrometerse en los negocios de Ashton, pero estaba muy seguro de que se entrometería en sus asuntos románticos. Razón de más para que Rosalind y él jugaran al cortejo fingido. Hoy necesitaba hacer algo delante de su madre para demostrar su interés por Rosalind.

—Ashton, necesitamos hablar, por favor —Regina estaba sentada en una esquina de una de las mantas, con un vaso de limonada en una mano y un abanico de encaje en la otra.

—¿Qué pasa, madre? —se acuclilló junto a ella en la manta. Su madre dobló el abanico y palmeó un lugar a su lado, luego le tendió un vaso. Él cogió el vaso y se acomodó en el suelo.

—Creí que estabas bromeando cuando dijiste que planeabas casarte con esa mujer, pero estoy empezando a ver algo en ella que me agrada bastante. Simplemente quería hacerte saber que tienes mi aprobación y mi bendición.

—No necesito ninguna de las dos cosas —respondió fríamente, pero no tardó en arrepentirse—. Lo siento, madre.

—Sí, deberías estar arrepentido. Por una vez, estamos de acuerdo en algo y te comportas como una bestia.

Por un momento, ninguno de los dos habló, cada uno mirando distintos puntos en la distancia. La ligera brisa que se deslizaba por la manta y agitaba la hierba enfrió su cuerpo y su temperamento lo suficiente como para caer ante la curiosidad provocada por las últimas palabras de su madre.

Rara vez se ponían de acuerdo en algo, sobre todo en las mujeres. Ella no paraba de ofrecerle mujeres, y Ashton ponía mala cara y se marchaba, sin interesarse en absoluto por cualquier joven que su madre creyera idónea para el matrimonio. Quería que él se casara de inmediato con ella.

—¿De verdad te agrada? —preguntó Ashton.

Su madre volvió a abanicarse.

—Sí, me agrada. Hay algo en ella, una fuerza que veo que me recuerda a mí misma.

—Es fuerte —ciertamente, él estaba de acuerdo con ella en eso.

—Pero está protegida, y por una razón. Debes tener cuidado, hijo mío. No es la primera vez que la hieren, eso está claro. No os haría ningún bien a ninguno de los dos presionarla demasiado rápido. ¿Entiendes?

—Seré cuidadoso con ella —le aseguró a su madre.

Regina sonrió.

—Muy bien, porque se merece que la cortejen como es debido. Puedes empezar esta noche en el baile de los Merton. Había rechazado nuestras invitaciones, pero cuando la señora Merton supo que el motivo eran nuestros invitados, envió invitaciones esta mañana para Charles, Jonathan y Lady Melbourne.

—¿Un baile? —ahogó un gemido. Se suponía que cortejar a Rosalind frenaría las órdenes de su madre de asistir a esos malditos bailes. Pero parecía que no había manera de escapar de este.

—Sí, y asistirás. Hay un joven agradable que quiero que Joanna conozca. Si vienes y presumes de tu nueva prometida, Joanna dará una buena impresión. Y un baile campestre decente y respetable mantendrá a tus amigos alejados de los problemas.

Vaya consideración la de la señora Merton al pensar en añadir unos cuantos invitados más a su lista. Maldición.

—Debería preguntarle a Rosalind. Puede que ella no quiera...

Regina se rio.

—No seas ridículo. A todas las mujeres les gustan los bailes. La danza es el mejor camino para conquistar el corazón de una mujer.

Ashton se mofó.

—¿La danza? Lo dudo —aunque era uno de sus muchos talentos, bailar no era algo que disfrutara con especial interés.

El abanico de su madre le propinó un sonoro golpe en el pecho. *Zas.*

—Claro que sí. ¿Cómo crees que me enamoré de tu padre? —el rostro de Regina se suavizó al revivir viejos recuerdos. Suspiró y se secó los ojos, los cuales estaban repentinamente encendidos —. Era un maravilloso bailarín —hacía mucho tiempo que su madre no hablaba de su padre de forma positiva.

Ashton contuvo la respiración, preguntándose si su madre seguiría hablando de su padre o si el pasado sería demasiado doloroso. Los ojos de su madre brillaron al mirarlo. Él nunca había querido pensar en lo difícil que debía ser amar a alguien que te lastimaba. Regina había amado a su padre, a pesar de su afición por las mujeres y el juego. Ella *todavía* lo amaba.

Ella elevó la mirada hacia el cielo. La luz del sol cubría su rostro y, por un momento, Ashton pudo imaginar su aspecto de joven a la edad de Rosalind. *Encantadora.*

—Cuando una mujer baila con un hombre, se siente segura. Es una clase de intimidad especial, una que promete amor. Así que esta noche, querido hijo, la llevarás a la pista de baile y la mirarás fijamente a los ojos mientras bailas el vals. La seducción no siempre se trata de lo que sucede entre las sábanas, ¿sabes? Seduce su *corazón.*

Amor. Él no había pensado en Rosalind de esa manera. Protección, ventaja, placer mutuo, ciertamente. Pero, ¿amor? Si era honesto consigo mismo, la idea del amor le daba el susto de su vida. Desde que había visto a Godric y Emily enamorarse, una parte oculta de él había anhelado eso. Pero era un hombre que se desenvolvía con nociones realistas y un comportamiento práctico. La necesidad de controlar su vida, de protegerlo todo ferozmente, no auguraba nada bueno para ninguna mujer que se atreviera a amarlo.

—Ashton —la voz de su madre lo sacó de sus pensamientos.

—¿Sí?

—Prométeme que lo considerarás —ella lo estaba mirando fijamente.

—¿Considerar qué?

—*El amor*, chico tonto. Conquista su corazón.

Ashton no podía creer que estuviera teniendo una conversación tan directa con su madre, especialmente sobre un tema así. Se removió en la manta, intentando acomodarse, pero no podía evitarse cuando un hombre hablaba de amor con su madre. ¿Así se sintió Lucien cuando su madre lo engatusó para que sedujera a Horatia la pasada Navidad?

Señor, sálvanos a todos de las madres entrometidas.

—Lo consideraré —Ashton dirigió su mirada hacia Rosalind. Ahora llevaba una venda improvisada en los ojos, buscando a los niños que reían a su alrededor. Sus pequeños cuerpos se movían fuera de su alcance mientras ella pedía ayuda para encontrarlos. Joanna se reía y gritaba indicaciones para evitar ser capturada.

Con una sonrisa, Ashton dejó a su madre para que terminara su limonada y se acercó sigilosamente a Rosalind por detrás. Antes de que Joanna pudiera hablar, Ashton se llevó un dedo a los labios. Ella le sonrió y guardó silencio.

—¡Oh! ¿Dónde estáis? —masculló Rosalind entre pequeñas risas mientras giraba y corría directamente hacia Ashton.

Ashton la capturó por la cintura, presionando su cuerpo contra el suyo. Su cuerpo se ajustaba al de él con una perfección sorprendente. Sus rasgos eran animados y alegres bajo la luz del sol primaveral, y eso lo llenó de un discreto gozo que provocó que su corazón se acelerara.

Ella podría ser mía... si puedo cortejarla.

—Bueno, parece que he capturado un bonito premio. ¿Cuál es mi recompensa?

Los labios de Rosalind formaron una pequeña "O" en señal de sorpresa y se quitó la venda de los ojos. No había mejor momento que este para besarla, en presencia de su madre.

Ashton cogió su rostro y acercó su boca a la de ella. El sabor de su lengua le recordó lo mucho que se había estado conteniendo. La boca de Rosalind se abrió bajo la suya, y él la animó con su lengua a ser atrevida y a no centrarse en el hecho de que estaban a la vista de todos. Quería que toda su atención estuviera en él y en este único y exquisito beso.

Cuando sus bocas finalmente se separaron, él apoyó su frente contra la de Rosalind y sus ojos se encontraron. Un rubor tiñó sus mejillas mientras ella intentaba recuperar el aliento, y eso solo hizo que Ashton deseara privacidad para poder seguir besándola.

—No tenemos que parar —dijo él suavemente contra sus labios.

—Pero los niños...

—Están cansados y deberían sentarse para almorzar un poco.

Al igual que tú —con un suspiro, se apartó de su irresistible muchacha de las Tierras Altas y señaló con la cabeza una de las mantas vacías. Se sintió aliviado cuando ella no se resistió a su intento de acompañarla hasta allí. Quería demostrarle que podía tratarla como una mujer merecía ser tratada, como si fuera un tesoro. Aunque fuera su rival en los negocios, seguía siendo una dama, y él no iba a descuidarla.

—Se siente bien descansar. Supongo que todavía no me siento tan fuerte como debería.

Ashton tuvo que estar de acuerdo. Parecía estar demasiado acalorada por el juego. Le entregó un pequeño plato de mini emparedados y un vaso de limonada.

—Gracias —ella aceptó la comida y la bebida. Disfrutaron de un momento bajo un silencio agradable.

—Veo que Joanna y tú habéis aprovechado este buen día —Ashton se rio, observando a los niños en una lejana manta de picnic retorciéndose alrededor de Joanna como cachorros inquietos mientras ella repartía los bocadillos.

Rosalind se carcajeó.

—Sí, ha sido maravilloso. Los niños son un encanto. Sospecho que sus madres agradecerán que los hayamos agotado en el campo para que duerman bien esta noche. Gracias por pedirme que viniera aquí contigo. Nunca creí que lo disfrutaría tanto como lo he hecho —dio un sorbo a su limonada y mordisqueó su sándwich.

¿Esta era su oportunidad? ¿Preguntarle por el baile mientras estaba contenta y con el estómago lleno? Seguramente ella aceptaría; después de todo, era parte de su acuerdo. Un baile sería público, y su madre tendría pocas posibilidades de cuestionar sus motivos si llevar a Rosalind.

—Rosalind, esta noche hay un baile campestre. Una de nuestras familias vecinas es la anfitriona. Cuando se enteraron de que no podíamos asistir debido a la presencia de invitados en nuestra casa, os extendieron invitaciones esta mañana a todos vosotros. ¿Te gustaría acompañarme? Joanna irá, así como mi madre.

—¿Un baile? —ella se giró y miró a cualquier parte menos a él —. ¿Me lo pides simplemente por nuestro acuerdo?

Ashton miró fijamente su plato de comida y consideró la mejor manera de responder.

—No voy a negar que ese es mi objetivo principal —dio un sorbo a su limonada y la dejó a un lado antes de cogerle la barbilla y obligarla a mirarlo. Unas chispas encendieron la mirada de Rosalind, como oscuros destellos de desafío en contraste con los rayos de luz derivados de su emoción cuando luchaba con él.

Lo miró con astucia.

—Y haciendo eso en un entorno tan público, ¿no estarás intentando presionarme para llegar a algún tipo de acuerdo real de matrimonio?

Ashton resopló.

—Por supuesto que no.

—Bien —su tono directo contenía un desafío, uno que Ashton se apresuró a aceptar.

—¿Pero eso sería tan terrible? Como mi esposa, serías poderosa, doblemente rica y estarías a salvo. Te protegería con mi vida, y mis amigos también.

¿Cómo podría rechazar tal oferta? El mundo al alcance de su mano. ¿Qué mujer no querría eso? Era una locura.

Y no solo se trataba de lo que podía darle, sino también de lo que él quería. *Quería* que Rosalind fuera suya; llamar suya a esta enérgica diablilla para que ningún otro hombre tuviera derecho sobre ella.

La sonrisa en sus labios comenzó a desaparecer, y un destello de dolor en sus ojos lo aguijoneó.

—Pero es imposible que me ofrezcas las dos cosas que valoro por encima de todo.

—¿Cuáles son? —preguntó Ashton, acercándose más. No quería que se alejara de él. Si ella se lo decía, podría dárselas, sin hacer preguntas.

—Amor y libertad.

¿Amor y libertad? Ashton no podía garantizar lo primero, pero

lo segundo no lo entendía. ¿Cómo no iba a ser libre? Por primera vez en su vida, una mujer lo había dejado desconcertado.

—Serías libre de hacer lo que te plazca —argumentó.

La carcajada de Rosalind fue tan dura como una bofetada.

—¿De verdad? Si decido trasladar inversiones, vender o adquirir una empresa o hacer cualquier cosa con mis propiedades, ¿me dejarías?

Su vacilación a la hora de responder le supuso un sacrificio. No podía decir que sí, pero no por la razón que ella esperaba. Si Hugo la estaba utilizando, no podía permitirle hacer algo que ayudara al mayor enemigo de la Liga. No era porque deseara que ella dejara de ser la mujer que él respetaba.

Rosalind dejó el plato de comida en el suelo y extendió la mano más allá del borde de la manta para arrancar un largo tallo de hierba verde. Rosalind se lo llevó a la mejilla, dejándolo recorrer su piel antes de suspirar y permitir que la brisa se lo arrebatara de la palma abierta.

—Ya me lo imaginaba. Como viuda, tengo pleno control sobre mi destino. No soy simplemente el activo de un hombre. *Existo* en la sociedad, aunque a regañadientes. El matrimonio destruye todo eso. Me perdería a mí misma y me convertiría en parte de ti. Todo lo que soy se desvanecería en un instante. No puedes entender eso. Es una estupidez para los hombres. Creéis que entendéis nuestras mentes y corazones femeninos, que somos simples criaturas que ansían vestidos nuevos y asistir a bailes y que no tenemos pensamientos, opiniones o deseos que coincidan o superen los vuestros —ahora había una dureza en su rostro, una frustración que Ashton había visto en otras mujeres a lo largo de su vida.

La hermana menor de Lucien era una brillante alumna, pero no pudo asistir a la universidad. Audrey Sheridan era una de las mujeres con más mentalidad política que había conocido, pero cubría sus intereses hablando de moda para evitar el ridículo. Ella nunca tendría voz en la Cámara de los Lores. Y luego estaba Rosalind. Era la rival de negocios más astuta e inteligente a la que se había enfrentado, y había sido superado por sus inteligentes estrategias en más de una ocasión. De repente, comprendió que la Sociedad de Damas Rebeldes de Emily podría tener un propósito mayor que el de simplemente distraer a sus maridos.

Rosalind tenía la mirada fija en la distancia, con los ojos llenos de esa tristeza que le carcomía la decisión de convencerla de que se casara con él.

—No renunciaría a nada de eso. No hasta saber que sería amada, y libre. Lo primero no lo puedes prometer, y lo segundo no lo puedes dar.

Ashton extendió la mano y cogió una de las suyas, cerrando los dedos alrededor de los suyos y llevándoselos a los labios para besarlos lentamente.

—Considera esto. Tengo mis razones para querer controlar tus negocios, pero no son las que tú crees. Te devolvería el control de todo a su debido tiempo —era lo máximo que podía revelar sin hablarle de Hugo Waverly. Nadie de la Liga había divulgado la profundidad de sus preocupaciones cuando se trataba de Waverly. Jamás. Él era demasiado peligroso, y cuanto menos involucrados estuvieran sus familiares y amigos, más seguros estarían. Al menos, eso era lo que Ashton creía.

—Suponiendo que pudieras encontrar una manera de proteger legalmente mi propiedad como mía después del matrimonio, ¿cuándo me devolverías el control? —un atisbo de esperanza en los ojos de Rosalind lo hizo sentirse despreciable, ya que no podía afirmar cuándo sería seguro hacerlo.

—No sé cuándo exacta...

Rosalind apartó su mano de un tirón y apartó el rostro.

—Porque no existe ese momento. Mi respuesta siempre será no. No me casaré contigo. Seguiremos con nuestra farsa por el bien de tu madre, y eso es todo.

Ashton intentó ignorar el dolor de aquel rechazo, pero no lo consiguió.

—Eso no resuelve tu problema, Rosalind. Toda tu vida sigue siendo mía, no lo olvides —le advirtió.

Los ojos de Rosalind brillaron como los afilados fragmentos de plata de un espejo roto.

—Oh, no lo he olvidado. Supongo que haber confiado en ti para mantener nuestro acuerdo fue un estúpido error. Me devolverás una compañía, ¿pero ahora parece que vas a mantener al resto como rehén a menos que me case contigo? Perdóname por no estar contenta con la situación —hizo una pausa, y con una mirada mordaz añadió—: Si es necesario, me casaré con otro hombre, y entonces podrás *poseerlo a él* mientras yo me libero de ti.

—¡Maldita sea, mujer! —Ashton se abalanzó sobre Rosalind, pero ella se movió rápido para una mujer agobiada con faldas. Se levantó y corrió hacia los niños en el campo.

—¡Ashton! —la voz de Joanna interrumpió el torbellino de pensamientos salvajes que estaba teniendo en ese momento.

—¿Qué pasa? —espetó.

—No seas tonto —Joanna estaba de pie junto a él, con los brazos cruzados y el ceño fruncido.

—Me disculpo —solo lo dijo a medias. La terquedad de Rosalind lo estaba poniendo de mal humor.

—Mamá tiene razón. Eres un miserable seductor. Empiezo a preguntarme si los rumores sobre ti en Londres son, de hecho, *solo* rumores.

Ashton se levantó y frunció el ceño hacia su hermana.

—Se supone que no debes escuchar esas cosas —no se le permitía ir sin chaperona a ningún evento y, además, solo se presentaba en aquellos que él y su madre consideraban apropiados. Los rumores sobre sus seducciones no debían llegar a esos lugares.

Joanna frunció el ceño.

—Rosalind tiene razón: no entiendes a las mujeres y es evidente que las subestimas. Deja de ser un idiota presuntuoso y cortéjala como es debido. Veré si puedo convencerla de que vaya al baile de los Merton esta noche.

Joanna hizo girar su capota con un dedo y se alejó.

Furioso, Ashton se dirigió hacia Charles y Jonathan, quienes se reían con ganas y ni siquiera intentaban disimularlo.

—¿Problemas con tu querida? —preguntó Charles.

—Ríete otra vez si quieres que te sangre la nariz.

Charles levantó las manos en señal de rendición.

—Un poco sensible, ¿eh? Jonathan, me debes una libra. Creo que cierta dama no asistirá al baile de esta noche.

Jonathan rebuscó en sus bolsillos, pero Ashton le cogió del brazo.

—No pagues todavía, Jon. Dobla tu apuesta. Me encargaré de que ella asista esta noche —y luego se fue en busca de su caballo. Necesitaba dar un largo paseo para calmar sus nervios. Si iba a jugar al caballero cortés esta noche, necesitaría toda su concentración y control. O bien, haría eso que había estado amenazando con hacer y se llevaría a Rosalind a la cama porque ella necesitaba una liberación tanto como él.

Cortejarla acabará por matarme. Demonios.

CAPÍTULO 12

El señor Pevensly se enorgullecía de ser el mayordomo de Lady Melbourne y de ocuparse de las tareas que lo ayudaban a cuidar la residencia de Su Señoría. Con la cabeza en alto, bajó las escaleras, con los guantes blancos recorriendo la barandilla. Cuando llegó al último escalón, levantó los dedos enguantados para examinarlos en busca de polvo. Salieron limpios. Con una sonrisa de satisfacción, recorrió el resto de la casa, revisando cada habitación. La última puerta a la que llegó antes de reunirse con el personal en la planta baja para la cena fue el estudio de Su Señoría.

Pevensly abrió la puerta y echó un vistazo al interior, suponiendo que todo estaría en orden. Pero antes de que cerrara la puerta, una brisa recorrió la habitación desde una ventana abierta que daba a las caballerizas de abajo. Los papeles del escritorio crujieron y las cortinas se levantaron y cayeron lentamente.

Frunciendo el ceño, Pevensly se acercó a la ventana y la cerró. Una criada debió haberla dejado abierta. No sabía el propósito, pero él hablaría con las criadas para recordarles que no debían dejar ventanas abiertas en una habitación vacía. Luego ordenó los papeles en el escritorio y se fue.

A estas alturas, el estómago le rugía y estaba interesado en saber qué había preparado la cocinera. Podría pasar un tiempo hasta que Su Señoría regresara, y ella siempre insistía en que el personal cenara la mejor comida durante su ausencia para no tener que tirarla. Era una de las muchas razones por las que Pevensly apreciaba a su ama. Con una palmadita en el estómago, se dirigió a la puerta que lo llevaría abajo, a las cocinas del personal.

❧

ROSALIND FULMINÓ A JOANNA CON LA MIRADA.

—¿Cómo demonios me he dejado convencer de esto?

La hermana de Ashton era casi una versión femenina de su hermano mayor, con ojos azules brillantes, pelo rubio pálido y rasgos deslumbrantes. Sin embargo, a diferencia de Ashton, Joanna era una criatura hecha de pura dulzura. Siempre estaba llena de sonrisas, aunque tuviera un brillo travieso en los ojos.

—Si no recuerdo mal, es porque te he comentado la cantidad de maravillosos caballeros que asistirán esta noche, lo que te dará muchas oportunidades de poner a Ashton *muy* celoso. No podrá hacer nada porque se verá obligado a comportarse —Joanna codeó a Rosalind frente a un espejo alto y esbozó una amplia sonrisa.

Rosalind no pudo evitar sonreír. Había traído un precioso vestido redondo de encaje blanco sobre una combinación de satén blanco. Su doncella lo había metido en la valija porque funcionaba igual de bien como vestido de noche o de baile —y no es que hubiera planeado bailar cuando se preparó para este viaje—. No, ella había contemplado su seducción, y este vestido resaltaba su cabello oscuro y favorecía su figura. Las mangas estaban abullonadas alternativamente con *gros de Nápoles* rosa y encaje blanco.

En realidad, no había dejado que Joanna la convenciera para ir al baile; mantener las apariencias formaba parte de su trato con Ashton y tenía la intención de cumplir con su parte. Había reflexionado sobre su discusión en el campo y sentía que debía confiar en que él le devolvería sus compañías si interpretaba su papel. Pero seducirlo podría ayudar a garantizar que él cumpliera su palabra, y un baile podría facilitar las cosas.

—Esto es hermoso —dijo Joanna con un suspiro—. Me encanta cuando los vestidos tienen coronas de flores silvestres en el dobladillo. Tienes un gusto exquisito.

Rosalind examinó el vestido de Joanna. Era un vestido redondo muy similar, con encaje blanco, un corpiño decorado con pimpollos y mangas intercaladas con perlas y volantes de campanillas y rosas. Un vestido precioso, pero no resaltaba mucho el pelo pálido y la piel cremosa de Joanna.

—Menos mal que el blanco está de temporada. Tengo muchos vestidos blancos —Joanna tiró de sus faldas y suspiró.

—Pero con tu tez clara deberías probar otros colores. Rosa o azul oscuro —sugirió Rosalind.

—¿Tú crees? —Joanna se estudió en el espejo, como si se imaginara a sí misma con ese vestido.

—Oh, sí. Los hombres se fijan en el color más de lo que crees. Prueba con algo llamativo; no dejes que los cotilleos de las matronas te molesten. Sé que muchos creen que los colores pasteles son los únicos adecuados, pero si estropea tu color natural, entonces no cumple con su verdadero propósito, que es ayudarte a buscar marido.

La hermana de Ashton se rio.

—Es una tontería, pero no he encontrado un hombre lo suficientemente interesante como para tentarme a contraer matrimonio. Pero siempre hay mucha presión para encontrar pareja —Joanna se puso seria—. Cada vez que asisto a cenas y bailes en Londres durante la temporada, veo a mis amigas encontrar marido, y cada año las señoras casadas me preguntan cuándo encontraré a alguien, como si solo hubiera sido creada para eso. Me enfurece pensar que solo respiro para servir como un recipiente para tener hijos. Quiero conocer a un hombre que me ame por lo que soy, un hombre que sea un compañero en mi vida, alguien que sea salvaje y aventurero y que no se preocupe por el corte de su abrigo o el estilo de su pañuelo —Joanna se sonrojó cuando miró a Rosalind—. Lo siento. No debería haber dicho eso.

Un sentimiento de pena y comprensión invadió a Rosalind, y estrechó las manos de Joanna entre las suyas.

—Compartimos la misma opinión, tú y yo. Nunca pienses que no puedes hablarme de tu corazón —sonrió—. Lo que necesitas es un marido que mueva cielo y tierra por ti, pero que te siga viendo como si igual.

Joanna frunció el ceño.

—Suponiendo que ese hombre exista. ¿Cómo voy a saber si un hombre me ve de esa manera?

Era una buena pregunta. En los círculos públicos, los hombres parecían hablar con frecuencia de las mujeres como posesiones preciadas. A veces era difícil determinar cómo las consideraban como personas.

—Si un hombre profesa su amor por ti, fíjate bien en cómo habla de ti y pregúntate lo siguiente: ¿Me ama por lo que *soy* o por lo que *ofrezco*? Deja que la respuesta te guíe. Después de ver cómo son los maridos de Lady Essex, Lady Rochester y Lady Sheridan con sus esposas, ahora veo que eso es posible. Si puedes encontrar una pareja así, escaparás de la sensación de estar atrapada. Te lo prometo —estrujó suavemente las manos de Joanna antes de soltarlas.

—Gracias. Tengo demasiado miedo de hablar con mamá sobre esas cosas. No es que se enoje conmigo, pero creo que siente que ella contribuye a mi fracaso de no encontrar un marido. Esto le ha supuesto un gran estrés.

Rosalind asintió.

—Me lo imagino, pero no debes dejar que eso te moleste. Debes parecer feliz y relajada para que un hombre se interese.

La hermana de Ashton sonrió ampliamente. Un rayo de esperanza provocó un brillo en sus ojos y la emoción desató un rubor en sus mejillas.

Era agradable ayudar a Joanna y ofrecerle consejos. Su propia madre había muerto antes de que pudieran tener charlas como esta, y eso había dejado un profundo vacío dentro de ella. Dentro de todos los miembros de su familia. No había habido bailes, ni pretendientes, ni risas sobre los vestidos. Ni charlas sobre la mejor manera de conseguir un marido. Ella no había podido hacer todas las cosas que las madres y las hijas deberían compartir. En lugar de un debut, había estado atrapada en un castillo viejo, sobrellevando cada golpe violento de su padre y escondiéndose siempre que podía.

—Bueno, ya es demasiado tarde para cambiar mi vestido —Joanna volvió a mirar su reflejo con un poco de nostalgia.

—La próxima vez será —le aseguró Rosalind—. ¿Estás lista?

Joanna asintió.

—Nos iremos en carruaje. Los hombres irán a caballo.

—Gracias al cielo por eso —masculló Rosalind. Si tuviera que compartir un carruaje con Ashton, probablemente le pisaría el pie a propósito... más de una vez. Aunque eso no serviría de mucho. Él llevaría unos gruesos zapatos de cuero y ella unas zapatillas de casa blancas y hechas de satín.

—Ten —Joanna le entregó un par de guantes de noche hasta el codo antes de ponerse los suyos. Había sido un alivio no tener que cambiarse en el dormitorio de Ashton esta noche. Todavía estaba furiosa con él después de lo que había pasado en el campo, y de haber tenido que volver a estar a solas con él tan pronto, podría haberle tirado algo a esa cabeza testaruda y pragmática.

Cuando bajaron la escalera principal, Regina las estaba esperando.

—Los hombres acaban de marcharse, incluso Rafe, aunque quería ir en el carruaje con nosotras debido a su brazo lesionado. Ashton insistió en que montara.

Las palabras de la mujer mayor paralizaron a Rosalind.

—¿El señor Lennox se ha lastimado el brazo? —todavía no conocía al hermano menor de Ashton.

—Sí, se cayó y se lesionó gravemente el hombro. Tuvimos

que hacer que el doctor Finchley viniera a verlo. Tenía mucha sangre, mucha más de la que yo hubiera esperado de una caída. Me habría desmayado si me hubieran dejado verlo, pero Rafe no dejó entrar a nadie más que al doctor. Chico testarudo.

Rosalind pensó en cómo un hombre podría lesionarse en una caída. Era posible, supuso, si había caído sobre una rama partida o una piedra afilada. Pero aun así, pensó en esos ojos de la noche del robo. El desconcierto del hombre cuando ella lo llamó Lord Lennox. ¿Y si había sufrido una herida completamente diferente... como un disparo?

¿Rafe podría ser el asaltante de caminos que la había atacado?

—Me temo que no he tenido el placer de conocer a tu hermano —dijo Rosalind—. ¿Cómo es él?

Joanna se acercó a Rosalind mientras la madre de Ashton se adelantaba para ver si el carruaje estaba listo.

—Rafe es... bueno, es todo lo contrario a Ashton. Rafe nunca ha sido precavido. Me atrevo a decir que nunca está sin una amante, y le encanta apostar. Siempre dice que la vida se trata de correr riesgos.

—Eso suena como lo opuesto a Ashton, excepto quizás por la parte de la amante.

—Bueno, así son mis hermanos. ¿Tienes hermanos, Rosalind?

Rosalind no pudo evitar sonreír mientras ella y Joanna subían al carruaje.

—Tengo tres.

—¿Tres? Dios, apenas puedo tolerar tener dos. ¿Cómo son los tuyos? Seguro que se comportan mejor que los míos.

—¿Hermanos? —Regina entró en la conversación.

Normalmente, Rosalind no habría divulgado gran parte de su pasado a extraños, pero la madre y la hermana de Ashton le agradaban bastante y le inspiraban confianza.

—Brock es mi hermano mayor. Luego están Brodie y Aiden. Todos son mayores que yo. Y adorables, aunque bastante tercos. Creo que ninguno de ellos reúne los requisitos para ser un caballero.

Regina soltó una risita.

—Los escoceses son algo totalmente diferente. Te volverán loca, pero tienen muchas cualidades irresistiblemente encantadoras —Regina se carcajeó abiertamente cuando miró a Rosalind—. Lo digo como un cumplido. Tenemos algunos escoceses en nuestra familia.

—Ashton lo mencionó. Incluso sabe un poco de gaélico.

—Sí, a ese chico le encantan los idiomas. Sobresalió en sus estudios, y tanto él como sus amigos dominan media docena de ellos.

Joanna soltó una risita.

—Una noche estaban hablando de algo y no querían que yo escuchara, así que hablaron en alemán durante la siguiente media hora. Al final de la conversación, me sentí más impresionada que molesta.

Rosalind sintió envidia. Quería aprender más idiomas, pero no había tenido tiempo. Después de la muerte de su marido, había quedado atrapada en la gestión de sus negocios y tenía poco tiempo para estudiar.

—¿Sabes muchos idiomas, Joanna?

—No. Me temo que no soy buena para ello. Se me dan mucho mejor las matemáticas, como a Ashton.

—¿Has estudiado mucho?

Joanna asintió.

—Ashton se aseguró de que tanto Thomasina como yo tuviéramos la misma educación que cualquier hombre.

—¿Thomasina? —ese era un nombre nuevo para Rosalind.

Regina sonrió brillantemente, llena de orgullo.

—Mi hija mayor. Está casada y vive en Londres con su marido y sus dos hijos.

El resto del viaje en carruaje estuvo lleno de historias de Rosalind y Joanna sobre la infancia de Ashton. Al parecer, no siempre había sido un hombre frío y calculador. En su día había sido un auténtico bribón.

Rosalind supuso que ambas damas estaban haciendo todo lo

posible por proyectar una imagen positiva de Ashton, ya que creían que ella y Ashton se estaban cortejando, pero las historias se contaban con sonrisas y una genuina calidez. En otro tiempo, había sido un niño dulce y problemático con ranas en los bolsillos y talento para las bromas. Rosalind no pudo evitar preguntarse qué lo había hecho cambiar.

—Ah, hemos llegado —anunció Regina cuando el carruaje se detuvo frente a una gran casa iluminada por la luz de la luna. Las lámparas iluminaban las ventanas y la gran puerta principal de roble estaba abierta mientras los mozos de cuadra se encargaban de los caballos del carruaje. Un mayordomo apareció para coger sus chales. El sonido de la música y las risas en el interior levantó el ánimo de Rosalind. Había asistido a muy pocos bailes en los últimos años.

Un lacayo le ofreció una mano, y ella se levantó las faldas antes de apoyar la palma en la suya. Este era su primer baile campestre, uno privado, pero como había recibido una invitación formal de los Merton, se sentía cómoda para asistir. Incluso ella sabía que no se podía asistir a un baile privado en el campo sin una invitación.

—¡Bienvenidos! —un hombre de mediana edad con canas en las patillas y vestido con un fino abrigo azul estaba justo dentro de la puerta, saludando a los invitados.

Regina se encargó de las presentaciones.

—¡Señor Merton! Muchas gracias por invitar a mi familia y a mis invitados. Me gustaría presentarle a Lady Melbourne.

Merton se inclinó.

—Encantado, simplemente encantado de tenerla aquí, Lady Melbourne. Por favor, adelante. Estamos dejando que los caballeros firmen las tarjetas de baile de las damas —le entregó una pequeña tarjeta con un cordel, y ella la deslizó alrededor de su muñeca. El uso de tarjetas de baile significaba que tenía que haber cierto número de asistentes.

—¡Esto va a estar buenísimo! Ven conmigo —Joanna entrelazó su brazo con el de Rosalind y se dirigieron al lugar donde se estaba desarrollando todo el bullicio.

El salón de baile estaba lleno de gente que reía y hablaba con una energía desbordante. Era más informal que los bailes a los que había asistido en Londres. Era evidente que era una ocasión para celebrar entre amigos, no un lugar para alianzas políticas o comerciales, o para matronas fisgonas con intereses sociales.

En contra de sus propios deseos, Rosalind buscó a Ashton, intentando encontrarlo entre la multitud.

El señor Merton las siguió hasta el salón de baile.

—Yo seré el maestro de ceremonias esta noche. Permítame acompañarla por la sala y presentarla como es debido. Luego será libre de aceptar las invitaciones de baile.

Rosalind se encontró con varios solteros educados y encantadores, todos desconocidos para ella excepto uno. Y su presencia fue toda una sorpresa.

—¡Lady Melbourne! ¡Vaya sorpresa! Qué alegría verla de nuevo —el Conde de Pembroke le besó la mano—. ¿Cómo está... todo? —inclinó discretamente la cabeza en dirección a Ashton, quien estaba de pie cerca de la pared del fondo con el ceño fruncido y los brazos cruzados. Jonathan y Charles hablaban a su lado, pero Ashton la estaba mirando fijamente, ignorándolos.

Así que el hombre se había estado escondiendo contra la pared. ¿El barón era el feo del baile? Casi se rio al pensarlo.

—No ha sido fácil —admitió Rosalind—. En este momento, él lo controla todo, milord. No estoy segura de cómo escapar de él.

Lord Pembroke lanzó a Ashton una mirada furiosa.

—¿Qué está exigiendo? Tal vez pueda comprar sus deudas y...

—No, gracias, milord. Debo lidiar con él yo sola. Tiene la intención de casarse conmigo, y nada lo disuadirá.

—¿Lennox quiere *casarse* con usted? —la sorpresa de Pembroke resultó un poco molesta. Seguramente ella no podía ser tan mala candidata como para escandalizar al hombre.

—Bueno, sé que no soy la candidata ideal en mi condición de viuda, pero...

Pembroke levantó una mano.

—Confunde mi sorpresa, Lady Melbourne. Lennox siempre ha sido muy mercenario en su interés por las mujeres. Simplemente no puedo concebir un lado romántico en él. Y, de nuevo, usted es una candidata irresistible —la sonrisa de Pembroke era cálida y genuina.

Rosalind le dio un ligero golpe con su abanico.

—No debe coquetear conmigo, milord —era muy fácil ver por qué Emily Parr apreciaba y confiaba en este hombre. Era un verdadero caballero.

—Me casaría con usted, Lady Melbourne, si así lo desea. Soy un hombre leal y me han dicho que soy un buen amante —le guiñó un ojo con picardía—. Debo confesar que estoy bastante fascinado por usted.

¿Dos ofertas de matrimonio en menos de dos días? Tuvo que ocultar su sorpresa ante la inesperada propuesta de Pembroke. Era increíblemente caballeroso de su parte.

—No, no es necesario, milord, aunque me siento honrada por su oferta.

—Lo digo en serio, Lady Melbourne. Estaría *feliz* de casarme con usted.

—Ya veo por qué Lady Essex valora su amistad, milord.

Pembroke suspiró, aceptando el sutil rechazo de la mejor manera posible.

—Admitiré que estoy decepcionado, pero veo que está decidida a librar esta batalla por su cuenta. Muy bien. Sin embargo, ¿podría sugerir un plan que provocaría los celos de Lennox?

Rosalind esbozó una amplia sonrisa.

—¡Qué idea tan maravillosa! Él es demasiado posesivo y me gustaría mucho recordarle que soy una mujer libre.

—Entonces permítame firmar su carné de baile —examinó su brazo y luego escribió su nombre en los dos primeros bailes—. No quisiera causar demasiado escándalo aceptando más de dos, pero más de uno seguramente llamará la atención de Lord Lennox.

—Gracias, milord.

Con una sonrisa, Pembroke le besó la mano una vez más. Luego Rosalind lo vio acercarse a otra joven.

Un hombre alto, de pelo rubio y ojos azules se acercó a ella. Era muy parecido a Ashton, así que, al principio, la sobresaltó.

—Así que es la última amante de mi hermano —sus labios se contrajeron mientras capturaba su mano y besaba las puntas de sus dedos enguantados. Ella notó que usaba la mano izquierda, no la derecha.

—Y usted debe ser el señor Lennox, el hermano caprichoso de Ashton.

Él soltó una risita.

—¿Caprichoso? Tranquila, Lady Melbourne, me gustaría prepararme para su lengua mordaz. Lonsdale me advirtió de ello, ¿sabe?

Rosalind resopló.

—Mi lengua no es tan mordaz. El conde exagera porque le gustan los problemas.

—¿Y usted *es* problemática, Lady Melbourne?

Rosalind lo miró fijamente a los ojos.

—No tanto como usted, sospecho —y entonces dejó que le firmara su carné de baile. Sería la mejor manera de ver si Rafe era, en efecto, el asaltante de caminos al que le había disparado en la tormenta. Si lo era, iba a exigirle que le devolviera el dinero. Además, quería asegurarse de que no volviera a detener otro carruaje de esa manera.

Su tarjeta estaba casi llena cuando la fiesta comenzó. Miró a Ashton desde detrás de una hilera de parejas preparadas para bailar y vio que no se había movido de su lugar contra la pared. Seguía mirándola fijamente.

—¿Lista? —Pembroke regresó a ella, reclamándola para el primer baile. Se unieron a los demás—. Te prometo que tendrás una excelente pareja —luego se inclinó para susurrar—: *Rara vez piso los pies*.

Rosalind se colocó frente a él cuando el baile comenzó. Era, sin duda, un maravilloso caballero. Pero cada vez que los pasos de baile la obligaban a girar hacia la pared donde estaba Ashton, se perdía momentáneamente en la intensidad de su mirada. Sus ojos la atraían, le prometían cosas oscuras y deliciosas. Si tan solo pudiera acostarse con el hombre y alejarse como muchas otras viudas parecían hacer. Pero él estaba empeñado en casarse y en controlar su vida.

—Parece muy molesto, tu malvado opresor —Pembroke se rio cuando el baile terminó, y aplaudieron a los músicos por la animada melodía.

—Sí, así es —respondió Rosalind, complacida por el evidente disgusto de Ashton.

—El siguiente es un vals —Pembroke se apartó el pelo oscuro de sus ojos marrones antes de acercarla a él—. ¿Lo ponemos furioso?

Rosalind colocó una mano sobre la suya y sonrió cuando le rodeó la cintura con un brazo, acercándola demasiado, algo muy inapropiado. Pero dados los motivos de Pembroke, ella lo permitió. Rosalind esbozó una sonrisa traviesa.

—Vamos a ponerlo *muy* furioso.

CAPÍTULO 13

L ord Pembroke cumplió su palabra. Para cuando el vals había terminado, con Pembroke presionándose cada vez más cerca de Rosalind durante cada vuelta, Ashton se había apartado de su pared y avanzaba hacia ella con un fuego en los ojos. Pero antes de que pudiera hablarle, Rafe se deslizó entre ellos.

—Lo siento, hermano, pero es mi turno —Rafe le lanzó una sonrisa voraz a su hermano.

Ashton intentó coger la otra mano de Rosalind para apartarla.

—Seguramente no deberías estar bailando después de tu caída.

—Tonterías —respondió Rafe—. Ya he descansado bastante. Un poco de actividad me vendrá bien.

Rosalind se mordió el labio para ocultar una sonrisa de suficiencia mientras pasaba junto a Ashton para seguir a Rafe a la pista de baile.

—Lamento que no tenga lo que desea, Lord Lennox.

Ashton apretó visiblemente los puños.

Rafe miró a su hermano con una risita.

—Entonces, Lady Melbourne, dígame, ¿va a casarse con mi

hermano? En la casa se dice que usted lo hará, lo cual no tiene mucho sentido para mí. He notado una tensión entre vosotros dos que no tiene nada que ver con ramos de flores o besos en la oscuridad.

No tenía mucho sentido ocultar la verdad. De hecho, dada la naturaleza opuesta de él y Ashton, Rafe podría disfrutar desafiando a su hermano y aconsejándola sobre cómo escapar de él. Todavía no había perdido la esperanza de encontrar alguna forma de recuperar su vida sin recurrir a acuerdos sucios y a la seducción.

—Me ha hecho caer en la ruina económica para tenerme como esposa.

Los ojos de Rafe se abrieron de par en par.

—Demonios. Eso es ruin incluso para mi hermano.

—Sí, bueno, tú y yo sabemos qué clase de hombre que es. He aceptado casarme con él, pero, en realidad, me encantaría encontrar una forma de asegurar mis bienes y seguir siendo una mujer independiente.

Giraron alrededor de otra pareja en el baile y tuvieron que separarse brevemente antes de volver a juntarse.

—Lady Melbourne, ¿aceptaría mi consejo si se lo ofreciera?

—Es posible, si sus intenciones son honorables.

—Lady Melbourne, me aguijonea el corazón con semejante comentario. Por supuesto que mis intenciones son honorables. No me gusta que mi hermano obligue a nadie a hacer algo que no está dispuesto a hacer, y admito libremente que me encantaría verlo castigado por sus tretas.

Parecía bastante honesto con esa respuesta.

—Muy bien. ¿Cuál es tu consejo? —tuvo que esperar otro momento mientras se apartaban para dejar que dos parejas bailaran entre ellos.

Rafe esbozó una sonrisa de complicidad cuando se juntaron.

—¿Eres hábil en los juegos de destreza, como las cartas, o quizás el ajedrez?

—Soy pésima con las cartas, pero bastante buena con el

ajedrez —al estar sola en un castillo únicamente con sus hermanos, había aprendido muy bien ese juego.

El baile terminó, y Rafe entrelazó sus brazos para sacarla de la pista de baile y llevarla a un rincón donde se inclinó para hablarle.

—Entonces te sugiero esto: apuéstale tu libertad marital y financiera. Mi hermano apesta en el ajedrez. Solo entiende los fundamentos, pero ignora todas las sutilezas. Podrías ganarle si lo conviertes en una cuestión de honor.

Seguramente Ashton no le permitiría una salida tan fácil. Le había prometido devolverle sus bienes con el tiempo, pero también la había amenazado con quedárselos si no consideraba casarse con él. Y Rosalind temía que esa amenaza se intensificara a medida que ella continuara negándose. Tal vez algo como esto convertiría la situación en una cuestión de honor, y él no sería capaz de ignorarla.

—No creo que él…

—Juega con su orgullo. Rétalo a un juego de habilidad, uno en el que empecéis de igual a igual —Rafe miró a su alrededor—. Joder, ahí viene, y parece dispuesto a estrangularme.

Efectivamente, Ashton se dirigía hacia ellos. En apariencia parecía tan sereno como siempre, pero la forma en que se abría paso, empujando a los demás, hizo que Rosalind comprendiera la preocupación de su hermano.

—Rafe, ¿por qué no le traes a Lady Melbourne un vaso de ponche de arrack? —sugirió Ashton con una precisión que podía cortar la piel.

—Por supuesto —Rafe le guiñó un ojo a Rosalind y se marchó hacia las mesas de los tentempiés.

Ashton capturó la muñeca de Rosalind y acercó la pequeña tarjeta para poder inspeccionarla.

—Supongo que no tienes ningún baile disponible.

—El último —dijo ella, observándolo, intentando no sonreír mientras él seguía mirando los nombres. Tal vez creía que estaba manteniendo la compostura, pero, de ser así, se estaría mintiendo a sí mismo. Utilizó un delgado lápiz para anotar su nombre en la parte inferior y luego la soltó.

—Bien. Entonces eres mía para el último baile —sonó demasiado petulante.

—Pero primero debería bailar con otra persona, milord. Es inapropiado que baile con una sola dama. Las personas comenzarán a hablar.

Sus ojos azules brillaron mientras se inclinaba hacia ella.

—¿Crees que eso me importa?

Rosalind intentó retirarse, pero no porque se sintiera abrumada por él. Ahora, varias parejas estaban mirando y ella no deseaba que el baile del señor Merton se convirtiera en una escena de escándalo y cotilleo.

—Milord, por favor, apártese. La gente está mirando.

Ashton levantó la mano y le apartó un rizo suelto del cuello.

—Que miren —el toque le produjo un intenso cosquilleo. Los dedos de Ashton se detuvieron en su cuello por un momento. Era una tortura dulce y sensual.

¿Así se sentía ser amada y apreciada como una mujer? Sabía que Ashton no la amaba, que sus insinuaciones siempre se centraban en lo práctico y ventajoso, pero había cariño en ese contacto. Alguna parte de este barón despiadado se preocupaba por ella. A Rosalind no debería haberle importado, pero lo hizo. Quería que alguien se preocupara por ella, aunque se tratara de su rival en los negocios.

—Estoy deseando que llegue nuestro baile —apartó la mano del cuello de Rosalind y se marchó.

—Cielos —masculló ella, abanicándose.

El último baile iba a ser un vals. Algo tan íntimo no era una buena idea. Y Rosalind no controlaba el programa de la orquesta. Por una vez, el destino tal vez estaba de su lado.

Esta noche era un infierno para el control de Ashton.

Ver a Rosalind, *su* Rosalind, recorrer la pista de baile con un hombre y después con otro... Eso iba a matarlo. Cada vez que alguien tocaba su mano o la hacía sonreír, él se estremecía.

—Dos bailes más. Eso es todo lo que tengo que soportar —forzó su atención hacia el resto de la sala. Su madre se reía mientras se apiñaba en un rincón con las demás mujeres casadas. Una docena de plumas de avestruz rebotaban mientras las damas bajaban la cabeza para cotillear. Su madre estaba en su ambiente: la escena social.

Era la hija de un conde, uno con una gran fortuna, y a pesar de haber podido elegir entre los solteros más codiciosos, se había casado con su padre por una tonta idea de amor. El declive de su padre también había perjudicado a su madre por su relación marital. En los últimos años había vuelto a integrarse en la sociedad.

Ashton había ayudado a conseguirlo, por supuesto, utilizando la fortuna que él había construido para su familia como medio para comprar su camino de regreso a la sociedad con riqueza e influencia. No obstante, su madre no tenía ni idea de los esfuerzos que había hecho para asegurar su felicidad y el futuro de Joanna. No, ella pensaba que era un bastardo sin corazón, igual que su padre.

Pero Ashton siempre había cuidado de su familia, ocupándose de la educación de Rafe y de Joanna y asegurándose de que su familia tuviera todas las comodidades que pudieran necesitar.

Cuando la Liga se había formado en la universidad, lo había hecho a través de la tragedia. Pero también se habían forjado lazos de amistad que eran irrompibles. Esos lazos lo habían salvado de sí mismo. No había podido desprenderse de esa parte de él que se obsesionaba con el dinero y el poder, intentando reconstruir la riqueza y el estatus de su familia después de la ruina de su padre. Pero la Liga le había recordado que la vida era algo más que esas cosas. Era una cuestión de amistad y lealtad.

El amor no formaba parte de su naturaleza, pero eso no cambiaba aquellos anhelos que tenía y que suponían un dolor en su corazón cada vez que veía a sus tres amigos casados con sus esposas.

—Estás en deuda conmigo, querido hermano —anunció Rafe mientras se acercaba a él. Sacó una fina petaca de su abrigo y dio un rápido trago.

—¿Qué es eso? —preguntó Ashton, señalando la bebida con la cabeza.

Rafe le dio un golpecito a la petaca.

—Coraje en una botella. Deberías intentarlo —colocó la bebida en las manos de Ashton.

Por el rabillo del ojo, vio a Rosalind bailando con otro hombre mientras se reía de algo que él había dicho. La sangre le ardía bajo la piel. Se llevó la petaca a los labios, pero tuvo arcadas. Sabía a coñac agrio.

—¿Qué demonios hay aquí? —se limpió la boca con la mano enguantada.

—No es importante. Me lo agradecerás cuando te cuente cómo acabo de asegurarte una esposa.

Ashton bebió un largo trago del espantoso brebaje antes de devolvérselo a Rafe.

—¿De qué hablas?

—Cuando estaba bailando con esa encantadora dama escocesa, la convencí de que sería capaz de liberarse de tus infames garras.

Sujetó a Rafe y lo empujó contra la pared.

—¿Qué?

Rafe masculló una maldición y su rostro palideció.

—¿Qué pasa? No te he empujado tan fuerte.

—Ten cuidado, hermano. Es mi hombro.

Ashton apoyó una mano en el hombro de su hermano.

—Ah sí, tu herida. ¿Una herida por tu caída, o tal vez una *bala*?

—¿Qué?

—Rosalind fue atacada por un asaltante de caminos cuando se dirigía a la Casa Lennox. Al principio pensó que ese hombre era yo. Dime la verdad ahora y decidiré cómo lidiar con tu estupidez en otro momento.

—Yo... —Ash presionó con más fuerza su hombro cuando su hermano dudó demasiado. Rafe le dedicó una mirada furiosa y maliciosa a Rosalind—. Pero también fue un tremendo tiro, a través de la oscuridad y la lluvia. No sé cómo se las arregló para darme.

Ashton gimió. ¿El tonto de su hermano estaba realmente jugando a ser un asaltante de caminos? ¿Qué seguía? ¿Joanna, la sensata, huiría a Gretna Green con un desconocido?

—¿Quieres terminar en la *horca*, tonto?

El repentino silencio que los rodeaba hizo que él y Rafe miraran a su alrededor. Para consternación de Ashton, bastantes personas habían interrumpido sus conversaciones para volverse a mirarlos. Había perdido el sentido de ubicación durante la discusión.

—Discutiremos esto mañana. Ahora, ¿qué decías de Rosalind?

La sonrisa de Rafe era fría.

—Si te pide que juegues al ajedrez esta noche, yo aceptaría. Miente sobre lo hábil que eres.

—No entiendo.

—¿Tengo que explicarlo todo? Ya lo descubrirás —Rafe se apartó de la pared y se alejó entre la multitud.

—¿Qué fue todo eso? —Jonathan se acercó a él con el rostro encendido.

—Nada. Rafe está siendo irritante, como siempre. ¿Has estado bailando?

Un destello de remordimiento iluminó los rasgos del joven.

—Es mi primer baile oficial como invitado y no como sirviente. He descubierto que me gustan bastante.

Ashton se sintió como un tonto egoísta. Los últimos meses habían sido un torbellino aparentemente interminable de peligrosas amenazas gracias a Hugo, y en medio de todo ello, Jonathan, como nuevo miembro de la *alta*, acababa de asistir a su primer baile a los veinticinco años. Ashton debería haber aconsejado al joven —que Dios lo ayude si le hubiera pedido consejos a Charles—, pero parecía estar haciéndolo muy bien por su cuenta.

—¿Es el baile o las damas lo que te gusta? —preguntó Ashton.

—El baile —respondió Jonathan sin dudar. Su mirada se agudizó—. ¿Por qué?

Ashton hizo un gesto con la mano para desestimar la mirada suspicaz de Jonathan.

—No tienes que casarte con Audrey, y lo sabes. Solo porque ella se haya interesado por ti no significa que debas corresponderle. Ella se interesa por muchas cosas y luego pasa a otra con la misma rapidez. Quería asegurarme de que alguien te lo dijera. A ninguno de los otros miembros de la Liga se le ocurriría decírtelo porque suponen que lo sabes. Pero tienes derecho a elegir a tu esposa.

Jonathan permaneció en silencio unos minutos, concentrado en las parejas que se arremolinaban en la pista de baile. En sus rasgos se percibía una pincelada de irritación.

—No soy un muchacho inexperto. He tenido mis amantes. Pero en los últimos meses, cuando he tenido la oportunidad de acostarme con una mujer, he dejado pasar el momento porque ninguna es ella. No sé si es mera lujuria y fascinación o una extraña e inevitable atracción, pero por ahora no me veo con nadie más que con Audrey. Es joven y tan...

Ashton soltó una risita.

—Estoy seguro de que no hay suficientes adjetivos en la lengua inglesa para describir a la chica.

—No, no los hay.

—Solo ten cuidado. Con esa chica, si un corazón termina roto, puede que no sea el de ella.

Jonathan se pasó una mano por su pelo rubio mientras la música se apagaba y se preparaba para volver a empezar. Se volvió para mirar a Ashton.

—Último baile. ¿Por fin piensas tener un vals con tu mujer? —señaló con la cabeza a Rosalind, quien se abanicaba la cara.

Estaba radiante. Bailar le sentaba bien. Si había algo que Ashton sabía, era que una mujer a la que le gustaba bailar solía disfrutar igualmente de hacer el amor. Rosalind hizo una reverencia a su pareja y luego levantó su carné de baile, todavía sonriendo.

Ashton esperó, observando su cara mientras ella se daba cuenta de que solo quedaba un baile. Un nombre. Su cara se sonrojó y miró a su alrededor, luego lo encontró a él y se paralizó. Sus pechos subían y bajaban ligeramente con su respiración, pero el resto de su cuerpo estaba quieto. Se acercó a ella.

—Rosalind.

Ashton le tendió la mano y se perdió en los mares plateados de sus ojos. Unos ojos muy hermosos, rebosantes de emociones. No los ojos vacíos y dulces de una mujer joven que nunca había vivido, sino los ojos de alguien que había luchado por todo lo que tenía.

Una compañera de guerra.

Cuando Rosalind colocó su mano sobre la suya, lo hizo con expectación. La condujo de nuevo a la pista mientras los músicos empezaban a tocar un vals. Si iba a bailar, Ashton prefería un baile lento y medido, diseñado para seducir a una mujer. No estaba de humor para dar saltos como un tonto.

Ashton deslizó una mano alrededor de su cintura.

—Te he estado observando. Eres una excelente bailarina.

—Pero aún no has bailado conmigo —los labios de Rosalind dibujaron una sonrisa—. ¿Y si te piso los dedos de los pies?

—No lo harás —le aseguró él—. Porque yo bailo aún mejor.

—Un poco engreído, ¿eh?

—En absoluto. Es simplemente un hecho —la acercó un poco más a él y empezaron.

Por primera vez en su vida, se sintió cautivado por un simple vals con una compañera encantadora. No había estado presumiendo de sus habilidades como bailarín. La danza era una combinación de matemáticas y movimiento. Era algo que podía estudiarse y perfeccionarse. Era un arte, pero uno que él era capaz de ejecutar con la precisión de un académico.

Pero esto era diferente. Rosalind se movía con él como si llevaran años bailando juntos. Ella daba los pasos sin esfuerzo y lo seguía sin rechistar. La luz del candelabro de techo iluminaba su piel alabastrina, haciéndola brillar.

Malditamente hermosa.

—¿Ha disfrutado de la velada, milord? —preguntó ella. Su tono era ligero, pero sus labios formaban una fina línea mientras esperaba su respuesta.

—Ha sido bastante agradable —*aparte de verte bailar con todo el mundo menos conmigo.*

—Milord, yo... —ella se detuvo bruscamente, y Ashton la vio levantar la barbilla y enderezar los hombros.

—¿De qué se trata? Por favor, habla. Odiaría pensar que te asusto hasta el punto de silenciarte.

Un fuego brilló en sus ojos.

—No te tengo miedo.

—Entonces, ¿cuál es el problema?

—Tenemos que resolver este... asunto entre nosotros. Nuestras discusiones no nos han llevado a ninguna parte, y me estoy impacientando. ¿Y si hacemos una apuesta? Una victoria sería definitiva. Podríamos hacer un contrato vinculante, por supuesto, para que sea justo.

—¿Una apuesta sobre si te casarás conmigo? —por alguna razón, el su corazón de Ashton latió contra sus costillas con la suficiente fuerza como para quitarle el aliento. ¿Esto había sido idea de Rafe? ¿Podría ganar la sumisión de Rosalind así de fácil?

—Sí. Ambos estaríamos obligados por nuestro mutuo sentido del honor. Si pierdo, me caso contigo. Si gano, me devuelves mis propiedades como prometiste antes del fin de semana, vendes mis deudas a las partes que yo elija y me permites volver a Londres.

No podría haber sido más claro a menos que ella hubiera dicho: *Y entonces me libraré de ti.*

—No sería fiel a mis intenciones si accediera fácilmente a esto —contuvo la respiración mientras el vals llegaba a su fin, pero no la dejó ir.

—Por favor —suplicó Rosalind—. Podemos tener un testigo de nuestro acuerdo.

Fingiendo resignación, Ashton elevó la mirada al techo.

—Muy bien, pero necesitamos una persona imparcial para elegir el juego.

Mordiéndose el labio, ella negó con la cabeza.

—Estaba pensando lo mismo. ¿Qué me dices de tu hermano? —señaló con la cabeza a Rafe, quien estaba escudriñando a la multitud con una expresión aburrida. Cuando se dio cuenta de que lo estaban mirando, Ashton le hizo un gesto para que se acercara.

—¿Qué pasa? —preguntó Rafe.

—Rosalind y yo tenemos la intención de hacer una apuesta amistosa, y necesitamos una parte imparcial que elija nuestro juego. Elige algo justo, un juego de habilidad.

—¿Qué opináis del ajedrez? —sugirió Rafe—. No se te da muy bien, pero tampoco eres mediocre.

El corazón de Rosalind dio un vuelco. Rafe la estaba ayudando incluso más de lo que ella había imaginado. Debía recordar actuar como si fuera simplemente "pasable" en el ajedrez.

—Supongo que podría ser eso. Me considero una buena jugadora —ella se concentró en no mover los dedos.

Ashton la miró fijamente.

—Muy bien. Ajedrez será. Pero discutiremos cómo igualar las probabilidades cuando tú y yo volvamos a casa.

—Pero...

Ashton presionó un dedo contra los labios de Rosalind.

—No querrás que me explaye aquí. Corremos el riesgo de que nos escuchen —señaló discretamente con la cabeza a un trío de jovencitas que los observaban ávidamente pero que intentaban mantener una conversación detrás de sus abanicos.

—Sí, por supuesto —masculló Rosalind e intentó apartarse de él.

Ashton no lo permitió. En cambio, capturó su mano y la apoyó en su brazo para llevársela lejos.

—¿Adónde vamos? —preguntó ella, con los ojos clavados en los demás invitados.

—A casa. Tengo que ganar una partida de ajedrez muy importante.

CAPÍTULO 14

R osalind se aferró con fuerza a su chal sobre los hombros mientras Ashton se ofrecía a bajarla del carruaje.

—Vamos, querida —bromeó—. No tengas miedo.

—*No tengo miedo* —ella le tendió la mano, pero él se acercó y la cogió por la cintura, bajándola. Detrás de Ashton, las luces de la casa bañaban el césped delantero con un suave tono dorado, un hermoso contraste con la densa oscuridad de la medianoche.

—Haré que un lacayo nos consiga una botella de vino. Al parecer, lo necesitaremos —se rio mientras la ayudaba a subir los escalones. El mayordomo les abrió la puerta, y Ashton lo apartó unos metros para hablar con él mientras un lacayo cogía el chal de Rosalind.

—¿Lista? —preguntó Ashton al volver con ella.

—Contigo dudo que alguna vez esté realmente preparada —dijo Rosalind mientras Ashton la guiaba por la gran escalera. ¿Arriesgar su futuro en una partida de ajedrez? Era una locura, pero era un riesgo que valía la pena tomar si podía liberarse de los fines oscuros y manipuladores de Lennox; y no era un gran riesgo si Rafe hablaba con la verdad—. Espera. ¿Por qué jugaremos en tu habitación? Seguro que hay un lugar más adecuado

—Rosalind se detuvo bruscamente, resistiéndose a que él intentara arrastrarla al interior.

—Como el ajedrez no es mi fuerte, necesito alguna ventaja a mi favor. Por favor, entra y te explicaré cómo pretendo igualar las probabilidades —Ashton empujó la puerta y dio un paso atrás, permitiéndole tomar la decisión de entrar o no.

Sus ojos reflejaban una intensidad explosiva que ella no podía dejar de mirar, aunque le diera miedo. El hombre no la lastimaría, no físicamente, pero había algo en Ashton Lennox que le advertía que, si se acercaba demasiado, él la quemaría igualmente.

Sus pies se movieron antes de que pudiera detenerlos, pasando junto a Ashton hacia su dormitorio.

Por favor, que esto no sea un error.

Se giró hacia él, dirigiéndole su mirada más imperiosa.

—Ya estoy aquí. Ahora habla, Lennox —una tonta parte de ella pensó que podría mantener las cosas formales entre ellos si hacía uso de su apellido. Ahora, lo último que quería era decir su nombre de pila en un ambiente tan íntimo.

—Estaba pensando que...

Un ligero golpe en la puerta abierta anunció a un lacayo con una botella de vino.

—Milord —el lacayo le tendió la botella a Ashton, quien la cogió por el cuello.

—Gracias, William. Tráeme un tablero de ajedrez del salón, ¿quieres?

Cerró la puerta y le indicó a Rosalind que se sentara en una silla junto al fuego. Él se unió a ella y colocó la botella de vino en la mesa que los separaba.

—Las condiciones, según tengo entendido, son las siguientes. Si gano, te casarás conmigo de inmediato. Obtendré una licencia especial en Londres. Si ganas, transferiré tus deudas a la parte de tu elección y les avisaré a los bancos que abran de nuevo tus líneas de crédito antes del fin de semana.

Las manos de Rosalind se cerraron en puños.

—*Si* nos casamos, supongo que me dejarás vivir donde yo elija y no tendremos que molestarnos más que unas cuantas veces al año para guardar las apariencias, ¿verdad?

Ashton se reclinó en su silla, cruzando una pierna sobre su rodilla.

—Por supuesto que no. Si nos casamos, viviremos juntos, compartiremos la cama, compartiremos la *vida*. Si hay algo que no deseo escandalizar es mi matrimonio. Que mi mujer viva separada de mí sería un escándalo. Ya le he hecho bastante daño a mi pobre hermana con mi estilo de vida. Por el bien de mi familia, deseo que mi matrimonio no se mancille.

¿Compartir una vida con Ashton? Extrañamente, ese pensamiento no la asustaba, no tanto como había imaginado. Lo único que no quería era un hombre que la controlara. Quería un compañero, no un carcelero. Pero, ¿cómo podía confiar en que él no se convertiría en lo que más temía: un hombre como su padre?

—Ashton, debes prometerme que no... que no... —contuvo sus palabras hasta que amenazaron con ahogarla.

—¿No qué? —él se inclinó hacia delante—. Dime, Rosalind. No debería haber secretos entre nosotros. Quiero que siempre te sientas libre de hablar.

Rosalind pudo ver honestidad en sus ojos.

—No podría sobrevivir en un matrimonio donde yo fuera un simple peón moviéndose por allí sin pensar. Necesito que me prometas que seremos verdaderos *compañeros* en nuestra vida compartida —ella rezó para que él lo entendiera. Tenía que hacerlo.

Ashton dejó de cruzar las piernas y luego se acercó muy lentamente a la pequeña mesa y le cogió la barbilla.

—El único lugar donde te dominaría sería en la cama... para nuestro mutuo placer. En todo lo demás, serás mi igual. Tienes mi palabra —su pulgar le acarició el labio inferior, un toque sensual y tierno, como si quisiera tranquilizarla.

¿Dominarla en la cama? En lugar de asustarse por la idea, se sintió fascinada. No era una amenaza, sino una promesa de éxtasis, de cosas que nunca había experimentado con su primer marido.

Con una respiración temblorosa, asintió.

—Entonces acepto tus condiciones.

Ashton no le soltó la barbilla ni siquiera cuando el lacayo volvió con el tablero y las piezas.

—Tráelo aquí, William —Ashton finalmente la soltó y tocó la mesa con los dedos. El joven lacayo depositó el tablero y Ashton comenzó a ordenar las piezas. Luego se detuvo al equivocarse en la colocación del rey y la reina y lo arregló. El error hizo que Rosalind se relajara—. ¿Por qué no terminas con esto? Voy a servirnos un poco de vino —se levantó y se acercó a su cómoda, donde había dos copas junto a la botella de vino. Cogió los vasos y los colocó en la mesa junto al tablero. Rosalind terminó de colocar los últimos peones en el tablero. Mientras Ashton servía las bebidas, el líquido carmesí se estrellaba contra las copas. El buqué del vino era dulce, con un toque de cereza y roble.

—Ahora, bebe. Debemos discutir una cosa más —dio un sorbo a su vino y se dirigió a la puerta de su dormitorio, asegurándola.

—Ya he aceptado tus condiciones.

Él levantó una mano.

—No se trata de condiciones, sino de reglas. Es muy sencillo. Para igualar las probabilidades, jugaremos de la siguiente manera. Después de que cada uno de nosotros haga un movimiento, quien pierda una pieza ante el otro deberá sacrificar también una prenda de vestir.

El pulso de Rosalind se disparó mientras su rostro se teñía de rojo.

—¿Qué?

—Cada uno de nosotros debe despojarse de algo cada vez que pierda. Eso nos distraerá a ambos.

—¿Cómo puede ser esto una ventaja para ti? —exigió—. Yo podría desnudarte en una docena de movimientos.

La sonrisita traviesa de Ashton le provocó escalofríos.

—Eso sería mucho más una distracción para *ti*, te lo aseguro. Me siento más cómodo en mi piel de lo que crees. Dudo que tú te sientas tan segura en la tuya —levantó el vaso en señal de saludo y dio otro sorbo.

—Me niego. Esto es más que inapropiado.

—Me temo que debo insistir. Vamos, Rosalind. La puerta está cerrada y todos los que conocemos están todavía en el baile. ¿No me digas que no encontrarías alguna satisfacción en avergonzarme mientras me dejas desnudo? Suponiendo que puedas, claro.

Los ojos de Rosalind se entrecerraron. No dijo una palabra, pero su mirada aceptó su desafío.

Ashton giró el tablero para que las piezas negras quedaran frente a ella.

—¿Lista para jugar?

—Prefiero las blancas —interrumpió ella.

—Yo también.

Apretando los dientes, lo fulminó con la mirada.

—Seguro. Muy bien. Tú empiezas.

Ashton avanzó despreocupadamente un peón. Rosalind movió de inmediato el suyo para contraatacar en la casilla opuesta. Cuando se miraron, los labios de Ashton se curvaron y ocultó el resto de su sonrisa detrás de su copa de vino. Entonces él movió su caballo y ella uno de los suyos. Los siguientes dos movimientos enfrentaron a sus alfiles. Cada movimiento era un reflejo del otro mientras Rosalind esperaba un espacio en la estrategia de Ashton. Él adelantó un peón y ella aprovechó su oportunidad, utilizando su alfil para reclamarlo.

—Creo que eso significa que debes quitarte una prenda — Rosalind no pudo evitar sonreír mientras inclinaba su copa de vino hacia atrás. Los sutiles sabores eran dulces en su lengua. Ashton tenía un gusto excelente para el vino. No demasiado amargo, sino un tinto suave, espeso y con cuerpo.

—Correcto. Bien, Rosalind. Tú eliges lo que voy a quitarme —se levantó de su silla y se acercó a ella.

Ella también se puso de pie, necesitando sentirse un poco más alta al enfrentarse a él. Sus ojos recorrieron su ropa. Ashton se había quitado el abrigo antes de empezar el juego, y ella no quería quitarle los bombachos. Él había tenido razón cuando dijo que ella se distraería con su desnudez. Sin embargo, su chaleco estaría bien. Rosalind deslizó un dedo por la parte delantera de la seda dorada bordada.

—Esto servirá.

—No hay problema —señaló la hilera de botones nacarados.

¿Quería que lo desvistiera? Con dedos temblorosos, Rosalind sacó la hilera de botones de sus orificios y luego deslizó las manos por debajo de la seda para retirarla de su cuerpo. Ashton estaba caliente y su tentador aroma la sedujo mientras ella le quitaba la tela de los hombros y la dejaba caer al suelo. Él se aclaró la garganta y ambos dieron un paso atrás, pero la tensión entre ellos era lo suficientemente fuerte como para nublar la mente de Rosalind.

Ashton regresó a su asiento y movió un peón, y entonces Rosalind alejó un alfil del suyo. Otro peón blanco se movió y ella lo reclamó con su propio peón negro.

—Qué suerte la mía —masculló Ashton y volvió a ponerse en pie—. Pide lo que quieras, Rosalind. Y el pañuelo de cuello cuenta como parte de mi camisa, me temo —la interrumpió antes de que ella tuviera la oportunidad de pensar en algo tan astuto.

—¿Y los zapatos y las medias?

—Los zapatos y las medias cuentan como uno.

—Entonces quítate eso —Rosalind señaló sus zapatos. Él se quitó los zapatos de cuero y las medias, quedándose descalzo. Tras un momento de silencio, se sentaron y continuaron el juego.

Ashton cambió su torre por su reina. Entonces Rosalind avanzó uno de sus caballos. En el siguiente turno, ambos

movieron sus alfiles y luego sus peones. Con una sonrisa de satisfacción, Ashton utilizó su peón para reclamar el de ella.

—Gracias al cielo por eso. Ahora... —la señaló con un dedo.

Rosalind se puso de pie y se acercó a él. Su corazón palpitaba
mientras la estudiaba.

—El vestido, creo. Date la vuelta —la orden suave pero firme
de su tono la estremeció, pero no de miedo. Apartó el rostro de
él y cerró los ojos, escuchando el crujido de la silla mientras
Ashton se levantaba detrás de ella. Sus manos se posaron en sus
hombros, tensándola.

—Relájate, querida —murmuró él—. *Solo* es tu vestido.

CAPÍTULO 15

S u vestido...

Rosalind reprimió un escalofrío cuando Ashton se colocó detrás de ella, con su cálido aliento abanicando su cuello. Una vez que se quitara el vestido, ambos caerían víctimas de la indecencia.

Expuestos.

Las manos de Ashton se dirigieron a los cordones de su vestido y comenzó a tirar de ellos. Su toque la hizo saltar.

—¿Y mis zapatillas de casa?

Sus labios se movieron y un brillo malicioso se instaló en sus ojos.

—No quiero tus zapatillas.

—Esto es totalmente injusto.

—Tranquila, querida —su risa era suave y deliciosamente oscura.

—Solo quítalo —masculló ella, con su temperamento encendido.

Las puntas de los dedos de Ashton le acariciaron los hombros desnudos, trazando patrones sobre su piel demasiado sensible.

—¿Y arruinar el placer del momento? De ninguna manera —el calor de su cuerpo la envolvió desde atrás y Rosalind luchó contra esa parte de ella que *deseaba* a este hombre exasperante y seductor.

Los movimientos de sus manos eran lentos y metódicos. La tela se abrió ligeramente cuando Ashton desató todos los cordones. Rosalind presionó las manos contra sus costados mientras él empezaba a bajar el vestido por su cuerpo hasta que terminó en el suelo.

Ahora había muy poco entre ellos. Sería muy fácil abandonar toda prudencia y sentido común y acostarse con este hombre. Como viuda, gozaba de ciertas libertades que otras mujeres no tenían. La sociedad permitía que las viudas tuvieran aventuras discretas, pero nunca se había sentido tentada. Hasta ahora. Si tan solo el pasado entre ellos no estuviera manchado por sus luchas de poder. Si tan solo su futuro no estuviera en juego. *Si tan solo...*

Ashton la levantó por la cintura y la colocó lejos del vestido y más cerca de él. Su culo rozó la parte delantera de sus muslos y él ejerció una breve presión sobre ella. Una ola de calor la inundó mientras luchaba por respirar.

Ahora solo llevaba su camisón, las enaguas y el corsé. La situación era excitante, pero demasiado aterradora. Antes, ya había estado a punto de desnudarse frente a él, pero esto era diferente. No solo su futuro estaba en juego, sino que ella así lo había querido. Rosalind había consentido esta situación. Aun así, se recordó a sí misma que era la mejor jugadora y que debía ganar.

—Creo que es mi turno —la empujó unos centímetros Rosalind volvió a su asiento con las piernas temblorosas, pero consiguió mantener la cordura. Ashton movió su torre y ella se apresuró a mover un alfil.

Ashton se quedó mirando el tablero. Cuando se encontró con la mirada de Rosalind, deslizó su peón blanco hacia delante y reclamó su alfil negro. Él había caído en la trampa. En busca de un premio fácil, él se había expuesto. Ella usó su caballo para reclamar su reina.

—Una victoria para cada uno de nosotros. Yo primero —Ashton se acarició la barbilla, pensativo—. Las enaguas. Quítatelas —Rosalind se deslizó fuera de ellas y las dejó caer sobre su vestido.

—Tu camisa, si eres tan amable —replicó ella.

Ashton se sacó la camisa blanca de los bombachos, se aflojó el pañuelo con un dedo y se despojó de él. Luego se pasó la camisa por la cabeza y la tiró al suelo.

El pecho desnudo de Ashton era... glorioso. Dorado, como si hubiera sido besado por el sol; horas de sol. ¿Cómo podía un caballero estar tan bronceado? Necesitaba pasar mucho tiempo sin camisa. Pero entonces, tal vez eso no era tan inusual para él. Había pasado horas trabajando en la granja junto a los aldeanos. Ese era un día que ella nunca olvidaría. Verlo trabajar duro, con los músculos tensos, su poderoso cuerpo levantando vigas de madera...

—¿Ves algo que te interese?

Maldición. Sus ojos brillaron cuando le preguntó eso. Quería estrangular a ese maldito idiota arrogante. Rosalind negó con la cabeza, pero por la forma en que sus propias mejillas se calentaron, sabía que él vería a través de su mentira.

—Mi turno, entonces —Ashton movió hábilmente un peón blanco y reclamó un peón negro—. Adelante, y luego te quitaré otra prenda.

Rosalind intentó despejar su cabeza. Después de analizar el tablero, movió su rey hacia adelante. No había ninguna pieza para reclamar, pero tenía que pensar en el juego a largo plazo.

—Creo que quiero tu corsé —esperó a que se parara frente a él, luego desató los cordones y dejó caer la prenda al suelo. Ashton la apartó de una patada y la sujetó por los hombros. La acción fue posesiva, aunque no brusca, y envió ondas de calor a través de su cuerpo y hasta lo más profundo de su vientre.

La hizo girar para que quedara frente a él. La idea de que Ashton asumiera el control de su cuerpo le pareció muy tentadora, y eso debería haberla horrorizado. Pero no fue así. En cambio, le pareció una idea pecaminosa y maravillosa, una que debía eliminar para no perder la concentración en el juego.

—Qué figura tan encantadora —sus palabras roncas le provocaron escalofríos—. Suave y a la vez fuerte en todos los lugares correctos.

Intentando recuperar el control, Rosalind levantó la barbilla.

—Te devolvería el cumplido, pero dudo que a un hombre le guste que lo llamen suave.

Los labios de Ashton se perfilaron en una sonrisa mientras capturaba una de las manos de Rosalind y la colocaba en su ingle.

—Ciertamente *no* soy suave, querida.

Tragando, ella apartó su mano de un tirón.

—Ya basta. Terminemos el juego.

Suspirando, Ashton volvió a su asiento y movió su alfil directamente al lado del caballo negro. Rosalind se apresuró a mover su rey hacia adelante. Ashton respondió deslizando su caballo al frente, y Rosalind lo imitó.

Voy a ganar. Rosalind estaba cerca. Si él jugaba mal, ella lo vencería pronto.

Un caballo blanco se retiró y ella avanzó nuevamente a su rey.

—Esta es la razón por la que el ajedrez es un juego de habilidad —Ashton colocó su alfil en diagonal hacia su rey, pero ella no pudo reclamarlo porque estaba protegido desde dos frentes.

—Efectivamente —Rosalind miró fijamente el tablero. Algo no estaba bien. Los posibles movimientos eran pocos, y ninguno de ellos era bueno. ¿Cómo había sucedido esto? ¿Ashton se había percatado de que ella había caído en una posición muy favorable, o este había sido su plan desde el principio? ¿La había engañado?

Los ojos de Ashton, normalmente de un azul muy brillante, se habían oscurecido hasta alcanzar un intenso azul de Prusia. Y él amenazaban con atraparla. Por un momento, Rosalind no pudo pensar, no pudo ver nada más allá de esos ojos.

—Vamos, muévete —la mirada de Ashton la atravesó cuando ella se dio cuenta de cuál tenía que ser su movimiento final.

Rosalind extendió la mano y colocó su rey junto a su alfil

blanco. No podía reclamarlo, pero podía usarlo defensivamente desde esa posición. La sangre comenzó a latir con fuerza en sus oídos, y su corazón golpeó con fuerza y rapidez contra sus costillas.

Ashton se inclinó hacia delante, apoyando los codos en las rodillas mientras contemplaba su mirada llena de pánico.

—Quiero que recuerdes este momento, Rosalind. El momento en que te he ganado —su peón capturó el caballo de Rosalind, lo que liberó su torre detrás de él, amenazándola por todos lados—. Jaque mate.

Las piezas del tablero comenzaron a difuminarse. Millones de protestas cosquillearon la punta de su lengua, luchando por liberarse. Él había ganado. Limpiamente. No había forma de que ella pudiera protestar. Habían definido las condiciones y ella había aceptado. Era una cuestión de honor.

—Has ganado —repitió ella—. ¿Cómo? ¡Pensé que el ajedrez no era tu juego!

—Estoy seguro de que soy mediocre en comparación con los maestros, pero juego bastante bien, especialmente cuando estoy motivado —Ashton se reclinó en su silla, con una sonrisa en los labios.

Rosalind se puso en pie. Su ira regresó, disipando momentáneamente su conmoción por la derrota.

—¿Has hecho trampa?

Los ojos de Ashton se entrecerraron.

—¿En qué sentido he hecho trampa? Hemos disputado una partida justa y muy igualada. Considerando lo que está en juego, era lo justo. Ahora deja de actuar como una damisela en apuros, Rosalind. Ambos sabemos que tú no haces esas tonterías.

¿Damisela en apuros? Oh, ella iba a estrangularlo, sin duda.

—Y también me debes una última prenda de vestir.

—Pero...

—Las reglas deben ser respetadas. ¿No estás de acuerdo? —la sonrisa de suficiencia de Ashton hizo que ella quisiera abofetearlo. *Con fuerza.*

—Maldito seas —gruñó. Una nueva rabia surgió en su interior. Aunque él hubiera ganado, Rosalind no debía conformarse con ello.

—Soy capaz de atarte para conseguir lo que me debes.

—¿Atarme? —siseó ella—. Me gustaría ver cómo lo intentas, tú...

Se abalanzó, capturando sus muñecas y tirándola hacia él. Ashton emitió un suave *pff* mientras la arrastraba hasta la cama y la empujaba sobre la mullida colcha.

—¡Suéltame! —Rosalind arañó la ropa de cama para liberarse, pero él la mantuvo inmovilizada mientras se inclinaba sobre ella para alcanzar la mesa junto a la cama. Ella dio una patada cuando le oyó abrir un cajón.

—Esto debería funcionar —Ashton rodeó sus muñecas con algo sedoso y luego las sujetó con fuerza, atando sus manos por encima de su cabeza. Ella intentó girar sobre su espalda y bajar los brazos, pero cuando lo consiguió, descubrió que tenía las muñecas sujetas con un pañuelo de seda blanco. Ashton estaba de pie a un lado de la cama con los brazos cruzados mientras la observaba.

—Puedes sentarte ahí y comportarte mientras tenemos una discusión racional, o puedo atarte completamente.

La seda no estaba apretada, pero no le proporcionaba espacio para liberar sus manos. Lanzándole dagas con la mirada, Rosalind replicó:

—Me sentaré aquí, pero si crees que consentiré algo más...

—A pesar de la impresión que tienes de mí, no soy un completo bastardo desalmado.

—¡Oh sí, tus acciones aquí son las de un perfecto santo!

—Bueno, yo tampoco he afirmado eso. Nunca —se rio, se arrodilló junto a la cama y cogió uno de sus pies.

—¿Qué crees que estás haciendo?

—Te estoy quitando las zapatillas porque me las debes. Seguro que no piensas dormirte con ellas —le quitó suavemente los zapatos. El calor de sus palmas quemó la piel de Rosalind a través de sus finas medias. Se sentía. Ella no quería que se sintiera bien. Quería odiar a Ashton y odiar la forma en que lo deseaba incluso cuando él la enfurecía. Ashton dejó las zapatillas de casa en el suelo y se elevó sobre ella mientras sus dedos jugaban con los extremos libres de la seda blanca que rodeaba sus muñecas—. Normalmente no me molesto con cosas como esta, pero contigo, las muñecas atadas me resultan bastante excitantes. Saber que por fin soy tu amo, al menos en la cama —sus labios se curvaron en una sonrisa lenta y llena de placer.

—Estamos *en la cama* solo en el sentido más literal. Cuando me libere, voy a retorcer tu maldito cuello inglés —quería sonar furiosa, pero su sangre estaba ardiendo de una manera diferente ante la idea de que él hiciera lo que quisiera con ella mientras estaba atada. Sonaba muy perverso... y divino.

Su pelo rubio le cayó en los ojos cuando se inclinó hacia ella.

—Adoro tu pasión, querida. Espero que no desaparezca nunca —Ashton respiró lentamente mientras jugaba con un mechón suelto de su cabello.

Los ojos de Rosalind se cerraron mientras disfrutaba de la sensual caricia. Si él no hubiera ganado la apuesta, entonces ella podría sentirse libre y decirle que sí sin preocuparse por el futuro.

—¿No sientes ni un poco de curiosidad?

—¿Curiosidad?

—Sobre lo que podría suceder entre nosotros —Ashton acercó una mano y las puntas de sus dedos se deslizaron por su mejilla y luego por su cuello. El toque provocó que la sangre de Rosalind ardiera—. Solo una vez. Confía en mí para que te muestre lo bueno que puede llegar a ser. Olvida la apuesta y piensa solo en esto —le echó la cabeza hacia atrás y se inclinó para besarla. La simple presión de sus labios hizo que el estómago de Rosalind diera un vuelco brutal. Cuando se apartó de ella, Rosalind intentó seguir besándolo, pero Ashton habló contra sus labios deseosos.

—Déjame llevarte a la cama, Rosalind. Déjame hacerte el

amor. Sé cosas que te harán llorar de placer. Quiero mostrarte lo que te espera como mi esposa.

¿Sería tan malo decir que sí? Ella quería experimentar esa plenitud que sus manos y su boca le habían prometido en numerosas ocasiones.

—Di que sí —insistió, con su voz aún más ronca.

Rosalind lo miró a través de sus pestañas. Los dedos de Ashton seguían tocando su cuello, con un agarre firme pero suave. Sus ojos eran oscuros y abrasadores, y una sensación de poder emanaba de su cuerpo mientras esperaba.

El silencio entre ellos estaba lleno de desafíos tácitos y promesas seductoras. Finalmente, Rosalind pronunció la palabra que cambiaría su vida para siempre.

—Sí.

El fuego en los ojos de Ashton se intensificó. Él la liberó de la seda y deslizó sus manos por las pantorrillas y los muslos de Rosalind mientras le quitaba las medias una a una y las dejaba caer al suelo. Sentía los pechos llenos y dolían, y sus pezones rozaban la tela blanca de la camisola. Esperó a que Ashton la empujara sobre su espalda y la montara, pero no lo hizo.

—Muévete hacia atrás, cariño —mientras obedecía, él retrocedió y desabrochó la parte delantera de sus bombachos, pero no se los quitó—. Ahora, recuéstate y separa esos bonitos muslos para mí.

El corazón de Rosalind se aceleró. Lentamente, se tumbó, separando las piernas. Él se arrastró por la cama y se arrodilló entre ellas. Los músculos de su pecho se tensaban mientras se movía, y ella contempló la ligera capa de vello dorado a lo largo de sus pectorales. Deslizó una mano por su pecho, sintiendo la suavidad del vello, antes de descender hasta su abdomen. Los músculos de Ashton se contrajeron ante su toque lleno de curiosidad. Lo arañó ligeramente, provocándole un gemido. Se deleitó en el hecho de que ella lo marcara como suyo.

Y aquí estaba ella, tentada de explorar cada centímetro de este cuerpo. Él era bello, varonil. Su piel era suave, pero su cuerpo era duro por todas partes. Una pequeña cicatriz con nudos en el hombro le llamó la atención. La herida de bala. Una vez se burló de él por eso. Cuando se inclinó hacia él, depositó un beso allí, deseando poder aliviar el dolor que aún le causaba.

Ashton le besó la frente, luego las mejillas y después la boca. El dulce movimiento de su lengua contra la comisura de sus labios la incitó a abrirlos. El hombre sabía cómo besar, dulce y seductor en un momento, dominante al siguiente. La mantenía expectante, la mantenía dentro de una ola creciente de emociones inesperadas.

Cuando Ashton se acuclilló, Rosalind deseó que su cuerpo cálido y duro volviera a cubrir el suyo. Le deslizó la camisola hasta la cintura y luego más arriba, hasta que ella tuvo que levantarse para que él se la quitara. Rosalind cruzó los brazos sobre sus pechos desnudos, cubriéndolos.

—No pierdas esa pasión y esa valentía ahora —dijo él.

Aterrada pero excitada, bajó las manos y se recostó contra las almohadas.

—Eres una diosa —su reverente susurro despertó emociones en su interior, unas que la asustaban porque albergaban la esperanza de algo que Rosalind creía que no podía tener.

—¿Eso también te convierte en un dios? —bromeó ella, sonriendo un poco.

—En presencia de tanta belleza, soy un simple mortal.

—¿Y quieres dominarme? Las cosas nunca salen bien para los mortales que compiten con dioses y diosas.

—Sin embargo, siguen intentándolo, porque la recompensa es muy tentadora.

Ashton volvió a inclinarse sobre ella y trazó un sensual camino de besos hasta su clavícula antes de acariciar con la nariz la curva de sus pechos. Él se apoyó sobre un antebrazo y cogió uno de sus pechos con la mano libre mientras exploraba sus sensibles pezones.

Succionó un pezón entre sus labios y las caderas de Rosalind se agitaron. Esto era muy íntimo, demasiado para soportarlo. Un fuego aterrador, excitante e inextinguible recorría todo su cuerpo.

Rosalind gimió su nombre y él gruñó en respuesta. Las vibraciones recorrían su piel y aumentaban aún más las sensaciones.

—Por favor —jadeó ella—. No puedo soportarlo.

Ashton liberó su pezón lo suficiente para soltar una risita antes de acariciar y provocar su otro pecho con su lengua. Rosalind pasó las manos por su pelo, tirando de los suaves y sedosos mechones.

—¡Más fuerte! —pidió él—. Tira más fuerte —y ella lo hizo. Ese momento de dolor se repitió cuando Ashton le mordió el pecho. Las llamas se dispararon a través de ella, directamente a su vientre.

Ashton siguió bajando a lo largo de su cuerpo, depositando besos en su abdomen y caderas, mordisqueándola, haciéndola reír por las sensaciones de cosquilleo. Reír se sentía muy bien, disfrutar de sí misma de esta manera. Pero él no se detuvo. Colocó las palmas de las manos en el interior de sus muslos y los separó aún más.

Rosalind se retorció para liberarse, sorprendida por este giro de acontecimientos.

—¿Qué estás haciendo?

—Ah, no, mi encantadora diablilla escocesa, me temo que debes soportar este placer —levantó su mirada hacia la de ella, bajó la cabeza y la lamió... *allí abajo.*

Si Ashton no le hubiera sujetado los muslos, Rosalind habría sufrido un espasmo ante este placer extraño. Siguió lamiendo, besando, torturando su cuerpo lleno de dolor. Era más de lo que ella podía soportar. Justo cuando pensó que la mataría, él levantó la cabeza y, con una sonrisa perversa, se incorporó y se bajó los bombachos lo suficiente como para liberarse. Luego, con una mano, se guio dentro de ella. Era grande y grueso cuando se introdujo. Rosalind siseó al sentir la tensión.

—Respira, cariño.

Apretó los dientes.

—Lo estoy haciendo.

Ashton se rio y luego se inclinó sobre ella, presionándola contra la cama mientras capturaba su boca. El beso, además del peso de su cuerpo sobre el de ella, la relajó. Se sentía segura. Él controlaba el beso, sus cuerpos; no la lastimaría y le daría la satisfacción que ella deseaba. Era una promesa que Ashton hacía con cada beso.

Ashton cogió sus muñecas y las sujetó a ambos lados de la cabeza de Rosalind, con sus dedos clavándose en sus brazos, atrapándolos. Ahora, ella le pertenecía de verdad. Pero si le pedía que se detuviera, ella sabía que él lo haría.

—¿Cómo te sientes? —él movió sus caderas, empujando más profundamente.

Rosalind levantó las caderas y le devolvió el beso antes de responder.

—De maravilla —se sonrojó al admitirlo—. ¿Tú?

—Me oprimes como a un puño.

Rosalind estaba a punto de objetar, ya que él era el que estaba oprimiendo sus muñecas, hasta que una fuerte embestida explicó sus palabras.

Él movió sus caderas en círculos.

—¿Estás preparada?

¿Preparada? ¿A qué se refería?

Ashton salió de ella y luego comenzó a golpear sus caderas con fuerza, manteniendo sus muñecas inmovilizadas mientras la follaba. Ella no sabía que un hombre podía moverse así, tan rápido, tan fuerte.

Pero Ashton parecía ser capaz de mantener este ritmo salvaje toda la noche. Rosalind sabía que no sobreviviría a esto; se sentía demasiado bien como para resistirse. No cuando su cuerpo exigía la liberación que se estaba formando en su interior como una tormenta de verano. La presión en su bajo vientre se mezclaba con el delicioso calor de su excitación... estaba muy cerca...

—Resiste —gruñó él.

Rosalind luchó contra Ashton, necesitando encontrar el

ritmo adecuado de fricción; más fuerte, más rápido. De alguna manera, él comprendió lo que ella deseaba a través de los gemidos y las señales que le daba y comenzó a penetrarla con más fuerza. Sus cuerpos estaban empapados de sudor. Los sonidos de su sexo eran salvajes, bestiales. El simple hecho de pensar en ello fue demasiado para Rosalind.

Ella cayó al vacío desde el borde de la cordura y aterrizó en un reino de pura felicidad. Cada músculo de su cuerpo dejó de funcionar. Un instante después, Ashton gritó y se desplomó sobre ella. Enterró la cara en la almohada junto a ella y sus labios le depositaron un delicado beso en la oreja. Aquello le provocó una serie de temblores muy intensos. Sus músculos internos se cerraron en torno a su pene y Ashton gimió.

—Maldita sea, mujer. Eres... —no terminó, pero su rostro se volvió hacia el de ella y Rosalind vislumbró una sonrisa pícara.

—¿Soy qué? —jadeó.

—Perfecta —su sonrisa se volvió infantil e encantadora. La derritió en lugares que pensó que nunca volvería a sentir. Le asustaba afirmar que sentía lo mismo por él—. ¿Cómo me comparo con los demás?

—¿Los demás? —ella lo miró fijamente, confundida.

Ashton movió su cuerpo, sin bajarse de ella, pero desplazando la mayor parte de su peso hacia un lado para no aplastarla.

—Sí, tus otros amantes.

¿Otros amantes? ¿No había adivinado que no había tenido más amantes? ¿Solo su primer marido?

Por alguna razón, eso la divirtió. ¿Creía que había tenido queridos? Era una suposición común, supuso, ya que varias viudas jóvenes y notables habían coleccionado docenas de queridos, pero ella no.

—No hay ninguno. Solo he estado con Henry —a pesar de la suposición de Ashton, se mostró extrañamente tímida al admitir que no había tenido más experiencia. Las cejas de Ashton se levantaron.

—Bueno, debo admitir que me gusta la idea de tenerte toda para mí. Soy una criatura bastante egoísta, ya ves.

—¿De verdad? No tenía ni idea —Rosalind le pinchó el pecho con un dedo, provocándole otra carcajada. Era un sonido intenso y profundo que le hizo pensar en la miel derretida.

Ashton se bajó de ella, alejándose de su cuerpo. Esa sensación de vacío la enfureció un poco. No quería echar de menos su calor, la sensación de tenerlo dentro de ella. La sensación de estar conectados.

Salió de la cama completamente desnudo, se acercó a la chimenea y colocó unos cuantos leños más en el fuego. Luego apagó las velas junto a la cama y se unió a ella bajo las sábanas. Cuando se acomodó, Rosalind se acurrucó junto a él y apoyó una mano en su pecho. Ashton la cubrió con una de las suyas, estrujando sus dedos.

—Me iré a Londres mañana a primera hora. ¿Qué te parece una boda en la pequeña parroquia que está a unos kilómetros de aquí?

Rosalind se tensó. La boda.

Él se tensó a su lado.

—Lo prometiste, ¿recuerdas? Los términos...

—Sí. Lo que desees, no me importa —ella se apartó de él y rodó sobre su costado, mirando hacia la pared opuesta—. ¿Por qué no te conformas con ser solo amantes?

La cama se hundió cuando Ashton se movió, pero él no volvió a intentar tocarla.

—Me gusta ser complicado. Supongo que ahora te enfadarás conmigo.

—No estoy enfadada contigo —espetó.

La risita de Ashton la enfureció.

—Buenas noches, Rosalind.

Ella no respondió, excepto para estirar la mano detrás de ella y darle un puñetazo en la cadera.

Iba a ser una noche larga.

CAPÍTULO 16

Ashton estaba de pie en los escalones de la casa Sheridan en Curzon Street, intentando sofocar el repentino ataque de ansiedad en su estómago. En su finca, se había levantado mucho antes del amanecer y deslizado fuera de la cama, presionando un ligero beso en los labios de Rosalind antes de salir. Había necesitado dos horas de intensa cabalgata para llegar a Londres, y su caballo estaba agitado y agotado. Pero era importante que llegara a tiempo para alcanzar a Cedric antes de que saliera de casa para iniciar su día. Era probable que él y Anne eligieran nuevas yeguas en Tattersall's esta tarde.

Respecto a la misión que Ashton tenía esta mañana, solo confiaba en Cedric. Hoy iba a adquirir una licencia especial para casarse con Rosalind. En el pasado, Ashton siempre había acompañado a los demás al Colegio de Civiles, pero era extraño pensar que hoy era *su* turno.

No podía pedírselo a Godric ni a Lucien. Ellos se habían casado únicamente por amor y lo desafiarían por casarse con Rosalind por razones oportunistas. Tal vez podría admitir que se casaba con ella porque así lo deseaba, porque la encontraba fascinante y atractiva. Pero hacerlo solo provocaría un nuevo interrogatorio por parte de sus amigos, y no deseaba lidiar con eso hasta conseguir un tiempo para comprender plenamente sus propios sentimientos hacia la mujer.

Pero Cedric lo entendería. Él y Anne se habían casado para salvarla de los cazafortunas tras la muerte de su padre. Se habían casado como extraños, pero habían encontrado el amor durante el proceso. Ashton esperaba que Cedric entendiera el origen de su decisión. No todo el mundo tenía la suerte de enamorarse.

Su corazón dio un pequeño y extraño vuelco dentro de su pecho.

Solo quiero una pequeña dosis de felicidad. A pesar del placer que Ashton le había proporcionado, no se hacía ilusiones sobre lo que Rosalind pensaba realmente de él. Y considerando el trato que Ashton le había dado en el pasado, no tenía motivos para suponer que eso cambiaría simplemente por una noche de pasión. Probablemente nunca tendría un gran amor como el de sus amigos, pero esperaba que, algún día, Rosalind aprendiera a amarlo de alguna manera.

Se quitó el sombrero, limpió el polvo que se había acumulado en el camino y lo guardó bajo un brazo. Luego levantó la pesada aldaba de latón y la dejó caer contra la puerta dos veces. Se removió inquieto y esperó a que el mayordomo respondiera.

—Milord —dijo el mayordomo con una sonrisa—. El señor y la señora están en la recepción. Lo llevaré hasta ellos.

—Gracias —Ashton lo siguió, divertido por el hecho de que, después de tantos años de amistad, la Liga nunca hubiera sido ceremoniosa. En la mayoría de las casas habría tenido que esperar en los escalones mientras el mayordomo averiguaba si alguien deseaba recibirlo.

El mayordomo se detuvo frente a una puerta cerrada y la abrió, deslizándose dentro. Ashton lo escuchó anunciar su llegada.

—Que entre —dijo Cedric desde el otro lado.

El mayordomo salió y permitió que Ashton entrara en el salón. Luego se detuvo en seco al ver a otras cuatro personas que no esperaba encontrar allí. Godric, Emily, Lucien y Horatia estaban presentes.

Por Dios, él no podría hacer esto, no con todos allí para burlarse de él.

—¡Ash! —Cedric se levantó y se acercó a estrecharle la mano —. Pensé que estarías en Hampshire ocupándote de las granjas.

—Lo estaba —Ashton miró las caras de sus amigos, sintiendo que había interrumpido algo. Podría ser una buena excusa para marcharse sin admitir las razones de su visita—. Si estoy interrumpiendo, podría...

—No lo haces —le aseguró Anne mientras se levantaba, con una cálida sonrisa en los labios—. ¿Te gustaría un poco de té? —señaló la bandeja que había sobre una mesa cercana y a un lacayo que esperaba junto a la puerta—. Nelson acaba de traernos un poco de pekoe fresco y huele divino —la escena íntima de un hogar; tres de sus amigos y todas sus esposas reuniéndose para el té, bueno, Ashton no sabía si reírse o dar media vuelta y salir corriendo.

—¿Té? —se atragantó con la palabra.

—Sí, *té* —respondió Emily—. Es lo que hacen los amigos cuando se visitan, beber una taza de té —el brillo de sus ojos le advirtió que había percibido su creciente incomodidad. La pequeña duquesa era demasiado observadora. Era una de las cosas que él admiraba de ella, excepto cuando esa aguda mirada se posaba en él.

Esto era un grave error. No podía pedirle un favor a Cedric, no cuando todos estaban allí mirándolo. No podía comunicarles sus intenciones hasta tener su licencia en la mano y a Rosalind de camino al altar. Cualquier otra cosa podría alterar sus planes. Incluso Emily podría intentar sabotear sus planes si sentía que él se estaba aprovechando de la mujer.

—Mis disculpas, pero debo irme. Olvidé que tenía una cita esta mañana.

Lucien no tardó en ponerse en pie, impidiendo que Ashton atravesara la puerta.

—Eh, alto, Ash, ¿cuál es la prisa? No estás huyendo de una taza de té con amigos, ¿verdad? —la sonrisa de suficiencia de Lucien llenó a Ashton de un sentimiento de rabia. Si el hombre no estuviera a unos meses de convertirse en padre, le habría pateado el trasero.

Emily se levantó del sofá que había estado compartiendo con Godric y caminó hacia él.

—Ashton, ¿te estás *sonrojando*?

Godric se carcajeó.

—Em, cariño, los hombres no se ruborizan.

—No estoy tan segura de eso —intervino Horatia, con una mano apoyada en su vientre ligeramente crecido. Ella no se había puesto de pie cuando él entró, y Ashton no habría deseado que lo hiciera. El parto sería en octubre y necesitaba descansar—. Ciertamente se está poniendo un poco colorado.

Todas las miradas se concentraron en él, provocando que el rubor de su rostro se intensificara.

—*No* me estoy sonrojando —gruñó—. Acabo de llegar de un largo viaje a caballo y estoy casi tan agotado como el animal. Cedric, me gustaría hablar contigo... afuera, por favor —sabía que tendría que formular su pregunta tarde o temprano, así que era mejor terminar con esto ahora.

La sonrisa de Cedric se desvaneció mientras compartía miradas con Lucien, todavía de pie bloqueando la puerta, y Godric, quien se levantó automáticamente y se acercó a ellos.

—He dicho *Cedric,* no todos vosotros.

Los hombres se carcajearon.

—Si crees que hay algo que él no nos dirá en cuanto te vayas, te equivocas —dijo Godric.

Ashton suspiró de forma dramática. Su amigo tenía razón, por supuesto.

Los tres lo siguieron hasta el pasillo y Ashton cerró la puerta del salón para evitar que las damas lo escucharan.

—Qué pasa, Ash? —preguntó Cedric—. ¿Es Waverly otra vez?

—No, nada de eso —respirando profundamente, se preparó para la humillación que esperaba recibir—. Esperaba que me acompañaras al Colegio de Civiles para obtener una licencia especial.

—¿El Colegio de Civiles? ¿Quién se va a casar? —continuó Cedric.

Ashton dejó escapar un lento suspiro.

—Yo.

Godric jadeó y Lucien se persignó, mascullando la mitad de una plegaria. Sus reacciones exageradas hicieron que Ashton frunciera el ceño.

—No es como si los Jinetes del Apocalipsis estuvieran cabalgando por la calle Curzon —espetó.

—Dime que estás bromeando. ¿Con quién demonios te casarías? Hace meses que terminaste la relación con tu última amante —Lucien se cruzó de brazos, estudiando a Ashton de forma crítica.

Godric chasqueó un dedo.

—¡Espera! ¡Lo tengo! Has hecho una apuesta con Charles y has perdido. Y te diré algo, la apuesta me parece terriblemente alta. ¿Con quién te vas a casar? ¿Con la hermana pequeña de Freddy Poncenby? Es una chica dulce, pero esa familia... imagina las cenas de Navidad. Dios, no quieres eso, ¿verdad?

—¿La señorita Poncenby? Sabéis que yo nunca he...

—Entonces, ¿quién es? —insistió Cedric—. No puedo creer que te casaras, Ash; eso no es exactamente tu taza de *té* —ante la mención del té, sus amigos se rieron disimuladamente.

—Esto no es una broma, y no quiero ningún maldito té. Cristo, todos vosotros sois capaces de arrastrar a un hombre hasta el alcohol. Necesito que alguien me acompañe al Colegio de Civiles. Eso es todo. Esperaba, Cedric, que fueras el *menos* propenso a dificultar este asunto.

Godric se puso un poco serio.

—Creo que está diciendo la verdad. La pregunta ahora es: *¿por qué* te casarías? ¿Te has enamorado?

Cedric negó con la cabeza.

—Es una alianza, apostaría por ello.

De pronto, los ojos de Lucien se iluminaron.

—Por casualidad, ¿no se trata de cierta dama escocesa?

—No es por amor, pero sí, me casaré con Rosalind aunque eso termine por matarnos a los dos.

Sin previo aviso, Emily atravesó la puerta del salón y lo abrazó.

—¡Oh, Ashton! Tú y Rosalind habéis solucionado vuestras diferencias. ¡Qué maravilla! —ella le sonrió brillantemente y, en ese momento, el corazón de Ashton se hundió. Estaba a punto de decepcionarla. Emily, la mujer que creía que todo el mundo merecía ser amado.

Godric apartó suavemente a su mujer de Ashton.

—Deja que el hombre respire, cariño.

—¿Cómo ha sucedido? —preguntó Horatia. Ella y Anne se habían unido a ellos, formando un gran grupo en el pasillo—. La última vez que vimos a Lady Melbourne estaba furiosa contigo y decidida a salvarse de la ruina financiera en la que la habías metido.

De repente, Emily entrecerró los ojos.

—Ashton, ¿has sido desconsiderado con ella? Es una amiga y no me gustaría descubrir que la has amenazado con algo. No lo permitiré.

¿Ella creía que podía controlarlo? Qué dulce. Vaya que estaba equivocada.

—Yo no la he amenazado —*no exactamente*, corrigió él en silencio—. Ella ha perdido una partida de ajedrez; y si yo ganaba, ella se casaría conmigo.

Lucien frunció el ceño.

—Eso no parece propio de ti, dejar un resultado al azar.

—Difícilmente el azar. Hay una razón por la que todos nosotros hemos dejado de jugar contra él —dijo Godric—. ¿Pero cómo diablos cometió el error de jugar al ajedrez contigo?

Ashton esbozó una amplia sonrisa.

—Rafe la había convencido de que mis habilidades estaban... por debajo de la media.

Lucien resopló.

—Ese es el Ash que conozco.

—¿Por qué diría eso Rafe? No suele ayudarte —añadió Cedric.

—En efecto —coincidió Ashton—. Pero fue lo suficientemente tonto como para robar el carruaje de Rosalind, y...

Godric interrumpió, agitando una mano.

—¿Qué?

—¿Robar? —repitió Lucien.

Emily se llevó una mano a la boca en señal de asombro antes de que Godric continuara.

—¿Qué demonios hacía Rafe robando un carruaje?

—Parece que ha añadido "asaltante de caminos" a su siempre creciente lista de talentos cuestionables —comentó Ashton.

—Santo cielo —masculló Lucien—. A ese hombre lo colgarán algún día.

—Sí, tendré que ocuparme de él más tarde, una vez que me haya casado con Rosalind.

—¡Oh, no lo harás! —Emily le clavó un dedo en el pecho con la suficiente fuerza para hacerlo retroceder un paso.

—Emily... —Ashton se sintió exasperado. No le interesaba en absoluto recibir otro sermón sobre cómo debía ser indulgente con Rosalind.

—Nada de 'Emily', Ashton. No permitiré que trates mal a Rosalind. Es una criatura maravillosa y no dejaré que quebrantes su espíritu por alguna noción estúpida de orgullo. ¿Acaso no fue suficiente arruinar sus finanzas? ¿Ahora debes *poseerla* también?

¿Honestamente creía que él podía quebrantar a una mujer? Cielos, Ashton nunca haría eso. Amaba demasiado a las damas como para ser tan caprichoso con sus intereses.

—Ella *es* maravillosa, y no tengo intención de romperla —replicó—. Esto es para nuestro beneficio mutuo.

Emily detuvo su avance al estilo militar. Sus ojos violetas se volvieron amplios y se volvieron inquisitivos.

—¿Tú también crees que ella es maravillosa?

Él asintió.

—Por supuesto.

¿Cómo no iba a creerlo? Rosalind era inteligente, hermosa y obstinada.

—Sin embargo, ¿no la amas? —preguntó Emily, con sus ojos violetas llenos de curiosidad.

—Le tengo cariño y no le deseo ningún mal, pero estás en lo cierto.

Emily miró brevemente a Anne y a Horatia antes de volver a hablar.

—Entonces ve al Colegio de Civiles. Las damas tenemos que comprar algunos vestidos si queremos estar listas para la boda.

Ashton tardó un momento en asimilar sus palabras.

—¿Perdón?

—Sí —coincidió Anne—. Es importante que todos asistamos. Las bodas son asuntos de familia. Y tú eres familia en todos los sentidos menos en el sanguíneo.

—Ella tiene razón y lo sabes —dijo Cedric—. Todos deberíamos estar allí. ¿Cuándo es el día especial?

—Pensaba hacerlo mañana.

Las tres mujeres jadearon alarmadas, como si Ashton hubiera amenazado con hacer algo muy escandaloso, algo que ni siquiera le permitiera rescatar su reputación.

—¿Mañana? Oh no, Ashton, eso es demasiado pronto —protestó Horatia—. Necesitamos unos días para empacar y organizar el viaje a Hampshire.

Ashton conocía a estas tres damas lo suficientemente bien como para saber que no podía luchar contra ellas en esto. Bueno, no luchar contra ellas y esperar alguna forma de victoria.

—Tenéis dos días —les informó—. No pienso arriesgar más tiempo en caso de que mi prometida intente retractarse de nuestro trato.

—¿Ella haría eso? —preguntó Lucien, con una media sonrisa.

Ashton se encogió de hombros.

—Sinceramente, no lo sé, y desde luego no quiero darle la oportunidad.

Sus amigos se rieron. Godric miró a Ashton.

—Bueno, ¿nos vamos?

—No tienes que venir.

—Tonterías —Godric depositó un beso en los labios de Emily antes de volverse hacia los demás—. No nos perderíamos esto por nada del mundo. Em, querida, será mejor que los sirvientes se encarguen de empacar, y que notifiquen a nuestros abogados dónde localizarnos en caso de que surja algún asunto de negocios mientras salimos de la ciudad.

—Diviértete haciendo sonrojar a Ashton. Todavía está rojo —Horatia soltó una risita y besó a Lucien.

Todas esas demostraciones públicas de afecto eran el origen de su sonrojo, no la idea de obtener una licencia de matrimonio. Eran negocios y nada más. Aunque Rosalind fuera maravillosa, exasperante y fascinante a partes iguales.

Ashton esperó en los escalones de la entrada mientras sus amigos cogían sus sombreros y abrigos.

—Deberíamos irnos en carruaje. Haré que lo traigan —Cedric desapareció dentro, dejando a Ashton con Lucien y Godric.

—¿Estás seguro de esto? —preguntó Godric con verdadera seriedad.

—Lo estoy —respondió Ashton. Ahora comprendía mejor la irritación que Cedric debió haber sentido cuando anunció por primera vez su compromiso con Anne. Al principio, la Liga no había aceptado la idea. No contar con el apoyo de sus amigos era desagradable y le llenaba la cabeza de dudas. Después de una década de estar completamente de acuerdo con ellos en casi todo, le resultaba extraño discrepar sobre la cuestión de si debía casarse, y hacerlo sin dudar sobre si estarían de acuerdo con él o no.

—Hay más razones además mi orgullo de hombre, como dice Emily —añadió en voz baja—. Llevo tres semanas vigilando las actividades de la compañía naviera de Lady Melbourne. Hugo Waverly ha estado utilizando sus barcos para transportar hombres y suministros desde y hacia Inglaterra con fines que aún no puedo explicar. No sé en qué anda metido, pero ciertamente yo dormiría mejor por la noche si tuviera acceso a los manifiestos y a las listas de pasajeros.

—Pero tú ya eres dueño de las deudas de Lady Melbourne, y las empresas son tan buenas como las suyas —dijo Lucien—. Creía que tenías contables y abogados revisando sus cuentas.

—Los tengo. Pero quiero que no haya dudas en cuanto a la titularidad. Cuando me case con ella, eso me facilitará la gestión de todas las empresas y la profundización de sus registros —se giró al oír el traqueteo de las ruedas sobre los adoquines y vio cómo el carruaje de los Sheridan se detenía frente a los escalones.

—Bien, muchachos —Cedric bajó los escalones para reunirse con ellos mientras se preparaban para entrar.

—Me parece que esta noche deberíamos embriagar Ashton para prepararlo para el matrimonio —dijo Godric con una carcajada.

—O un último viaje al Jardín Midnight —sugirió Lucien.

—Por supuesto que no —Ashton se rio—. La última vez que puse un pie allí me dispararon. No tengo ningún deseo de repetir la experiencia.

—Touché —Cedric cerró la puerta del carruaje y sacó una mano por la ventanilla para indicarle al conductor que se moviera.

Mientras el carruaje se sacudía hacia delante, Ashton se reclinó en el asiento, sonriendo mientras sus amigos se burlaban de él, pero no le importó. Rosalind iba a ser suya, y eso era lo único que importaba.

CAPÍTULO 17

Nelson Lewis, un lacayo de la Casa Sheridan, estaba de pie en la puerta de las habitaciones del servicio, esforzándose por captar cualquier fragmento de la conversación de las tres damas que aún permanecían en el vestíbulo.

—Emily, ¿por qué dejaste de molestarlo una vez que él admitió que Rosalind era maravillosa? —preguntó Lady Sheridan.

La Duquesa de Essex jugaba con las perlas que llevaba al cuello.

—Creo que Ashton nunca ha dicho eso de ninguna mujer. Creo que no está admitiendo sus verdaderos sentimientos por ella, incluso a sí mismo.

Nelson empujó la puerta un centímetro más, estudiando a las damas bien educadas mientras volvían a entrar en el salón. Pero antes de que desaparecieran en el interior, oyó hablar a Lady Rochester.

—Una boda en Hampshire. Será encantadora.

¿Lennox iba a casarse? Cerró la puerta y bajó las escaleras para encontrar al mayordomo, esforzándose por aparentar que estaba en sus tareas habituales. El hombre mayor estaba de pie en el pasillo del servicio, hablando con el ama de llaves.

—Ah, Nelson, ahí estás. Necesitamos que hagas algunos recados —el mayordomo le tendió una tira de pergamino.

Nelson miró el pergamino y se lo metió en el bolsillo del chaleco.

—Por supuesto —se había acostumbrado a los hábitos de la casa y sabía que lo más probable era que lo enviaran a la calle en ese momento. Se despidió apresuradamente del mayordomo y salió de la Casa Sheridan.

Caminó durante algún tiempo antes de sentirse lo suficientemente apartado como para permitirse llamar a un coche de caballos de alquiler.

—¿Adónde? —preguntó el conductor.

—A la calle Strand —le dio al hombre unas monedas y subió al carruaje.

El vehículo pasó por Covent Garden y Nelson observó las calles a su paso. Durante el día, la calle Strand era bastante respetable, con comercios abiertos y gente decente explorando los puestos y asomándose a los escaparates. Por la noche, sin embargo, la calle adquiría un ambiente más oscuro. No era que Nelson tuviera miedo de ir allí en esas horas. Había sido bien entrenado en el combate rudo. Quienes deberían tener miedo eran aquellos que podían meterse con él.

El carruaje se detuvo en el límite de la calle Strand y Nelson descendió. Esquivó a las bellas damas con sus vestidos de paseo y a los hombres que las acompañaban de tienda en tienda. Nelson se aventuró más lejos hasta que vio el cartel de la taberna "Agujero Negro" crujiendo con la ligera brisa.

La puerta se abrió de golpe y varios hombres y dos mujeres salieron riendo a trompicones. Sus rostros eran conocidos, actores que había visto en obras recientes. Sin embargo, eso no era una sorpresa. El Agujero Negro era un lugar de reunión para muchos actores, e incluso había funcionado como teatro privado.

Nelson los dejó pasar antes de alcanzar la puerta abierta y deslizarse hacia el interior.

El ambiente del bar de hotel era muy agitado, pero no tan indecoroso como lo sería una taberna en otras partes de Londres. Sin embargo, al caer la noche, las prostitutas y los carteristas salían, tanto para el deleite y la angustia de los hombres lo suficientemente valientes como para aventurarse en este lugar después de un horario apropiado.

Un barman estaba de pie cerca de las escaleras traseras que llevaban a las habitaciones de arriba. Nelson se acercó.

—¿Qué necesitas? —gruñó el barman.

—¿Ha visto alguna vez un León Blanco?

—Creo que tenemos un cuadro. La última puerta a la izquierda —el barman apartó su enorme cuerpo y dejó pasar a Nelson.

Los sonidos de las demás habitaciones indicaban que más de un alma había salido desde temprano a disfrutar de sus placeres.

Al llegar a la última puerta de la izquierda, sus nudillos crearon un patrón específico.

—Adelante.

Girando el pomo, Lewis abrió la puerta. Los dos hombres en la habitación lo miraron fijamente, uno sentado en el escritorio y el otro apoyado en la pared junto a la ventana. El hombre junto a la ventana tenía unos veinte años y el otro pasaba de los treinta; Lewis se dirigió a este último.

Hugo Waverly le hizo un gesto con la mano a Nelson.

—Ah, Lewis. El informe —regresó la mirada a sus papeles, con su cabello oscuro cayendo sobre sus ojos mientras pasaba las páginas, buscando algo. El hombre junto a la ventana, Daniel Sheffield, la mano derecha de Hugo, animó a Lewis con un movimiento de cabeza.

—He terminado de registrar la residencia Melbourne en busca del objeto que usted quiere. Me temo que no he podido encontrarlo.

Hugo frunció el ceño.

—Maldita sea. Debió habérselo llevado consigo cuando se marchó de Londres. ¿Algo más?

Nelson asintió.

—Lennox ha ido al Colegio de Civiles para obtener una licencia especial. Planea casarse dentro de dos días en Hampshire.

La pluma de Hugo dejó de garabatear en el pergamino. Levantó lentamente la cabeza.

—¿Casarse con quién? —le dio a cada palabra tal énfasis que incluso Lewis, quien se había criado en una guarida de ladrones, sintió escalofríos.

—Lady Melbourne.

La punta de la pluma se rompió, derramando tinta por la página. Sheffield se acercó al costado del escritorio de Hugo.

—¿Tienes algún otro dato? —preguntó Sheffield.

Lewis se paró más erguido, reconociendo la seriedad de los hombres frente a estas noticias.

—Essex, Rochester, Sheridan y sus esposas viajarán a Hampshire para quedarse con Lennox y asistir a la ceremonia.

Con un fuerte gruñido, Hugo arrugó el informe manchado y lo arrojó a la chimenea.

—Sheffield, debemos cabalgar hacia Escocia de inmediato. Tal vez no podamos retrasar la boda, pero *podemos* perturbar a la Liga lo suficiente como para terminar nuestra operación en el Caribe, si conseguimos más tiempo. La necesidad de obtener esos artículos de los que hemos hablado es aún más primordial —se cruzó de brazos, pensativo—. Joder. Fui un maldito estúpido. Cuando Lady Melbourne se marchó de Londres, su carta indicaba que había sido para luchar por recuperar sus propiedades. Pero si de alguna manera él la ha cortejado y conquistado, entonces esas propiedades quedarán expuestas a su escrutinio.

Hugo se pasó las manos por el pelo, con los ojos un poco desorbitados y el rostro convertido en una máscara de ferocidad, lo que hizo que Nelson diera un pequeño paso atrás.

—No podemos demorarnos. Si la mujer tiene el código, nuestros esfuerzos deben centrarse en llegar a las cartas antes que ella. Kincade no habría enviado esas cartas a Londres ante la posibilidad de que se perdieran en el camino. No, el hombre es demasiado precavido para eso. Apostaría mi vida a que él las tiene escondidas en algún lugar de su castillo, bajo una tabla del suelo o detrás de alguna piedra suelta. Las encontraré y las recuperaré y luego le quitaré el código a Lady Melbourne cuando el tiempo lo permita.

Sheffield asintió.

—¿Y si nos acercamos a los hermanos de la dama? Has mencionado una riña entre ella y su padre. Ellos podrían estar dispuestos a hacer nuestro trabajo por nosotros y recuperar a Lady Melbourne de las garras de Lennox para llevarla a su casa en Escocia, especialmente si creyeran que está en algún tipo de peligro.

—Excelente idea. Es mejor que ellos se involucren con la Liga en vez de nosotros. Secuestrar a alguien puede ser una tarea complicada —Hugo empezó a rebuscar entre los papeles de su escritorio. Él y Sheffield parecieron no darse cuenta de que Lewis seguía observándolos mientras hacían planes.

Sin levantar la cabeza, Hugo dijo:

—Puedes irte, Lewis. Si hay algún cambio, notifícalo aquí. Sheffield hará que te encuentres con un hombre. Lo conocerás como el Jabalí Negro.

—Entendido, señor —Lewis se dio la vuelta y huyó de la habitación. Waverly pagaba bien, pero había algo oscuro en esa habitación que inquietaba a Lewis. Más le valía regresar a la Casa Sheridan, donde "si te vi no me acuerdo" hasta que recibiera sus próximas órdenes.

LABIOS ARDIENDO DE DESEO, PALABRAS SUSURRADAS, LA SUJECIÓN de sus manos, aquellos ojos azules abrasadores...

Rosalind se despertó del sueño difuso que replicaba los acontecimientos de la noche anterior. El otro lado de la cama estaba frío. Ashton llevaba tiempo ausente. Se sentó y se protegió el cuerpo con la sábana. Anoche ella y Ashton habían hecho el amor, apasionadamente, salvajemente, y luego con ternura. Había sido inesperado y maravilloso, pero ahora se sentía arrepentida.

¿Por qué he accedido?

No había forma de escapar de esto. Iba a casarse con Ashton y él sería su dueño. Ella dejaría de serlo, una vez más.

Respira, solo respira.

Se cubrió la cara con las manos y respiró lentamente para calmar su corazón. Habría sido más fácil odiar a aquel hombre si la noche anterior no hubiera sido un amante extraordinario y generoso. Siempre parecía encontrar la manera de atraerla, de seducirla para que confiara en él.

Pero no se podía confiar en Ashton. Sus motivos para casarse con ella no tenían nada que ver con el amor, sino con cederle el control de sus propiedades. Poco importaba que él afirmara que se las devolvería en otro momento. Una vez que la tuviera a ella, no se vería obligado a cumplir esas palabras. No había trabajado arduamente los últimos años en la consolidación de su negocio solo para entregárselo a su mayor rival. ¿Cómo conseguiría salir de esta situación?

Un sirviente llamó a la puerta.

Se tumbó en la cama y se cubrió la cabeza con la manta para ocultarse.

—Adelante,

—Su Señoría, debería levantarse. Le he preparado un baño caliente y le he elegido un vestido —la voz de Claire llegó desde algún lugar por encima de ella.

Rosalind bajó las mantas.

—Bien.

Claire estaba de pie junto a la cama, sosteniendo una bata azul. Los ojos de su criada la evaluaron críticamente, como si buscaran daños.

—Debo decir que tiene buen aspecto, Su Señoría. ¿No ha habido daños? —la pregunta de Claire estaba cuidadosamente formulada.

—No. No ha habido daños —lo que había ocurrido anoche había sido totalmente consentido, y ella no fingiría que no había querido o aceptado acostarse con Ashton. Rosalind se deslizó fuera de la cama y se puso la bata. Después de una larga noche, no estaba preparada para lo que sabía que sería un largo día.

—Su Señoría volverá esta tarde para visitar la iglesia con usted. Lady Lennox la llevará a la ciudad con la señorita Lennox para elegir el ajuar de novia —Claire sonreía como una niña con zapatos nuevos.

—Claire, he jurado despreciar a Lennox, y tú estás sonriendo de oreja a oreja. Eres *mi* sirvienta, no la suya.

—Oh, pero lo soy, Su Señoría. Sé lo inteligente que es usted, y muy pronto lo tendrá comiendo de su mano. Eso es lo que usted quiere, ¿no? ¿Quitarle el control?

Rosalind no respondió mientras se acercaba a la bañera de cobre de Ashton. El vapor surgió del agua caliente, calentando su piel mientras se quitaba la bata y la colocaba sobre el brazo extendido de Claire.

—¿Los demás ya se han levantado? —entrecerró los ojos ante la pálida luz que entraba por la ventana.

—Sí. Ha dormido casi hasta el mediodía. Estaba profundamente dormida las últimas veces que la vi —Claire se paseó por la mesa junto a la bañera, colocando un cepillo y algunos broches para el pelo.

Rosalind gimió.

—¿Mediodía?

¿Cómo había dormido hasta tan tarde? Siempre había tenido el sueño ligero y se despertaba al amanecer —a veces antes—, para empezar el día. Rara vez dormía toda la noche. Las noches que lo hacía, los demonios de su pasado solían aparecer en forma de pesadillas que la perseguían hasta la mañana. Sin embargo, anoche había dormido como un bebé en la cama de Ashton.

—Si no es demasiado atrevido de mi parte decirlo, a veces un hombre en la cama puede ayudar a una dama a dormir —Claire estaba de espaldas mientras doblaba una toalla, pero Rosalind sabía que su criada estaba sonriendo. Podía oírlo en su voz.

—No veo cómo. El maldito zoquete ha ocupado la mayor parte de la cama y ha dejado poco espacio para mí —y se había visto obligada a acurrucarse en el cuerpo de Ashton, lo que significaba que él la había rodeado con un brazo toda la noche. *Maldito hombre exasperante... maravilloso...* Con un pequeño gruñido de enfado, frotó una barra de jabón sobre su piel.

—Supongo que esto se remonta a los viejos tiempos —susurró Claire mientras colgaba la bata en una clavija junto a la puerta.

Rosalind extendió la espuma del jabón sobre su cuerpo.

—¿A qué te refieres? —el olor la golpeó, un aroma varonil. El de Ashton. Los recuerdos de la noche anterior la invadieron y dejó caer el jabón, salpicando agua fuera de la bañera. Se echó el pelo hacia atrás y luego rebuscó en el fondo de la bañera hasta encontrar la cosa resbaladiza.

—A una mujer le gusta saber que estará a salvo, que alguien la protegerá. Lo odie o lo ame, Lord Lennox es un hombre que protege lo que es suyo. Anoche pasó a ser suya, y en el fondo, usted sabe que él la cuidará, Su Señoría. Por eso ha dormido muy bien.

—¿Cómo supiste lo que pasó anoche? El matrimonio, quiero decir.

Claire se encogió de hombros.

—Los sirvientes siempre se enteran primero de estas cosas. Los susurros se propagan como el fuego en los pasillos de cualquier gran casa.

—Así que toda la *casa* sabe que vamos a casarnos —la idea de que todo el mundo conociera su vergonzosa situación le provocó un punzante dolor detrás de los ojos.

—Sí, pero... —Claire hizo una pausa—. El personal parece fascinado por la idea de que su amo se case. Dicen que nunca antes ha mostrado un interés duradero por una dama, al menos no con el objetivo de casarse, y según las criadas, nunca ha tenido una mujer de visita en la Casa Lennox.

—No fui exactamente invitada —le recordó Rosalind. Se enjuagó el pelo y echó un vistazo a su alrededor en busca de una toalla. Su criada le tendió una.

—¿Y bien? —preguntó Claire.

—¿Y bien qué? —su respuesta fue un poco más dura de lo que pretendía, pero la idea de que todo el mundo conociera los detalles íntimos de su vida privada había resultado molesta.

—¿Es cierto que está mostrando favoritismo hacia ti?

Rosalind soltó un bufido burlón.

—Si por favoritismo te refieres a chantajearme, hacer que apueste mi futuro en una partida de ajedrez, engañarme sobre su habilidad en el juego y seducirme con unos besos malditamente buenos para que me acueste con él, entonces sí, soy su favorita.

Claire se mordió el labio para no reírse.

—¿Qué? —espetó Rosalind.

—¿Besos malditamente buenos? Oh, Su Señoría, no debemos permitir que eso vuelva a suceder —la diversión suavizó el tono sarcástico de Claire.

—¡No es gracioso!

—Por supuesto que lo es, Su Señoría. Parece todo un hombre, y está luchando contra el hecho de que a usted le gusta —Claire soltó una risita.

—¡No me gusta! —Rosalind se echó a reír, a pesar de sus mejores intentos por no hacerlo. Estaba luchando contra el hecho de que Claire tenía razón.

Claire sonrió.

—Usted lo conquistará. Yo diría que en quince días estará comiendo de la palma de su mano.

Tranquilizándose, Rosalind terminó de secarse el pelo con un paño y volvió a la alcoba de Ashton. Colgado sobre una de las sillas, encontró el vestido de muselina rosa claro de Jaconet que su criada había elegido, junto con unas medias blancas decoradas con brotes de primavera en los tobillos. Un chal azul cielo, guantes blancos y medias botas del mismo color completaban su atuendo. Sería elegante, pero también resaltaría su figura. Claire había elegido bien. Si iba a padecer este asunto del matrimonio, más le valía estar bella.

—¿No hay capota? —Rosalind se sentó en una silla para ponerse las medias.

—Cielos, no. Sería una pena ocultar su cara en un día como hoy.

Rosalind se vistió rápidamente y dejó que Claire le arreglara el pelo con rizos sueltos y un hilo de seda azul a modo de diadema alrededor de la cabeza al estilo griego.

—Ellos están teniendo un almuerzo tardío, si está preparada —añadió Claire mientras Rosalind se dirigía a la puerta.

El comedor estaba vacío excepto por dos personas, Charles y Rafe. Cuando Rosalind los vio, se detuvo en seco en la puerta.

—He oído que debo felicitarla —Rafe levantó un vaso de zumo en su dirección y luego hizo una mueca de dolor, tocándose el brazo. El brazo que ella sabía que había recibido su bala cuando él había robado su carruaje.

Conteniendo su arrebato de ira, Rosalind se acercó para ocupar una silla junto a él. Y entonces, sin previo aviso, le dio un puñetazo en la herida oculta.

Rafe chilló, apartándose de ella, con sus ojos azules brillando con frialdad.

—¡Joder!

—Me aseguraste que era un jugador de ajedrez mediocre. *Mentiste*.

Charles hizo un gran espectáculo al acomodarse para observar la escena frente a él, dando un sorbo a su té.

—Por supuesto que mentí. ¡Me disparaste! —gruñó Rafe.

—Y tú me has *robado*, canalla. ¿Creías que no me iba a dar cuenta de que eras tú aquella noche en el camino? ¡Exijo que me devuelvas mi dinero de inmediato!

—¡Claro que no! Considéralo un peaje, ¡maldita diablilla!

—¡No me llames así! —replicó ella.

—Ash te llama así —señaló Charles. Tanto Rosalind como Rafe le lanzaron miradas furiosas.

—Bueno, él va a ser mi marido y se lo permito porque lo dice de forma dulce. A diferencia de ti, ¡sinvergüenza ladrón!

Rafe intentó levantarse de su silla, pero Rosalind volvió a golpear su brazo herido. Rafe gritó mientras su silla se volcaba y él caía de espaldas al suelo.

Charles aplaudió, incluso cuando Rosalind le dirigió una mirada furiosa.

—Soy un pugilista. No puedo evitar admirar un buen golpe. Por favor, continúa.

Rafe se puso en pie, sosteniendo su brazo herido y fulminándola con la mirada.

—Espero que vuelvas loco a Ashton. Se merece una arpía como tú —y se marchó, dejándola a ella y a Charles solos.

—No dejes que te moleste. Rafe siempre ha sido un poco imbécil. Él y Ashton son muy diferentes y rara vez se ponen de acuerdo.

Rosalind se calmó y se apartó unos mechones de pelo de la cara.

—¿No oíste lo que dije? Ese hombre me ha *robado*. Él fue la razón por la que tuve que caminar hasta aquí bajo la lluvia y el barro.

Charles frunció el ceño, aunque todavía parecía algo divertido.

—Sí, Ash me había advertido sobre esa posibilidad. Siento curiosidad por ver cómo se ocupará del hombre cuando regrese. Sospecho que consideró el incidente como una especie de broma. Tiene suerte de que Rafe no tuviera intención de hacerte daño.

—Él tiene suerte de que la tormenta me haya cegado, o mi tiro le habría dado en el pecho, no en el brazo.

—Bastante sanguinario de tu parte. No es sorprendente para

una dama de Escocia. Tu gente sigue siendo guerrera de corazón. Sobre todo tus hermanos.

—¿Mis hermanos? ¿Los conoces? —Rosalind se paralizó, un poco asustada. La idea de que su pasado chocara con su presente en un momento tan crítico de su vida le produjo escalofríos.

Charles lamió un poco de miel en sus dedos antes de dejar una tostada en su plato.

—Oh, sí. Godric y yo tuvimos una pelea con ellos el año pasado, o algo así. Nunca en mi vida había visto un trío como ellos. Cabezas como rocas y puños como yunques. Poco importaba el número de puñetazos, no parecían hacerles nada.

El corazón de Rosalind saltó a su garganta.

—¿Peleaste con ellos? ¿Por qué?

Charles se sonrojó.

—Es posible que Godric y yo hayamos seducido a algunas dulces muchachitas en una taberna de Edimburgo. Creo que las chicas habían prometido inicialmente ir a casa con tus hermanos. Eso fue antes de conocernos, por supuesto. Decidieron que nosotros podríamos ser más divertidos. Tus hermanos se ofendieron —esbozó una amplia sonrisa—. Fue una de las pocas peleas de las que he huido. Unos sujetos aterradores, tus hermanos.

—En efecto, aterradores —masculló ella, pero ellos no eran los verdaderos terrores de la familia. Charles no tenía ni idea de qué clase de monstruo era su padre. Sus hermanos eran buenos hombres y, desde que tenía memoria, nunca habían lastimado a quienes no se lo merecían. Pero sí disfrutaban de las mujeres y, como Rosalind, tenían temperamento. No le sorprendió demasiado descubrir que habían peleado con los amigos de Ashton por unas mujeres.

—Debo admitir que no puedo creer que pensaras que Ash sería un mal jugador de ajedrez. ¿Qué te hizo pensar eso, aparte de confiar tontamente en Rafe? Es un juego de lógica. Parece natural que él sobresalga en ello —Charles se reclinó en su silla y tamborileó los dedos, observándola.

Al encontrar su mirada, Rosalind se encogió de hombros.

—Cuando alguien está desesperado, es probable que crea en cosas que de otro modo no creería. Sobrestimé la aversión de Rafe hacia su propio hermano, y subestimé su aversión hacia *mí*.

—Bueno, le *disparaste* al hombre. Eso haría que cualquier sujeto decente fuera un poco vengativo —Charles terminó de comer su tostada.

—¿Cuántas veces tengo que decirlo? ¡Él me ha *robado*! —golpeó su taza de té contra la mesa, haciéndola vibrar.

—Mmm, sí, eso has dicho —Charles titubeó, pensativo—. Y ahora debes casarte con Ashton.

—Sí —Rosalind finalmente comió un poco del almuerzo y se sirvió un poco de mermelada.

Joanna irrumpió en la habitación. Una mujer encantadora con el rostro radiante en un vestido de muselina azul claro.

—¡Rosalind! ¿Qué te parece? —dio una pequeña vuelta y se detuvo en seco al ver a Charles. Sus mejillas se tiñeron de rojo.

—Es perfecto.

—Estás preciosa, Joanna —añadió Charles.

—Gracias, Charles —bajó un poco la cabeza mientras se sentaba junto a Rosalind—. ¿Es cierto? ¿Tú y Ashton estáis oficialmente comprometidos? A mamá le preocupaba que no ocurriera, ¡pero Ashton le dijo esta mañana, antes de irse, que él estaba fijando una fecha! —la esperanza en su voz sorprendió a Rosalind. Llevaba pocos días conociendo a Joanna, pero actuaba como si se tratara de una noticia que esperaba desesperadamente que fuera cierta.

—Sí, es verdad.

—¡Es maravilloso! Oh, Rosalind... Espera, ¿puedo llamarte así?

—Por favor.

—¡Estoy tan feliz por vosotros! ¡Por nosotros! —la sonrisa de Joanna era contagiosa—. Siempre he querido tener una hermana.

—Joanna, tienes una. ¿O te olvidas de Thomasina? —preguntó Charles.

—Se casó cuando yo aún era una niña. Será maravilloso tenerte aquí. Con Rafe y Ashton cerca, siempre estoy en desventaja.

Rosalind le dio una palmadita en la mano.

—¿Pero no te casarás pronto y tendrás tus propios hijos?

Joanna palideció.

—Mis temporadas no han ido bien. Ni una tarjeta, ni una llamada a la casa. No sé qué me pasa para que ningún hombre...

—Mira, Joanna —gruñó Charles—. No te culpes a ti misma. Es tu hermano el que ahuyenta a los hombres, aunque no sea su intención. Sucede lo mismo con mi hermana Ella. No encuentra un alma que la corteje porque todos los hombres sensatos creen que los yo pondría a prueba en el ring de Fives Court.

—¿Y tú lo harías? —preguntó Rosalind.

—Por supuesto. Cualquiera que no pueda superarme no podrá entrar en mi salón.

—Eso no parece justo para tu hermana.

Charles se encogió de hombros.

—Así son las cosas.

Esa declaración empeoró las cosas por la forma en que el rostro de Joanna perdió color.

—Entonces nunca tendré una oportunidad.

—No, no digas eso. Yo puedo ayudarte. Ashton y yo lo haremos —si Rosalind iba a formar parte de esta familia y Joanna quería casarse, lo menos que podía hacer era ayudarla con eso.

—Gracias —los ojos de Joanna volvieron a brillar—. ¿He oído que hoy vamos a comprar tu ajuar?

—Eso parece —Rosalind soltó una risita—. No veo la hora.

—¿Ir de compras? Dios, qué aburrimiento —Charles empujó su silla hacia atrás y se levantó de la mesa—. Iré a cabalgar un poco.

Rosalind y Joanna terminaron su comida antes de salir del comedor.

Un lacayo se acercó.

—El carruaje está listo. Lady Lennox ya está esperando.

—Gracias —Joanna cogió el brazo de Rosalind mientras caminaban hacia el carruaje—. ¿Puedes creerlo? Realmente vamos a casar a mi hermano.

Rosalind suspiró. Sí, y con ello estaba sellando su propio destino.

CAPÍTULO 18

—Si tengo que mirar otra capota, moriré —Rosalind se carcajeó al salir de la sombrerería.

Joanna bostezó.

—Lo sé. No sabía que habría tantos para probarse.

Después de pasar dos horas en varios establecimientos de ropa buscando vestidos y otros artículos necesarios para un ajuar de novia, el lacayo de la Casa Lennox estaba lleno de cajas apiladas tan alto que apenas podía ver. Rosalind y Joanna no dejaban de soltar risitas cada vez que el pobre hombre chocaba con algo mientras caminaban por la calle.

Regina se unió a ellas, poniéndose los guantes.

—Creo que hemos comprado la mitad de las tiendas —asintió con la cabeza en dirección al lacayo—. Gracias, Jacob. Hemos terminado por hoy. Creo que es hora de volver a casa.

—Sí, estoy hambrienta —Joanna colocó una mano en su estómago—. Me perdí el almuerzo porque... bueno, Charles estaba allí, y ese hombre siempre me pone muy nerviosa. Además, Ashton llegará pronto a casa.

El corazón de Rosalind dio un vuelco, uno violento. *No debería estar tan emocionada por verlo.* Se recordó a sí misma que él la había engañado para disputar aquella partida de ajedrez. Ese engaño merecía un ajuste de cuentas.

Pero entonces Ashton la había llevado a la cama y había cambiado sus ideas sobre hacer el amor. Nunca imaginó que un hombre y una mujer pudieran unirse con tanta pasión. Y después había caído en un sueño profundo, sintiéndose más segura que nunca.

Ahora, por primera vez, había ido de compras con otras dos mujeres y se había divertido, a pesar de haberse probado demasiadas capotas. Había sido un día de bromas frívolas en lugar de negocios difíciles y tratos con hombres que desestimaban constantemente sus talentos. Rosalind temía confiar en que la vida pudiera concederle semejante lujo durante mucho tiempo. Pero esa pequeña y traicionera emoción llamada esperanza la hacía desearlo más de lo que debería.

Ascendieron al carruaje que las esperaba mientras el lacayo subía las cajas.

Regina y Joanna sonreían mientras veían a Rosalind quitarse los guantes y meterlos en su reticule.

Rosalind se percató de ello y las miró con cierta preocupación.

—¿Qué?

¿Había algo raro en su ropa? ¿El peinado se le estaba cayendo?

—Pareces *feliz*, querida —señaló Regina—. Por primera vez desde que te conozco, pareces estar a gusto.

—¿De verdad? —Rosalind no había pensado mucho en ello, pero se sentía relajada.

—Sé que Ashton puede ser sumamente autoritario a veces —añadió Joanna—, pero creo que está feliz de casarse contigo. Lleva años sin sonreír de esta manera.

Eso no debería haber importado, pero en el momento en que Joanna lo dijo, Rosalind no pudo evitar una oleada de nervios mientras pensaba en Ashton y sus sonrisas. Podían ser encantadoras cuando él no se mostraba demasiado distante.

Rosalind miró por la ventanilla del carruaje a medida que se alejaba, perdida en sus pensamientos e intentando ocultar el pequeño miedo en su interior con respecto a lo que ocurriría cuando sus sueños se hicieran añicos. Pronto pasaron por el arroyo Kingsley, con las aguas elevadas por las recientes tormentas.

De repente, una mujer pasó corriendo junto a la orilla, agitando una mano hacia el carruaje. Rosalind se incorporó en su asiento cuando el vehículo se detuvo en seco. Las damas estuvieron a punto de caerse por la rápida parada.

—¿Qué pasa? —preguntó Regina, elevando la voz.

—Hay una mujer. Parece alterada —dijo Rosalind, abriendo la puerta del vagón y bajando de un salto.

El rostro de la mujer estaba tenso por el miedo mientras las veía bajar. Sus ropas estaban mojadas y su gorro de lino blanco estaba torcido.

—Su Señoría, por favor, perdóneme —se detuvo e hizo una reverencia frente a Regina.

—Señora Stadley, ¿qué pasa?

La mujer se limpió las lágrimas de los ojos.

—Es mi marido. Estaba intentando arreglar la rueda del molino. Él estaba aferrado a un costado de la rueda cuando esta se soltó de aquello que la había estado sujetando, ¡y me temo que lo ha hundido! Me asusta que vaya a... —la mujer temblaba con fuerza y no dijo la palabra, pero todos sabían lo que estaba pensando. *Ahogarse.*

—¿Cuánto tiempo ha estado sumergido? —preguntó Regina.

—Luchó para mantenerse a flote, pero se hundió justo cuando vi a vuestro carruaje acercarse por el camino.

Las mujeres se apresuraron a salir del carruaje y dirigirse a la orilla del río.

La gigantesca rueda de madera estaba girando y el agua caía de los paneles.

Rosalind se adelantó.

—Necesito que alguien me ayude a quitarme el vestido.

La madre de Ashton la miró boquiabierta.

—No puedes entrar a buscarlo. Es demasiado peligroso.

—Le aseguro que sé nadar bastante bien, y parece que no hay nadie más por aquí que pueda ayudar al hombre a tiempo. Joanna, por favor, ayúdame —Rosalind le dio la espalda mientras Joanna se apresuraba a desatar los lazos del vestido. Luego se quitó las medias y se precipitó hacia el río.

—Por favor, señorita, no... —empezó la señora Stadley, pero Rosalind se lanzó al agua, ignorando cualquier otra palabra.

El agua fría la consumió en su totalidad. Usando las raíces contra la orilla del río, se detuvo mientras miraba a través de la penumbra de las turbias profundidades. Apenas pudo distinguir la forma oscura y amenazante de la rueda que giraba lentamente, y allí lo vio, un cuerpo orientado hacia el fondo del río. Un hombre luchaba por liberarse de una rama submarina que había atrapado la parte trasera de sus pantalones. Debió hundirse cuando se liberó de la rueda, quedando atrapado en el fondo.

Hacía años que no tenía que nadar así. Moviendo fuertemente los pies, consiguió llegar hasta él. El hombre se sacudió sorprendido cuando Rosalind sujetó uno de sus brazos. Sus mejillas estaban infladas, como si estuviera luchando por contener su última bocanada de aire. Ella se aferró al dobladillo de sus pantalones cerca de la parte baja de la espalda y clavó las uñas en el hilo. El hombre se quedó quieto mientras ella luchaba por desprender la tela de la rama. De pronto, se sacudió violentamente y se quedó sin fuerzas. El aire se le escapó de la boca justo cuando Rosalind lo liberó de la rama.

Con los pulmones ardiendo, Rosalind rodeó al hombre con un brazo y se abrió paso a través de las agitadas aguas hacia la superficie.

La luz parecía muy lejana y el cuerpo del señor Stadley la hundía.

Debo... seguir... avanzando...

ASHTON CORRIÓ POR EL CAMINO QUE LO LLEVARÍA A SU CASA, A la Casa Lennox, y a Rosalind. Su corazón latía demasiado rápido ante la idea de volver a verla. Los pesados cascos marcaban un ritmo errático en el camino de tierra, pero él apenas lo sentía. El viaje fue un borrón mientras se perdía en los pensamientos sobre Rosalind y lo que ella le hacía sentir.

No. No puedo dejar que ella me afecte así. Es lujuria. Nada más.

Después de lo que habían compartido la noche anterior, la lujuria debía ser la causa de su desesperación por volver a estar cerca de ella. Hacía meses que no encontraba tanto placer con una mujer, y la noche anterior le había recordado lo mucho que echaba de menos la intimidad física.

Pronto volvería a tener esa intimidad al alcance de la mano, para recurrir a ella siempre que lo deseara. Los papeles doblados de la licencia especial que llevaba en su abrigo eran una garantía de ello.

El aroma de la brisa estaba impregnado de flores de primavera. El arroyo Kingsley, un pequeño río, estaba justo por la curva donde los árboles comenzaban a escasear. Esperaba que Rosalind amara las tierras Lennox tanto como él y que quisiera quedarse aquí con él cuando no estuvieran trabajando en Londres. Con su madre de buen humor después de haberle contado sus planes, estaba convencido de que dejarían de discutir, al menos un poco. De ser así, Ashton sería libre de llegar a casa con más frecuencia. Estaba perdido en sueños y planes mientras frenaba su caballo a un trote más lento a medida que se acercaba al río.

Un carruaje estaba detenido más adelante, justo al lado del camino, y varias damas estaban de pie en la orilla, con sus faldas ondeando con la brisa contra sus piernas. Contemplaban el río donde estaba el molino Stadley. Una cuarta mujer saltó al agua y desapareció. Una escena extraña, por decir lo menos.

Al acercarse, el corazón se le subió a la garganta al reconocer que su madre y su hermana eran dos de las tres mujeres que estaban en la orilla. La tercera era la esposa del molinero.

Ashton se fijó rápidamente en la escena, observando que la

ropa de la mujer del molinero estaba empapada y que un hermoso vestido de paseo yacía abandonado en la orilla del río. Todos en la orilla miraban el agua junto al molino. El lacayo y el chofer estaban empapados, como si también hubieran estado en el agua. De pronto, Ashton dejó de respirar. ¿Dónde estaba Rosalind? ¿Ella no había...? La cuarta mujer saltando al agua...

Pateó su caballo con fuerza, haciéndolo galopar el resto del camino hasta la orilla. Una vez que se acercó a ellas, bajó de un salto.

—¿Madre?

—¡Oh, Ashton! ¡Rápido, ve tras ella! —Regina señaló el río, con el rostro pálido.

—¿Dónde está Rosalind? —incluso mientras pronunciaba las palabras, un terrible nudo se formó en su estómago—. ¿Qué ha pasado?

—Está intentando rescatar al señor Stadley, pero lleva demasiado tiempo sumergida —Regina se retorcía las manos, con los ojos muy abiertos por el terror. Sabía que ni su madre ni su hermana sabían nadar bien, o una de ellas habría intentado encontrar a Rosalind.

Ashton se quitó el abrigo y las botas, arrojándolos junto con los papeles de la licencia especial hacia el chofer de su madre.

—¡Que no se mojen! —gritó antes de lanzarse.

No podía perder a Rosalind, no cuando finalmente iba a ser suya.

Ashton cayó al agua cerca de la rueda y las heladas profundidades lo dejaron momentáneamente en estado de shock. No podía distinguir gran cosa en la oscuridad. La mayor parte del suelo había sido agitado por las aguas y las personas que se encontraban en su interior.

¿Dónde estaba Rosalind? El miedo que bullía en su interior era tan asfixiante como las propias aguas. ¿Y si no la encontraba a tiempo? ¿Y si la perdía?

Un destello blanco en la oscuridad, un movimiento rápido, llamó su atención justo cuando sus pulmones empezaban a arder. No podía permanecer sumergido, no sin respirar dentro del río.

Con una maldición silenciosa, pataleó hacia la superficie y aspiró una bocanada de aire.

—¿La has visto? —la frenética voz de Joanna resonó por encima del agua agitada que lo rodeaba, interrumpiendo el zumbido de sus oídos.

Ashton negó con la cabeza, inhalando profundamente, a pesar de que su pecho ardía y su cuerpo temblaba.

Justo cuando se disponía a sumergirse de nuevo, Rosalind apareció cerca de él, jadeando. Uno de sus brazos estaba ceñido alrededor del pecho del señor Stadley. El molinero parecía estar inconsciente.

—¡Gracias a Dios! —vociferó y se aferró a ella, casi aplastándola.

—¡Lennox, suéltame! ¡No puedo permanecer sobre el agua! ¡Llévatelo! —obedientemente, cogió el cuerpo de Stadley y lo arrastró hasta la orilla—. Tenemos que reanimarlo —Rosalind jadeó mientras se desplomaba de rodillas junto al hombre inconsciente—. Tiene agua en los pulmones.

Ashton hizo rodar a Stadley sobre su espalda y apoyó sus manos sobre el pecho del hombre, ejerciendo presión.

De pronto, el molinero tosió mientras expulsaba agua de sus pulmones. Ashton lo ayudó a ponerse de lado, donde siguió tosiendo violentamente. La señora Stadley, llorando, se precipitó hacia ellos y abrazó a su marido.

Ashton miró por encima de las cabezas de la pareja reunida para ver a Rosalind con el rostro pálido mientras ella misma tosía un poco. Se puso de pie y se acercó a ella, levantándola suavemente para que se pusiera de pie.

—¿Estás herida? —le preguntó, estudiando su rostro en busca de signos de angustia. Ashton apenas podía pensar, apenas podía respirar después del miedo y el pánico vividos en los últimos segundos cuando pensó que no la encontraría a tiempo.

Ella negó con la cabeza.

—No.

La ira lo invadió. Ella podría haber muerto. ¿En qué demonios había estado pensando para sumergirse tras un hombre cuando podría ahogarse ella misma?

—Bien. Porque cuando lleguemos a casa, pienso ponerte la mano en el trasero. ¿Cómo has podido asustar así a mi madre y a mi hermana? —casi había admitido que él había tenido más miedo. Pensar en ella perdida en el río... parecía muy reciente. Cerró los ojos, intentando contener los recuerdos.

El agua helada, gritos masculinos, un cuerpo envuelto en cuerdas mientras forcejeaba, gritos furiosos luchando con gritos racionales. Tres hombres se habían hundido aquella noche, y uno de ellos no había vuelto a salir. Charles y Hugo habían salido a la superficie, y todos ellos habían buscado a un joven que jamás volverían a ver. Hugo se había arrastrado hasta la orilla opuesta sobre sus manos y rodillas, con su voz llena de angustia y luego de rabia mientras maldecía a Charles y a todos los que habían estado con él, mandándolos al infierno.

Ashton abrió los ojos.

—Fue algo valiente lo que hiciste, salvar a Stadley. Pero júrame que no volverás a hacer algo tan estúpido. No puedo perderte, ¿entiendes?

Una extraña emoción llenó los ojos de Rosalind, pero no habló de inmediato. Debió vislumbrar parte del dolor y miedo de Ashton porque asintió lentamente.

—Lo siento —susurró Rosalind.

—Vamos, debemos volver al carruaje.

El alivio comenzó a abrumar su ira y Ashton se sintió más cerca de su ser habitual. Rosalind estaba a medio camino de la orilla del río cuando él se dio cuenta de que estaba en ropa interior. Sus enaguas y su vestido estaban tirados junto al carruaje. Su pánico lo había hecho olvidarse de ello, y al parecer ella también; de lo contrario, se habría lanzado a por su vestido.

—Rosalind, espera —la alcanzó y apoyó una mano en su espalda—. Estás mostrando una imagen demasiado tentadora para los hombres, cariño. Quédate aquí —le hizo un gesto para que permaneciera agachada detrás del banco inclinado mientras él llamaba al conductor.

—Trae mi abrigo, pero saca los papeles del bolsillo interior —esperó a que el hombre lo hiciera. Luego regresó a la orilla.

—Ponte esto. Te cubrirá lo suficiente para mantenerte caliente.

Temblando, Rosalind dejó que le deslizara el abrigo sobre su cuerpo. Un repentino destello de un recuerdo del año pasado casi lo hizo sonreír. Él había ayudado a Godric a proteger a Emily cuando este se había caído del caballo sobre un lago y ella lo había perseguido. *Ahora estoy protegiendo a mi mujer.*

—Ashton, ¿estás bien, hijo mío? —su madre y Joanna lo miraban fijamente.

—Estoy bien. Todos estamos bien. Solo he tenido un pequeño susto —ellas no tenían idea de cuán cierto era eso.

—Haz que el conductor sujete el caballo de Ashton a la parte trasera del carruaje —le dijo su madre a Joanna. Luego metió a Ashton y a Rosalind en el vehículo.

Su madre le acarició el hombro a su hijo y tocó la mejilla de Rosalind.

—Ambos necesitaréis baños calientes y sopa. Quiero que os quedéis junto al fuego en vuestra habitación hasta la cena. No necesitamos que nadie se enferme por el frío.

Ashton se sentó junto a Rosalind y, antes de que ella pudiera protestar, la subió a su regazo y acercó su cuerpo al suyo, sin importarle en absoluto que su madre lo considerara escandaloso.

Su prometida se resistió, pero él la sujetó y le acercó los labios a la oreja.

—Descansa y acepta el calor de mi cuerpo. Lucha conmigo más tarde, cuando estés caliente y seca.

Después de un momento, su cuerpo se relajó y toda la tensión pareció salir finalmente de ella. Ashton ignoró las miradas preocupadas de su madre y su hermana.

—Has hecho algo muy valiente, querida —su madre se

inclinó y dio unas palmaditas en la mano de Rosalind—. Muy valiente —al decir esto, su voz tembló ligeramente.

Ashton reprimió un gruñido.

—¡Arriesgó su maldita vida!

—Y salvó la vida del señor Stadley —interrumpió Joanna.

Él esperó, con la expectativa de que Rosalind saliera en su defensa, pero ella no dijo nada. En lugar de eso, permaneció inmóvil en sus brazos y, ocasionalmente, un pequeño escalofrío la hacía temblar. Esto solo hizo que Ashton la abrazara con más fuerza.

Rosalind se sentó en su regazo, con el mentón erguido y decidido.

—No dejaré que me pongas una mano encima —advirtió en voz baja.

—¿Qué? —Ashton no estaba entendiendo.

Sus ojos brillaron con un fuego interno.

—Dijiste que me pondrías una mano en el trasero. No te lo permitiré. Por ninguna razón. Y menos por hacer lo correcto.

Ashton la estudió; ojos muy abiertos, la línea firme de sus labios y los puños cerrados contra sus costados. Y entonces todas las piezas del rompecabezas encajaron en su lugar. Su padre solía golpearla. Rosalind no entendía ni un poco sobre los juegos de cama sensuales y las amenazas burlonas en comparación con el daño real.

—Estaba enfadado, y no debería haber dicho eso. Estaba muy asustado —esperaba que esta confesión le permitiera despertar parte de la confianza de Rosalind. Tenía que hacerle ver el miedo que había sentido cuando pensó que ella se había ido.

—¿Porque perderías tu propiedad? —ella no le escupió a la cara, pero por la forma en que había lanzado esas palabras en un tono suave y rencoroso, bien podría haberlo hecho.

—No, porque yo... —se frotó las sienes con las palmas de las manos, conteniendo las palabras que lo expondrían. Ella nunca podría saber que él comenzaba a preocuparse por ella, no tanto como Ashton lo hacía. Rosalind no dudaría en usar eso contra él.

—Porque, ¿qué?

Ashton se tomó un largo momento para responder, analizando cuidadosamente sus palabras y recordando que su madre y su hermana también estaban allí.

—Cuando comprendí que estabas bajo el agua, entré en pánico. Una vez te conté que Charles casi se ahoga en un río. Lo que no te dije es que otro de mis amigos sí se ahogó esa noche. Fue una de las peores noches de mi vida. No podía perderte de esa manera.

Si la perdía, eso lo mataría. Iba a hacer todo lo posible para mantenerla a salvo.

CAPÍTULO 19

El peso de tres miradas femeninas hizo que a Ashton se le apretara el estómago. Su madre y su hermana no sabían nada de lo que había ocurrido todos esos años. Aparte de los estudios, sabían que había creado profundos vínculos con sus amigos. Y eso era todo. Y no había planeado contarle más a Rosalind, a menos que fuera necesario. Ella se separó de su abrazo para mirarlo fijamente, con esos ojos grises suaves como plumas de paloma.

La primera vez que fue a Cambridge, no tenía amigos. La muerte de su padre y sus posteriores deudas habían destruido sus conexiones sociales. Un año después de su llegada, había hecho verdaderos amigos, a los que había llevado a su casa para que conocieran a su familia. Pero nunca había compartido cómo había conocido al resto de la Liga.

—Ashton, no sabía nada de eso —dijo su madre, con los ojos tan abiertos como platillos de la vajilla de la familia Lennox.

—Es un mal recuerdo. Nunca quise compartir esa carga con nadie más.

—Lo siento mucho —volvió a susurrar Rosalind.

Ashton apoyó su frente contra la de Rosalind y le acarició la espalda. Podía enfurecerse con él todo lo que quisiera, pero

Ashton no se retractaría de su rabia ni de su miedo ante la idea de verla lastimada.

Cuando el carruaje se detuvo frente a la Casa Lennox, dejó salir primero a su madre y a su hermana, luego a Rosalind. Sus ropas mojadas chirriaron mientras caminaban hacia la puerta principal. El mayordomo les abrió la puerta, alzando las cejas al percatarse de su aspecto.

—Nos hemos metido al río, algo rápido —dijo Ashton secamente.

—Ya veo —los labios del mayordomo se movieron, pero sabía que no debía reírse.

—Envía a un lacayo para que prepare un baño, y manda llamar a la criada de Lady Melbourne —añadió.

Rosalind se apresuro a subir las escaleras, ansiosa por quitarse la ropa mojada, y Ashton se apresuró a alcanzarla, cogiéndola de la mano justo cuando llego al ultimo escalón.

—Rosalind, espera —su rostro estaba pálido y su cuerpo temblaba. Ella levantó la cabeza, desafiándolo en silencio. ¿A hacer qué? No estaba seguro.

Frustrado por su continua resistencia, la alzó en brazos y la cargó el resto del camino.

—Tengo piernas —le recordó ella.

—Las tienes. Unas piernas preciosas. Pero te cargaré el resto del camino porque me apetece.

Rosalind se mordió el labio al principio, luego asintió imperiosamente, permitiéndole continuar.

Lowell, el ayuda de cámara, estaba doblando camisas y se paralizó cuando Ashton entró en la habitación con su feroz mujercita en brazos.

—Ya fue suficiente. *¡Bájame!* ¡Me estás avergonzando delante de Lowell! —siseó Rosalind, con las mejillas sonrosadas.

—Discúlpanos —Ashton llevó a Rosalind hasta la cama y la dejó caer sobre ella. Su criado se sonrojó y huyó de la habitación.

El silencio en la habitación pronto se llenó de tensión. Ashton miraba fijamente a su pasional futura esposa, preguntándose si ella justificaría toda la interminable exasperación. Entonces, antes de que pudiera pensarlo bien, le cogió la cara y acercó su boca a la de ella. Tenía que besarla, estrecharla entre sus brazos y asegurarse de que estaba bien. Su dulce sabor disipó cualquier duda que pudiera tener. La mujer, una vez que dejó de sorprenderse, devolvió el beso como en un sueño. Rosalind se puso de rodillas sobre la cama para estar a su altura y le rodeó el cuello con los brazos.

Tambaleándose, cayó sobre la cama, con su cuerpo bajo el suyo mientras seguía besándola. Ansiaba la forma en que Rosalind se movía debajo de él, con sus manos sujetando su pelo tal y como a él le gustaba. La bestia que tenía en su interior, la que se había enfurecido y había entrado en pánico ante la idea de perderla, cesó sus inquietantes movimientos. Ashton se relajó, frenando sus besos, y la respuesta de Rosalind se redujo en la misma medida. Luego, simplemente se miraron el uno al otro.

—Por favor, no vuelvas a asustarme así —su voz era áspera por las emociones que no podía conciliar.

Los ojos grises de Rosalind tenían una expresión soñadora que suavizaba sus orbes normalmente ardientes. Ella deslizó sus dedos a lo largo de su mandíbula, desde la barbilla hasta la oreja.

—Lo siento, milord.

—Por favor, llámame Ashton. Parece que solo lo haces algunas veces.

—Ashton —respiró ella y se inclinó para volver a depositar un beso en sus labios. El cuerpo de Rosalind se estremeció.

—Deberíamos meterte en la bañera. No puedo seguir mojándote, no así.

Los labios de Rosalind se movieron como si entendiera la pequeña broma que él había hecho.

—Me has mojado mucho —dijo con una risita. El cuerpo de Ashton respondió con una descarga de excitación que lo sobresaltó. Había algo en Rosalind que lo ponía un poco loco de deseo. Ninguna otra mujer lo había conseguido y él no podía imaginar por qué. Había estado con suficientes mujeres como para reconocer la diferencia, pero simplemente no podía entenderlo. Sin embargo, esto era un hecho innegable: Rosalind era especial.

—Ahora me estás tentando —se inclinó de nuevo, dispuesto a besarla, pero un lacayo entró en la habitación, molestándolos.

—Perdón, milord. He venido a preparar el baño y a encender el fuego —el sirviente desvió la mirada, pero la interrupción había hecho que Ashton recuperara la lucidez mental.

—Bien, entonces, ocúpate de ello —se negó a apartar los ojos de Rosalind. Uno de estos días iba a cerrar la puerta con llave y disponer de esta mujer para él solo, sin interrupciones.

Se bajó de Rosalind, se puso en pie y entró en su vestidor. Se pasó las manos por el pelo, intentando recuperar el control. Su ropa estaba húmeda y se adhería a su piel. Si no hubiera estado tan excitado por la necesidad de tener a su diablilla, se habría enfriado hasta los huesos. Comenzó a desabrocharse el chaleco.

—¿Necesitas ayuda con eso?

Se giró para encontrar a Rosalind allí, descalza en su camisola, con su abrigo todavía envuelto alrededor de ella. Era muy pequeña, delicada, como un hada escocesa. Su cabello oscuro colgaba completamente libre, todavía húmedo alrededor de sus hombros, con algunos rizos rebeldes tocando la parte superior de sus pechos por encima del corsé.

Al diablo con su control.

—Si te ofreces a ayudarme, desde luego que sí.

Cruzó el espacio que los separaba y levantó una mano para desabrocharle el chaleco. Luego le quitó el pañuelo del cuello y lo dejó caer al suelo. Cuando llegó a su camisa, Ashton la ayudó a levantarla y a sacarla por su cabeza. Rosalind deslizó las palmas de las manos por su pecho desnudo y dejó escapar un suave suspiro.

Ashton se rio y le cogió las manos, acercando las palmas a sus labios.

—Estás muy caliente —dijo ella, inclinándose hacia él.

—Y tú te estás congelando. Otra vez. Te juro que, como tu

marido, encontraré la manera de mantenerte caliente —su sonrisa de felicidad se desvaneció y se puso rígida entre sus brazos.

Ashton le levantó la barbilla.

—No puedes seguir estremeciéndote cada vez que menciono nuestro matrimonio.

Los ojos de Rosalind eran suaves y tristes, y aguijoneaban su corazón.

—No me opongo a *ti*. ¿No lo ves?

Él no podía. No era como si Rosalind fuera a renunciar a ella misma una vez que se casaran. Seguiría siendo la mujer por la que él se preocupaba, la pasional y combativa muchacha escocesa. Simplemente sería su esposa, aparte de todo lo demás.

—Seguramente te adaptarás. Emily, Anne y Horatia se han acomodado bien a la vida de casados —argumentó.

—¡Ah! —ella se mofó y lo apartó de un empujón—. Realmente estás ciego, ¿no es así? No soy como esas mujeres y nunca lo he sido. Ellas beben té, hablan de moda y de los últimos cotilleos.

Ashton se rio con dureza.

—¿Eso es lo que piensas de ellas? ¿Que son mujeres tontas sin cerebro?

Rosalind apartó la mirada. Él dudaba que ella pensara realmente así, pero algo en sus palabras había dado en el blanco.

—Rosalind, tal vez tú seas la ciega. Emily manejaba los libros de negocios de su tío y es la que ha arreglado las inversiones de Godric estos últimos meses, con un beneficio considerable, debo añadir.

Continuó desnudándose mientras hablaba.

—Anne está muy ocupada. Es magnífica en la cría de caballos, una habilidad desarrollada mucho antes de casarse con Cedric, y ahora están trabajando para criar algunos de los mejores corredores en la historia de Inglaterra. ¿Y Horatia? Es una estudiosa voraz y forma parte de la Sociedad Femenina de Astronomía de Londres. Ninguna de ellas perdió lo que era por sus maridos —se quitó los pantalones y la camisa y se metió en la bañera caliente—. Y si crees que alguna vez yo *querría* que renunciaras a lo que eres, entonces eres una tonta, y no me casaré con una tonta.

El agua caliente le sentó bien en la piel y echó la cabeza hacia atrás para apoyarla en el respaldo de la bañera de cobre.

—¿Me lo juras? —preguntó Rosalind, arrodillándose junto a la bañera. Él levantó la cabeza y se encontró con su mirada.

—Rosalind, tienes una mente brillante para los negocios. Para mí, no permitir que florezca me convertiría en un tonto, más que tú. Te lo juro. Me gusta cómo eres y odiaría que algo cambiara —dio unas palmaditas burlonas en el agua—. Ahora, ¿te gustaría acompañarme? La bañera es lo suficientemente grande para dos, y el agua está caliente.

Una de las manos de Rosalind jugó distraídamente en el agua cerca de la cadera de Ashton, y luego agitó sus dedos, salpicándolo.

—¿Me frotarías la espalda? —bromeó ella, y sus labios se curvaron en una sensual sonrisa.

—Dios, sí, y ciertamente haría mucho más que eso.

—Bien —se levantó y se quitó el abrigo de Ashton, luego se arrodilló junto a la bañera y le ofreció su espalda—. Mi corsé.

Ashton se esforzó por deslizar sus torpes y húmedos dedos a través de los lazos. Una vez que terminó, ella dejó caer al suelo su camisola antes de meterse en la bañera. Su cuerpo era una tentación constante, con sus suaves curvas y su seductora suavidad. Él se acercó para sujetar sus caderas.

—Recuéstate sobre mí —dijo él, tirando de los hombros de Rosalind contra su pecho. El nivel del agua subió con sus dos cuerpos dentro, rozando la parte superior de la bañera, pero a Ashton no le importó. Se sentía bien tenerla tumbada encima de él. Le masajeó los hombros, resistiendo el impulso de deslizar las manos hacia abajo y acariciar sus pechos. Esto se trataba de confianza, no de satisfacer sus impulsos.

Rosalind se movió contra él, y Ashton reprimió un gemido cuando la parte inferior de su cuerpo cobró vida.

—Es una sensación encantadora.

—Pensé que mañana podríamos visitar la capilla local, si así lo deseas —él contuvo la respiración, esperando a ver si volvía a reaccionar de forma negativa ante la mención de la temida boda.

—Supongo que sí. Si no me gusta, ¿podríamos casarnos en otro sitio? —preguntó ella. Él percibió en la renovada tensión de Rosalind que lo estaba poniendo a prueba.

—Por supuesto. Si no te gusta, entonces encontraremos otro lugar. Uno que tú elijas.

Rosalind se incorporó y, antes de que Ashton pudiera reaccionar, se dio la vuelta y se sentó a horcajadas sobre él en la bañera. Tuvo la gloriosa vista de su reluciente cuerpo desnudo. Sus pechos llenos eran demasiado tentadores para resistirse. Deslizó los dedos desde su cuello hasta sus pechos, cogiendo la suave carne, masajeándola. Rosalind se frotó contra él y sus labios le besaron ligeramente la garganta.

—Quizá deberíamos hacer algo más para entrar en calor —sugirió Rosalind, y luego se mordió el labio en un intento de ocultar su encantadora sonrisa.

—¿Mmm? —Ashton jugó con un pezón erecto, haciéndola sisear cuando lo pellizcó ligeramente.

Rosalind levantó las caderas, cogió su miembro erecto y lo colocó en su entrada.

—Ah, eso... algo —su risa se convirtió en un gemido de placer cuando el cuerpo de Rosalind envolvió su pene. Estaba más caliente que el agua y se sentía demasiado bien para ser real.

—¿Estoy soñando? —preguntó él, sintiendo la cabeza un poco agitada por las olas de placer que lo recorrían.

—Tal vez —Rosalind sonrió y se inclinó hacia delante para mordisquearle el labio inferior mientras sus senos se frotaban contra su pecho. Nunca había hecho el amor con una mujer en una bañera. Parecía algo demasiado íntimo, y Ashton nunca había deseado ese tipo de intimidad. Ahora ansiaba tenerla con una mujer que se debatía entre la lujuria y el odio hacia él, y todo porque la había engañado con un compromiso nupcial.

—Deje de pensar, *milord*. Casi puedo oír sus pensamientos —Rosalind trazó un camino hasta su oreja y lamió la concha. Su polla se sacudió cuando una fuerte descarga de excitación lo recorrió.

—Diablilla —gruñó.

—*Inglés* —contestó ella de manera atrevida—. Sospecho que te gusta eso de mí —Rosalind ronroneó mientras levantaba las caderas y se hundía de nuevo, introduciéndolo completamente en su interior.

—Sospecho que tienes razón —Ashton sujetó sus caderas y clavó los dedos en su carne mientras la empujaba hacia abajo sobre su eje, *con fuerza*. Las suaves salpicaduras de sus cuerpos mojados acompañaban sus pequeños suspiros y gemidos mientras hacían el amor en la gran bañera. Se sentían tan ligeros mientras se movían juntos en la bañera, con sus bocas devorándose mutuamente con avidez.

Después de eso, ninguno de los dos pudo hablar. Ashton la reclamó con fuerza, haciéndola gritar de placer de una manera que no podría negar más tarde cuando estuviera enfadada con él.

El agua de la bañera caía sobre los lados de la misma mientras Rosalind se aferraba a sus hombros y Ashton observaba las emociones de sus ojos grises mientras llegaba al clímax. Sus dulces y deliciosos labios se separaron mientras intentaba respirar. Ashton gravó en su memoria este momento. Ella era la cosa más hermosa que jamás había visto. Su cuerpo se puso rígido mientras desataba su último gramo de control, y se corrió dentro de ella con un grito que hizo que Rosalind se sobresaltara.

Rosalind se acomodó encima de él, exhausta, con sus cuerpos aún conectados. Ashton la rodeó con sus brazos, sosteniéndola cerca de él mientras le acariciaba la espalda.

—Me temo que hemos dejado más agua en el suelo que en la bañera —masculló él con una risita somnolienta, y ella sonrió—. ¿Puedo hacerte una pregunta? —dibujó patrones entre sus omóplatos, y los músculos de Rosalind se contrajeron ante su contacto.

Ella apoyó la mejilla en su pecho.

—Puedes hacerlo.

—¿Cómo has llegado a involucrarte en los negocios? Tengo entendido que tu marido te dejó el suyo, pero la mayoría de las mujeres no se involucran en asuntos de negocios.

Rosalind no se apartó, sino que se acercó aún más a él.

—Desde el momento en que me casé con Henry, insistió en que aprendiera a dirigir sus negocios. A menudo decía que percibía mi agudeza mental en nuestras discusiones matutinas durante el desayuno y que quería fomentarla. Creo que temía morir en los primeros años de nuestro matrimonio, y deseaba asegurarse de que yo pudiera manejar las cosas cuando él ya no estuviera.

Sus mejillas se sonrojaron.

—Me amaba, mucho más de lo que yo esperaba, ya que no había estado buscando una prometida aquel día que me encontró. Siempre atesoraré su amabilidad y compasión.

Por dentro, Ashton sintió una mezcla de celos y comprensión por lo que había dicho. Alguna vez había creído estar enamorado de Emily Parr, solo por unos breves momentos antes de que Godric le robara el corazón por completo. Pero, en realidad, Ashton había atesorado su amor y su afecto en la forma en que ella le había enseñado a anhelar el amor propio y a no quedarse solo. La amaba por ello, pero de una manera diferente, tal vez como Rosalind amaba a su difunto marido por haberle enseñado a confiar en sí misma una vez que él ya no estuviera.

—Si más hombres fueran como él, Inglaterra sería un lugar más feliz por ello —replicó suavemente.

—Estoy de acuerdo —las palabras de Rosalind lo calentaron. Por fin estaban de acuerdo en algo. Decidió ver si podía lograr que ella continuara hablando. Todavía quería saber muchas cosas sobre ella—. ¿Por qué las compañías navieras? Tus principales intereses empresariales están en el comercio marítimo. Tengo curiosidad por saber qué te llevó a eso. Tu marido nunca invirtió en ellas.

—Henry tenía intereses en varios negocios. Los vendí todos, excepto el banco rural que poseía. Me centré en los barcos porque... —ella hizo una pausa—. Porque me gustaba la idea de poder subir a cualquiera de esos barcos y navegar —su voz era muy suave, casi un susurro, como si le diera vergüenza admitirlo.

—¿Por qué? —Ashton levantó una de las manos de Rosalind y se la llevó a los labios, besándola a lo largo de su muñeca interna y la palma de su mano. Era muy fácil disfrutar de esta mujer. Antes, Ashton había amado los juegos de cama, pero esto... esto era infinitamente superior. Estas pequeñas caricias y tiernos besos tenían su origen en algo más que el deseo mutuo; había un afecto y una comprensión crecientes que profundizaban cada vez más lo que él sentía por ella.

—Por favor, habla conmigo.

—No soy buena compartiendo cosas, especialmente las que duelen.

El dolor de Rosalind lo hería. Pero Ashton sabía que, si ella compartía esas partes secretas de sí misma, eso solo ayudaría a conectarlos como pareja.

Quiero conectar con ella, a cualquier precio. Se preguntó cómo habían sido las cosas para sus amigos cuando se enamoraron de sus esposas. ¿Había sido tan aterrador? ¿Así de excitante? ¿Desnudar sus almas de esta manera, sin saber si sus sueños se verían frustrados de alguna manera?

—No puedo decir que yo soy el más indicado para compartir información sobre mí mismo, pero podemos intentarlo juntos. Habla tú y luego lo haré yo. Pregúntame lo que quieras —deslizó las puntas de sus dedos entre los omóplatos de Rosalind, esperando pacientemente a que le respondiera. Era su elección, y él no insistiría en ello si ella no estaba preparada.

—Después de crecer con un padre severo, mi único sueño era escapar. Me imaginaba navegando hacia costas desconocidas, donde pudiera olvidar los años de crueldad vividos. Y me prometí que algún día lo haría. Cada uno de mis barcos es una promesa que mantengo para mi yo más joven.

A Ashton se le cortó la respiración y se esforzó por encontrar las palabras adecuadas, algo que aliviara el dolor que ella claramente estaba sufriendo, pero la lengua se le atascó.

Rosalind levantó la cabeza y lo miró fijamente.

—Háblame de Charles y del río. Todo.

Ashton sabía que ella preguntaría eso. Fue uno de los momentos más oscuros de su vida. Pero ella había compartido sus momentos más oscuros con él, y Ashton le debía la misma sinceridad.

—Alguien intentó matarlo. Lo ataron y lo pusieron en el río junto a nuestra universidad. Lucien y yo llegamos tarde a nuestras habitaciones y oímos los gritos y las salpicaduras. Fuimos tras él y... —su garganta se cerró momentáneamente y tragó con fuerza antes de continuar—. Necesitó a cuatro de nosotros para salvarlo, pero no pudimos salvar a Peter.

—¿Peter?

Él estrujó sus brazos alrededor de ella.

—Fue el primero en intentar salvar a Charles, pero estuvo demasiado tiempo sumergido y la corriente era demasiado rápida. Peter era un amigo —eso fue todo lo que pudo decir. Las palabras hicieron nuevos cortes en las viejas heridas de sus recuerdos.

Permanecieron juntos en la bañera, viendo cómo el sol de la tarde entraba por la ventana, formando sombras cada vez más grandes en el suelo. Se quedaron allí hasta que el agua comenzó a enfriarse y los sonidos de los sirvientes en los pasillos resonaron hasta ellos.

—Creo que deberíamos salir. La cena no tardará mucho, y no me gustaría estar arrugado para ello —Ashton jugó con un mechón húmedo de su cabello y Rosalind trazó la cicatriz de su hombro. Fue un momento casi perfecto y él no pudo resistirse a prolongarlo, a pesar de lo que acababa de decir. Nunca querría renunciar a esto, ni a ella, por nada del mundo.

Rosalind le dedicó un ceño decepcionado pero claramente burlón.

—Muy bien, si es necesario —luego se inclinó hacia él y lo besó antes de salir de la bañera, desnuda en todo su esplendor. Con una sonrisa pícara, ella le tendió la mano y Ashton se puso en pie, con el agua cayendo por su cuerpo mientras salía de la bañera al suelo mojado, donde cogieron un par de toallas. Ashton rodeó sus caderas con una y luego la protegió a ella con otra, abrazándola mientras usaba su cuerpo para calentar el suyo.

—Esto ha sido encantador —dijo Rosalind mientras lo acariciaba con la nariz.

—Lo fue, ¿verdad? —respondió, un poco sorprendido por lo maravilloso que había sido bañarse con ella.

Por primera vez desde que tenía memoria, Ashton se sintió lleno de esperanza.

CAPÍTULO 20

Tom Linley estaba oculto en las sombras de la escalera para el personal mientras su corazón se sacudía salvajemente. Un lacayo bajó los escalones y se quedó helado al verlo.

Reconocerás a mis sirvientes por el pin de estrella de plata en sus pañuelos de cuello.

Las instrucciones de su amo no eran algo que fuera a olvidar pronto. Miró fijamente al lacayo y vio que una estrella de plata brillaba cerca de su garganta.

—Bonita tarde para dar un paseo.

El lacayo miró a Tom.

—En efecto, pero la lluvia siempre puede aparecer en un cielo sin nubes.

—Y un cielo negro a veces no trae consigo nada de lluvia —coincidió Linley.

—¿Por qué no me echas una mano para pulir la plata? —el lacayo señaló el armario de la plata mientras sostenía un juego de llaves.

Linley siguió al hombre y esperó a que abriera la puerta del armario. El lacayo miró a su alrededor, buscando a otros sirvientes, y luego se inclinó hacia Linley.

—He comunicado la noticia de la boda entre Lennox y Lady Melbourne.

—Bien. Yo todavía no he tenido la oportunidad de hacerlo —Linley deslizó un papel en la mano del otro hombre—. ¿Podrías encargarte de enviar esto por mí?

El lacayo guardó la carta.

—Me encargaré de ello.

—Gracias —Linley fingió un momentáneo interés en las cucharas de plata antes de hablar—. Debo volver con Lord Lonsdale.

Dejó al lacayo y volvió a subir las escaleras hacia el salón principal. Ahora que había entregado su informe podía ocuparse de su siguiente objetivo.

Linley llegó a la habitación que Lady Melbourne ocupaba en la residencia Lennox. Esperaba que el lugar estuviera vacío. Justo antes de tocar el pomo, la puerta se abrió y una niña salió corriendo con la cara roja y unas risitas innegablemente dulces.

—¡Fuera! ¡No deberías estar aquí! —reprendió Linley, pero no pudo evitar reírse al ver a la risueña niña correr por el pasillo. Una vez que se aseguró de que no había nadie más en el pasillo, giró el pestillo y se deslizó hacia el interior. El dormitorio de Lennox era grande y varonil, pero sus gustos eran claramente refinados, como los de Lonsdale.

Una pequeña cómoda llamó la atención de Linley. Rebuscó en los cajones, encontrando vestidos, ropa interior y otros objetos que le pertenecían a Lady Melbourne. Pero no había evidencia de lo que se le había encargado encontrar: un objeto que pudiera descifrar mensajes. Había sido tan importante que Daniel Sheffield había violado el código de silencio para ponerse en contacto con ella, aunque de forma indirecta.

A Tom le habían dicho que habían registrado la residencia de Lady Melbourne y que no habían encontrado nada. Por lo tanto, era lógico que ella lo hubiera traído consigo, y Tom estaba en la mejor posición para encontrarlo.

Mientras buscaba en el último cajón de una mesita junto a la cama, sus dedos rozaron algo frío y circular. Lo cogió y lo levantó hacia la luz. Un reloj de bolsillo. Sheffield había dicho que el código luciría como un reloj, pero que en su interior habría símbolos y letras en lugar de una esfera de reloj. Abrió la tapa.

El corazón de Linley se hundió. No había decodificador, solo un reloj de bolsillo común. Lo dejó caer de nuevo en el cajón y miró la habitación, intentando decidir qué más buscar.

Al hurgar en la ropa de cama y en la ropa de Lennox, Linley resopló decepcionado. Había buscado en todos los lugares imaginables, pero no había encontrado nada. ¡Maldición! Waverly se pondría furioso. La idea lo hizo desfallecer. Un sonido del otro lado de la puerta lo sobresaltó.

Corrió detrás de la puerta, la cual ya había empezado a abrirse, y contuvo la respiración. Una sirvienta entró, llevando un balde y una tela con trozos de leña. Mientras ella le daba la espalda, Linley rodeó la puerta abierta y salió de nuevo al pasillo. Tendría que volver a intentarlo mañana.

Subió trotando la escalera principal y se dirigió a los aposentos de su amo. Lonsdale estaba dentro, frente al fuego de su habitación, con los codos apoyados en las rodillas mientras miraba las llamas. Hizo girar una copa de brandy entre las palmas de sus manos y no se volvió cuando Linley se acercó.

—Ahí estás, muchacho. Estoy teniendo el peor ataque de depresión. ¿Supongo que no te importaría pelear un asalto o dos conmigo en la sala de ocio de Ashton?

—¿Está hablando de boxeo? —Linley aclaró.

—Sí, ¿qué te parece? Llevo demasiado tiempo sin hacer nada y necesito estar ocupado —Charles se giró en su asiento mientras sus ojos brillaban con esperanza.

Linley se encontró asintiendo. Siempre prefería tener a Charles contento y sonriente cuando podía conseguirlo. Eso evitaba que hiciera preguntas.

—Excelente. Deja que te muestre el camino —Charles terminó su brandy y lo dejó sobre la repisa de la chimenea antes de dirigirse a la puerta. Parecía muy cómodo en la casa de Lennox, como si se tratara de la suya propia.

—¿Sabe dónde está, milord? —preguntó Linley.

—Oh, he venido aquí desde los dieciocho años. A menudo, los miembros de la Liga nos reuníamos en la casa de alguien durante las festividades. Nos salvó de que los espantosos parientes intentaran casarnos una y otra vez. Pero esos días parecen estar llegando a su fin.

Charles guio a Linley en un recorrido por los elegantes y soleados salones. Linley rara vez era capaz de apreciar la belleza. Incluso cuando parecía estar relajado, su mente no descansaba de su misión, cuidándose de las posibles amenazas. Pero ahora podía vislumbrar cómo vivían los ricos y los poseedores de títulos.

Un dolor se formó en lo más profundo de su pecho cuando pensó en su vida antes de su amo, cuando era un niño en un hogar feliz, con su madre como dama de compañía de una querida condesa. Entonces, la vida había estado llena de alegría. Todas las habitaciones estaban llenas de luz y risas. Y luego todo había desaparecido.

La Casa Lennox le evocaba aquellos tiempos más felices. Los sirvientes eran acogedores; y con los niños de la granja corriendo, el lugar estaba lleno de sonidos de amor y familia. La presencia de los pequeños bribones era agradable.

El dolor en su pecho aumentó por la pequeña Katherine, su hermanita que había dejado en Londres en casa de Charles. Era difícil dejarla durante tanto tiempo, aunque estuviera bien cuidada. En cierto modo, Katherine era todo lo que le quedaba de su vida pasada.

Charles se detuvo frente a una habitación abierta. Había espacio para la práctica de esgrima y el equipo colgaba de la pared. También había un ring de boxeo en el suelo delineado con pintura blanca sobre la madera. Charles se detuvo junto al cuadrilátero, se quitó el chaleco y lo colgó en una percha junto a los floretes de esgrima. Se subió las mangas, dejando al descubierto sus bronceados y musculosos antebrazos.

—Bueno, vamos, muchacho. Quítate esa gorra y pongámonos a ello.

Linley se sujetó la gorra a la cabeza.

—Me la dejaré puesta si a usted le da lo mismo, milord —se arremangó la camisa y entró al ring.

—Acabaré quitándotela de una patada.

—Espero que vaya despacio conmigo, milord.

Charles levantó sus puños desnudos.

—Levanta las garras y déjame ver tu forma.

Linley cerró los puños y los levantó torpemente.

Charles dejó caer las manos y se acercó a Linley con una mirada crítica. Linley contuvo la respiración mientras el otro hombre le levantaba más las manos.

—Así —Charles pareció satisfecho y luego caminó hacia atrás, poniendo distancia entre ellos antes de levantar sus propias manos.

—¿Debo lanzar un puñetazo? —comentó Linley.

Con un movimiento de cabeza, Charles esperó a que se moviera.

Estudiando el cuerpo de su maestro, Linley buscó los puntos débiles. Había pasado más de un año aprendiendo a luchar bajo la guía de un maestro. Pudo ver que el brandy de Charles había debilitado su postura, y que un codo colgaba más bajo que el otro. Con un simple giro a la derecha podía atravesar la guardia de Charles sin que su maestro se diera cuenta. Y luego Linley podría tenerlo inmovilizado en el suelo.

No era la forma en que un caballero lucharía, por supuesto, pero él no había sido entrenado para luchar como un caballero. Había sido entrenado para sobrevivir.

—No te entretengas, muchacho. Muéstrame tus movimientos —Charles se acercó un paso más, fingiendo un suave golpe con una mano.

Linley analizó la forma en que se movía, grácil como un vals. Linley no conseguiría superar las defensas de Charles luchando limpiamente. Sabiendo esto, Linley dio un paso a un costado y, en el instante en que su oponente lo imitó, salió disparado hacia adelante y golpeó el hombro de Charles. Fue un golpe superficial, sin intención de herir.

Los ojos grises de Charles se iluminaron con deleite.

—Bien hecho. Otra vez.

Esto era un ritual. Charles estaba expulsando a los demonios que intentaban ahogarlo cada vez que podían. Las pesadillas que sufría empezaban a atormentar a Linley también. Más de una vez, se había despertado al oír gritos como de estrangulamiento, y encontraba a su amo retorciéndose en las sábanas, incapaz de despertarse.

Los recuerdos de esas largas noches estimularon a Linley a moverse más rápido, a golpear más fuerte. La causa del dolor de Charles generaba una furia en el interior de Linley que no podía comprender.

Estaba destinado a traicionar a este buen hombre algún día, a llevarlo como un cordero al matadero el día que su amo lo ordenara. Había aceptado ese hecho. Sin embargo, odiaba que este hombre estuviera sufriendo de una manera tan silenciosa y solitaria. Se merecía algo mejor que el destino que algún día le tocaría.

Un ligero puñetazo en el pecho de Linley lo hizo retroceder a trompicones.

El golpe lo había pillado desprevenido, y aunque solo le dolió un poco, reaccionó de forma instintiva. Golpeó la pierna de Charles, haciéndole perder el equilibrio. Cayó al suelo con un ruido sordo y un gemido.

¡Ja! Linley sonrió, y luego hizo una mueca de dolor. Eso fue algo muy tonto de su parte. Nunca debería haber utilizado ese movimiento. El arte del combate podía ser tan distintivo como una firma, le habían dicho, y si Charles sospechaba que aquello había sido algo más que suerte...

—¿Qué demonios? —gruñó Charles mientras se levantaba y se abalanzaba sobre Linley. No tuvo más remedio que recibir el golpe para evitar sospechas. De repente, el mundo le dio vueltas y cayó estrepitosamente sobre su espalda. Charles rodó sobre él, inmovilizándolo.

La conmoción del impacto hizo que un centenar de recuerdos enterrados atravesaran a Linley.

Dolor. Mucho dolor. Manos en la garganta. Su verdadero maestro quitándole todo. Su mundo destruido, pero uno nuevo ofrecido. A un precio. Un grito gutural desgarró su garganta y comenzó a ver estrellas.

—¡Tom! Sacúdete, muchacho, ¡estás bien! —la voz de Charles apenas se abrió paso a través del terror de Linley, pero al menos ahora podía respirar.

Dulce y bendito aire.

Lo aspiró con avidez para llenar sus pulmones y su visión se aclaró. Estaba de regreso en la sala de ocio con Charles.

—¿Estás bien? Me has dado un susto de muerte, Tom —el rostro de Charles estaba marcado por la preocupación, y se acuclilló junto a Linley.

—Lo siento... milord —susurró. Su voz era demasiado ronca con respecto a todo lo demás.

Charles apoyó una mano en el hombro de Linley.

—Creí que estabas preparado para más tácticas rudas cuando golpeaste mi pierna de esa manera.

—Solo es algo que vi una vez. Nunca lo había intentado.

—Lo siento. Fue culpa mía por suponerlo. Sigo olvidando que tu último maestro tenía una mano dura. Lo siento, Tom.

—Prometo hacerlo mejor, milord.

Charles se limitó a mirarlo fijamente durante un largo momento.

—No te pongas tan serio conmigo, muchacho. Es solo un poco de deporte. No vuelvas a disculparte ni a hacer una promesa así. Lo que te hizo ese hombre estuvo mal. No lo merecías y no debes creer lo contrario. Jamás. ¿Lo entiendes?

A Linley se le hizo un nudo en la garganta y sus ojos ardieron con lágrimas traicioneras.

—Ah, no llores, muchacho.

Linley se puso en pie y salió corriendo de la sala de ocio. Se sintió aliviado cuando Charles no lo siguió. Se metió en una habitación oscura al final del pasillo y cerró la puerta, apoyándose en ella mientras recuperaba el aliento y la cordura.

Echaba de menos la casa de ciudad de Charles y echaba de menos a Katherine. Katherine estaba en buenas manos, pero eso no hacía que Linley la extrañara menos.

Ella era la razón por la que estaba haciendo todo esto. Su amo se la arrebataría si Linley no cumplía con sus órdenes. Por ahora solo se trataba de información. Pero algún día, cuando llegara el momento, tendría que entregarle a Charles. A Hugo.

Dios me salve por mi traición...

&Co;

CLAIRE ARREGLÓ EL PELO DE ROSALIND ANTES DE LA CENA Y preparó un oscuro vestido de seda púrpura con un gran escote que sin duda llamaría la atención de Ashton. Rosalind se acomodó el corpiño y levantó una ceja en dirección a Claire.

—Me dijo que empacara ligero, Su Señoría.

—Lo hice, pero no me refería a empacar los vestidos con poca tela. Atraerá las miradas de todos los hombres de la sala.

Su criada se rio.

—No hay nada malo en mostrar el pecho de una dama con un vestido fino.

—Estoy muy de acuerdo —la voz de Ashton hizo que Rosalind y Claire se sobresaltaran.

Él estaba de pie en la puerta, con aquellos ojos azules más vivos que nunca. Rosalind apartó la mirada, todavía avergonzada por lo mucho que había revelado de sí misma esta tarde en el baño. Ashton había utilizado la intimidad para derribar sus muros y conseguir que compartiera las partes más oscuras de su corazón. Se sintió... quizás no traicionada, pero sí *expuesta*.

—Claire, ¿te importaría darnos un minuto? —su criada hizo una reverencia, retrocediendo mientras Ashton se acercaba a

Rosalind junto al tocador. Alcanzó un rizo suelto de su cabello y lo envolvió en su dedo. Rosalind se quedó sin aliento cuando lo miró a la cara.

—Pensé que, considerando la forma en que los últimos días han transcurrido, las cosas entre nosotros merecían un poco de… —él siguió jugando con su mechón, pero la expresión de su rostro se había vuelto extrañamente tímida.

—¿Un poco de qué?

Un tono rojizo cubrió las mejillas de Ashton. Los labios de Rosalind se curvaron en una sonrisa. ¿Qué podía provocar timidez en el barón?

—Te juro que si te ríes, no volveré a mencionarlo.

Ella se mordió el labio y asintió.

Ashton le soltó el pelo y metió la mano en el bolsillo del chaleco. Lo que sacó la sorprendió. De sus dedos, en una fina cadena de oro, colgaba un trío de amatistas separadas por algunos centímetros y engastadas en oro.

—He pensado, aunque me resulte extraño, que debería hacer una especie de gesto romántico. Demostrarte mi interés y compromiso con nuestra unión —le tendió el collar para que lo examinara de cerca.

Era la cosa más bonita que había visto en su vida. El collar le recordaba a uno que su madre había tenido tiempo atrás, uno que solía llevar a los bailes. El gesto era excesivamente dulce y, como señal de compromiso, hizo que su corazón se estremeciera. Sin embargo, sus pensamientos llenos de ilusión se detuvieron en seco. ¿Ashton estaba intentando comprar su afecto?

Rosalind miró el regalo y luego a él. La seriedad de su rostro alimentó el pozo de esperanza que había comenzado a crecer dentro de ella. Ella no lo habría creído capaz de un gesto romántico como este, nunca. Sin embargo, allí estaba él, ofreciéndole una parte de su vida mientras sus ojos hechizantes brillaban con esperanza. Era un collar muy bonito y luciría exquisito en cualquier mujer.

Ashton se aclaró la garganta.

—Las piedras representan el pasado, el presente y el futuro. Muy pocos objetos de valor sobrevivieron al año en que mi padre destruyó nuestra fortuna familiar. Este fue uno de ellos. Lo escondimos, guardándolo para Joanna, pero esta noche me dijo que prefería que fuera para ti. Quería darte algo que fuera parte de *mí*, no de nuestras relaciones comerciales.

Rosalind no sabía muy bien qué decir. Quería creer desesperadamente que él se preocupaba por ella y por su vida como pareja, pero no estaba segura de que fuera prudente creer que él era capaz de eso.

—Bueno, ¿lo aceptas? Yo... nunca le había obsequiado joyas a una mujer. Confieso que estoy bastante nervioso —Ashton se rio, pero ella vio vulnerabilidad en sus ojos.

—¿Ni siquiera a tus amantes? —no pudo evitar provocarlo.

Una sonrisa burlona torció los labios de Ashton.

—No. Eran lo suficientemente felices con recompensas florales. Algo propio de una relación temporal.

Rosalind se rio.

—Ah, sí, la infame técnica de Lennox: dejar solo recuerdos agradables. Incluso yo he oído hablar de eso —pero esto había demostrado que él tenía otra faceta, una que le ocultaba al mundo entero. Un hombre de pasiones y deseos que se escondía bajo esa apariencia llena de frialdad. Cuando la sostuvo entre sus brazos, Rosalind pudo saborear en sus labios ese entusiasmo por la vida y luego la sintió en el calor de sus manos contenidas por la disciplina, y quizás incluso por el miedo.

—¿Supongo que Emily ha desvelado todos mis secretos durante uno de tus encuentros vespertinos para beber el té?

—Ciertamente no. Ella solo expresó sus elogios. Pero otras mujeres *sí* hablan. Y tú eres un tema de discusión para algunas de ellas.

Los labios de Ashton se contrajeron con irritación.

—Admito que no soy un cortejador natural. Sé lo que se espera de mí, por supuesto, pero son meras formalidades. El verdadero cortejo debe provenir de un lugar más genuino y, en ese sentido, mis instintos son muy pobres. Pero tengo toda la intención de cortejarte como es debido.

—Bueno, en ese caso, puede que te deje hacerlo —Rosalind volvió a mirar el collar e intentó cogerlo, pero Ashton lo alejó de su alcance.

—Permíteme el honor.

Sonriendo, Rosalind le dio la espalda y esperó pacientemente, aunque su corazón le golpeaba las costillas.

Ashton colocó el collar en la garganta y aseguró el cierre. Ella tocó las piedras y la mano de Ashton cubrió la suya.

—Gracias. Es precioso.

Los labios de Ashton se curvaron.

—Estoy seguro de que tienes muchas joyas.

—Sí. Pero ninguna es tan importante —le aseguró ella—. Cuando mi madre murió, no se me permitió conservar nada de ella. Mi padre lo vendió todo, incluso su ropa —admitió con dolor, cada palabra la hería mientras se permitirse recordar el pasado—. Henry me compró algunas joyas, pero nunca deseé que gastara dinero en ellas y le pedí que dejara de hacerlo. Yo misma me había convencido de que no las merecía.

Ashton frunció el ceño.

—Te mereces todas las alegrías que el mundo decida darte, así como las que tú misma construyas.

—El mayor regalo de Henry, para mí, fue ayudarme a ver eso.

Ashton se movió para sentarse junto a ella en el banco frente a su tocador, y cogió su rostro entre sus manos.

—Este será un nuevo comienzo para nosotros, una oportunidad de empezar de nuevo, como compañeros, no como rivales.

Bajó la cabeza y acercó su boca a la de Rosalind, un beso lleno de ternura y pasión que la dejó aturdida. Podría haberlo besado así eternamente, de forma lenta, sensual y, sin embargo, infinitamente dulce mientras se exploraban mutuamente.

Cuando por fin se separaron, ambos respiraban con un poco de dificultad, y el cuerpo de Rosalind estaba deseando más de lo que aquel beso había prometido. Ashton seguía mirando su boca con ojos soñadores. Era maravilloso ser el centro de su atención y de su apetito.

—Cada vez que te beso, pienso que no puede ser mejor que el anterior, pero cada vez me sorprendes —sus suaves palabras despertaron un intenso anhelo en el interior de Rosalind, no solo de hacer el amor, sino también de otros deseos perdidos.

Lo miró fijamente a los ojos y abrió su corazón con valentía.

—Cuando era una niña, solía soñar con esto, con un hombre que dijera lo que tú acabas de decir —podía sentir las lágrimas en sus ojos, quemándolos, pero eran lágrimas de felicidad—. Quizá el sueño no esté tan equivocado como temía.

Ashton le cogió la barbilla y asintió.

—Tampoco el mío.

Se preguntaba cuál era el sueño de Ashton, pero temía que no se lo dijera. *Tal vez algún día me diga todo lo que hay en su corazón.*

Después de todo, tal vez su matrimonio no sería un desastre.

—¿Ashton?

—¿Mmm? —la mano de Ashton se había desplazado hasta su cuello y ahora estaba recorriendo suavemente su garganta con una suave caricia.

—¿Supongo que no me dejarás invitar a mis hermanos a la boda? —Rosalind solo estaba bromeando, pero Ashton pareció considerarlo seriamente.

—Si así lo deseas. ¿Estás en contacto con ellos?

Rosalind negó con la cabeza.

—No desde que me fui de Escocia. Brock sabía que, una vez que me marchara, debía permanecer fuera de la vista y la mente de mi padre. Aunque me casara, mi padre podría querer hacerme daño o arrastrarme de nuevo a casa. Es un hombre miserable. Nunca me quiso cerca, pero tampoco quiso que me librara de él. Para él, yo era su propiedad.

Ashton cerró los ojos y apoyó su frente contra la de ella.

—Ahora que eres mía, te protegeré del mundo si es necesario. No dejaré que te cause más miedo, ni por un segundo.

Los dedos de Rosalind envolvieron las muñecas de Ashton.

Esta vez, ser "suya", no sonaba como una posesión de bienes, sino como una promesa de algo mejor. Se sintió segura, protegida e incluso excitada por el afecto que le estaba demostrando. Era lo que había recibido de su primer marido y, sin embargo, tenía la sensación de que el afecto de Ashton era aún más profundo. Le hizo pensar en una vieja balada escocesa que su madre solía cantar. *El amor de mi Laird es oscuro y profundo, y aquí me cuida, este Laird de la torre.*

—Gracias —susurró ella.

Él se rio.

—No es necesario que me lo agradezcas. Es un honor y un privilegio.

—Si así procedes con tus gestos románticos, esperaré con ansias los siguientes. Regáleme más joyas, milord, porque esta dama vale la pena —Rosalind esbozó una sonrisa traviesa.

—Chica descarada —bromeó.

—Sí. Y creo que eso te gusta bastante.

—Me gusta —sonrió y se levantó—. ¿Vamos a cenar? —Ashton le tendió la mano. Cuando Rosalind colocó la palma de la mano en la suya, una chispa de calor brotó entre ellos, y ella sabía, muy en el fondo, que estaba emocionada por ver cómo sería su vida marital con ese hombre. Ashton cambiaba constantemente la opinión de Rosalind sobre él y sobre el matrimonio.

Estaban a mitad de camino hacia el comedor cuando vieron a Charles en el vestíbulo tocando sus bolsillos y mirando a su alrededor.

—¿Has perdido algo? —preguntó Ashton.

Charles metió los dedos en el delgado bolsillo de su chaleco.

—Mi reloj. Lleva todo el día perdido —se dio la vuelta y se dirigió de nuevo al piso de arriba, mascullando.

Una pequeña risita llegó desde cerca del suelo, detrás de una planta de maceta a pocos metros del comedor. Rosalind vislumbró un vestido azul oscuro y unas pequeñas botas negras que desaparecían de la vista. Estrujó el brazo de Ashton y asintió en dirección a la maceta. Era una de las hijas de los granjeros.

—Oh, cielos —dijo Rosalind, levantando la voz—. Charles siempre pierde ese reloj. ¿No sería muy divertido que apareciera en su cama mientras todos estamos cenando? —esperaba que Ashton le siguiera el juego.

Él sonrió ampliamente y pasaron junto a la maceta, haciendo lo posible por no reírse.

—Sí, muy divertido.

Antes de que llegaran al comedor, Rosalind hizo que Ashton se detuviera, estudiando su hermoso rostro a la luz de los apliques en la pared. Sus rasgos eran orgullosos, aristocráticos, incluso fríos, pero ahora ella lo veía de forma diferente. Un hombre solitario con una familia que no entendía los sacrificios que había hecho para mantenerlos seguros todos estos años.

Los dos somos supervivientes.

Ashton la miró, con un pequeño ceño fruncido.

—¿Qué pasa?

—¿Quieres...? Quiero decir... —le costó encontrar las palabras. Demasiados sueños habían sido abandonados durante su juventud, pero quizás ahora... —Niños —susurró finalmente—. Es decir, ¿crees que alguna vez querrás tener alguno?

Ashton miró al suelo y luego asintió.

—Confieso que los niños nunca han sido importantes para mí, al menos los pensamientos de tenerlos. Es mi deber tener un heredero, por supuesto. Rafe ha demostrado una y otra vez que no se puede permitir el control de la herencia, en caso de que me suceda algo.

Rosalind notó algo en la forma en que Ashton dijo las palabras y asintió.

—Estoy de acuerdo. Es imposible que un *asaltante de caminos* herede el título y las tierras. El Señor sabe que las convertiría en una guarida de ladrones.

La miró fijamente.

—Entonces, ¿sabes que Rafe fue quien detuvo tu carruaje?

Rosalind asintió.

—Estuve dudando si debía confesarte el asunto, pero, por tu

tono justo ahora, deduje que ya lo sabías pero que no tenías idea de cómo decírmelo.

—Es un asunto delicado —coincidió Ashton.

—¿Supongo que harás que me devuelva mi monedero?

—Tengo la intención de arreglar el asunto, sí —él se quedó en silencio un momento más, y luego esa vulnerabilidad volvió a aparecer en sus ojos—. ¿Y qué hay de ti? —preguntó, dejando de hablar de Rafe—. Quieres tener hijos, quiero decir.

—Henry y yo nunca tuvimos ninguno. Temo ser estéril. ¿Eso cambia algo?

Ashton la miró fijamente durante un largo momento.

—No. Si nunca somos bendecidos con hijos, eso no significa que hemos dejado de serlo, aunque Rafe acabe siendo el heredero —la risa burlona de Ashton la sorprendió.

Por alguna extraña razón, sus palabras sobre seguir siendo bendecidos le parecieron dulces. *Demasiado* dulces. Los ojos de Rosalind se empañaron. Si Ashton seguía haciendo esto, ella se entregaría a él y perdería cualquier habilidad que tuviera para evitar que le hiciera daño.

—Me gustaría intentar tener hijos —susurró.

Ashton le dedicó una reverencia cortés y una mirada lasciva y burlona.

—Entonces intentaremos hacer realidad ese deseo, *varias* veces al día si es necesario, en todas las superficies en las que pueda hacerte mía, querida.

La idea de que estuvieran juntos, haciendo el amor en todas partes, la hizo sonrojarse, incluso después de todo lo que ya habían hecho. Su sangre ardía con una nueva ola de lujuria.

—¿Quizás deberíamos empezar ahora mismo? —su voz era deliciosamente áspera mientras la apartaba de la puerta del comedor.

Rosalind jadeó mientras él la empujaba detrás de una cortina en una alcoba con un asiento de ventana, lejos del salón principal.

—¿Qué? ¿Ahora?

—Sí. Aquí. Ahora mismo —Ashton cerró de un tirón la pesada cortina de bayeta, encerrándolos en la pequeña alcoba.

—Olvida la cena. Nadie nos echará de menos.

El corazón de Rosalind latía con fuerza mientras se esforzaba por pensar. ¿Y si alguien los encontraba? Ese pensamiento solo hizo que su cuerpo se encendiera aún más.

—Pero...

Ashton le puso un dedo en los labios mientras la acorralaba contra la pared junto al asiento de la ventana.

—Levántate las faldas —le ordenó. Sus ojos estaban ardiendo.

Sonriendo ampliamente, Rosalind deslizó sus dedos por su pecho.

—Oblígame —ella acarició su mandíbula con sus labios y él gruñó como un lobo hambriento.

—Oh, te obligaré —Ashton capturó muñecas y las sujetó por encima de su cabeza con una mano, utilizando la otra para subirle las faldas. Era como aquella noche en la ópera mucho tiempo atrás, pero esta vez, Rosalind quería que él la reclamara y tuviera el control. Ashton necesitaba ganar esta batalla y ella lo dejaría, aunque después de una pequeña lucha. Una que ella disfrutaría. Eso era lo que hacía que todo entre ellos fuera muy excitante, porque se sentía demasiado perverso.

Los besos de Ashton la llevaron a un estado de felicidad. Rosalind le rodeó la cadera con una pierna, acercándose más mientras él se desabrochaba los pantalones.

—No hagas ruido —susurró él contra ella.

Rosalind cerró sus puños atrapados por las manos de Ashton y contuvo la respiración mientras él le besaba el cuello y la penetraba. Su cuerpo lo recibió, cerrándose alrededor de su miembro. Se aferró a las cortinas de bayeta cuando Ashton liberó sus manos, manteniéndose en pie mientras la poseía en la alcoba oculta. Ella no podía pensar más allá de lo que estaba ocurriendo entre ellos.

Los sonidos rítmicos contra la pared de madera, tan cerca de donde todos los demás se sentarían a cenar pronto, lo volvía mucho más excitante. Justo ahora, Ashton la estaba poseyendo por completo y ella quería que lo hiciera. El clímax la golpeó con fuerza y él ahogó su grito con un beso. Ashton se corrió segundos despés, aplastándola contra la pared. Jadeando, se recuperaron lentamente, con sus cuerpos unidos, disfrutando de las réplicas del placer. Rosalind le acarició la mejilla con la nariz, cerrando los ojos y sonriendo débilmente.

—Diablilla —dijo él, sonriendo.

—Bastardo —le besó los labios.

—Soy *tu* bastardo —Ashton tocó su frente con la de Rosalind hasta que sus narices se rozaron. Parecía más que satisfecho, quizás incluso feliz. Verlo así la llenaba de una extraña alegría. Por mucho que le gustara desafiarlo, había una intensidad en los momentos en que parecían estar en perfecta sintonía.

Ashton empujó sus caderas contra las de ella.

—¿Tienes hambre?

Rosalind le acarició la espalda con las uñas.

—Con la cena bastará, por ahora.

Ashton le cogió la cara y la miró como si cada uno hubiera expuesto parte de su alma. Era una especie de hechizo secreto entre ellos; dos corazones renuentes hambrientos de amor y aún así temerosos de aferrarse a él. Rosalind vio esa verdad en sus ojos y la sintió en sus manos mientras la sostenía.

Unas voces en el pasillo alteraron la pacífica escena. Se separaron con sonrisas sonrojadas. Ella se arregló el vestido mientras él se arreglaba los pantalones. Contuvieron la respiración mientras Charles y Jonathan pasaban por su escondite.

—No sé en qué está pensando Ash al casarse con ella —refunfuñó Charles—. Seguro que es una criatura encantadora, pero está lejos de ser digna de confianza.

Jonathan trató de interrumpir.

—Charles, no creo que...

—De verdad, Jon, piénsalo. A él ni siquiera le gusta. Claro, acostarse con una mujer por lujuria es una cosa, pero ¿*casarse* con ella? Ha perdido la maldita cabeza.

Rosalind se tensó, intentando bloquear el dolor que esas palabras le causaban. Ashton la sujetó por los hombros mientras esperaba a que sus amigos entraran en el comedor y salieran del alcance del oído.

—Él se equivoca. Por mi vida, él se *equivoca* —gruñó Ashton, lo suficientemente suave como para que solo ella lo escuchara—. ¿Me entiendes?

Las lágrimas aguijoneaban sus ojos mientras luchaba por liberarse de él.

—¡Déjame ir!

Ashton la empujó contra la pared.

—No hasta que me escuches. Independientemente de cómo hayan empezado las cosas entre nosotros, te quiero a *ti*, Rosalind. Como compañera, como esposa, como amante. Charles es un tonto. No quiere que el resto de la Liga se case porque tiene miedo de quedarse solo.

Rosalind dejó de forcejear, pero el corazón aún le dolía. Ashton la atrajo hacia sus brazos, estrechándola. Le frotó la espalda, tranquilizándola, pero ella despreció el hecho de que eso pudiera reconfortarla.

—¿Por qué debería creerte? —preguntó ella, respirando su aroma, amándolo y odiándolo al mismo tiempo.

Ashton deslizó una mano hasta su cuello, masajeando suavemente los tensos músculos de la zona. Rosalind tuvo que admitir se sentía demasiado bien. Pero como Ashton había admitido una vez, esos gestos eran cuestiones de destreza técnica; no eran extraídos del alma.

—Créeme, Rosalind. Somos muy similares. Desde el momento en que te conocí, no pude sacarte de mi cabeza. Incluso cuando me vuelves loco, sigo queriéndote.

Ella miró sus ojos azules. Allí no había dudas, ni indicios de engaño.

Rosalind finalmente asintió y se secó los ojos.

—Deberíamos ir a cenar antes de que nos echen de menos.

Ashton esperó un momento más antes de correr la cortina de la alcoba.

—No deseo verte llorar, nunca. No por algo que yo haya hecho.

Ella levantó la cabeza.

—Entonces no me des una razón para hacerlo.

Ashton le cogió la barbilla y le pasó el pulgar por el labio inferior.

—No lo haré.

Estaba desesperada por creerle. Ashton cogió su mano y Rosalind dejó que la guiara hacia el vestíbulo, con el corazón expuesto y el alma agitada.

¿Puedo evitar enamorarse de él?

El hecho de no saber inmediatamente la respuesta, la asustaba más que nada.

CAPÍTULO 21

Ashton fulminaba a Charles por encima de su copa de vino. Su amigo enarcó una ceja en forma de pregunta silenciosa y Ashton solo respondió con un oscuro ceño fruncido.

Regina se aclaró la garganta, intentando disipar la creciente tensión en el comedor.

—He oído que las alquerías de los granjeros empezarán a construirse dentro de unos días.

Ashton dejó su vino.

—Sí, Higgins y Maple serán relevados. He contratado a casi todos los hombres en buena condición física de los pueblos locales para que ayuden en la construcción.

Joanna hablaba animadamente con Jonathan. Rosalind picoteaba su comida mientras Rafe miraba un punto fijo en la distancia, callado y un poco pálido. A Ashton le preocupaba que la herida de bala pudiera estar causándole problemas a Rafe. Eso era algo de lo que tendría que ocuparse más tarde esta noche, después de haber golpeado los oídos de Charles por expresarse tan libremente.

—Bueno, es una noticia maravillosa —dijo Regina.

De repente, Rafe apartó su silla de la mesa y se puso de pie.

—¿Rafe? —preguntó su madre.

—Lo siento, madre. No me encuentro bien y me retiraré por la noche. Por favor, disculpadme —dejó caer la servilleta sobre la mesa y salió de la habitación.

Dada la ya irremediable incomodidad de la cena, Ashton decidió que ahora era tan buen momento como cualquier otro para ocuparse de Rafe. Se levantó de la mesa.

—Mil disculpas. Tengo que hablar con Rafe —salió del comedor y persiguió a su hermano, alcanzándolo junto a las escaleras. Rafe estaba subiendo lentamente y, de pronto, se detuvo y se desplomó en el suelo—. ¿Rafe? —alcanzó a su hermano segundos antes de que la caída lo lastimara—. ¿Qué te pasa? ¿Has vuelto a beber demasiado? —Ashton pasó uno de los brazos de Rafe por encima de su hombro.

—Ash, lo siento, yo no... —comenzó Rafe, con su voz extrañamente sin aliento. Rafe no sonaba de esta manera cuando estaba metido en sus copas.

—Tonterías. Deja que te ayude a subir —ayudó a Rafe hasta llegar a su habitación y lo acomodó en su cama.

—No he estado bebiendo. Lo juro —Rafe gimió y se puso de lado. Su cuerpo temblaba y gotas de sudor brillaban en su frente.

Ashton se sentó en la cama y colocó el dorso de su mano sobre la frente de Rafe. Estaba caliente al tacto. ¿Fiebre? El cuerpo de Rafe experimentó una sacudida y tensó la mandíbula mientras sus dientes empezaban a traquetear.

—Voy a llamar al médico —subió las mantas hasta la barbilla de Rafe y añadió más troncos al fuego en el extremo opuesto de la habitación.

Cuando volvió a mirar hacia la cama, el miedo de Ashton comenzó a ascender por su garganta. Nunca había visto a Rafe realmente enfermo. En sus vidas, ninguno de sus hermanos había tenido más que un resfriado. Cualquier cosa que estuviera mal ahora, era más que eso.

Cuando bajó las escaleras, Charles lo estaba esperando.

—¿Está todo bien?

—No, tengo que llamar a un médico. Rafe no está bien. ¿Dónde están los demás?

—Terminando el último plato —dijo Charles—. Me pareció ver a Rafe un poco apagado. ¿Quieres que vaya a buscar al médico? Tú podrías quedarte aquí y vigilarlo.

Ash aceptó. Se sentiría mucho mejor si pudiera vigilar a su hermano.

—¿A quién llamas normalmente? —Charles le ordenó a un lacayo que preparara su abrigo y su caballo. El lacayo asintió y desapareció.

—Al doctor Finchley. Está a unos ocho kilómetros al sur, en el camino principal, pasado el río. Tiene una pequeña casa de campo que se ve desde el sendero.

—Bien —Charles le hizo un gesto con la mano a Ashton—. Ve a ver a Rafe.

—Gracias —gritó Ashton mientras subía corriendo las escaleras. Cuando estuviera menos preocupado por su hermano, reprendería a su amigo por hablar de Rosalind.

Volvió a la habitación de Rafe y tiró de la cuerda de la campanilla para llamar al criado de Rafe. Mientras esperaba, acercó una silla junto a la cama de su hermano y volvió a tocarle la frente. Transcurrió media hora en total silencio mientras Ashton atendía a su hermano. Rafe permanecía inmóvil, con la respiración ligeramente agitada.

—Rafe —dijo suavemente—. Charles ha ido a buscar al médico.

Los ojos de Rafe se abrieron y miró fijamente a Ash, pero sus ojos azules se veían opacos.

—Lo siento, Ash —tosió, con la nariz un poco más roja ahora —. No quería arruinar la cena. Estaré mejor mañana —incluso mientras lo decía, sus dientes castañetearon.

—Más te vale. No puedo permitir que angusties a Joanna o a mamá. Primero te dedicas a robar y ahora estás enfermo —Ash se levantó de la silla, se acercó al lavabo y humedeció un paño con agua. Cuando volvió, vio a Rafe observándolo.

—Fue mi primera vez. Te lo juro.

Ashton se inclinó y colocó el paño fresco y húmedo sobre la frente de Rafe. Su hermano menor se estremeció.

—Está muy frío —farfulló Rafe—. Quítamelo.

—Rafe, estás ardiendo —mantuvo el paño en su frente—. ¿Y a qué te refieres con tu primera vez?

—El carruaje, fue mi primer... robo.

Ashton se debatía entre el alivio y la frustración. Se sentía aliviado de que Rafe solo hubiera cometido un acto de este tipo, pero también se sentía frustrado por el hecho de que Rafe hubiera pensado que era prudente robarle a alguien.

—¿Por qué lo hiciste, tonto? —mantuvo el paño en la cabeza de Rafe incluso cuando su hermano se agitó e intentó quitárselo.

Rafe exhaló; un sonido un poco ahogado.

—Porque tú me recuerdas la gran carga que soy. Pagando mis deudas, cubriendo mis errores y todavía consiguiendo cuidar de mamá y Joanna. Pensé que si podía vivir por mi cuenta...

Ashton gruñó.

—Prefiero seguir pagando tus deudas antes que tenerte robando carruajes.

—Supongo que ya no lo haré más, ya que tu futura esposa me disparó. Un hombre no es tan habilidoso cuando teme enfrentarse a las balas, especialmente las que provienen de las damas —la sonrisa de Rafe fue más bien una mueca de dolor.

—Tienes suerte de que la tormenta haya entorpecido su puntería. Ella tenía toda la intención de matarte —Ashton se rio, pero no pudo ahuyentar sus temores por Rafe. El cuerpo de su hermano no dejaba de temblar.

—Menuda elección de esposa, maldita sea. Tenías que encontrar una moza sedienta de sangre —Rafe se humedeció los labios —. ¿Podrías traerme un poco de agua?

—Por supuesto —Ashton se puso de pie y salió de la habitación, casi chocando con el ayuda de cámara de su hermano, quien venía con Charles y el médico.

Ashton estrechó la mano del hombre mayor.

—Gracias, doctor Finchley. Le pido disculpas por lo tarde que es.

El doctor Finchley se subió las gafas.

—Parece que su hermano está teniendo una semana difícil.

Ashton gruñó.

—Eso parece. Le traeré un poco de agua fresca.

El médico asintió.

—No hay problema. Le echaré un vistazo —entró, dejando a Charles y Ashton afuera.

—¿Cómo está? —preguntó Charles.

Ashton se pasó las manos por el pelo.

—No está bien. Nunca lo había visto así.

Charles se acercó y apoyó una mano en su hombro.

—¿Qué puedo hacer para ayudar?

Ashton se apoyó en la pared. Su cuerpo se sentía pesado, como si su interior estuviera lleno de piedras.

—Gracias. Todavía no sé muy bien qué hay que hacer. Será mejor que duermas un poco. Podemos hablar por la mañana cuando sepamos más.

—Despiértame si necesitas algo.

Ashton palmeó la espalda de Charles y se dirigió a las cocinas, con la mente acelerada. Ahora no era el momento de estar preocupado por su hermano, pero lo estaba. Desde niños, Ashton siempre había estado pendiente de él, protegiéndolo de todo lo que podía. Pero esto...

—Ashton —su madre estaba al pie de la escalera, con los ojos muy abiertos—. He visto a Charles con el doctor Finchley. ¿Rafe está enfermo?

—Creo que tiene fiebre. Finchley lo está examinando ahora mismo. Le llevaré a Rafe un poco de agua.

—¿Fiebre? —su madre palideció—. Déjame coger un vaso. Tú debes estar con él y hablar con el médico —se dirigió a las cocinas.

Con un suspiro, se dio la vuelta y regresó a la habitación de Rafe. Cuando entró, el doctor Finchley estaba mirando tristemente su reloj de bolsillo mientras dos de sus dedos sostenían una de las muñecas de Rafe.

—¿Cómo se encuentra?

Finchley soltó la muñeca de Rafe y volvió a deslizar el reloj en su bolsillo.

—Creo que es la gripe. Quedó inconsciente poco después de que usted se fuera. No le voy a mentir, Lord Lennox, esto no se ve muy bien. Es probable que sea contagioso, y debería limitar, en lo posible, su exposición al resto de la casa. Manténgalo abrigado y haga que beba mucha agua. Caldos ligeros para las comidas hasta que la fiebre y las náuseas cesen. Si su estado empeora, podría sugerir sangrarlo.

—¿La gripe? —masculló Ashton, con el corazón palpitando con fuerza contra sus costillas.

—Sí, me parece que es un caso grave. Vengo de visitar a varias personas en el pueblo. Un hombre y un niño ya han muerto. Si ha estado en el pueblo últimamente, podría haberse contagiado allí. Lo que más me preocupa es que su herida previa ya lo ha debilitado.

El mundo alrededor de Ashton se redujo, asfixiándolo. ¿Dos muertes? ¿Y Rafe tenía la misma enfermedad? Normalmente, un hombre adulto podía superar la gripe, pero dada su condición de herido, él podría no lograrlo.

Había un extraño zumbido en sus oídos.

—¿Podemos hacer algo?

—Me temo que no. Hay que sobrellevar la fiebre y confiar en que sea lo suficientemente fuerte para salir de esto —Finchley palmeó el hombro de Ashton—. Volveré mañana para revisarlo.

Ashton siguió al médico a la salida.

—Déjeme acompañarlo a la puerta.

Después de que el médico se fuera, Ashton se dirigió a las escaleras y se hundió en el suelo, enterrando la cara entre las manos mientras una docena de emociones amenazaban con ahogarlo.

—¿Ashton? ¿Qué ha dicho el médico? —la voz de su madre

era trémula. Él levantó la mirada y parpadeó para alejar las lágrimas que había estado intentado ocultar. Ella sostenía una jarra de agua y, cuando se encontró con su mirada, la soltó. Cayó de sus manos y se hizo añicos en el suelo de piedra, con un sonido agudo y violento que desgarró la noche silenciosa. Los fragmentos de porcelana blanca brillaron bajo las lámparas del salón—. Solo dímelo —susurró. Sus manos temblaban con tanta fuerza que se aferró a sus faldas, como si quisiera ocultarlas.

Ashton se limpió los ojos.

—Tiene influenza. Finchley dijo que había visto casos en el pueblo. Debido a su estado tan delicado, esto podría ser malo, madre. Tenemos que estar preparados. El médico cree que es contagioso. No podemos arriesgarnos a exponer a los demás.

—Influenza —Regina se aferró a la barandilla—. Ashton, no debes dejar que él... —ella ahogó las palabras, pero él sabía exactamente lo que quería decir.

—No lo perderás —juró Ashton.

—No lo *perderemos* —Regina se acercó a él y, antes de que pudiera protestar, se inclinó y le besó la frente. Hacía años que su madre no hacía algo así.

Ashton cogió una de sus manos y la estrujó.

—Intenta descansar.

—Lo intentaré. Pero el deber de una madre es preocuparse por sus hijos. De *todos* ellos —lo miró significativamente antes de dejarlo solo.

Ashton no la defraudaría. No dejaría morir a Rafe.

CHARLES ABRIÓ LA PUERTA DE SU HABITACIÓN Y SE QUITÓ EL polvo de la ropa, el que había cogido en el camino. Cada músculo se sentía tan tenso como una serpiente lista para atacar. Normalmente, la gripe no solía ser motivo de preocupación, pero cuando llegó a la puerta del médico, la cara del hombre había palidecido cuando le informó de los síntomas de Rafe.

—¿Está todo bien, milord? —Linley estaba allí en las sombras, lustrando sus zapatos con un paño mientras ocupaba una silla.

—El señor Lennox ha caído enfermo, y Ashton está condenadamente preocupado por ello. Yo también lo estoy —se frotó la cara con una mano, intentando suavizar las líneas de preocupación que sentía que se estaban formando allí—. Linley, muchacho, ¿mi reloj ha aparecido? Esos bribones de las granjas lo robaron de mi habitación, estoy seguro.

—No he buscado, milord —Linley estudiaba las botas con intensidad, frotándolas mucho más de lo necesario. Charles se acercó y cogió las manos del joven para detenerlo.

—Tranquilo, muchacho, vas a agujerear el cuero. ¿Por qué no bajas a buscar algo de comer? Sé que se te olvida la mayor parte del tiempo. Anda. Seguro que la cocinera tendrá restos de tartas de la cena de esta noche —dio una palmadita en el hombro de Linley y, con una sonrisa reticente, el chico se puso en pie, dejó las botas a un lado y salió de la habitación.

Charles examinó la habitación y luego buscó en sus cajones. El reloj seguía sin aparecer. Sería agradable que hoy le ocurriera al menos una cosa buena, pero ese no parecía ser su destino. Con un suspiro frustrado, se tiró en la cama y algo duro se le clavó en los omóplatos. Se dio la vuelta y movió la almohada un centímetro hacia atrás para encontrar un reluciente reloj de bolsillo de oro.

Al principio sintió alivio, pero luego ya no.

—Esto no es mío. Y no funciona... —estaba a punto de ponerlo en la mesita junto a la cama cuando se quedó helado. Algo le resultaba familiar.

Fue golpeado fugazmente por un recuerdo de la noche en que él y Avery llevaron a Audrey Sheridan a la ciudad para empezar a enseñarle algo sobre el oficio de espía de Avery. *Avery, en la tranquila mesa del pub, donde no los molestarían, sostenía un extraño dispositivo que parecía un reloj de bolsillo... pero no lo era. Los ojos de Audrey brillaron con gran interés cuando lo alcanzó y lo abrió. Una simple esfera de reloj apareció hasta que Avery presionó el pestillo por segunda vez y un falso fondo se abrió. Audrey giró la pieza y observó que el lado opuesto tenía un patrón circular de extraños símbolos y letras.*

—¿Qué es? —preguntó.

—Un decodificador. Algunos de nosotros, un grupo selecto, lo utilizamos para descifrar letras. Son bastante raros. El anillo de símbolos se puede ajustar para que coincida con las nuevas letras. En la parte superior de cualquier correspondencia, una letra y un símbolo en la esquina superior coincidirán y, una vez que lo tengas, podrás imitar el patrón de coincidencia y descifrar toda la carta.

Charles ejerció presión sobre el pestillo y el falso fondo apareció.

—¿Qué demonios...? —¿Cómo había acabado un decodificador en su dormitorio? Y, lo más importante, ¿quién lo había dejado aquí? Se apresuró a guardar el reloj en el cajón de la cómoda, debajo de unas camisas pulcramente dobladas. Ese era un misterio que tendría que resolver una vez que Rafe se recuperara. Ashton estaría demasiado preocupado por su hermano como para concentrarse en este nuevo misterio.

Pero...

Charles se quedó mirando el cajón, con una sensación de temor creciendo en su interior. Nada de esto se sentía bien.

Definitivamente, algo no estaba bien.

Rosalind estaba de pie en el centro de la habitación vacía de Ashton. Le sorprendió que su ausencia tuviera la capacidad de afectarla. Debería haber disfrutado de la tranquilidad y, sin embargo, añoraba su intensa mirada y el modo en que la hacía sentir, como si fuera la única persona del mundo.

Eso era algo que no había imaginado que disfrutaría, ser el único centro de atención de un hombre. Tal vez era porque estaba realmente interesado en ella y no deseaba herirla o utilizarla; él simplemente la quería. Con Ashton, el mundo parecía detenerse y solo existían ellos dos, incluso cuando discutían.

Después de que él se marchara en medio de la cena, ella supuso que había ido a ver a su hermano, pero que probablemente volvería. Luego Charles se había disculpado, al igual que Lady Lennox, poco después de terminar la cena. Dadas sus miradas de preocupación antes de abandonar la mesa, Rosalind había intuido que algo malo estaba ocurriendo, pero era una invitada en esta casa y no debía entrometerse. Se negó a cambiarse de ropa y mandó a Claire a la cama para poder esperarlo despierta. Dio un respingo cuando la puerta de la habitación se abrió, pero solo era el ayuda de cámara de Ashton.

—Mis disculpas, Su Señoría.

—No pasa nada, Lowell. ¿Dónde está Lord Lennox?

La expresión del joven ayuda de cámara estaba marcada por la tristeza.

—Atendiendo a su hermano. Está enfermo con la gripe. El médico le ha dicho a Su Señoría que no debemos estar en la habitación del señor Rafe por temor a que la enfermedad se propague. Su Señoría está ocupándose personalmente de su hermano. Me han dicho que le lleve algo de ropa, pero que no debo abrir la puerta.

Las manos de Lowell temblaban mientras recogía algunos objetos. Era evidente que el joven estaba aterrorizado. Rosalind enderezó los hombros y, con un pequeño movimiento de cabeza para sí misma, tomó la decisión de ayudarlo.

Ella se acercó a él y le tendió las manos.

—Permítame llevarlos, señor Lowell.

—Pero...

—No pasa nada. Lord Lennox no sabrá que usted no los ha dejado. Soy de pies discretos cuando necesito serlo —ella levantó sus faldas y le mostró una zapatilla de casa—. Ahora, deme eso. ¿Por dónde está la habitación de Rafe? —cogió la ropa y Lowell recibió sus indicaciones antes de dejarlo ordenando la habitación.

Siguiendo las instrucciones del ayuda de cámara, encontró la habitación de Rafe y dejó la ropa en el suelo frente a la puerta. Luego la golpeó ligeramente y corrió hacia el rincón más cercano, escondiéndose detrás de una estatua de mármol de una ninfa semidesnuda que huía de los brazos del dios Zeus.

La puerta se abrió y Ashton apareció, con el rostro pálido mientras levantaba la ropa y desaparecía de nuevo en el interior. Rosalind se resistía a admitirlo, pero estaba preocupada por él y por su hermano, aunque fuera un maldito asaltante de caminos. Cuando se trataba de hermanos tontos, era ella una experta y sabía que, cuando amabas a uno, no podías perderlo sin que se te rompiera el corazón. Y, en cierto modo, ella había perdido a tres. No le deseaba ese dolor a Ashton.

Quizás por la mañana todo estaría bien. Volvió a atravesar el pasillo, con el corazón hundido. Aunque despreciaba lo que Rafe había hecho, Rosalind no le deseaba realmente ningún mal. Después de todo, ella le había disparado. Algunos podrían decir que el asunto estaba resuelto. Y ciertamente no deseaba que Ashton sufriera viendo a su hermano soportar una enfermedad tan dura.

Ojalá yo pudiera hacer algo más.

—¿Qué está haciendo, Lady Melbourne? —la voz de Lord Lonsdale la hizo saltar. Salió de una puerta, con una copa de brandy en la mano. Su pelo estaba agitado y su chaleco había desaparecido.

—Le he traído a Ashton algo de ropa. Está cuidando a su hermano. ¿Te has enterado?

Charles asintió.

—Influenza. Puede ser algo muy difícil. Rafe es demasiado testarudo y no se permitirá empeorar. Tengo fe en que saldrá de esto.

Las palabras sonaron vacías y forzadas, haciendo que el silencio entre ellos fuera mucho más incómodo.

—¿Puedo hablar con usted? ¿En privado? —él señaló con la cabeza la puerta en la que se encontraba.

—Pero esto es privado. Estamos solos —Rosalind conocía suficientemente a los hombres como para no ir a ningún sitio demasiado apartado con uno que estuviera intoxicado y que no la quisiera

Charles negó con la cabeza.

—¿En una casa como esta? Ningún pasillo está vacío. Nunca. Por favor —dio un paso atrás, permitiéndole pasar junto a él. Por suerte, no era un dormitorio, sino un salón.

Rosalind se sentó en una mesa de juego laqueada y Charles se unió a ella. Dejó su copa y señaló el brandy con la cabeza.

—¿Le apetece un poco?

—No, gracias.

Rosalind esperó, insegura de lo que Charles pretendía decir. Considerando lo que había oído antes de la cena, era poco probable que ella apreciara lo que iba a suceder a continuación.

—No me andaré con rodeos, Lady Melbourne. He bebido demasiado esta noche y he perdido mi elocuencia habitual. Así que le ruego que me perdone —incluso mientras lo decía, ella no pasó por alto el astuto brillo de sus ojos, algo que le dijo que no estaba tan intoxicado como él quería que creyera. Después de todo, era uno de los amigos de Ashton. Ashton era un hombre inteligente y solo mantendría una relación con gente similar.

—Por favor, diga lo que piensa, Lord Lonsdale.

—Usted y Ashton son... —agitó una mano—. Bueno, sois enemigos, ¿no es así? —más que una pregunta, era una observación.

Rosalind inclinó la cabeza hacia un lado.

—Si lo somos, ¿qué le importa? —no lo preguntó con malicia, sino con curiosidad, sabiendo cuál sería probablemente su respuesta.

—El hombre es más un hermano para mí que mi propio hermano. Lo protegería con mi vida, de cualquier amenaza. Y *usted* representa una amenaza, Lady M. Una gran amenaza —sus ojos recorrieron su cuerpo de arriba abajo.

Rosalind se enfureció.

—No soy una amenaza. Él es una amenaza para mí.

Charles se rio.

—Porque él lleva las riendas, ¿eh? Pero ambos sabemos que usted es una criatura salvaje. Prefiero tenerte libre que arriesgar a mi amigo al dejarte cautiva. Un turón muerde cuando está acorralado.

¿La estaba comparando con un turón?

Rosalind lo enfrentó con una mirada tan intensa como la suya.

—Afortunadamente para usted, milord, soy capaz de mantener el control de mi temperamento y mis garras. Ahora, ¿qué es lo que desea decir?

—Necesitas fondos para comprar tu libertad, ¿no es así? —él cruzó las manos sobre la mesa y, a pesar de la botella de brandy medio vacía que Rosalind notó en la repisa detrás de él, ella tuvo la sensación de que su ingenio era bastante agudo.

—Sí.

—¿Y si pudieras recibir esos fondos? ¿Te alejarías de Ashton y de vuestro acuerdo marital?

Si Rosalind no hubiera estado preparada, habría dejado que la repentina sorpresa la inundara. Pero, afortunadamente, fue capaz de contener su reacción.

—¿Estás ofreciendo esto por caridad? ¿O tienes alguna negociación en mente?

—El único precio para que yo compre tus deudas y me encargue de tu libertad, sería que no volvieras a competir con él. Aléjate de cualquier interés competitivo y retírate si él se involucra en una guerra de ofertas contigo. Quiero que pierda el interés en el placer que encuentra al desafiarte.

Su instinto fue decirle a Charles que se fuera a la mierda porque ella nunca aceptaba nada de nadie sin ganárselo. Sin embargo, el regalo de su libertad era tentador... demasiado tentador. Por mucho que quisiera aceptar, sabía que no podía. Si jugaba conforme a su idea de retirarse y dejar a Lennox sin rival, eso seguiría siendo otra forma de esclavitud. No obstante, valía la pena comprobar la determinación de Charles para jugar a este juego.

—Si yo acepto, ¿supongo que quieres que esto se mantenga en secreto para él?

—Si Ash alguna vez me lo preguntara, yo lo negaría hasta mi último aliento.

—¿Por qué? —eso era algo que ella no podía entender—. Sabes que quiere controlarme a mí y a mis bienes. ¿Por qué tú, como uno de sus amigos más queridos, actuarías así para impedirle reclamar lo que desea?

Charles cogió su vaso y dio un sorbo, mirándola fríamente. Había una pizca de rabia y una de miedo en las profundidades de sus ojos grises. Él no sabía que lo había revelado, pero eso estaba presente.

—Porque se hace el tonto. Tiene la estúpida idea de que será tan feliz como Godric, Lucien y Cedric, de que puede comprarte y, al hacerlo, comprar tu amor. Sé mejor que nadie que el amor no es una mercancía que deba comprarse o venderse.

Rosalind se removió inquieta al sentir que su intenso escrutinio volvía a posarse en ella.

—¿Tu amor se *puede* comprar?

Ella lo miró fijamente.

—No se puede. El amor es algo que se da. A veces se gana, pero nunca se puede comprar. El afecto, tal vez. La lealtad, ciertamente. Pero nunca el amor.

—No deseo ver a Ash herido por este plan de matrimonio —Charles bajó el vaso y esperó.

—Por mucho que el hombre me enfurezca, tampoco deseo hacerle daño. Y menos a costa de mi propia felicidad.

—Entonces, ¿aceptarás mi oferta?

Rosalind evaluó su oferta frente a todo lo que había sucedido en los últimos días. La superviviente dentro de ella quería aprovechar la oportunidad de liberarse del control de Ashton. Pero, al mismo tiempo, dejaría de tenerlo en su vida.

Era una mujer de honor. Había prometido cumplir con los

términos de su apuesta. Si se alejaba y luego intentaba revivir la pasión que empezaba a arder entre ellos, ella no lo conseguiría. El orgullo y la desconfianza impedirían que Ashton se abriera a ella, y Rosalind se sentiría como una infame tramposa.

Y si era totalmente sincera consigo misma, no quería *alejarse*. Ashton estaba demostrando ser un mejor hombre de lo que Rosalind había asumido. Mucho mejor. Podía ser dulce y juguetón, no simplemente dominante y seductor. Al margen de sus bienes, no tenía ningún deseo de doblegarla ni de destruir lo que ella era.

Esta podría ser mi última oportunidad en el amor.

Sí, él la poseería, pero si ella a su vez poseía su corazón, ¿acaso el resto importaría? Rosalind, después de todo, podía decirle que no, podía rechazarlo si no deseaba estar con él. Ashton lo había dejado claro, que nunca aceptaría nada de ella que no estuviera dispuesta a dar. Eso era lo que lo convertía en un seductor muy peligroso. Prometió cumplir sus deseos, y resultó que ella lo quería a él por sobre todas las cosas.

—Bueno, ¿qué va a ser, Lady Melbourne? —preguntó Charles. Una sonrisa de suficiencia quería apoderarse de sus labios.

Rosalind se puso de pie, se acercó a él y cogió su copa de brandy. Entonces, con una sonrisa confiada, inclinó la copa hacia atrás y bebió todo el líquido antes de depositarla nuevamente en sus manos sorprendidas.

—Me temo que no puedo aceptar. Mi honor me obliga a cumplir mi promesa. A menos que él desee retractarse, me casaré con él en la fecha que elijamos.

Las manos de Charles se cerraron en puños, con los nudillos blancos mientras se ponía en pie.

—¿Estás segura? Podría pagar más que tus deudas. Cualquier otra cosa que desees. Dilo y será tuyo.

—Lo siento, pero no hay nada que puedas darme —las cosas que una vez quiso —amor, una vida feliz, hijos—, siempre habían sido fantasmas del pasado, castillos hechos de nubes. Sin embargo, si se quedaba con Ashton, podría tener una oportunidad más de perseguir esos sueños... y tal vez incluso de alcanzarlos.

—¿Te condenarías a un matrimonio sin amor? —preguntó Charles en voz baja.

Rosalind asintió.

—Pareces tan seguro de que el amor es imposible entre nosotros. Creo que podríamos llegar a amarnos, si tenemos suerte —*y creo que yo ya lo amo*.

Charles frunció el ceño.

—No dejaré que sigas con esto. Ashton se merece a alguien mejor. Una mujer que lo ame.

—Todo el mundo merece tener amor —coincidió—. Pero Ashton ha hecho esta elección, y él y yo estamos vinculados por su decisión. Buenas noches, milord —pasó frente a Charles y salió de la habitación, agradecida cuando él no intentó detenerla.

Una vez afuera, se aferró a su estómago, intentando recuperar el aliento. No había notado que su cuerpo había estado tenso durante toda la discusión, de forma que ahora estaba al borde del agotamiento.

Había algo aterrador en Charles. No era que temiera que él le hiciera daño, pero era como si su pasado lo estuviera atormentando. Ese dolor persistía en sus ojos; secretos que impulsaban a un hombre hacia resultados desesperados. Un hombre así haría cualquier cosa para proteger a las personas que amaba. Como un lobo hambriento entre las ovejas, él requería una vigilancia constante.

Debo tener cuidado.

CAPÍTULO 22

Brock Kincade estaba de pie en el borde del cementerio, mirando la tierra recién echada en la tumba de su padre. La luz de la luna bañaba el cementerio de tonos crema pálido y blanco opalescente. Las lápidas talladas formaban sombras casi tan negras como la propia noche. Pero Brock ya no tenía miedo. La criatura que lo había asustado desde que era un niño se había ido. Para siempre.

Su caballo emitió un resoplido impaciente y golpeó sus cascos, sin duda ansioso por volver a los establos con una manta en el lomo y avena fresca en su balde.

—Muy bien, bestia perezosa —masculló Brock y palmeó el cuello del animal mientras se subía a él.

Salió del tranquilo patio de la iglesia y regresó trotando por la sinuosa colina hasta el Castillo Kincade. El foso poco profundo estaba lleno de agua de lluvia, y el antiguo puente de madera había descendido para permitir el paso a la fortaleza.

Hacía más de cien años que el castillo no exigía ser defendido, pero como un viejo lobo, estaba al acecho y listo para hacerlo en cualquier momento. Pronto volvería a ser un lugar feliz, lleno de vida . Las torres en ruinas serían restauradas, y Rosalind podría volver a casa.

Cuando Brock trotó por el puente, Aiden salió corriendo a su encuentro.

—¡Gracias a Dios! Te hemos estado esperando. ¡Tienes que venir! —Aiden le hizo un gesto a un mozo de cuadra para que se encargara del caballo.

—¿Qué pasa? —desmontó y siguió a Aiden al interior del castillo. Su hermano menor estaba más pálido que la noche en que su padre murió.

—Tenemos visitantes. Rosalind está en problemas...

—¿Problemas? —gruñó Brock. Ya habían tenido suficientes problemas y no necesitaban más, pero haría lo que fuera necesario para ayudar a su hermana.

—Sí, entra —Aiden los condujo a una de las pocas habitaciones del castillo que aún eran aptas para recibir invitados. Era un salón con muebles anticuados, pero tenía una chimenea que funcionaba y ventanas que no estaban rotas. Su padre había considerado conveniente hacer solo las reparaciones más mínimas y necesarias. Había guardado bajo llave la pequeña fortuna que tenían, y el mantenimiento de un castillo era muy costoso.

Brodie los esperaba dentro con dos hombres. Uno de ellos era alto, con el pelo castaño rojizo y ojos marrones, unos ojos demasiado penetrantes como para no perderse de nada, a pesar de la calidez que desprendían. Brock supuso que era apuesto, pero podría olvidar el aspecto del hombre en cuanto saliera de la habitación.

El otro tenía el pelo oscuro y sus ojos eran casi negros. Había algo en él que provocaba en Brock una sensación de inquietud. Ambos hombres transmitían una presencia poderosa, pero el hombre de ojos oscuros estaba claramente al mando. Era inglés, a juzgar por su vestimenta, lo cual era suficiente para inquietar a Brock. Tal vez era eso, simplemente los nervios que lo ponían tenso.

—Lord Kincade —el hombre de ojos oscuros se inclinó ante Brock—. Me temo que traigo malas noticias.

—Mi hermano ha mencionado a nuestra hermana —dijo Brock.

—Sí. Soy Sir Hugo Waverly, y este es el señor Outis. He sido socio de negocios de Lady Melbourne desde hace algún tiempo. Lleva varios meses relacionándose con un rival común, tanto suyo como mío, en asuntos comerciales, y parece que el hombre ha adoptado medidas extremas y poco caballerosas.

Brock siguió estudiando al hombre. Su ropa era fina, pero no extravagante. Su voz refinada y suave. Tal vez había juzgado mal al hombre. La desconfianza hacia los *Sassenach* era algo con lo que todo escocés nacía.

—¿Qué tipo de medidas? —Brodie se colocó detrás del respaldo de una de las sillas y se apoyó en ella, con los ojos entrecerrados.

—Este otro caballero tiene toda la intención de asumir el control de su dinero, sus propiedades *y* su vida. Es un vil bruto y lo más probable es que la mate después de casarse con ella y asegurar su fortuna. Justo ahora, ella se encuentra atrapada en su finca, esperando a que él concierte su matrimonio. Ya ha conseguido una licencia especial. Me temo que la ley no puede hacer nada para detenerlo y, como amigo de su hermana, sabía que tenía que venir a decírselo de inmediato.

—¿Un hombre está reteniendo a Rosalind contra su voluntad? —Aiden miró a Brock.

El hombre llamado Hugo asintió.

—Es un barón que se llama Lennox. Puedo deciros todo lo que sé sobre él, pero es de suma importancia que la rescatéis antes de que le haga daño.

—¿Aunque lleguemos demasiado tarde y se hayan casado? —preguntó Brodie.

Hugo se encontró con las miradas de los tres hermanos.

—Creedme. Él *quebrará* su espíritu así como su cuerpo. Debéis hacer lo que sea necesario para salvarla. Deberías traerla aquí, donde podáis protegerla. Pero debo advertiros, él vendrá a por ella. Y no estará solo. Traerá a sus amigos con él.

Brock y sus hermanos sabían que la ley no podía ofrecerle ninguna protección a su hermana, ni de un marido y, desde luego, no de un maldito noble. Si ella necesitaba protección, ellos tendrían que proporcionársela.

—Gracias por venir a advertirnos —Brock le tendió una mano al hombre.

Waverly la aceptó.

—Su hermana es una mujer encantadora. Mi único deseo es ayudar a salvarla. No quiero que ese bastardo de Lennox la lastime —intercambió miradas con el hombre que estaba a su lado—. Os aconsejo que contratéis a más hombres en las aldeas locales para que os ayuden a proteger a vuestra hermana hasta que las cosas se calmen, o hasta que él se desanime adecuadamente. Lennox y sus hombres os seguirán de cerca.

Brodie le dio un codazo a Brock.

—Supongo que nos vendría bien la ayuda.

Brock lo consideró.

—Este tipo Lennox... ¿Es realmente una fuerza a tener en cuenta?

Waverly inclinó la cabeza, visiblemente molesto.

—No tienes ni idea. Ha matado a varios hombres en los últimos años. Hombres que han obstaculizado sus planes.

—Brock, tenemos que salvar a Rosalind —dijo Aiden.

Brock agitó una mano.

—Sí, lo haremos —miró a Waverly—. Dime dónde encontrar a ese barón y a mi hermana.

Waverly asintió sombríamente.

—Hay un hombre en su residencia y le notificaré que os espere.

Brock se quedó perplejo.

—¿Tienes a alguien trabajando para él?

—Temiendo lo peor, he estado vigilando a Lennox desde que tu hermana y yo empezamos a competir con él. Mi hombre podrá ayudaros a acceder a la casa y a vuestra hermana. Os sugiero que la saquéis a la sombra de la oscuridad y la llevéis a Escocia.

—Gracias —dijo Brodie.

Waverly asintió.

—Lennox debe pagar por lo que ha hecho, y estoy dispuesto a prestar mis servicios para acabar con él.

ROSALIND APENAS DURMIÓ ESA NOCHE SOLA EN LA CAMA DE Ashton. Echaba de menos al hombre; su calor, su risa, su toque. Su aroma se aferraba a las sábanas como un amante fantasma. Una cama vacía nunca la había molestado, pero ahora sí, porque sabía qué estaba anhelando. A su dulce y seductor barón.

Mientras el amanecer entraba por las ventanas, Rosalind se deslizó fuera de la cama y tiró de la cuerda para llamar a Claire. Si seguía sintiéndose así, el día iba a ser muy largo. Dio un salto cuando la puerta se abrió, demasiado pronto para que se tratara de Claire.

Ashton estaba allí, luciendo tan mal como ella se sentía.

—¿Rosalind? —parpadeó, manteniendo la distancia al permanecer en la puerta. Estaba pálido, sus ojos azules estaban —. ¿Qué estás haciendo aquí?

—Dijiste que debía quedarme en tu dormitorio...

¿Ella había hecho algo malo?

Se adentró un paso más en la habitación, pasándose una mano por el pelo.

—Pensé que tal vez aprovecharías y te irías mientras yo atendía a Rafe.

Ella se enfureció.

—Le hice una promesa, milord. No me iría a menos que usted rompa nuestro acuerdo primero. Además, alguien tiene que cuidarlo mientras atiende a Rafe.

Ashton esbozó una media sonrisa.

—Te besaría por eso, pero me temo que no debes acercarte

más. No quiero ponerte en peligro... —su voz se apagó y apoyó una mano contra la pared con una mano.

—Ashton...

—Estoy bien. Solo necesito dormir. Por favor, un momento —respiró profundamente—. Quizás una... silla —dio un par de pasos más hacia adelante y Rosalind vio que su cuerpo se inclinaba hacia un lado.

Se lanzó hacia él sin pensarlo, cogiéndolo por la cintura mientras se desplomaba. Ambos cayeron al suelo. Presa del pánico, le dio la vuelta y jadeó. Él estaba inconsciente.

—¡Mi señora! —jadeó Claire desde la puerta.

—¡Claire, por favor, trae a Lady Lennox de inmediato! ¡Está enfermo!

—¿Y usted? Debería mantener su distancia.

—Alguien tiene que atenderlo. ¿Puedes ayudarme a subirlo a la cama?

—Por supuesto que puedo —pero Rosalind no pasó por alto la preocupación en su voz mientras la ayudaba con Ashton. Esta enfermedad actuaba lo suficientemente rápido como para disuadir a cualquiera de acercarse demasiado.

—Tráeme un cuenco de agua, paños limpios y algo de ropa para ponerme. Y haz que traigan a ese médico a la casa de inmediato.

Rosalind apenas fue consciente de su dama de compañía había salido corriendo; estaba completamente concentrada en Ashton. Se sentó en el borde de la cama y le apartó el pelo de los ojos. Sus pestañas doradas y oscuras se agitaron y él se removió inquieto sobre las sábanas.

—Rosalind... —pronunció su nombre en un tono tan desesperado que a ella le dolió el corazón.

Ella le acarició la cara con una mano suave.

—Estoy aquí.

Los ojos de Ashton se abrieron. La miró fijamente a través de sus pupilas empañadas por el dolor.

—Rafe. Necesito… —intentó incorporarse, pero ella lo empujó suavemente para que volviera a la cama.

—Debe descansar, milord. Yo atenderé a Rafe.

Ashton se rio, pero terminó tosiendo.

—¿Por qué me preocupa pensar en eso?

Rosalind soltó una carcajada, aunque no pudo ocultar la tensión en su voz.

—¿Porque tendré la tentación de golpear su brazo herido para hacerle pagar por el robo a mi carruaje? —sugirió.

—Sí, a eso me refería —los labios de Ashton formaron una sonrisa cansada antes de que sus ojos se cerraran de nuevo.

Claire regresó y colocó una jofaina en la mesa junto a la cama y le entregó algunos paños.

—Gracias, Claire. Por favor, dile al señor Lowell que puedo atender a su amo, en caso de que le preocupe contagiarse.

Ashton se volvió a remover al oír el nombre.

—No seas demasiado dura con Lowell. Su madre murió de gripe cuando él era un niño. Le da miedo. Tú también deberías estar aterrada, Rosalind. No quiero más enfermos.

Ella humedeció un paño y lo colocó sobre su frente.

—Es demasiado tarde para discutir conmigo, milord. Ya debería saber que hago lo que me da la gana.

Él suspiró y sus párpados volvieron a caer. Pronto, su respiración se profundizó con el sueño.

Rosalind cambió de posición para poder apoyarse en el respaldo de la cama y observarlo. Sería muy fácil huir a Londres. Pero no podía abandonarlo, no cuando más la necesitaba. Pero era más que eso. Ella quería quedarse porque, en contra de su buen juicio, el maldito inglés había llegado a importarle. Toda su arrogancia, orgullo, terquedad y pragmatismo que Rosalind había despreciado, eran rasgos que ella también poseía. Eran personas muy similares.

Ella entrelazó sus dedos y estrujó su mano.

—Sé fuerte, Ashton —dijo suavemente—. Deseo que cumplas nuestra apuesta. Aunque sea una tontería, creo que podríamos encontrar cierta dosis de felicidad juntos. Cuando no estemos discutiendo, claro —Rosalind sonrió y le acarició la mejilla. Ashton volvió la cara hacia su toque. Sus labios se movieron, pero las palabras no salieron. Su piel quemaba al contacto.

Una fiebre así...

—Por favor, Ashton. Debes superar esto.

Debes hacerlo.

Los sueños, producto de la fiebre, siempre propios de una pesadilla. Ashton luchaba por escapar de la oscuridad asfixiante, pero la enfermedad era demasiado poderosa. La fiebre lo sumergió en recuerdos que lo perseguían incluso cuando estaba despierto.

La bruma del humo de los cigarros en el garito de juego era lo suficientemente espesa como para poder agitar una mano en el aire y alterar las nubes que flotaban sobre las cabezas de los hombres. El repulsivo y dulce aroma era abrumador, provocando ardor en los ojos de Ashton. Si se veía obligado a permanecer aquí mucho más tiempo, estarían enrojecidos por la mañana. Pero tenía que encontrar a su padre.

—Disculpe —tosió mientras le daba un golpecito al hombre más cercano que jugaba al faro—. ¿Ha visto a Lord Lennox? Hombre alto, pelo claro, bigote corto.

El hombre se encogió de hombros para apartar su mano, y señaló con la cabeza una puerta lejana.

—Sí, lo conozco. Lo vi por última vez en ese lugar. Pero no está solo.

Ashton esperaba exactamente eso. Durante meses, los avisos vencidos y las cuentas que su padre debía se habían estado acumulado en su mesa de estudio en la casa de ciudad.

—Gracias —dijo, pero el hombre ya estaba concentrado en su juego.

Una mujer con el pelo demasiado rojo para ser natural se acercó a él.

—¿Deberías estar aquí, niño? —su vestido, de un bermellón chillón, era lo suficientemente escotado como para dejar muy poco de su figura a la imaginación.

—¿Perdón? —Ashton intentó alejarse de la mujer. Solo tenía quince años, todavía era un hombre joven, pero lo suficientemente mayor como para saber que una prostituta era problemática y costosa.

—Todavía eres un nene —dijo la mujer con una voz melosa y deslizó el borde de un abanico de encaje por su mejilla.

Él apartó el abanico.

—No vuelva a tocarme así, señora —le advirtió—. No soy un niño.

Por un momento, la mujer pareció sorprendida. Luego se rio.

—Uno tímido. Qué encantador. ¿Te gusta ser el amo, corazón? Ese es un juego al que puedo jugar, por el precio adecuado —la mano de la mujer descendió hasta la cadera de Ashton y luego intentó deslizarse hasta su ingle.

Ashton capturó su muñeca.

—Mi padre, Lord Lennox, está con una de tus mujeres. Quiero saber dónde está inmediatamente.

La prostituta se aclaró la garganta y liberó su muñeca de un tirón.

—Oh, bien. Está en la habitación trasera, a la izquierda —sacudió la cabeza hacia una puerta lejana.

Ashton enderezó los hombros y cruzó la abarrotada zona de juego hacia las habitaciones privadas. Cuando llegó a la oscura habitación del fondo a la izquierda, su mano tembló mientras la levantaba para llamar a la puerta.

No hubo respuesta desde el interior.

—¿Padre? Es Ashton —volvió a golpear la puerta. Oyó un gemido cuando tocó el pomo de la puerta. Se abrió y Ashton miró con agonía la escena. No había ninguna mujer en la habitación. Solo su padre, tumbado en la cama, sujetando su cabeza por el dolor.

—¡Padre! —corrió hacia la cama, pero cuando intentó ayudarlo a sentarse, Ashton recibió un fuerte golpe en la cara.

—¡Déjame en paz, niño! —espetó el hombre.

Ashton se llevó una mano a la cara; la piel le ardía, allí donde el dorso de la mano de su padre lo había pillado desprevenido. Su padre nunca le había pegado.

—Padre, por favor —suplicó—. Ven a casa. Mamá te necesita. Todos te necesitamos.

Lord Lennox se puso en pie a trompicones.

—La maldita puta se llevó mi monedero —palmeó sus bolsillos—. También el reloj de bolsillo.

—Padre... —Ashton todavía se tocaba la cara en la zona del golpe, pero su padre no lo estaba escuchando. Salió de la habitación, tropezando a través del pasillo. Ashton se apresuró a seguirlo, esquivando las mesas de juego. Su padre, aunque claramente ebrio, seguía moviéndose más rápido que Ashton.

Algunos hombres gritaron y maldijeron cuando el padre de Ashton se lanzó contra ellos.

—¡Cuidado, hombre! —alguien empujó a Lord Lennox hacia la puerta principal.

Ashton tropezó y cayó cuando un bastón salió disparado y alcanzó la punta de su bota. Un joven de pelo oscuro y ojos negros se rio fríamente.

—¡Cuidado, niño!

—Mis disculpas —masculló Ashton, luchando por ponerse en pie. Su padre desapareció por la puerta—. ¡Padre! —llegó a la puerta justo a tiempo para ver a su padre perder el equilibrio en la acera y caer a la calle.

El tiempo pareció detenerse. Un carruaje se precipitó por la calle oscura y golpeó a Lord Lennox. El caballo chilló y ahogó los gritos del hombre al que arrolló. Las piernas de Ashton se clavaron en el suelo. El aliento se le escapó de los pulmones. No podía moverse ni hablar mientras el caos estallaba a su alrededor. Los hombres se apresuraron a ayudar al angustiado conductor del carruaje.

—¡Muerto! ¡El hombre está muerto! —el grito de alguien atravesó la bruma de conmoción y horror que mantenía prisionero a Ashton. Bajó corriendo los escalones y se detuvo a pocos metros del cuerpo estropeado de su padre.

—¿Quién es? —preguntó el conductor.

Paralizado, Ashton dio un paso adelante.

—Es mi padre.

—Era tu padre —dijo el joven de pelo oscuro con el bastón—. Tonto ebrio —el hombre volvió a entrar en el club, dejando a Ashton de pie, perdido, mientras su mundo se derrumbaba a su alrededor.

—Ashton, por favor, sé fuerte —una dulce voz bailó entre los límites del dolor que inundaba su cabeza y su corazón.

Las lágrimas mancharon sus mejillas, pero se sentía demasiado débil para levantar sus miembros. La oscuridad lo capturó de nuevo, hundiéndolo, donde ni siquiera las pesadillas febriles podían alcanzarlo.

CAPÍTULO 23

El sudor cubría la frente de Ashton, y sus febriles balbuceos rompían el corazón de Rosalind. Contuvo la respiración cada vez que el pecho de Ashton subía y bajaba, temiendo que fuera el último.

La enfermedad había reclamado otras tres vidas en el pueblo desde que Ashton y Rafe habían caído enfermos hacía tres días. El terror se había apoderado de la Casa Lennox, pero Rosalind se había negado a alejarse de Ashton. Su corazón se anclaba en su garganta cada vez que él no se movía sobre sus sábanas.

Durante la última hora, Ashton se había agitado sin cesar para después hundirse en otro silencio aterrador. Su respiración se había vuelto superficial y su piel se sentía húmeda y pegajosa. Cada músculo del cuerpo de Rosalind se tensó mientras lo estudiaba, buscando cualquier señal que le indicara que se estaba alejando de ella.

No me dejarás, Lennox. No así. Exijo una lucha justa contigo, cobarde. Quiero... Rezó para que él pudiera oír sus pensamientos. Estaba demasiado asustada para expresarlos en voz alta. *Quiero casarme contigo.*

—¿Cómo está? —Regina estaba de pie junto a la puerta, con los ojos enrojecidos.

Ambas se habían convertido en las cuidadoras de Rafe y Ashton. Regina no había querido que nadie más se arriesgara a exponerse, y Rosalind había estado de acuerdo. Habían despedido a los sirvientes más jóvenes, y solo los más obstinados habían insistido en quedarse. Rosalind apenas era consciente de lo que ocurría del otro lado de la habitación de Ashton.

Había una extraña parte de ella que sentía que, si perdía la concentración en él aunque fuera por un minuto, lo perdería. Sentía que su fuerza lo estaba ayudando a quedarse con ella. Era una tontería, pero quería creer desesperadamente que podía hacer algo para ayudarlo a salir de esto.

—Ha vuelto a dormirse. No puedo decir si está mejor cuando está tranquilo o cuando está agitado —su voz era un poco inestable, un leve indicio de la tormenta desatada en su corazón. Las manos de Rosalind temblaron mientras le quitaba el paño de la frente y lo sustituía por uno nuevo.

Regina entró y se sentó junto a Rosalind.

Rosalind se apoyó en la madre de Ashton, pues necesitaba un minuto para descansar y recuperarse. Ella y Regina se habían unido en los dos últimos días, como soldados defendiendo un fuerte, completamente solas. Habían aprendido a leer la evidencia de lágrimas en los ojos de la otra, el lenguaje de la tristeza y el dolor, el destello de la esperanza y el brillo de la firme determinación de superar estos días oscuros.

Siempre se había sentido muy sola después de la muerte de su madre, pero ahora, al enfrentarse a la pérdida de Ashton, había anhelado que alguien la cuidara en esos raros momentos de debilidad. Regina había hecho justamente eso, ocupándose de ella sin pensar en sí misma. Era algo que Rosalind había visto en Ashton. Ese espíritu altruista hacia los que amaba.

Con el dorso de la mano, la madre de Ashton tocó la frente de Rosalind para comprobar si tenía fiebre.

—¿Cómo estás?

Rosalind suspiró cansada.

—He sobrevivido a muchas adversidades en mi vida, pero nunca me había sentido tan impotente.

Cuando su padre estaba de mal humor, a veces la encerraba en su habitación por días, sin comida y solo con una jarra de agua. Pero esos días no eran nada en comparación con esta batalla contra la que ella no podía luchar. La vida de Ashton estaba en sus propias manos. Rosalind solo podía mirar, esperar y hacer lo poco que podía para mantenerlo cómodo.

—Tu anterior marido, ¿era...? —Regina no pudo continuar.

—No —dijo Rosalind—. Henry era un buen hombre. Mi padre era una bestia. Cuando por fin me escapé, Henry me rescató de esa vida —extendió la mano y apartó un mechón de pelo de la cara de Ashton—. Pero esto; esta espantosa espera, es mucho peor.

—Lo sé, mi niña. Lo sé. Deseamos librar las batallas de los que más queremos, pero en muchas ocasiones no podemos —Regina le pasó un brazo por los hombros, dándole un dulce abrazo. Su madre solía hacer eso, recordó, hacía muchos años, cuando la vida no estaba tan llena de dolor y oscuridad.

Los labios de Ashton se movieron, haciendo que Rosalind y Regina se tensaran, pero las palabras no fueron comprensibles.

—Antes, ha dicho algo sobre su padre —dijo Rosalind.

Regina tragó saliva y asintió.

—Apenas era un joven cuando su padre murió. No habla de ello, pero sé que todavía sufre. Verás, el presenció su muerte. Haber sido testigo de algo tan terrible a una edad muy temprana, debe atormentarlo más allá de la cordura —sus ojos se oscurecieron con el peso de las lágrimas—. Veo mucho de mi Malcolm en él, y me recuerda lo que he perdido. Siempre he sido dura con él, y ese es el pecado con el que debo vivir. Solo desearía haberle dicho lo mucho que lo quiero —de repente, la madre de Ashton empezó a llorar y Rosalind le devolvió el abrazo, ofreciéndole sus últimas fuerzas.

Rosalind acarició el brazo de Ashton.

—Tiene un gran corazón. Uno que esconde. No es frío.

Puede ser insufrible y testarudo, pero también es cariñoso y bondadoso. Lo he juzgado mal.

Regina resolló.

—Parece que he sido una pésima madre, peor de lo que pensaba.

Rosalind negó con la cabeza.

—No, estoy segura de que has sido una madre maravillosa.

—Me he pasado años descargando mi ira con él —inclinó la cabeza—. Ojalá supiera cuánto lo lamento, por todo —se levantó y se acercó a su hijo para darle un beso en la frente.

Rosalind deslizó las puntas de sus dedos a lo largo de la mandíbula de Ashton.

—Si hay algo que sé sobre este hombre, es que es demasiado terco como para rendirse ante una enfermedad.

La madre de Ashton asintió pero no habló.

Rosalind se sintió como un torbellino de emociones mientras observaba a Ashton dormir. Antes había odiado su determinación de poseerla y de ganar todas las batallas, pero ahora sentía que empezaba a comprenderlo. Era un hombre que intentaba coger las riendas de su vida porque todo se había salido de control cuando era muy joven. Había visto morir a su padre, y las responsabilidades familiares después del desastre lo habían agobiado hasta el cansancio. No era de extrañar que estuviera tan empeñado en salirse con la suya. Era la única forma en que se sentía seguro.

Justo como yo...

Cuando la mano de Ashton se agitó repentinamente, Rosalind entrelazó sus dedos con los de él.

—Me alegra mucho haberte conocido. Eres la mujer adecuada para él.

Rosalind se sintió conmovida por sus palabras y por el sentimiento que guardaban. Quería ser digna de Ashton y quería que su familia la recibiera como una digna pareja para él.

—Gracias, Lady Lennox.

—¿Madre? —habló Ashton, con la voz ronca.

Ambas se volvieron hacia él. Sus ojos estaban abiertos, pero su mirada seguía siendo turbia.

—Estoy aquí, mi niño, oh, mi querido niño —Regina se limpió las nuevas lágrimas en sus ojos mientras le tocaba la frente y sonreía, con las manos trémulas.

A Rosalind le costaba respirar. Él había preguntado por su madre y ella no debería haberse puesto celosa, pero había esperado que dijera *su* nombre.

Debería irme. Él no me quiere aquí. Empezó a levantarse de la cama, pero Ashton le cogió la muñeca.

—Quédate, *por favor* —le susurró—. Te necesito aquí —sus ojos azules estaban impregnados con los ecos de sus sueños atormentados, pero Rosalind también percibió su necesidad de ella.

Quiere que me quede. Pero lo que realmente había querido admitir para sí misma era: *Alguien me quiere.*

—¿Ves? —le dijo Rosalind a Regina, una sonrisa curvando sus labios a pesar de su preocupación—. Hombre obstinado. Sabía que ninguna enfermedad lo mantendría en cama por mucho tiempo.

Regina soltó una risita y Ashton casi sonrió.

—Veo que os habéis unido gracias a mis muchos defectos —fue un mero rugido como respuesta, pero Rosalind pudo ver un destello de alegría en sus ojos cansados. Ashton le estrujó la muñeca.

—Oh, mi dulce niño —Regina se inclinó para besar su frente de nuevo—. Temía perderte —su voz se quebró un poco y Ashton parpadeó lentamente, con una lágrima cayendo sobre la almohada.

—Madre, por favor. Prefiero que te enfades conmigo a que llores.

Ella resolló, pero recobró la compostura.

—Debo decirte algo, Ashton. Me ha agobiado todos estos años, y mereces escucharlo. He sido una criatura mezquina, simplemente mezquina contigo, mi querida niño. Yo... —hizo una pausa pero agitó una mano cuando Ashton intentó interrumpirla—. Me recuerdas mucho a tu padre. Tienes su aspecto, su inteligencia, su cálido corazón, pero... pero lo que he confundido con frialdad todos estos años, era fuerza. Eres un buen hombre, Ashton, y un buen hijo —Regina se había mantenido bastante firme mientras hablaba, pero, al final, un pequeño sollozo la ahogó—. Eres *mi* hijo y te quiero. Por favor, perdóname por haber sido tan dura contigo todos estos años.

Rosalind se apoyó en el poste de la cama, cerca de la cabeza de Ashton, y lo vio luchar por las palabras. Seguía aferrado a su mano y la estrujaba con fuerza, como si lo que estaba oyendo fuera demasiado bueno para ser verdad. Si el padre de Rosalind hubiera pronunciado alguna vez tales palabras, la habría asombrado.

—No hay nada que perdonar, madre —prometió Ashton, y tras un momento de silencio en el que se limitó a contemplar a su madre con una cansada satisfacción que Rosalind sospechaba que no había sentido desde que era un niño, suspiró y sonrió. Sus ojos se iluminaron y trató de incorporarse—. Rafe... ¿cómo está?

—Un poco mejor que tú. Sentado en la cama y aceptando la comida. Debería volver con él ahora que tú has despertado.

—Madre, si , me sentiré muy molesto. He pedido que nadie más atienda a Rafe.

—Sí, bueno, alguien tenía que hacerlo —Regina resolló—. Rosalind insistió mucho en que deseaba cuidarte, y como éramos las únicas lo bastante valientes como para arriesgarnos a atenderos a las dos, yo me he hecho cargo de Rafe. Nadie más ha enfermado en la casa. Es posible que estemos a salvo.

Ashton negó con la cabeza.

—No me sentiré seguro hasta que haya pasado una semana sin que nadie más caiga enfermo.

—Puedes preocuparte todo lo que quieras, pero por ahora lo harás desde tu cama —se inclinó de nuevo y le besó la mejilla—. Debo ir a ver a tu hermano. Recupérate, hijo mío —dio una palmadita en el hombro de Rosalind y salió de la habitación.

Rosalind movió los pies, los cuales le dolían por estar demasiado tiempo de pie. Ahora que Ashton había recuperado la consciencia, se sentía agotada y extrañamente expuesta.

—Yo... —su voz falló. Pero cuando él le sonrió, lo hizo con una expresión suave y soñadora, la que un hombre podría tener después de una larga noche de felicidad entre las sábanas. No muy diferente a la que Rosalind experimentaba cada vez que recordaba a su cuerpo entre sus brazos.

—Ven aquí, cariño. Parece que te vas a desmayar —él palmeó el otro lado de la cama, donde había un lugar para que se sentara.

Rosalind rodeó la cama y subió para sentarse junto a él.

—¿Te importaría mucho ayudarme a sentarme? Me duele mucho la espalda después de haber estado demasiado tiempo tumbado —dijo Ashton.

Ella lo miró, con su piel pálida y sus ojos vidriosos.

—¿Tienes fuerzas?

Él asintió.

—Puedo recostarme en las almohadas. Necesito levantarme un poco. Sentirme tan débil como un gatito no va conmigo —gruñó.

Rosalind se rio.

—Teniendo en cuenta que hace unos minutos estabas experimentando sueños febriles, creo que esto es una gran mejora. No deberías apresurar tu propia recuperación.

—¿Sueños febriles? —Ashton suspiró con fuerza, y el sonido estrujó el corazón de Rosalind.

Cogió su brazo y lo ayudó a levantarse.

—Sí, sobre tu padre.

—¿Mi padre? —su expresión se ensombreció, pero Rosalind no quería disgustarlo, no después de todo lo que había soportado. Se inclinó hacia él y le besó la mejilla.

—Estoy muy aliviada de que estés mejor. Me has dado un buen susto —acomodó la cabeza en su hombro, con cuidado de no apoyarse demasiado en su costado.

—Yo también. La gripe es una maldita molestia —echó un

vistazo a la habitación y encontró el reloj en la repisa de la chimenea—. Dios mío, ¿es esa la hora?

—Sí —dijo Rosalind—. Llevas tres días enfermo.

—Todavía tenemos que organizar una boda, y el resto de la Liga llegará a esta casa en cualquier momento.

—¿Oh? ¿Para qué? —el corazón de Rosalind golpeó contra sus costillas. La idea de que todos llegaran al mismo tiempo la ponía extrañamente nerviosa. ¿Y si eran como Charles y les disgustaba que ella y Ashton se casaran? ¿Y si nunca encajaba en su grupo como las otras esposas lo habían hecho? Todos parecían estar muy a gusto con los demás, y esas amistades eran profundas. Rosalind era una extraña para ellos y no podía verse a sí misma encajando, no cuando Ashton no se casaría con ella por amor.

¿Mi amor por él es suficiente para los dos?

—Desean asistir a nuestra boda. Es la tradición. Espero que no te importe.

Rosalind se rio aunque su corazón aún le dolía.

—Supongo que mantenerlos al margen de nuestros asuntos es imposible.

—Lo es —coincidió Ashton—. Has conocido a Emily, así que sabes que esa mujercita siempre se sale con la suya.

Rosalind soltó una risita, recordando lo bien que se había llevado con Emily.

—Sí, creo que sí —*al menos tendré una aliada en la Liga de los Pícaros.*

Alguien llamó a la puerta de la habitación.

—¿Quién es? —preguntó Rosalind.

—Charles.

—No lo dejes entrar —advirtió Ashton—. Todavía no estoy bien. No quiero que se enferme.

Rosalind se dirigió a la puerta y la abrió solamente un poco. Charles la miró fijamente a través de la abertura.

—No quiere verlo, milord. Teme que usted también enferme.

Empezó a cerrar la puerta, pero Charles metió el brazo y utilizó su considerable fuerza para forzar su apertura.

—¡Charles, no! —Ashton tosió e intentó abandonar la cama.

—Maldito idiota —gruñó Charles y se apresuró a cogerlo. Miró con odio a Rosalind cuando ella intentó ayudar a regresar a Ashton a la cama. Las finas ropas de Charles estaban arrugadas y él parecía tan agotado como ella, con ojeras. Mientras ella atendía a Ashton, él había ayudado a mantener la casa de los Lennox en funcionamiento y había supervisado la construcción de las casas de los aparceros. Tanto él como Jonathan habían sido increíblemente útiles.

—Sea útil, Lady Melbourne. Traiga algo de caldo y pan de las cocinas. Necesito hablar con Ashton. *A solas.*

—Pero...

—Es asunto de la Liga y no es de tu incumbencia —dijo Charles.

En lugar de doblegarse ante la insufrible actitud de Charles, Rosalind miró a Ashton. Él se encontró con su mirada, con una expresión suave y comprensiva.

—Lo siento, cariño, pero debo hablar con él. Te prometo que no te mantendré al margen de mis secretos para siempre —hizo una mueca de dolor. Luego añadió—: Un caldo suena bastante bien. ¿Te importaría? —la expresión de disgusto de Ashton fue la única razón por la que ella aceptó irse. Asunto de la Liga o no, Rosalind no habría cedido ante Charles a menos que Ashton se lo pidiera.

Rosalind salió de la habitación, pero se paralizó cuando oyó hablar a Ashton.

—¿Por qué la has echado, Charles?

—Porque es nuestra enemiga. Acabo de recibir una carta de Londres de los hombres que has puesto a investigar las cuentas de Rosalind. La relación entre ella y Waverly es más profunda de lo que sospechábamos. Tienen más de una aventura de negocios juntos, y en las oficinas de esa mujer había cartas dirigidas a él en relación con los informes sobre tus intereses en varias inversiones y empresas. Estaban trabajando juntos para espiarte y, a través de *ti,* nos están espiando a *nosotros.* Te advertí que no estabas pensando con claridad cuando se trataba de ella, y yo tenía razón.

¿Waverly? ¿Ellos lo conocían? Él había comenzado una relación amistosa con Rosalind poco antes del fallecimiento de su marido. Ella había quedado impresionada con su conocimiento sobre los negocios y su buen ojo para las adquisiciones. Él la había guiado por el camino de la compra de empresas delante de las narices de Ashton. Se habían comunicado a menudo en relación con diversos intereses, pero entre ellos estaban las estrategias empresariales de Ashton. Habían compartido una carcajada por haberlo enviado en círculos, además de privarlo de las empresas que quería comprar.

Una sensación de malestar revolvió el estómago de Rosalind. Waverly nunca había dado ningún indicio de haber tenido una historia *personal* con Ashton. Eran solo negocios... ¿no? Pero ahora que ella miraba hacia el pasado, pudo ver que el nombre de Ashton siempre surgía en sus conversaciones con Waverly. Rosalind había asumido que había sido obra de sus propias intenciones, pero ahora comprendía que Hugo había dicho cosas para hacerla pensar en Ashton, y eso había provocado las frecuentes conversaciones cuando se reunían en sus oficinas.

Me han engañado, ambos hombres. Las náuseas no hicieron más que crecer en su interior.

—¿Qué quieres decir con que están trabajando juntos? —exigió Ashton.

—Tu futura novia te ha estado ocultando cosas. Esto y más —dijo Charles.

Rosalind sabía que no debía escuchar a escondidas, pero estaban hablando de ella. Se pegó a la pared junto a la puerta, esforzándose por oír la conversación.

—Explícate.

—Esto va más allá de sus empresas —continuó Charles—. Su padre y Waverly se conocieron hace diez años en Escocia.

—¿Qué demonios estaría haciendo Waverly allí? —la voz de Ashton era suave, pero estaba llena de preocupación.

—Ni idea, pero seguramente no fue para nada bueno. Y sus garras nunca han dejado a esa familia. Tu *dulce* Rosalind —Charles hizo una mueca ante la palabra—, le ha estado escribiendo directamente a Waverly durante casi seis meses. ¿Lo sabías? Por lo que sabemos, ella podría estar compartiendo su cama o contándole todos nuestros secretos. Ash, esto es serio. Debes hacer que regrese a Londres. Corta los lazos con esa mujer y destruye esa maldita licencia. Debemos cerrar filas antes de que ella se entere de cualquier cosa que Hugo pueda usar en nuestra contra.

—Joder —gimió Ashton—. ¿No lo ves? Por eso mismo *debo* casarme con ella. Puedo hacer de titiritero tan bien como él. Se está enamorando de mí, suponiendo que no lo esté ya. No será difícil ponerla en contra de él. Podemos usarla contra Hugo con la misma facilidad con la que él la está usando contra nosotros.

Un escalofrío penetrante recorrió a Rosalind, impidiéndole pensar más allá de las hirientes palabras. *¿Una marioneta? ¿Eso es todo lo que soy para él? ¿Y Sir Hugo conocía a mi padre pero nunca me lo dijo?* Esa coincidencia la llenó de inquietud. Había confiado en Waverly y, sin embargo, parecía que él la había manipulado para que actuara contra Ashton. Pero, ¿por qué?

—¿Crees que está muy enamorada de ti?

Rosalind contuvo la respiración. Su sangre latía en sus oídos con tanta fuerza que casi ahogaba sus voces.

—*Sé* que lo está. No puede resistirse a mí. Olvidas que yo comencé a seducir mujeres años antes que tú, novato. Todavía me sé un par de trucos.

Una cuchilla invisible atravesó su corazón. Ashton la estaba manipulando y él tenía razón; y eso era lo que más dolía. Se *estaba* enamorando de él. No podía quedarse aquí, no cuando era un peón en este juego privado que ellos estaban disputando. Rosalind le había advertido que eso era lo único que no toleraría.

Él le había robado el corazón y había roto su promesa.

Rosalind parpadeó para alejar las lágrimas y endureció su corazón. No sería una víctima. No otra vez. *No me quedaré aquí, no cuando no me quieren ni me aman.*

Necesitaría que Claire la ayudara a empacar sus cosas. Luego se iría.

⁂

BROCK HIZO UN GESTO A SUS HERMANOS PARA QUE SE mantuvieran cerca de él mientras se acercaban sigilosamente a la terraza trasera de la Casa Lennox. Después de tres días de intensa cabalgata y muy pocas horas de sueño, habían conseguido encontrar la casa del hombre que tenía cautiva a su hermana.

Brock revisó la pistola que llevaba, esperando no tener que usarla. Pero si Lennox o sus amigos intentaban detenerlos, lo haría. Miró a sus dos hermanos menores, ambos con sus propias pistolas y con rostros serios mientras estudiaban la gran casa solariega. Por suerte, había algunas luces junto a las ventanas, ayudándolos a ocultarse en la oscuridad mientras buscaban una forma de entrar. El hombre de Hugo debía dejar abierta una puerta de la terraza para que ellos entraran.

—Una vez en el interior, deberíamos dividirnos. Buscar en todas las habitaciones hasta que la encontremos. Luego nos encontraremos donde hemos atado los caballos. Si os encontráis con algún criado o miembro de la casa, sujetadlo para que no pueda hacer sonar la alarma —ellos no matarían a nadie, a menos que fuera absolutamente necesario.

Como oscuros espectros, se introdujeron en la casa a través de las puertas de la terraza, con ropas oscuras y antifaces negros. Si alguien los veía, tendrían que ocultar sus identidades tanto como fuera posible. Brock no era tan tonto como para pensar que Lennox no descubriría quién se había llevado a Rosalind, pero el engaño les haría ganar algo de tiempo.

La Casa Lennox era muy diferente del austero y frío Castillo Kincade. Los salones estaban amueblados con arte, alfombras orientales y estatuas. Era opulento comparado con las mohosas habitaciones de Brock y las lúgubres paredes de piedra gris. No pudo evitar despreciar mucho más a Lennox por ello. Una bestia como él, que lastimaba a las mujeres y se aprovechaba de ellas, no merecía vivir en semejante estado de lujo.

Brock y sus hermanos se detuvieron al llegar al centro de la casa, con los oídos atentos a los sonidos de los sirvientes. Y era tarde, y probablemente los sirvientes estaban abajo ocupándose de sus propias comidas.

Brodie se deslizó entre Brock y Aiden.

—Iré arriba.

Aiden señaló con la cabeza el pasillo principal.

—Revisaré estas habitaciones —Brock lo dejó atrás mientras caminaba silenciosamente hacia el pasillo en el extremo opuesto de la casa.

Espero que el bastardo no la haya encerrado. No estaba seguro de poder derribar una puerta sin ser escuchado. Pasando de habitación en habitación, giró los pomos y, en cada ocasión, las puertas se abrieron con un crujido. Muchas estaban vacías, y las sábanas cubrían los muebles en desuso. Pero mientras más se acercaba al vestíbulo principal, las habitaciones cambiaban de dormitorios a recepciones y salas de estar, incluso una sala de música.

La última puerta antes del salón lo recibió con el olor distintivo y para nada desagradable de los libros viejos. ¿Una biblioteca? Brock empujó suavemente la puerta para abrirla lo suficiente como para deslizarse dentro. Una rápida mirada entre los libros no estaría de más. Dudaba que Rosalind estuviera aquí, pero a él le encantaban los libros.

La biblioteca de un hombre revela su alma. Era algo que su madre solía decir. Después de su muerte, su padre había vendido todos sus libros y había vaciado la biblioteca del castillo, salvo por unas cuantas novelas antiguas que él y sus hermanos habían guardado bajo sus colchones.

La biblioteca de los Lennox era impresionante. Las altas estanterías rebosaban de cientos de volúmenes, lo que hizo que una pequeña parte de Brock doliera en lo más profundo de su ser. ¿Qué no habría dado en ese momento por acomodarse en una silla y leer uno? Antes de la llegada de Hugo había estado planeando la restauración de su castillo, y una nueva biblioteca había sido una de sus prioridades.

Había una chimenea en el extremo de la biblioteca, lejos de los libros. Un par de sillas estaban frente al fuego, y las llamas jugaban con las sombras contra la cálida tela de las sillas. Era evidente que esta parte de la biblioteca se utilizaba con frecuencia. Pero si el fuego estaba encendido, eso podría significar...

Un ligero movimiento en una de las sillas llamó la atención de Brock, paralizándolo. Una mano femenina apareció en el borde de la silla mientras pasaba la página de un libro que ahora notó descansando sobre su regazo.

La mujer suspiró, con un sonido suave y lleno de anhelo. Eso lo llamó, y antes de que pudiera detenerse, cruzó la habitación hacia la silla y su ocupante, manteniéndose en las sombras, con la esperanza de poder echarle un vistazo. El suelo crujió bajo sus botas y la mujer se inclinó hacia delante, mirando alrededor del borde de la silla. Se quitó apresuradamente el antifaz y la guardó en su abrigo, sabiendo que sería difícil de explicar si tenía que hablar con la mujer.

Ojos azules, como las aguas de un lago bajo un cielo en pleno verano. Lo dejaron pasmado, y por un momento se perdió en los recuerdos de la luz del sol y las risas. Le recordaron a los ojos de su madre, pero de un azul más intenso.

—¿Quién eres? —preguntó la mujer.

—No importa quién soy. ¿Quién eres *tú*?

—Soy Joanna Lennox —cerró el libro sobre su regazo y se levantó lentamente, apartando el libro y su chal de tartán azul.

Brock miró el chal, reconociendo al instante los colores del tartán.

—Conozco ese clan: MacCloud. ¿Eres escocesa?

—¿Qué? Oh no, mi familia tiene parientes que lo son, pero yo no —ella se rio dulcemente, y el sonido llenó su corazón de una extraña y deliciosa calidez.

Joanna se acercó a él, con sus bellos rasgos como una máscara de perplejidad.

—No me has contestado. ¿Quién eres tú?

Brock se esforzó por pensar en una excusa.

—Yo... —su mente estaba en blanco, así que optó por una verdad que al menos podría ayudarlo en su búsqueda—. ¿Está Lady Melbourne aquí?

—Claro, está... espera un momento. ¿Eres uno de sus hermanos? ¿Has venido para la boda?

¿Boda? Eso le dio una idea.

—Sí. He recibido una carta de mi hermana y he venido para asistir a la boda. Acabo de llegar y no quería molestar a la familia —extendió ligeramente su postura. Creía que ella intentaría esquivarlo.

—Oh, cielos, debes estar cansado después de un viaje tan largo. ¿Los sirvientes han llevado tus cosas a tu habitación?

—Gracias, mi señora, ya me han atendido. Solo buscaba una habitación para calentarme un poco antes de ir a la cama —la observó detenidamente, intentando encontrar algún rastro de sospecha en su rostro en cuanto a su historia.

—Entonces, ven a sentarte junto al fuego. Acabo de terminar mi novela y pensaba retirarme pronto. Estaré encantada de prestártela, si es que te gustan las novelas —ella se acercó a la silla y le entregó un libro—. Es uno de mis favoritos.

Brock se quedó mirando el título. *El Lord salvaje de Lady Jade.* El autor era L. R. Gloucester. Solía las novelas, pero su padre las había vendido casi todas.

—Gracias —dijo, sosteniendo el libro con reverencia.

—Me temo que todavía estoy perdida en cuanto a tu nombre. De los hermanos de Rosalind, ¿cuál eres tú? —Joanna dio un paso más cerca, casi al alcance de su mano.

—¿Cómo nos conoces? —preguntó. Sus ojos buscaron en la habitación algo que pudiera usar para atar sus manos. Lo único que vio fue el lazo azul oscuro en su pelo y el encantador cinto que rodeaba su cintura. Pero, ¿cómo hacerlo...?

—Oh, ella me ha contado todo sobre vosotros tres. Déjame adivinar... —Joanna se dio golpecitos en la barbilla, con una sonrisa juguetona en los labios—. ¿Eres Aiden, Brodie o Brock? Adivinaré... Aiden.

—Ni de coña. ¿Parezco un mozuelo?

—Brock entonces. Pareces un Brock. Es un nombre muy antiguo, Brock. Me gusta aprender sobre los nombres y sus significados. ¿Sabías que Brock significa tejón?

Por un instante, él se distrajo por la forma en que su nombre sonaba en sus dulces labios. Hacía mucho tiempo que una mujer no despertaba su interés. Últimamente había estado ocupado lidiando con su padre enfermo y la montaña de deudas que enfrentaba el castillo Kincade. Había poco tiempo para cortejar a una muchacha cuando él estaba arando los campos y trabajando con canteros para reparar partes de su casa.

Maldita sea, ¿en qué se había metido? No había forma de evitar lo que tenía que hacer ahora. Si ella alertaba al resto de la casa de que los hermanos de Rosalind estaban aquí, eso lo arriesgaría todo. Tenía que neutralizar a la dulce muchacha para proteger a su hermana.

—¿Tejón? No lo sabía —le sonrió, y ella le devolvió la sonrisa. Una mujer inteligente.

Se sintió inspirado cuando vio que Joanna se mordía el labio inferior y lo miraba fijamente a través de sus oscuras pestañas. Brock dejó el libro en una mesa cercana y, con una sonrisa maliciosa, acortó la distancia entre ellos, cogiéndola por la cintura.

—Es una costumbre de mi pueblo besar a aquellos cuyas familias están a punto de unirse —era una completa mentira, pero necesitaba una excusa para distraerla... y quería una razón para justificar su beso.

—¿De verdad? He leído sobre partes de Escocia, pero nunca...

—Calla, muchacha, y déjame seguir la tradición —susurró él, y luego inclinó la cabeza y acercó su boca a la de ella.

Su sabor estalló en su lengua, torturándolo con su dulzura. Joanna chilló sorprendida cuando Brock le cogió el culo con una mano y metió la otra en los rizos de sus sedosos mechones.

Ella se apartó de él, con una mezcla de sorpresa y excitación en sus ojos.

—¿Esto es algo tradicional en tu lugar de origen?

—Más viejo que Matusalén.

Joanna estaba a punto de quitárselo de encima, pero algo cambió en ese momento cuando ella lo miró a los ojos.

—Y supongo que sería grosero por mi parte romper con la tradición.

Brock sonrió con suficiencia.

—Increíblemente grosero. Estarías insultando a todo mi clan.

—Bueno, mi madre me educó para respetar otras culturas —y con eso le devolvió el beso y estrechó aún más sus cuerpos.

Joanna era una pequeña criatura divina, con curvas perfectas para sus manos. La forma en que ella se aferraba a él mientras se besaban borró casi todo el mundo a su alrededor. Pero Brock no se permitió olvidar su misión. Con dedos hábiles, desató el cinto de su cintura, luego desprendió los broches en su pelo y liberó el lazo. Brock no pudo evitar deleitarse unos segundos más antes de apartarse y hacerla girar. Al principio, Joanna estaba demasiado asustada para resistirse.

—¿Qué estás haciendo? —exigió ella. Estaba sin aliento por una mezcla de ira, miedo y bastante excitación. Él le cogió las muñecas y las ató con el cinto—. Esto no puede ser parte de la tradición.

—Lo siento, muchacha, pero no puedo permitir que llames a Lennox.

—Llamar a... —Brock levantó la delgada cinta y la utilizó para amordazarla, lo suficiente para amortiguar cualquier sonido. Luego la acomodó de nuevo en la silla—. Muévete de aquí en los próximos minutos y me temo que te arrepentirás —le advirtió.

Sus ojos azules brillaban con fuego, pero Brock huyó de la habitación antes de que el cuerpo de Joanna obstaculizara aún más su juicio. Tenía que encontrar a su hermana y escapar. Cuando se escabulló de la biblioteca, divisó a Brodie cargando a alguien sobre su hombro en el otro extremo del pasillo.

Rosalind. Gracias al cielo, la habían encontrado.

Se apresuró a seguir a su hermano menor, intentando olvidar lo herida que había parecido Joanna cuando la amordazó y la dejó atrás. Había algo en esa mujer... una pequeña y hermosa literata que besaba como una mujer sacada del sueño de un adolescente. Pero ella se sentía demasiado real, demasiado perfecta en sus brazos.

Serás mía, dulce Joanna. Fue una promesa que grabó en su alma. En cuanto se asegurara de que Rosalind estaba a salvo, volvería y encontraría la manera de ganarse el corazón de Joanna.

Ya llegaría su momento de concentrarse en lo difícil que sería eso.

CAPÍTULO 24

Ya era tarde. El reloj de la entrada sonaba inquietantemente a través del silencio. Rosalind recordó las palabras hirientes que había oído salir de los labios de Ashton y Charles; su mente seguía aturdida por la revelación de la traición de Ashton. Era el momento de marcharse y volver a Londres. Ya encontraría la forma de recuperar su vida del férreo control de Ashton a través de otros medios. Ahora, no había ninguna posibilidad de que se casara con él, ese maldito hombre horrible.

Rosalind bajó las escaleras principales con la intención de buscar un vaso de agua en las cocinas sin molestar a Claire. Pero, de pronto, se paralizó cuando oyó el crujido de una tela. Los vellos de la nuca se le erizaron. Alguien la estaba observando. Haciendo todo lo posible por ignorar los ojos ocultos de los sirvientes, comenzó a caminar hacia las habitaciones del servicio para encontrar a Claire. El crujido de la ropa fue su única advertencia de que no estaba sola.

Alguien la sujetó por detrás, cubriéndole la boca con fuerza y levantándola del suelo por la cintura. Ella luchó, intentando liberarse con patadas, pero cuando el hombre empezó a correr, su cuerpo rebotó con fuerza contra él y no pudo conseguir que sus miembros cooperaran de la manera correcta para que el hombre la soltara. Vislumbró los pasillos y luego salieron a la terraza trasera. El aire cálido de la noche acarició su piel mientras el hombre corría por los senderos del jardín.

—¡La tengo! —siseó el hombre. Rosalind quería creer que reconocía la voz, pero era imposible.

Antes de que pudiera orientarse, la subieron a la silla vacía de un caballo. Rosalind estaba a punto de gritar en busca de ayuda, pero la voz de un hombre la detuvo en seco.

—Me alegro de verte, hermanita.

—¿Brodie? —jadeó. ¿Qué estaba haciendo él aquí? Bajó la mirada y vio a un segundo hombre, Aiden. Cómo había crecido durante sus años de ausencia.

—¿Dónde está Brock? —susurró ella—. ¿Y qué estáis haciendo aquí?

—Brock debería llegar pronto —Aiden señaló con la cabeza la forma oscura de la casa a sus espaldas.

Una figura saltó la barandilla de la terraza, corrió hacia ellos y subió su caballo.

—¡Rápido! Pronto descubrirán que hemos estado aquí.

—¿Qué? ¿Cómo? Ni Aiden ni yo fuimos vistos —dijo Brodie.

—Me he encontrado con una mujer en la biblioteca —admitió Brock—. Tuve que atarla para que no pudiera gritar, pero quién sabe cuánto tiempo pasará antes de que se libere y les avise a todos —pateó los flancos de su bestia y el caballo salió disparado.

Los hermanos lo siguieron mientras cabalgaban rápidamente, dejando la Casa Lennox muy atrás y a Rosalind en un estado de confusión mientras luchaba por seguirles el paso.

No se permitió detenerse a pensar en cómo sus hermanos la habían encontrado o por qué se la estaban llevando. Su corazón se había roto en mil pedazos y aceptaría cualquier excusa para estar lo más lejos posible de ese hombre. La había traicionado, la estaba utilizando, tal y como ella temía. El hombre del que se había enamorado la había defraudado. Las promesas de Ashton se habían convertido en cenizas.

¡Por mí, que se pudra ese maldito barón! Incluso cuando ese oscuro pensamiento cruzó su mente, no alivió el dolor ni la culpa que sentía por haberlo abandonado mientras estaba enfermo. Pero sus amigos no tardarían en llegar, personas que a él le importaban por encima de Rosalind. Él no la necesitaba, nunca la había necesitado. Y lo más importante, él no la quería.

Después de dos horas, los caballos comenzaron a mostrarse fatigados.

—Pararemos una hora para que los caballos descansen —anunció Brock. Rosalind siguió a sus hermanos mientras instaban a sus caballos a refugiarse detrás de una arboleda. Manipuló delicadamente sus manos, flexionando los dedos rígidos, deseando haber tenido sus guantes de montar. Las correas de cuero le habían cortado los dedos y le habían provocado ampollas en las palmas de las manos.

Aiden se acercó y le cogió las manos, masajeándolas suavemente hasta que el dolor disminuyó.

—¿Mejor? —le preguntó.

—Sí. Gracias —se sentía extrañamente tímida con sus hermanos. Llevaba años sin verlos, y ellos habían pasado de ser adolescentes que se sobresaltaban ante la presencia de su padre a ser hombres altos y llamativos que corrían por la oscuridad.

¿Yo también he cambiado? Sabía que la respuesta debía ser positiva. La joven con un vestido de lana marrón, con el pelo suelto y un espíritu casi roto llevaba mucho tiempo desaparecida. Después de casarse con Henry, se había transformado en una dama que creía que haría sentir orgullosa a su madre. Una mujer con vestidos finos, con el cabello arreglado y modales para complacer a todos a su alrededor, así como una mujer inteligente y autosuficiente.

—Brock, ¿qué estás haciendo aquí? —preguntó Rosalind.

Ante su pregunta, los tres hermanos la rodearon, estudiándola seriamente.

—Ella se ve... bien —susurró Aiden.

—Sí, pero él podría haber dejado moretones en lugares que no podemos ver —los ojos de Brock recorrieron su cuerpo, frunciendo el ceño. Su acento se había agudizado debido a su preocupación.

—¿Moretones? —espetó Rosalind—. ¿De qué estáis hablando?

—El bruto, Lennox —explicó Brock—. Hemos venido para que no tengas que casarte con él.

—Es un rescate —anunció Aiden con orgullo, inflando un poco el pecho.

—¿Rescate? —ella reprimió una carcajada. Pero, ¿cómo se habían enterado de que iba a casarse con Lennox?

Brock seguía con el ceño fruncido.

—Un amigo tuyo nos visitó —dijo Brock—. Sir Hugo Waverly. Recibió tu carta con respecto a que Lennox te estaba arruinando económicamente, y él sabía que solo empeoraría. Se enteró de la boda y acudió a nosotros en busca de ayuda.

—No te preocupes —dijo Brodie—. Ese hombre no volverá a ponerte la mano encima.

—Pero él...

—No te preocupes, Rosalind —Brodie la abrazó—. No necesitas decirnos nada. Ahora estás a salvo. Iremos a casa.

Rosalind era consciente de que, en algún momento, tendría que explicarles que Ashton no era un bruto. Un imbécil pomposo que había traicionado su confianza y roto su corazón, sí, pero no un bruto. Pero, por el momento, eso era lo que menos le preocupaba. La estaban llevando a casa, con el hombre al que había jurado no volver a recordar.

—¿A *casa*? Pero no puedo. Mi padre...

—Está muerto —el tono de Brock era inexpresivo—. Murió hace una semana. Puedes volver al Castillo Kincade. Es seguro.

—¿Muerto? —necesitó un largo momento para asimilarlo. El hombre que la había atormentado en sus pesadillas estaba *muerto*.

Un peso pareció desaparecer de su pecho. Rosalind respiró profundamente, como si no hubiera podido respirar en años. La única persona que le infundía terror se había ido para siempre. Su corazón estaba vacío por la pérdida de un padre que nunca había estado ahí para ella. Sabía que nunca lo echaría de menos, no después de todas y cada una de las formas que había utilizado para herirla. Si había algo que había aprendido desde su huida, era a ser fuerte y a no dejar que nadie la hiciera sentir culpable por ser quien era.

Era un bruto, y ahora está muerto. No lamentaré su muerte.

Miró a sus hermanos en busca de confirmación.

—¿Es cierto?

Cuando ellos asintieron, solo entonces se atrevió a tener esperanza.

Puedo ir a casa...

Pero su hogar ya no era el Castillo Kincade. Hacía años que había dejado de serlo.

—No te preocupes, Rosalind —dijo Brock—. Nos ocuparemos de ti ahora.

—Pero no necesito que me cuidéis. Me las he arreglado bastante bien por mi cuenta —cruzó los brazos sobre el pecho, frunciendo el ceño. Si tan solo supieran sobre el imperio que había construido para sí misma. Aunque la mayor parte estaba actualmente bajo el control de Lennox, pero...

—Estoy seguro de que lo has hecho —dijo Brock con una sonrisa condescendiente—. Pero ahora nos tienes a nosotros para hacerlo por ti.

Siempre había odiado ser la niña entre tres hermanos, y esta era la razón. Nunca entenderían que ella era una fiera, no una damisela en apuros.

—Además —habló Aiden—, Waverly nos ha dicho qué clase de hombre es Lennox. No parece que vaya a aceptar un no por respuesta.

Ahí estaba otra vez. Waverly advirtiéndoles sobre Ashton. Su socio de negocios había enfrentado a su propia familia contra la Liga. Algo no estaba bien. Rosalind debería agradecerle a Waverly, especialmente desde que envió a sus hermanos a buscarla, y todavía más desde la confesión de Ashton a Charles. Pero ahora no confiaba ni en Ashton ni en Waverly.

¿Ashton era realmente el seductor frío y desapasionado que afirmaba ser? ¿O era el hombre que Rosalind había esperado que fuera? Sinceramente, no lo sabía, pero ya no permitiría que su corazón eligiera a un hombre para ella. Nunca más. Y definitivamente no iba a volver a confiar en ningún hombre como socio de negocios.

Yo puedo hacer de titiritero tan bien como él.

Las palabras de Ashton eran condenatorias. Un buen hombre, del que Rosalind se había empezado a enamorar, no habría dicho eso. Habría sido honesto con ella sobre su asociación con Waverly y la habría cuestionado sobre ello. No la habría seducido y manipulado para contraer matrimonio.

Dios mío...

—¿Qué pasa? —preguntó Aiden, acercándose—. Te has puesto pálida, hermana.

—Ashton quería mis propiedades porque yo tenía a Waverly como inversor —ella cerró las manos en puños—. ¿Cómo pude ser tan malditamente estúpida? Siempre se ha tratado de las empresas. Nunca ha sido para castigarme, ha sido por Waverly.

Esta comprensión la golpeó como una bofetada. Incluso cuando había creído que los motivos de Ashton provenían de la venganza, él al menos la había querido. Pero arruinarla y quitarle todo lo que tenía simplemente para herir a otro hombre... era cruel. Demasiado cruel.

Le importo tan poco que ni siquiera fui el objeto de su venganza, simplemente un peón.

—Brock, me gustaría volver a Londres...

—No, tenemos que ir a Kincade. Al menos por ahora. Waverly habló sobre Lennox y su Liga. Vendrán a por ti e intentarán recuperarte por la fuerza. Londres no sería seguro. Podemos protegerte mejor en Escocia. Volverás a estar entre tu gente.

—Pero mi vida está aquí ahora. No puedo dejarla.

Brock negó con la cabeza.

—Puedes y lo harás. Cualquier cosa que quieras llevar a casa, uno de nosotros puede regresar a por ello.

—Pero mi criada... —no podía abandonar a Claire.

—Ella estará bien, estoy seguro. Escucha, Rosalind —Brock sostuvo su barbilla y la obligó a mirarlo—. No solo te hemos apartado de él. He dejado a la hermana de Lennox atada y amordazada en la biblioteca. Ese hombre querrá matarme después de lo que le he hecho.

Rosalind lo miró fijamente, recordando lo que su hermano había dicho antes de abandonar la Casa Lennox.

—¿Qué quieres decir con eso? ¿Joanna está bien? —cuando él no respondió de inmediato, ella le dio un fuerte golpe en el hombro—. ¿Qué le has hecho? —a veces era la única manera de conseguir que un hombre mucho más grande le respondiera.

—Puede que haya... —él masculló algo, así que Rosalind volvió a golpearlo—. ¡Cristo, mujer, bien! La besé antes de atarla. La pequeña literata estaba sentada en una silla junto al fuego leyendo un libro, y puede que yo me haya dejado llevar.

—¡Idiota! —gimió Rosalind—. Pobre Joanna. ¿Has comprometido a una joven perfectamente encantadora...? Tienes razón, Ashton querrá matarte, ¡y yo no lo culparía!

—¿Comprometido? Fue solo un beso. No es como si me hubiera acostado con ella.

Brodie se removió inquieto.

—Tal vez deberíamos forzar a los caballos hasta llegar a una posada, y entonces los cambiaremos. Creo que las acciones de Brock nos han puesto en una situación mucho más peligrosa de lo que esperábamos.

Rosalind tuvo que estar de acuerdo con eso. Brock había besado a Joanna y la había dejado asustada, atada y amordazada. Si Rosalind había aprendido algo de Ashton, era que amaba a su familia y que haría cualquier cosa para protegerla. O vengarla.

Rosalind suspiró.

—Brodie tiene razón. Deberíamos seguir avanzando. Ashton nos perseguirá en cuanto Joanna le cuente lo sucedido.

Por ahora, tendría que abandonar a Claire, pero podría enviar a alguien a buscarla una vez que llegara a Escocia.

Qué maldito lío.

❦

—¿A dónde se ha ido Rosalind? —refunfuñó Ashton mientras se levantaba de la cama.

—¿A quién le importa? La mujer representa un problema —Charles intentó empujar a Ash de regreso a la cama cuando empezó a tambalearse.

Había una nube de imprecisión en su cabeza de la que no podía deshacerse. Necesitaba ver a Rosalind. Algo en sus entrañas se contrajo, una primitiva señal de advertencia de que algo iba mal.

—Deja que me levante. Tengo que encontrarla —luchó contra las mantas y las manos de Charles. No iba a admitir frente a su amigo que le preocupaba que Rosalind se marchara. Ashton había empezado a abrirle su corazón, y si ella decidía volver a Londres porque él seguía apartándola, nunca confiaría en él. No podía olvidar su mirada dolida cuando le había exigido que los dejara solos a él y a Charles. Necesitaba encontrarla y tener un momento para explicarle todo.

—Pero...

—¡No! —Ashton estuvo a punto de caerse de la cama. Charles cogió su brazo izquierdo, sosteniéndolo.

—Ayúdame con mis botas. *Debo* encontrarla —jadeó, tratando de recuperar el aliento mientras la habitación empezaba a dar vueltas.

—No haré eso —dijo Charles con el ceño fruncido—. Porque *no* te dejaré salir de la casa.

Ashton no tenía fuerzas para luchar contra él.

—Bien. Entonces, mis zapatillas de casa. Ayúdame a encontrar a Rosalind. Tengo una extraña sensación en el estómago —apoyó una palma de la mano sobre su abdomen mientras los músculos allí se tensaban y se contraían.

—No es tan extraña —dijo Charles con una risa—. Apenas has comido en días.

Ashton sujetó el hombro de su amigo.

—Esto *no es* una broma. La última vez que me sentí así fue la noche que estuviste en el río. ¿Me entiendes?

¿Cómo podía explicarlo? Sus instintos, los cuales había perfeccionado a lo largo de los años y nunca había ignorado, le decían que algo estaba mal.

Charles palideció.

—Te ayudaré a buscarla.

—Gracias.

Salieron de la habitación y Ashton miró a su alrededor. Todo estaba tranquilo. Hacía tiempo que la casa se había preparado para pasar la noche. Incluso los sirvientes se habían ido a sus habitaciones.

—¿Deberíamos buscar en las cocinas? —sugirió Charles.

—Sí —caminaron juntos de forma incómoda, con Charles permaneciendo cerca hasta que Ashton recuperó algunas de sus fuerzas.

Mientras bajaban las escaleras, oyeron un grito ahogado procedente de algún lugar en el piso de abajo.

—¿Qué fue eso?

—No estoy seguro. Quédate aquí —Charles ayudó a Ashton a apoyarse en la barandilla y luego bajó a toda prisa el resto de las escaleras, desapareciendo en el pasillo del que parecía provenir el sonido.

Ashton jadeaba, su respiración seguía siendo dolorosamente superficial mientras bajaba el resto de las escaleras. Si algo iba mal, no iba a sentarse y esperar. Justo cuando llegó al final, Charles regresó con Joanna, quien sujetaba un cinto entre sus muñecas.

—Tenemos un problema —anunció Charles.

Ashton miró a su amigo y a su hermana.

—¿Qué pasa?

—Es Rosalind. Ha sido secuestrada —dijo Charles—. Por escoceses.

Joanna dejó caer el cinto a sus pies.

—Sus hermanos. Uno de ellos me sorprendió en la biblioteca. Creo que la estaba buscando y no pretendía encontrarme. Pero ella me dijo que sus hermanos le *agradaban*. ¿Por qué se la llevarían? Seguro que no corre peligro...

—La llevarán con su padre —el pensamiento heló la sangre de Ashton.

—¿Eso es malo? —preguntó Joanna, con los ojos muy abiertos por la preocupación.

Ashton se frotó las sienes, de repente aún más cansado.

—Es muy malo.

Charles se tensó.

—¿Qué tan malo?

Ashton lo miró.

—No me extrañaría que la matara. Es un hombre brutal, según todos los indicios. Debemos partir hacia Escocia esta noche.

—Pero estás enfermo —añadió Joanna—. Charles puede ir, ¿verdad, Charles?

—Tengo que ir —Ashton respiró—. Le juré a Rosalind que nunca dejaría que nadie le hiciera daño, incluido su padre. Las cosas que le hizo... —se estremeció—. No importa si ella ha estado ayudando a Waverly. Debo salvarla —miró fijamente a Charles—. *Por favor...* ayúdame —nunca había rogado por nada a nadie en su vida, pero ahora estaba dispuesto a hacerlo.

—El hecho de que hayas pensado que tenías que *pedirlo*... —gruñó Charles—. Traidora o no, sigue siendo una dama.

—Debemos irnos de inmediato —a Ashton le temblaban las piernas, pero se negaba a permitir que Charles y su hermana vieran su verdadera debilidad.

—Siéntate antes de que te caigas, maldito tonto —espetó Charles—. Yo me encargaré de esto.

Ashton se desplomó en las escaleras, aliviado por no estar al mando. Por primera vez.

Charles se volvió hacia Joanna.

—Haz que el carruaje esté listo y que las cocinas preparen la comida para el viaje. Yo buscaré nuestra ropa y despertaré a Jonathan.

Joanna se apresuró hacia la puerta trasera que conducía a los establos y Charles subió las escaleras a toda prisa, dejando a Ashton solo, sintiéndose demasiado débil y malditamente mareado como para ser útil. Mientras miraba la puerta principal, oyó el golpe de la aldaba. Mirando el reloj de pie contra la pared, notó que era muy tarde. Demasiado tarde para que se tratara de visitas.

Toc toc.

Ashton se puso en pie y se dirigió a la puerta, apoyándose con fuerza en la sólida madera mientras la abría.

—Dios mío, hombre, te ves terrible. ¿Te hemos despertado? —preguntó Lucien, metiendo el rostro a través de la abertura—. Espero que no sea demasiado tarde.

—En absoluto —dijo Ashton, por reflejo más que nada. Se hizo a un lado a trompicones, permitiéndole la entrada a Lucien. Cedric y Godric lo siguieron.

—Sí lo hemos despertado —habló Cedric—. Os dije que deberíamos habernos quedado en la posada y venir por la mañana.

—Perdón por la hora, Ash —Godric le dio una palmada en el hombro. El suave contacto hizo que Ashton tropezara con la puerta mientras su cuerpo se daba por vencido.

Cedric lo atrapó justo antes de que pudiera caer de cara.

—¿Ash?

—¿Qué pasa? —preguntó Godric.

—Lo siento, no puedo... —sus oídos empezaron a zumbar y el mundo giró a su alrededor.

—Que alguien lo sujete... —la voz llegó a través de una bruma lejana, y Ashton luchó con todas sus fuerzas, pero cayó abruptamente en la oscuridad.

CAPÍTULO 25

Lucien se inclinó sobre el cuerpo de Ashton.

—Dios mío. ¿Está muerto?

—Ayúdalo a levantarse, tonto —Charles no había llegado a tiempo para detener la caída de su amigo, y el tono burlón de Lucien era muy poco oportuno—. Es la gripe. Rafe la ha traído a casa. Ambos llevan varios días enfermos —Lucien se acuclilló y ayudó a Godric a levantar a Ashton por los brazos y las piernas.

—¿Gripe? —Godric hizo una pausa—. ¿Qué diablos hacía fuera de la cama?

—No era mi intención, pero hemos tenido algunos problemas —explicó Charles mientras llevaban a Ashton de regreso al piso de arriba.

—¿Problemas? —preguntó Lucien mientras seguían a Charles a la habitación de Ashton.

—Sí —Charles se dirigió a la cómoda donde lo esperaba una palangana con agua fría. Humedeció un paño limpio y lo colocó sobre la frente de Ashton—. Veréis, Rosalind...

Jonathan entró en la habitación.

—El carruaje está esperando en la entrada. ¡Atraparemos a esos bastardos escoceses!

Eso solo confundió más a Godric.

—¿De qué demonios estáis hablando?

Jonathan miró a su hermano y luego a Charles.

—¿No has dicho nada?

Charles negó con la cabeza.

—Estaba a punto de hacerlo.

—Entonces hazlo ya —dijo Lucien.

—Son los malditos escoceses —soltó Jonathan antes de que Charles pudiera decir una palabra—. Han atado a Joanna y secuestrado a Rosalind y se dirigen a Escocia. Estábamos a punto de ir tras ellos.

Charles miró fijamente a Jonathan.

—Gracias, Jon. ¿Me he perdido algo?

—Alto —Godric palideció—. Los escoceses. ¿Los hermanos de Rosalind?

Charles revisó el paño en la frente de Ashton.

—Tenemos que ir tras ella.

—¿Esta noche? —preguntó Lucien—. Acabamos de llegar. Nuestras esposas estarán aquí mañana por la tarde...

Charles se apoyó en uno de los postes de la cama, más cansado de lo que se había sentido en años. Era un agotamiento profundo que amenazaba con derribarlo. Pero tenía que mantenerse en pie, tal y como su padre le había enseñado; hacer lo correcto, sin importar el costo. Lástima que el hombre fue un maldito hipócrita.

—Debemos irnos —dijo Charles—. Llevarán a Rosalind con su padre. No podemos dejar que eso ocurra. Le juré a Ashton que la ayudaría a volver a casa sana y salva.

—¿Por qué? —preguntó Lucien—. ¿Qué hace que su padre sea tan terrible?

Charles abrió la boca para hablar, pero la voz agotada de Ashton se oyó desde la cama.

—Es un hombre brutal. Rosalind se casó con el difunto lord Melbourne para escapar de la tiranía de ese hombre.

Ashton estaba incorporado, con los ojos todavía un poco vidriosos y la respiración superficial.

—Tranquilo, hombre —Charles lo empujó suavemente contra la cama. Se llevó un gran susto cuando vio a Ashton derrumbarse frente a la suave presión. Al parecer, la gripe estaba dándole un segundo golpe. Nunca había visto a su amigo tan débil, tan indefenso, con su rostro demacrado y su piel pálida. Ashton siempre había sido el más fuerte de todos, el de mayor control. Pero ahora parecía débil como un bebé. Le provocó escalofríos pensar en la posibilidad de que Ashton no mejorara.

—Entonces, ¿tenemos que alcanzar a tres escoceses furiosos? —preguntó Cedric—. Supongo que he tentado a la suerte esta mañana cuando le prometí a Anne una semana tranquila en el campo.

—¿El carruaje? —le preguntó Ashton a Charles.

—Afuera.

—Haz que Lowell empaque algo de ropa para mí —Ashton volvió a levantar el cuerpo. Charles y los demás lo vigilaron de cerca.

—¿Estás seguro de que estás preparado para esto? —preguntó Godric.

Ashton asintió.

—Ella me necesita.

Charles compartió miradas con el resto de la Liga. No iba a ser fácil convencer a Ashton de que se quedara, no cuando la integridad de una mujer estaba en juego. Especialmente una mujer por la que Ashton sentía algo.

—No sería la primera vez que nos precipitamos hacia el peligro sin un descanso adecuado o un plan de ataque decente —reflexionó Cedric.

—Nuestro plan —interrumpió Charles—, es alcanzar a esos bastardos en el camino y darles la golpiza de su vida.

—No es un gran plan —dijo Godric.

—Bueno, estoy a favor de golpear a los bastardos, pero no los alcanzaremos con el carruaje —señaló Lucien—. Y Ashton no puede montar a caballo.

Godric se cruzó de brazos.

—Él tiene razón.

Charles sabía que, si el padre de Rosalind asustaba a Ashton hasta el punto de estar tan desesperado por llegar a ella, la situación no presagiaba nada bueno. *Nada.* Pocas cosas en el mundo asustaban a Ashton. Si él estaba asustado por algo, entonces ellos deberían estar aterrorizados.

—Algunos de nosotros podemos adelantarnos —sugirió Jonathan—. Si los alcanzamos, podríamos encontrar una manera de retrasarlos.

—Sí —Charles asintió—. En algún momento tienen que cerrar los ojos y dormir —frotó sus manos con regocijo ante la idea de volver a confrontarlos en una lucha más justa—. También sabemos cuál es su destino.

—Id ahora —dijo Ashton, con la voz ronca mientras tosía—. *Por favor.* Cogeremos el carruaje y os seguiremos. Estoy seguro de que ellos elegirán Great North Road. Es el camino más rápido. Lleva directamente a las tierras de Kincade, a una hora al norte de Gretna Green.

—Jon —Charles sonrió ampliamente—. ¿Te apuntas a una persecución salvaje?

Jonathan le devolvió la sonrisa.

—Si alguna vez me niego, siéntete libre de matarme.

—Entonces, cabalguemos. Estas solteronas —Charles señaló con la cabeza a los demás—, pueden alcanzarnos más tarde.

—Ja ja —espetó Cedric—. No puedo esperar a que encuentres una esposa. Entonces tendré el placer de burlarme de ti por ser una solterona.

—Entonces te quedarás esperando hasta el Día del Juicio Final —Charles siguió riendo mientras se escabullía del dormitorio de Ashton y salía al pasillo, con Jonathan pisándole los talones. Debían perseguir a unos escoceses y rescatar a una dama.

Durante dos días, Rosalind durmió en el frío y duro suelo. Incluso los sacos de grano habían sido mejores que esto. Los escalofríos sacudían su cuerpo bajo las delgadas mantas que sus hermanos habían empacado. La mayor parte del tiempo, simplemente permanecía tumbada, añorando a alguien que ya no tenía. O, si era brutalmente honesta consigo misma, nunca lo había tenido. Y en todo momento se despreciaba a sí misma por esa debilidad.

No debería añorar a un hombre que solo me veía como un peón.

Cuando cerró los ojos, se acurrucó en las mantas junto a sus hermanos y escuchó el silbido del viento entre los árboles, pudo sentir la presión fantasmal de los labios de Ashton sobre los suyos. Los recuerdos, demasiado vívidos para no ser reales, hacían que su cuerpo se estremeciera de anhelo y que su corazón volviera a sangrar.

Al diablo con ese maldito Lennox por hacer que ella lo anhelara, por hacer que su cuerpo y su alma sufrieran por estar con él, incluso cuando a él ya no le importaba en absoluto.

Soy una marioneta para él, nada más. Entonces, ¿por qué me está doliendo abandonarlo?

—Duerme, Rosalind —la voz de Brock llegó desde algún lugar frente a ella—. Llegaremos a casa en unas horas, cuando los caballos hayan descansado.

Le irritaba que probablemente la estuviera viendo dormir. Sus hermanos habían dividido las noches y los días en guardias entre los tres. Rosalind se había ofrecido a ayudar, pero todos se mofaron de la idea de que su hermana tuviera que vigilar. Por la frialdad de sus hermanos aquella primera noche, supo que había herido su orgullo masculino. Los hombres eran criaturas muy frágiles. Acomodó la cara en la curva de su brazo, intentando forzar su sueño.

Al amanecer, Rosalind estaba aturdida por el sueño y tenía todos los músculos rígidos por estar tumbada en el suelo. Se puso en pie y se estiró, intentando relajarse. Llevaba mucho tiempo sin sufrir una noche tan fría y larga como esta.

—Ten —Aiden le entregó una rebanada de pan de centeno y un poco de queso duro, y Rosalind los aceptó agradecida. Observó cómo sus hermanos preparaban los caballos mientras ella mordisqueaba su desayuno.

Rosalind volvió a experimentar la extraña sensación de estar viajando con tres extraños que le resultaban familiares. Eran más altos y anchos de lo que ella recordaba. Sus voces eran más graves y sus risas más intensas. Era curioso ver a los niños convertirse en hombres adultos en un abrir y cerrar de ojos. El tiempo que había perdido con ellos le provocó un gran malestar, aunque había sido necesario para su propio bienestar.

—¿Has terminado? —preguntó Brody mientras ella se lamía los labios.

—Sí —aceptó la cantimplora que él le ofreció y dio unos cuantos tragos antes de devolvérsela.

—Deberíamos irnos —Brock montó y todos le siguieron.

El camino que recorrieron hacia Kincade no estaba en North Road, sino en una serie de caminos secundarios, senderos polvorientos y campos abiertos. Brock había dicho que North Road sería la ruta que Ashton muy probablemente utilizaría, en caso de perseguirlos. Lo mejor sería llegar al castillo sin un combate y refugiarse detrás de las murallas antes de que Ashton y sus hombres aparecieran.

—Falta poco —animó Aiden mientras sus caballos trotaban hacia una colina con vistas a un vasto lago.

Más allá de las aguas azules se hallaba el Castillo Kincade, situado en medio de un campo increíblemente verde. El corazón de Rosalind dio un vuelco al recordar los años felices antes de la muerte de su madre. Había aprendido a nadar en las aguas poco profundas de aquel lago, así como a montar a caballo en el bosque cercano.

Estoy en casa.

Y esta vez su padre no estaba allí para manchar el castillo o su vida.

Sus hermanos pasaron a caballo junto a ella y, durante un largo momento, Rosalind se quedó paralizada en la colina, librando una batalla interna. Podía seguir a sus hermanos y comenzar una vida en las Tierras Altas, o podía volver a Londres y enfrentarse a Ashton. Sabía que, una vez en Londres, él no la dejaría ir. No importaría que Rosalind considerara su acuerdo como nulo después del abuso de confianza de Ashton. Pero, ¿él vendría a buscarla a Escocia?

Y una pequeña parte de Rosalind se preguntaba si ella quería que Ashton lo hiciera.

—¡Rosalind! —Brock agitó el brazo desde la parte inferior de la colina inclinada. Con un suspiro, ella golpeó los flancos de su caballo con sus talones y siguió a sus hermanos.

El castillo era prácticamente el mismo desde su partida. ¿Cómo era posible? Rosalind desmontó y dejó que un mozo de cuadra se llevara a su caballo antes de seguir a sus hermanos hasta la entrada principal. Las afiladas piedras grises eran como viejas amigas, pero una parte de Rosalind también desconfiaba porque los recuerdos más oscuros aún permanecían en las sombras del vestíbulo.

—Deberías descansar. ¿Quieres tu antigua habitación? O... —las mejillas de Aiden se tornaron rubicundas—. Lo siento. Deberías tener otra habitación, una de las más bonitas de aquí abajo —señaló con la cabeza un pasillo que Rosalind nunca había podido visitar durante su vida aquí. Un ala entera de habitaciones de huéspedes cerradas.

—Brock nos hizo abrirlas después de la muerte de papá —Brodie le pasó un brazo por los hombros, estrujándolos suavemente mientras caminaban por el pasillo. Brock se quedó junto de pie a las escaleras, observando sus tres hermanos con una mirada ilegible.

—¿Cómo está? —preguntó Rosalind mientras ambos miraban a Brock por encima de sus hombros. Antes de su huida, su hermano se había llevado la peor parte de las palizas dirigidas a ella. Y él siempre había protegido a todos de su padre, sufriendo las consecuencias. La preocupación carcomía a Rosalind. ¿Y si la muerte de su padre había insensibilizado a Brock?

—Él está... —por un momento, Brodie luchó por encontrar las palabras—. Aliviado. Creo que se siente culpable por no llorar a nuestro padre, pero ninguno de nosotros lo hace.

—Lo entiendo —dijo Rosalind. Ella comprendía demasiado bien el sentimiento de culpabilidad por sentir muy poca tristeza ante el fallecimiento del viejo Lord Kincade.

—¿Por qué no te quedas en esta habitación y duermes? Hemos viajado muy rápido para llegar aquí. Te vendría bien un baño y un cambio de ropa. Estoy seguro de que puedo encontrar el baúl de mamá en el ático.

—¿No fue destruido? —recordaba muy claramente los gritos de su padre sobre la venta de las joyas y la quema de la ropa pocas semanas después de la muerte de su madre.

Aiden negó con la cabeza mientras se unía a ellos afuera de la habitación de invitados de Rosalind.

—Brock ha subido el baúl al ático de la torre norte y lo ha escondido entre unas cortinas viejas.

Rosalind apoyó la mano en la puerta de la habitación.

—Tienes razón. Creo que me vendría bien un baño y un poco de descanso —sentía el cuerpo tan pesado que, si se bañaba en el lago, no se mantendría a flote.

—Descansa un poco. Enviaremos a alguien para que te prepare el baño y te consiga ropa limpia.

Ella abrazó a cada uno de sus hermanos antes de que se marcharan. Pero, en cuestión de instante, llamaron a la puerta de su habitación.

—¿Rosalind? —era Brock.

—Adelante —ella quitó una sábana blanca de un sofá que daba a un gran colchón de plumas con cortinas en azul oscuro y borlas doradas pero descoloridas.

Su hermano entró, con las manos cerradas alrededor de un

paquete de cartas antiguas.

Como él no habló de inmediato, Rosalind se acomodó en el sofá, tosiendo ligeramente mientras el polvo la bañaba. Brock se acercó y le tendió lentamente el paquete. Un grueso cordel ataba las cartas con fuerza, formando surcos en el viejo pergamino.

—¿Qué es esto? —preguntó ella, cogiendo las cartas.

—Juré que no te las daría, pero este fue el último deseo de mi padre. Es tu elección si deseas tenerlas o no —retrocedió y señaló con la cabeza la chimenea vacía—. Si resultan molestas, eres libre de quemarlas.

Rosalind tiró del cordel, liberándolas para coger la primera carta, una que no estaba descolorida como las demás.

—¿Sabes qué contienen?

—No lo sé. Puedes decírmelo después, si lo deseas, pero debo ocuparme de la casa. Tenemos preparativos para garantizar su seguridad. He contratado a hombres del pueblo para que nos ayuden en caso de que alguien venga a por ti.

Rosalind asintió.

—Gracias, Brock —cuando sus ojos se encontraron, ella volvió a ser una niña, una chica de dieciséis años que estaba de pie en un pasillo con el labio partido y la cara hinchada por los puñetazos de su padre; y él era el hermano que se había interpuesto entre ella y su padre siempre que podía. Su protector.

Pero no necesito que me protejan. Ya no. Rosalind pudo ver en sus ojos que su hermano se estaba dando cuenta de lo mismo.

—Descansa, hermanita —se inclinó y le besó la frente antes de dejarla sola.

Transcurrió una eternidad antes de que Rosalind se armara de valor para abrir la primera carta del montón. Rompió el sello de cera y desdobló las páginas. Era una carta de su padre para ella.

Rosalind,

Sé que deseas quemar esta carta sin leer más allá de las primeras palabras, pero te ruego que no lo hagas. En años pasados, fui poco amable porque sabía que yo estaba entre los condenados y, sin embargo, me obligaba a caminar entre los vivos. Y el odio que sentía por mí mismo lo he descargado sobre los demás, incluyéndote a ti.

Soy demasiado orgulloso para pedirte perdón antes de morir. Pero ahora te ruego que le concedas a un hombre muerto una última petición. Antes de mi muerte, te envié un dispositivo que temía dejar con estas cartas para evitar que cayeran en manos equivocadas. Se parece a un reloj de bolsillo cuando está cerrado, pero puede utilizarse para descifrar el código en el que están escritas estas cartas. He confiado en tus hermanos para que custodien estas cartas hasta tu regreso a Escocia con el decodificador.

Estas cartas, entre un hombre llamado Sir Hugo Waverly y yo, detallan cómo lo ayudé a aplastar una rebelión escocesa contra la Corona tiempo atrás, poco después de la muerte de tu madre. Él ordenó el asesinato de los líderes en secreto, y yo no dije nada. He traicionado a mi pueblo y a mis creencias para llenar de oro los cofres de la familia.

Mientras Hugo viva, tú no estarás a salvo. Debes usar estas cartas para destruirlo, incluso a costa del honor de nuestra familia. No se puede confiar en un hombre como Waverly. Él debe ser destruido. Tus hermanos temerían las repercusiones, pero tú siempre fuiste la más valiente entre mis hijos. Sé valiente ahora.

Montgomery

Los nudillos de Rosalind estaban blancos mientras sujetaba la carta. El extraño reloj que había recibido antes de partir hacia la Casa Lennox no era un reloj en absoluto. Las palabras de su padre la atravesaron con fuego, sembrando el miedo en ella después de años de sentirse segura. Pero ahora ya no le temía a su padre.

Hugo. El hombre en el que había creído que podía confiar, el hombre que había enviado a sus hermanos a rescatarla... había ayudado a matar a los escoceses que habían querido abandonar la Corona. Y su padre había sido uno de ellos. Y luego había ayudado a Waverly a asesinarlos.

Mi padre era un traidor. La verdad detrás de eso la golpeó fuertemente, y Rosalind tuvo que luchar para respirar. Siempre había sentido que la ira que él había mostrado hacia ella había surgido de sí mismo, y esto respondía a muchas preguntas relacionadas con el motivo del repentino cambio del hombre tras el fallecimiento de su madre.

Ashton tenía razón. Hugo era una amenaza, y estas cartas eran la clave para su destrucción. Su ira hacia Ashton, por querer utilizarla para exponer a Hugo, se desvaneció frente a la evidencia que sus manos sostenían. La prueba que lo destruiría.

Con manos temblorosas, dobló la carta de su padre y la metió debajo de las demás antes de volver a asegurarlas con el cordel. Luego deslizó las cartas en los pliegues de su falda.

Mañana… mañana podré decidir mejor cómo utilizarlas para desenmascarar a Waverly.

Lo haría. No había duda de lo que tenía que hacer. Solo deseaba que Ashton estuviera aquí para ayudarla, aunque se odiaba a sí misma por pensar de esa manera. Él no la amaba, nunca la *amaría*, pero sí sabría cómo hacer mejor uso de esas cartas para arruinar a Hugo.

Entonces, Rosalind comprendió que Ashton haría cualquier cosa por esas cartas. Cualquier cosa. Consideró escribirle para contarle lo que había encontrado. ¿Qué valor tendría para él? ¿La devolución de la propiedad de Rosalind, por supuesto, y tal vez una o dos empresas de Ashton a cambio de las cartas y el decodificador? Una pequeña dosis de venganza por haberla utilizado como lo había hecho.

Pero ella no podía. Eso no se sentía bien. Por mucho que quisiera castigar a Ashton por el dolor que le había causado, no podía hacerlo.

Rosalind no era más que un simple peón en un gran juego entre Waverly y Ashton. Un juego que ella se negaba a jugar.

—UN CASTILLO. TENÍA QUE SER UN MALDITO CASTILLO —masculló Ashton mientras se encontraba arrodillado detrás de una gran roca que bordeaba el lago frente al castillo Kincade. Godric, Cedric y Lucien lo flanqueaban mientras examinaban el enorme edificio en la distancia.

—Adiós a nuestros planes de superarlos en el camino —refunfuñó Lucien.

Godric miró fijamente el castillo antes de fulminar a Lucien con la mirada.

—Esos escoceses fueron unos demonios cuando lucharon contra nosotros por las mozas del bar. Odiaría ver las cosas que harían para proteger a su familia.

Ashton entornó los ojos hacia el castillo.

—Los hermanos no me preocupan. Es su padre. Él es el verdadero animal. Sus hermanos la quieren, pero, considerando lo que he deducido, él es lo suficientemente malo como para asustarlos y hacerlos obedecer.

Godric y Lucien intercambiaron miradas preocupadas.

—Nunca habíamos asediado un castillo —Lucien sonrió sombríamente—. Supongo que hay una primera vez para todo. Pero me temo que me he dejado el ariete familiar en mi finca.

Godric no pudo evitar soltar una carcajada ante eso.

Ashton se humedeció los labios, aún sintiéndose un poco sediento. Habían cabalgado prácticamente sin parar durante dos días, deteniéndose solo lo suficiente para cambiar de caballo en las posadas. En ese tiempo, Ashton había combatido la última fase de la gripe, pero se había debilitado y estaba sediento.

—Ten —Lucien le ofreció una cantimplora, y Ashton bebió el agua con avidez.

Godric se movió en su posición en cuclillas y observó los árboles que los rodeaban.

—Charles y Jonathan deberían volver pronto.

Ashton movió la cabeza hacia dos cuerpos que se acercaban sigilosamente hacia ellos, corriendo agachados para evitar ser vistos por cualquiera que se encontrara vigilando desde el lejano castillo.

—Ahí están.

Una vez que Charles y Jonathan los alcanzaron detrás de la roca, todos se apiñaron.

—¿Qué habéis visto? —preguntó Ashton.

—Hombres en torrecillas —dijo Jonathan.

—¿Torrecillas? Dios… ¿alguna ballesta? —masculló Lucien.

Cedric se rio hasta que Ashton lo fulminó con la mirada. Se aclaró la garganta y apartó la mirada, como si se estuviera esforzando por no reírse.

—Lucien, tu hermana debería haber estado aquí. Imagino que Lysandra podría habernos construido un fundíbulo.

Lucien se rio.

—Me atrevo a decir que ella podría hacerlo. Pero necesitaríamos una cosa capaz de lanzar algo más que bolas de nieve al enemigo.

—Como sea —continuó Jonathan—, esos solo son vigías. Hay más en el interior. Creo que esperan que vayamos a por Rosalind con un pequeño ejército.

Charles asintió.

—Jon tiene razón: hay algo raro en esto, Ash. Tienen hombres, de dos en dos, situados en la puerta principal y en los tejados. No tengo ni idea de cómo vamos a entrar. Tampoco puedo adivinar la cantidad de hombres que podríamos encontrar dentro.

—Bueno, Ash, ¿cuál es tu plan? Haremos lo que nos pidas, por supuesto —le aseguró Godric.

A Ashton se le hizo un nudo en la garganta. Habían llegado hasta aquí para exponerse a un peligro inminente con pocas probabilidades de éxito.

—Yo… agradezco que todos hayan venido conmigo. Pero debería seguir solo. No esperábamos que llegaran antes que nosotros a su fortaleza. No puedo pediros a ninguno de vosotros que os arriesguéis, no por Rosalind —durante un largo segundo, sus amigos lo fulminaron con la mirada. Sus expresiones eran severas.

Charles resopló como si estuviera ofendido.

—Eres un tonto si crees que te dejaremos seguir solo. Dicho esto, tengo un plan —una sonrisa malvada se extendió por su rostro.

—Maldita sea, eso siempre es una mala señal —masculló Cedric.

—Atacar y darles una buena paliza, supongo —dijo Godric.

—Ash —continuó Charles, ignorando a los demás—, coge mi caballo y cabalga hasta las puertas. Exige una audiencia con Rosalind. Su padre y sus hermanos se negarán al principio. Diles que no te irás hasta que la veas, y que solamente volverás a Londres una vez que te hayas expresado. Los demás entraremos en el castillo por *cualquier* medio.

—Fijaos en cómo omite los detalles sobre dichos medios —le susurró Cedric a Godric, que asintió.

—¿Y luego? —exigió Ashton. Cualquier plan que Charles urdiera estaba destinado a culminar en problemas.

—Bueno... tendremos que encontrar una forma de distraer a su padre y a sus hermanos mientras tú te llevas a tu querida a un lugar seguro.

—¡Bravo! —exclamó Cedric.

—Brillante plan —dijo Godric.

—El mejor plan que he escuchado en años —la voz de Ashton estaba llena de sarcasmo.

—Aunque hay algunos puntos débiles —señaló Jonathan.

—En realidad, la mayoría son puntos débil —coincidió Ashton.

—En realidad, es un plan terrible —gimió Cedric.

—Una auténtica basura —coincidió Godric.

—Estamos perdidos —Ashton suspiró. A estas alturas, le preocupaba que sus posiciones resultaran comprometidas por la risa de Jonathan—. También es el único plan que tenemos. Charles tiene razón. No nos abrirán las puertas a todos.

Ashton volvió a concentrarse en el castillo. Rosalind estaba en algún lugar allí dentro. Sola y probablemente sufriendo si su padre había vuelto a descargar su temperamento sobre ella. La única opción era arriesgarlo todo para llegar a ella.

—Jon, préstame tu caballo —señaló con la cabeza en dirección al bosque donde habían escondido su carruaje y sus caballos.

—Por supuesto —Jon recuperó la compostura y lo siguió, encorvándose para no ser visto. Una vez que estuvieron en lo profundo de los árboles, se irguieron.

—Es una buena bestia. Intenta que los escoceses no se lo lleven —Jonathan acarició el cuello negro del caballo castrado antes de desatar las riendas y ofrecérselas a Ashton.

—Haré lo que pueda. Dile a los demás que gracias. Por todo —Ashton no podía expresar con palabras lo que la Liga significaba para él, o cómo se sentiría si perdía a alguno de ellos.

—Ella lo saben.

Una sonrisa triste se dibujó en los labios de Ashton.

—Cuídate, Jon —si las cosas salían mal, posiblemente no volvería a ver a ninguno de ellos.

—Ten cuidado —Jonathan observó cómo Ashton subía al caballo y salía del bosque hacia el castillo.

El sol golpeaba la cabeza de Ashton, haciendo que sus sienes palpitaran con un inoportuno dolor de cabeza. La fiebre por la gripe había desaparecido, pero le había irritado la piel. Si los hermanos de Rosalind no lo dejaban entrar, bien podría desmayarse y caer del caballo.

El castillo Kincade era una estructura de piedra sólida y afilada que llevaba más de dos siglos en esa colina, resistiendo tormentas, ejércitos y aires de cambio. Era impenetrable. Ni siquiera los salvajes planes de Charles podían encontrar la forma de atravesarla.

—¡Alto! —gritó un hombre en algún lugar desde las almenas con un marcado acento irlandés.

Ashton tiró de las riendas hacia arriba y hacia atrás, deteniendo a su caballo. El animal movió la cabeza de un lado a otro y golpeó ansiosamente el suelo con un casco. Ashton echó la cabeza hacia atrás para poder mirar al hombre que lo observaba desde las murallas.

—¡Diga a qué ha venido! —vociferó el hombre.

—He venido a solicitar una audiencia con Lady Melbourne.

El hombre desapareció de la vista durante unos largos momentos y luego volvió.

—¡La dama dice que puede ir a ahorcarse! —terminó con una inclinación de cabeza y un saludo burlón.

—¡Rosalind! —bramó Ashton—. ¡Sé que estás ahí arriba! ¡Dame un maldito minuto y luego no tendrás que volver a verme!

La idea de no volver a verla era... No. No pensaría en eso. Tenía que comprobar que ella estaba a salvo; y si no lo estaba, se la llevaría inmediatamente. De alguna manera.

Entornó los ojos hacia el castillo y, de repente, el rostro de Rosalind apareció. Tenía el pelo oscuro recogido a la altura de la nuca, y parecía tan cansada como él.

—Por favor, Rosalind. Solo dame unos minutos. Es todo lo que pido.

Los ojos grises de ella eran tormentosos y Ashton no pudo ignorar el dolor que había en ellos, incluso desde su posición en el suelo. Ella lo miró fijamente durante un largo momento, lo suficiente como para temer que se limitara a dejarlo allí, en la puerta.

—Muy bien —dijo finalmente y desapareció.

Esperó unos minutos hasta que los sonidos de las altas puertas de madera de la entrada del castillo lo alertaron de su apertura. Por fin las puertas se abrieron para revelar un pasillo oscuro. Era evidente que el castillo había sido remodelado mucho tiempo atrás, y lo poco que quedaba de un patio había sido cercado, pavimentado y convertido en parte de la residencia. Ashton desmontó, aterrizando pesadamente en el suelo. Apenas pudo recuperar el aliento.

Un hombre corpulento y de mirada recelosa se acercó a Ashton y cogió las riendas de su caballo.

—*Sassenach* —masculló el hombre mientras se llevaba el caballo de Ashton.

Quitándose el polvo de los pantalones, Ashton entró en el interior del castillo y se detuvo bruscamente. Varios hombres estaban allí, tres de los cuales reconoció como los hermanos de Rosalind, y todos estaban armados. Siete pistolas apuntaban a su pecho. Dos de los hermanos se apartaron para permitir que su hermana se interpusiera entre ellos. Pero ninguno de los presentes tenía la edad suficiente para ser su padre. ¿Dónde estaba el mayor de los Kincade?

—Rosalind —dijo con suavidad mientras la estudiaba más de cerca. Parecía ilesa, no tenía moretones, pero Ashton sabía, por el pasado de Godric, que los moretones podían ocultarse fácilmente.

Ella se volvió hacia sus hermanos.

—Hablaré con él en el salón —cuando le quedó claro que sus hermanos pretendían quedarse a su lado, añadió—: *A solas.*

—Pero... —protestó el mayor.

—Estaré bien, Brock. Os llamaré si os necesito —hizo un gesto con la mano para que Ashton la siguiera. Él lo hizo, pero casi se detuvo cuando los hombres que bloqueaban su camino no se apartaron de inmediato. Sus hermanos formaban un muro impenetrable entre Ashton y Rosalind.

—Si haces *una* sola cosa que la moleste, te echaremos a los perros. Aunque seas un noble —advirtió Brock en un gruñido bajo que solo Ashton y los otros dos hermanos pudieron oír.

—Entendido —Ashton no tenía intención de molestar a Rosalind, y si lo hacía, seguramente se merecería cualquier destino que le tocara. Los tres escoceses finalmente se separaron para permitirle la entrada y, entonces, pudo seguir a Rosalind.

Entraron en el salón y Ashton notó que los muebles estaban cubiertos de polvo y que las telas se habían desteñido y estaban pasadas de moda. Era evidente que los Kincade no habían sido capaces de mantener su hogar en buenas condiciones. Sin duda,

Lord Kincade veía a Rosalind y a su fortuna como una forma de recuperar la gloria de su hogar.

Rosalind se detuvo frente a la chimenea vacía y su falda azul claro levantó polvo cuando se giró hacia él. Tuvo un momento para admirar la elegante curva de su cuello y su hermoso perfil antes de que ella se volviera hacia él. Un pequeño dolor que había crecido en su pecho desde su partida se había intensificado ahora que volvía a estar cerca de ella. No dejaba de asombrarle que aquella mujer hubiera capturado su corazón y lo desafiara a soñar con un mejor mañana.

—Rosalind, he venido a rescatarte —parecía que Ashton se había quedado sin palabras una vez más. Se acercó a ella con los brazos extendidos, desesperado por abrazarla y asegurarse de que estaba bien y a salvo. Se paró a un metro de ella, pero entonces Rosalind levantó una mano.

—No me toques. No te *atrevas* a tocarme.

Ashton se detuvo, sus botas patinaron en la alfombra y la miró fijamente, confundido. Ella debería querer verlo, ¿no? Antes, cuando Rosalind le había dicho que se fuera, él había asumido que su padre había dado las órdenes y que, una vez dentro, ella se alegraría al verlo.

—Rosalind, cariño...

Sus ojos brillaron peligrosamente.

—¿Cariño? *¿Cariño?* No soy tu cariño, bastardo manipulador e insensible.

El comentario cruel lo golpeó con fuerza. ¿Qué había pasado desde que se despertó de sus sueños febriles hasta ahora? Habían sido muy felices juntos...

Reconstruyó los acontecimientos, repasando cada detalle en su mente desde que se había despertado hasta el secuestro de Rosalind. A Ashton se le hizo un nudo en el estómago.

Charles. Rosalind lo había oído hablar con Charles cuando ella había ido a buscarle un poco de caldo.

Dios, Ashton había cavado su propia tumba, ¿cierto? Había dicho lo necesario para tranquilizar a Charles, pero sus palabras habían sido condenatorias para una mujer que se preocupaba por él.

Sus ojos brillaron mientras hablaba.

—Di lo que tengas que decir y luego vete.

—¿Estás bien? Cuando me enteré de que te habían secuestrado, temí lo peor. ¿Tu padre está aquí? —si lo estuviera, Ashton lo estrangularía.

—¿Mi padre? —por un momento, sus cejas se fruncieron. Luego se apresuró a sacudir la cabeza—. Está muerto. No lleva mucho tiempo muerto. No estoy en peligro —su voz se suavizó y Ashton supo, por la mirada de Rosalind, que ella comprendía sus temores.

He venido a por ti. Suplicó en silencio que ella pudiera leer sus pensamientos y confiar en él.

—¿Esa es la única razón por la que has venido?

No lo era, pero no iba a hacer el ridículo por sus sentimientos.

—¿O es porque querías esto? —Rosalind sacó una pila de cartas de un bolsillo secreto entre sus faldas.

Ashton levantó las cejas.

—¿Qué son?

—*Son* cartas entre mi padre y Sir Hugo Waverly. Probarán que era un espía que ayudó a destruir un levantamiento escocés hace diez años —Rosalind miró las cartas y luego a él—. No tenías ni idea de que existían, ¿verdad? —su vacilación lo hizo sentirse extrañamente aliviado. Rosalind pensó que había venido a por ella para conseguir unas cartas... y entonces el resto de lo que ella había dicho cobró sentido.

Estas cartas eran la prueba de las acciones de Hugo que hundirían la carrera del hombre como espía y lo señalarían para el resto de su vida. La mano de Ashton se estremeció con el impulso de alcanzarlas, pero él no se movió. Sintió que se trataba de una trampa, una en la que no tendría sus dos deseos.

Si elijo uno, perderé de todos modos.

CAPÍTULO 26

Ashton estaba aquí. Había venido a por ella. Y, sin embargo, solo podía pensar en lo enfadada que estaba con él.

Él estaba allí de pie mirándola con esos penetrantes ojos azules. Ojos que se habían abierto de par en par por la sorpresa cuando comprendió lo que ella tenía en su poder. Él no sabía nada de esas cartas, pero sin duda sospechaba que ella poseía algo sobre Waverly que podía utilizar a su favor. Ese había sido el único objetivo de su seducción, ¿cierto?

No pudo haber viajado hasta aquí solo por mí. Soy un peón para él, una pieza que se mueve en un tablero de ajedrez.

El paquete de cartas parecía quemarle la piel, y Rosalind no pudo soportar su peso ni un momento más.

Por un instante, ella volvió a considerar que debía exigir algo a cambio, como su compañía naviera más rentable, además de la devolución de todo lo que era suyo por derecho. Una especie de victoria simbólica sobre él. Pero la verdad era que Rosalind no quería ningún recuerdo de Ashton una vez que saliera de su vida. Si él quería las cartas, podía tenerlas de una puta vez.

Incluso si eso condena a mi familia, ya no quiero saber nada más de ellas... o de él.

—Haz lo que quieras con ellas —Rosalind dio un paso adelante y estrelló las cartas contra su pecho. Quería tirárselas a la cara, hacerle sentir lo que ella sentía en ese momento, con el corazón destrozado. Sin embargo, no podía negar que una parte de su corazón aún la traicionaba, rogando estar cerca de él solo un momento más.

Ashton capturó su muñeca, sin permitirle retroceder, con el paquete de cartas aún en su mano. El repentino movimiento la hizo temblar, no por miedo, sino por deseo. En los últimos días sin él, ella había empezado a desvanecerse por dentro, y ahora su toque volvía a avivar sus sentidos. Un fuego que amenazaba con convertir su corazón en cenizas si no se protegía.

Él siempre será así para mí. El hombre que quiero y que nunca podré tener. El que me ha devuelto la vida y me ha dejado sola.

Lo miró fijamente a los ojos, odiándolo por cómo la hacía sentir, *amándolo* por cómo la hacía sentir.

La otra mano de Ashton rodeó la parte baja de su espalda. Rosalind recordó el vals que habían compartido en el baile campestre, la forma en que sus cuerpos habían encajado perfectamente. Recuerdos agridulces se agitaron detrás de sus ojos mientras los cerraba con fuerza, deseando no tener que ser fuerte. Pero tenía que ser fuerte. Forcejeó, intentando liberarse. Pero, ¿podría escapar realmente del hombre que le había roto el corazón?

❧

—PARA —ASHTON INTENTÓ CALMAR EL CORAZÓN ACELERADO de Rosalind y se concentró en lo bien que se sentía tenerla de nuevo entre sus brazos, aunque escupiera como un perro rabioso.

—¡No! ¡Déjame ir! —ella intentó liberarse, con los ojos llenos de ese fuego escocés que él había llegado a amar.

Él se mantuvo firme.

—No hasta que me escuches.

Dios, Ashton solo necesitaba decirlo. Basta ya de ser un

maldito tonto. Si decía lo que necesitaba decir, se quitaría un peso de encima, aunque solo fuera eso. Y si ella volvía a Londres con él, sería el tonto más afortunado del mundo.

—No he venido aquí en busca de las cartas. Ni siquiera sabía que existían. He venido a por *ti*. Vuelve conmigo, Rosalind.

Independientemente de lo que ella había esperado que dijera, claramente no había sido eso. Sus cejas se juntaron y sus labios se separaron. Su mirada de sorpresa y confusión era adorable. Ashton quería besar las pequeñas líneas sobre su frente y aliviar la preocupación que ensombrecía sus ojos.

—¿Qué?

—Te quiero, Rosalind. Eso nunca ha cambiado. Todo lo que te he dicho y prometido era cierto. Solo te quiero a ti —frotó sus dedos a lo largo de las muñecas de Rosalind mientras sus manos seguían presionando las cartas contra su pecho. Se desharía de las cartas si eso le permitía recuperarla. Ella era más importante. *Puedo encontrar otra forma de hacer caer a Hugo, pero no puedo perderla a ella.*

Sus largas pestañas oscuras se alzaron y lo miró con ojos duros.

—¿Todo eso era cierto? —su tono se volvió peligrosamente sedoso y su acento irlandés se agudizó ligeramente.

Joder, Ashton estaba pisando terreno peligroso. Reconoció ese tono. Su diablilla estaba furiosa con él. Pero él no le mentiría.

—Sí —Ashton esperó a oír cómo se cerraba la tapa del ataúd sobre su destino.

Rosalind se enfrentó a su mirada con una ferocidad vibrante.

—*Nunca* seré una marioneta o una herramienta para ningún hombre. ¿Me entiendes? No habrá más hilos de los que pueda tirar, Lord Lennox.

Su nombre en sus labios sonó como una maldición, y Ashton volvió a sentirse enfermo. ¿Una marioneta? El recuerdo de la noche en que él dijo esas palabras era desolador. Aunque había tenido la intención de utilizar a Rosalind para destruir a Waverly, no la habría puesto en peligro ni habría hecho nada sin decirle primero la verdad. Toda la verdad

Ashton suspiró, con los hombros agobiados por el peso de sus secretos.

—Estaba siendo manipulador, pero no hacia ti. Necesitaba tranquilizar a Charles. Siempre tuve la intención de contarte lo que sabía sobre Waverly antes de que actuáramos. Quería contártelo todo, pero también tenía que saber lo que sentías por mí antes de hacerlo —si alguna vez iba a recuperarla, tenía que contarle las partes de su vida que provocaban dolor en su alma, empezando por la noche en el río Cam.

Rosalind levantó la barbilla.

—No quiero más palabras bonitas de usted, Lord Lennox.

—Mujer, ¿quieres escucharme un maldito minuto? —si ella se negaba, él estaría tentado a besarla; era la única manera de silenciar a esa enérgica criatura para que se sometiera, al menos por unos momentos.

Rosalind entrecerró los ojos y Ashton suspiró.

—Por favor, Rosalind. Necesito decírtelo. Escúchame, y luego puedes hacer que me vaya.

Rosalind apartó la mirada, pero luego volvió a mirarlo. La tensión de su cuerpo cedió ante su agarre.

—¿Recuerdas que te dije que alguien intentó ahogar a Charles? ¿Que fue atado, amordazado y arrastrado al río?

Rosalind asintió.

—Ese hombre era Waverly, y juró vengarse de aquel día por el fracaso de sus planes. Durante mucho tiempo, no pensamos en él; nuestros títulos y privilegios se encargaron de ello. Nos sentimos satisfechos con nosotros mismos, sin darnos cuenta de que Hugo, ahora Sir Hugo, había estado esperando su momento. Waverly ha estado intentando matarnos a nosotros y a nuestros seres queridos de una forma u otra desde el último año. Cuando supe que estaba asociado contigo, pensé que yo podría descubrir algo de sus acciones a través de ti. Los recursos del hombre van mucho más allá de los de un simple hombre de negocios, pero, aparte de eso, sabemos muy poco de lo que es capaz. Cuando invirtió en tus empresas, yo vi una oportunidad. Sabía que yo podía utilizar tu conexión con él para obtener información y, con suerte, averiguar cosas que pudieran mantenernos a salvo de ese hombre. Pero entonces me hechizaste y tuve miedo ponerte en peligro.

Rosalind se tensó en sus brazos.

—¿Te he hechizado?

—Sí, mi diablilla. Eras la compañera perfecta, la mujer perfecta, incluso la enemiga perfecta cuando te lo proponías. No quería perderte y sabía que, al compartir todo contigo, podrías alejarte. Por eso esperé tanto tiempo para decírtelo —no añadió que la habría perseguido hasta el fin del mundo para convencerla de que era la única mujer del mundo para él.

Rosalind tragó con fuerza y habló.

—Iba a decirte la verdad y dejar que decidieras si querías ayudarnos. *Nunca* te habría forzado en ese asunto.

—Por supuesto que lo habrías hecho, arrogante *Sassenach* —masculló ella, intentando apartarse de él, pero Ashton la acercó.

—Tu seguridad como la mujer que amo siempre será lo primero —dijo con pasión—. Ningún plan de venganza o asunto de negocios será más importante que eso. Nunca.

Los ojos de Rosalind se abrieron de par en par, y Ashton vio en ellos un atisbo de duda que sacudió su corazón.

—No digas cosas no intencionadas. No me hago ilusiones. No soy la clase de mujer por la que un hombre se sentiría así. Soy... —el labio le tembló. ¿Acaso no creía que podía ser amada o deseada?

—Hablo en serio, cada palabra. Si me dejaras, te protegería con mi último aliento.

Ella sacudió la cabeza.

—Me refiero a cuando hablas de amor.

Todo dentro de Ashton se paralizó, como un día de verano sin brisa y donde el sol no calentaba demasiado. Él había dicho las palabras, ¿no? Habían surgido con mucha facilidad. No se trataba de una manipulación o de un juego de palabras, o de decir lo necesario para obtener alguna ventaja. Había sido una simple declaración de algo verdadero. Era la comprensión más pura que había tenido en su vida. La amaba. Tanto que lo había vuelto irracional.

—Hablas de amor cuando te refieres al deber o al honor —replicó Rosalind, sin querer aceptar sus palabras al pie de la letra.

Ashton sonrió, y el cansancio de los dos últimos días disminuyó. Le soltó la muñeca y capturó su rostro con sus manos.

—No. Hablo de amor porque siento amor. Te amo, mi diablilla.

Los ojos grises de Rosalind, antes llenos de odio y luego de duda, ahora estaban sumergidos en la preocupación.

—No puedes amarme —ella se mordió el labio, y él apenas pudo mantener el control sobre sí mismo.

—Pero lo hago; tanto que me cuestiono cada decisión que tomo, preguntándome si es lo mejor para ti. Cuando te fuiste —su voz se volvió más grave—, estaba enloquecido de miedo.

Rosalind miró las cartas, las cuales yacían en el suelo.

—Solo porque tengo lo que necesitas.

—Sí, lo tienes.

Rosalind lo miró sorprendida.

—Tienes mi corazón —continuó Ashton.

Lo observó a través de sus pestañas.

—Ningún hombre me había afectado tanto como tú, Lennox —se puso de puntillas y le rodeó el cuello con los brazos. La emoción lo inundó.

—*Por favor.* Dime que me amas —él cerró los ojos durante un breve instante. Necesitaba escuchar esas palabras más que cualquier otra cosa en su vida.

—Te amo. Que Dios me ayude, te amo, hombre obstinado —Rosalind posó sus labios sobre los de él. En ese momento, Ashton juró que, si tuviera alas, podría volar.

Ashton le devolvió el beso, acercándola, negándose a dejar que su muchacha escocesa volviera a salir de su vida. Él provocó sus labios y los separó, devorándole la boca con ternura. Quería reclamarla allí mismo, pero con sus hermanos esperando al otro lado de la puerta, bueno, no era una acción muy inteligente.

Cuando Ashton finalmente terminó el beso, Rosalind estaba inclinada hacia él, con ojos soñadores, como si ella tampoco pudiera contener sus impulsos. Eso era lo que lo hechizaba; saber que, cuando se besaban, ambos se convertían en tontos.

Pero seremos tontos juntos.

La sostuvo y Rosalind se acurrucó contra él, sin querer separarse. Ashton frotó sus manos a lo largo de su espalda, intentando no pensar en todas las preocupaciones que se estaban acumulando en su mente. Tenía que convencerla de que volviera a Londres. Luego, lo más importante, tenía que preparar todas las propiedades, empresas y deudas de Rosalind para liberarlas de su control y devolvérselas, incluso después de casarse.

—¿Volverás a Londres? —lo convirtió en una pregunta porque esta tenía que ser elección de Rosalind.

Ella lo miró, pensativa.

—Debo añadir que, si no lo haces, me mudaré aquí, al castillo. No creo que a tus hermanos les haga ilusión tener a alguien bajo el mismo techo, pero no te dejaré ir. No otra vez.

—¿Te mudarías a un viejo castillo con corrientes de aire, lejos de tu familia y amigos? —la esperanza invadió su tono, como si estuviera asustada y emocionada por creer en sus palabras.

—Por ti lo haría —dejaría todo su mundo por ella. Por supuesto, sabía que alejar a la Liga de Escocia sería imposible. En menos de quince días todos comprarían casas de verano en los alrededores.

Rosalind deslizó la punta de un dedo por su mejilla, y sus labios se curvaron en una suave sonrisa.

—Mi vida lleva mucho tiempo estando en Inglaterra. Londres es mi hogar. Ahora *tú* eres mi hogar.

El corazón de Ashton dio un vuelco. Simplemente no pudo soportar la repentina descarga de alegría en su cuerpo.

—Supongo que debería decírselo a mis hermanos —añadió—. Están dispuestos a destriparte.

—¿Porque quiero casarme contigo? —Ashton supuso que no podía culparlos por ser sobreprotectores.

Rosalind arrugó la nariz e intentó ocultar una sonrisa.

—Waverly les ha dicho que me estabas hiriendo y que me habías obligado a contraer matrimonio.

Ashton sacudió la cabeza.

—Eso es ridículo —pero si eso era lo que sus hermanos pensaban de él, no era de extrañar que quisieran matarlo. Él haría lo mismo con cualquier hombre que pensara que podía lastimar a su hermana.

—Sé que lo es —Rosalind se inclinó hacia él, abrazándolo una vez más antes de agacharse a recoger las cartas—. Deberías tenerlas. Están escritas en clave, pero mi padre me envió el código antes de morir. Seguro que está en mi habitación en la Casa Lennox —ella depositó el paquete de cartas en su mano libre.

Ashton las aceptó, y su sonrisa se desvaneció.

—Rosalind, si estas cartas implican a tu padre como traidor a su pueblo y las utilizo para exponer a Waverly, tú y tu familia seréis parias en la sociedad. Incluso podríais ser investigados por la Corona. Yo no...

Ella negó con la cabeza y calló sus labios con la punta de un dedo.

—Detener a un hombre como Waverly es más importante. Mi familia puede capear el temporal. Ahora, deja de discutir conmigo —se dio la vuelta y se dirigió a la puerta del salón, con sus faldas arremolinándosele en los tobillos. Tenía todo el aspecto de la pasional muchacha escocesa que Ashton sabía que era.

Mi *muchacha escocesa*.

Cuando ella abrió la puerta, golpeó algo con fuerza. Alguien gruñó una maldición en gaélico.

—¡Brodie! —reprendió Rosalind a su hermano, y Ashton

tosió para disimular una risa cuando vio a sus tres hermanos alejándose rápidamente de la puerta.

No podía culparlos por escuchar a escondidas. Una vez, él y sus amigos habían hecho lo mismo con Godric y Emily.

Ashton la siguió hasta el vestíbulo. Todos los escoceses estaban esperando, con armas, aunque con manos relajadas. Pero aún había una innegable tensión en la sala. Brock fue el primero en notarlos, y fulminó con la mirada a Ashton.

—Entonces, ¿lo has mandado al demonio? —exigió.

—¿No deberías saberlo ya? —replicó ella.

—No podemos oír nada a través de esas puertas de roble —dijo Brodie—. Solo un montón de balbuceos vivaces.

Rosalind miró a Ashton.

—Entonces, yo debería daros la noticia. Voy a casarme con lord Lennox.

—¡Pero es un maldito golpeador de mujeres! —gritó Aiden, levantando su pistola hacia Ashton—. ¡Deberíamos ahogarlo en el lago!

—¡Detente! —Rosalind se paró delante de él.

—Apártate, mujer —dijo Aiden—. Él te ha llenado la cabeza de tonterías.

—Muchas cabezas se han llenado de tonterías, pero no la mía. Lord Lennox nunca le ha levantado la mano a ninguna mujer. Quizás mi primer marido me aceptó por compasión, pero me enseñó a ser fuerte. Yo no desecharía esa fuerza corriendo a los brazos de un hombre igual a nuestro padre.

Las palabras de Rosalind hicieron reflexionar al trío, y los hermanos se miraron como si se preguntaran qué debían hacer a continuación.

—¿Estás segura, Rosalind? —preguntó Brock—. ¿Él no tiene algún poder sobre ti? Si te está forzando de alguna manera, lo sacaremos de esta casa y lo ahogaremos en el lago.

Todavía debilitado por su episodio de gripe, Ashton sabía que podía luchar, pero dudaba mucho que pudiera enfrentarse a tres hermanos mayores muy enfadados, o incluso a uno de ellos.

Ahora comprendía la vacilación de Godric cada vez que hablaba de esos hombres. El mayor, Brock, era tan alto como Ashton, y sus manos eran capaces de dividir el tronco de un árbol por la mitad.

Rosalind se apoyó en Ashton, entrelazando sus brazos.

—Sí, estoy segura. Nuestro acuerdo solía ser una cuestión de honor, pero... —sus mejillas comenzaron a arder—. Pero lo amo. Tanto que me asusta.

Aiden la miró fijamente.

—Pero, ¿el amor es mutuo?

Ashton sabía que solo tenía un momento para expresar sus intenciones y convencer a los hermanos de Rosalind.

—No tenéis ninguna razón para creerme, dado lo que os ha dicho Waverly, pero amo a Rosalind con cada fibra de mi cuerpo. Nunca la obligaría a hacer algo que no quisiera —bajó la mirada a su rostro, sorprendido por el amor que había en sus ojos—. Ella lo es *todo* para mí.

Brodie se guardó la pistola en el pantalón.

—Esto significa que vuelves a Inglaterra, ¿no es así?

—Sí, así es. Pero una vez que Ashton y yo hayamos resuelto algunos asuntos allí, volveremos aquí de visita, si nos aceptáis —ella bajó un poco la cabeza y su sonrisa se marchitó.

Los hermanos de Rosalind se mostraron afligidos ante la noticia de este nuevo abandono, pero Ashton tuvo una idea.

Se aclaró la garganta.

—Nos gustaría que asistierais a la boda. La fijaremos para dentro de una semana en mi finca de Hampshire. Mi casa es vuestra casa, siempre que queráis quedaros.

Brodie y Aiden empezaron a protestar, pero Brock levantó una mano, silenciándolos.

—Iremos. Y agradecemos tu hospitalidad. Nos gustaría asistir a la boda y asegurarnos de que haces feliz a nuestra hermanita.

Los dos hermanos menores miraron a Brock, sorprendidos.

Él los fulminó con la mirada.

—Cerrad la boca. Iremos. Fin de la discusión.

Sus dos hermanos menores se pusieron rígidos y asintieron, como si estuvieran de acuerdo con su orden silenciosa.

—Y eres más que bienvenida a venir a casa, Rosalind, cuando quieras. Incluso trae a tu inglés, si así lo deseas —Brock le mostró una sonrisa de suficiencia a Ashton, pero no había veneno en ella.

—Gracias, Brock —dijo Rosalind—. No podría imaginarme allí sin vuestra presencia. No ahora que nos hemos vuelto a encontrar —a Ashton no le pasó desapercibido el pequeño quiebre en su voz. Ella se recuperó y resolló—. Ahora, Ashton y yo debemos hacer planes para volver a su finca y luego a Londres.

Ashton asintió, sujetando las cartas que condenarían a Waverly, y aferrándose a Rosalind con la otra mano.

El grupo de guardias en el vestíbulo comenzó a moverse como si estuvieran dispuestos a marcharse, pero un hombre, medio oculto en las sombras, se abrió paso entre la luz.

—La felicitaría, Lady Melbourne, pero me temo que tengo órdenes. ¿Dónde están las cartas? —el acento galés del hombre era poco familiar. Ashton comenzó a inquietarse.

Todos se tensaron y nadie se movió. El hombre era esbelto y musculoso, con un rostro duro y ojos oscuros.

—Las cartas. Dámelas —la voz del hombre carecía de emoción, provocando que Ashton recordara a otro hombre, uno salido de sus pesadillas.

Las cartas seguían en la mano de Ashton, medio ocultas por su cadera, pero sabía que, si se atrevía a moverse, el hombre lo percibiría y las descubriría inmediatamente.

—¿Cartas? No sé de qué estás hablando —el tono de Rosalind era perfectamente inocente, pero se acercó un paso más a Ashton.

El hombre levantó su pistola, y su pelo oscuro amenazaba con caer sobre sus ojos. Al unísono, los demás hombres de la sala levantaron sus armas, dirigiéndolas hacia Rosalind, sus hermanos y Ashton. Esta vez, Ashton fue el que se paró delante de Rosalind.

—¿Qué demonios está pasando aquí? —gruñó Aiden—. Trabajas para *nosotros*. Te hemos contratado para que nos protejas a nosotros y a nuestra hermana.

El líder de los hombres sonrió, pero mostró una cruel diversión.

—Y os habríamos servido fielmente. Pero parece que ella ya no desea ser protegida, y tenemos órdenes superiores. Ahora, Lady Melbourne, las cartas, si es tan amable.

Ashton consideró las probabilidades, y no eran buenas. Si él y los hermanos de Rosalind decidían luchar, estaba seguro de que más de uno moriría. Eran probabilidades que no le gustaban.

Levantó el paquete atado con el cordel.

—Tengo las cartas.

Rosalind se puso rígida a su lado, y su mano estrujó la de Ashton.

El hombre sonrió ampliamente.

—Bueno, entrégalas, Lord Lennox.

—¿Y dejar que nos disparéis a todos después? No soy tonto.

La sonrisa del hombre se convirtió en una mueca.

—¿Qué me impide dispararos a todos y llevarme las cartas?

Ashton levantó la barbilla y su voz adoptó ese autoritario tono comercial por el que era bien conocido.

—Porque eres un hombre inteligente. Hugo no le habría confiado semejante tarea a un tonto. Asesinar a Lord Kincade, a su hermana y a sus hermanos en su propia sala, y a mí también, provocará tal clamor de justicia que Hugo os abandonará ante la ley y permitirá que os *cuelguen* —terminó esta última palabra con tal fuerza que ningún hombre en la sala se atrevió a respirar por un momento.

El hombre de Hugo lo consideró, sus ojos abandonaron a los hermanos de Rosalind para mirar a Ashton y, finalmente, a las cartas. Asintió con la cabeza.

—¿Qué propones?

Ashton necesitó mucha fuerza de voluntad para no ceder ante el alivio. Cualquier signo de debilidad podría hacer que los mataran a todos.

—Te acompañaré afuera. Una vez allí y cuando garantice la seguridad de la dama y la de sus hermanos, te daré las cartas.

—¡Ashton, no! —gritó Rosalind, pero la mantuvo detrás de él. Haría lo posible por mantenerse entre ella y cualquier pistola. Se volvió hacia ella, deseando poder robarle un último beso antes de salir al exterior hacia un destino desconocido.

—Quédate aquí. Necesito saber que estás a salvo.

—Estamos juntos en esto, ¿recuerdas? —su dulce resistencia le calentó el corazón.

—Lo recuerdo. Pero debes aprender a confiar en mí. Ahora es uno de esos momentos —la miró fijamente y de forma significativa.

Rosalind entrecerró los ojos, los cuales brillaban con un atisbo de lágrimas.

—Ten cuidado. Si resultas herido, te retorceré el maldito cuello.

Señor, amaba a esta mujer.

—Entendido, señora —bromeó antes de volverse hacia el hombre de Hugo, y toda su alegría se desvaneció.

El hombre dejó de apuntarle a Ashton con la pistola y señaló la puerta.

—Por aquí.

Los hombres contratados rodearon a Ashton mientras se dirigían a la puerta. Cuando avanzaron hacia la luz del sol, Ashton levantó una mano para protegerse del resplandeciente sol. Estaban solos, excepto por una carreta de heno y dos cabras que pasaron junto a ellos mientras pastaban ligeramente en la hierba que conducía al camino. Un día agradable... y aquí estaba él a punto de sufrir una nefasta derrota. No solo perdería las cartas, las probabilidades también apuntaban a su vida.

El líder señaló a Ashton.

—Entrégame las cartas.

Ashton miró las cartas, suspiró y luego le entregó el paquete al hombre con una maldición.

Un grito desde la carreta provocó que Ashton se sobresaltara. Jonathan y Charles saltaron de la carreta, con las pistolas en alto.

—¿Qué estabais haciendo? —dijo Ashton en voz suficientemente alta como para que solo ellos pudieran oírlo.

—Todos los guardias desaparecieron una vez que tú entraste. Usamos la carreta como escondite mientras pensábamos en cómo entrar. Planeábamos entrar, pero está claro que nos necesitas más aquí.

Cedric, Lucien y Godric llegaron por un costado del castillo a paso ligero y flanquearon a los hombres contratados por detrás. Los otros hombres miraron a su alrededor, con sus dedos tensos en las pistolas.

—Devuelve las cartas —ordenó Godric.

El hombre de Hugo negó con la cabeza.

—Nunca.

—Os dispararemos —advirtió Lucien.

—Y nosotros os superamos en número —replicó el hombre.

Ashton vio determinación en los ojos del otro hombre. Sabía que el hombre moriría intentando llevarse las cartas.

—Lo que sea que él te esté pagando, nosotros lo triplicaremos —dijo Ashton.

El hombre se rio.

—Si tan solo fuera así de sencillo.

—Entonces, di tu precio —comentó Ashton, levantando una mano cuando el hombre dio un paso atrás.

—No todo es cuestión de dinero, milord. Tengo mis órdenes.

Accionó su pistola.

Ashton se tambaleó hacia atrás. Al principio no sintió nada, pero luego vio cómo la sangre se extendía alrededor de su hombro izquierdo. El dolor no tardó en llegar mientras se aferraba a su brazo, ahora sin fuerzas.

El mundo se sumió en el caos. Las pistolas se dispararon y los hombres gritaron pidiendo marcha atrás, pero él no sabía si se trataba de los suyos. Ashton no podía concentrarse en nada de eso mientras se desplomaba en el suelo. Su cabeza se nubló y la agonía de su brazo era una distracción que no podía ignorar.

—¡Ash! —la voz de Cedric se abrió paso entre la batalla. La mayoría de las pistolas estaban en el suelo mientras los hombres ahora atacaban con espadas y cuchillos. Pero la mente de Ashton seguía luchando por concentrarse.

—¿Cedric? —susurró, sin aliento.

Debo volver a entrar... Se levantó con dificultad, sus piernas se doblaron antes de caer de nuevo de rodillas. El camino se levantó a su encuentro, golpeando sus rodillas y haciéndolo gemir. *Debo encontrar...*

—Rosalind... —dijo mientras el dolor lo invadía y la oscuridad lo sepultaba.

CAPÍTULO 27

El sonido de las pistolas sobresaltó a Rosalind. Sujetó sus faldas y corrió hacia la puerta, con sus hermanos pisándole los talones.

—¡Rosalind, quédate detrás de nosotros! —ordenó Brock, pero ella no escuchó. Si los hombres de Hugo estaban disparando ahí afuera, siete contra uno...

—¡Ashton! —chilló mientras cogía el pomo de hierro de la puerta de madera que daba al exterior. Ahora, todos sus hermanos sostenían sus delgadas pero letales espadas en una mano y las pistolas en la otra.

Brodie la ayudó a abrir la puerta, y una escena de salvaje ferocidad la detuvo en seco. Los amigos de Ashton luchaban contra hombres a diestro y siniestro. El choque de espadas y puños la enfermó. Era una mujer fuerte, pero nadie toleraba el derramamiento de sangre cuando se trataba de aquellos por los que había llegado a preocuparse. Sus hermanos se lanzaron al combate, bramando antiguos gritos de guerra que resonaron en los muros del castillo. Brock cogió a un hombre y lo lanzó con fuerza hacia el foso; el hombre gritó al caer al agua con un potente *splash*.

—¡Ashton! —gritó Rosalind, mirando a su alrededor. Fue

entonces cuando vio a Cedric, sujetando a un hombre en el suelo. Una melena rubia fue lo único que pudo distinguir con claridad.

No... No... No...

Cuando llegó a Cedric, él estaba presionando el hombro de Ashton con sus manos. La sangre brotaba entre los dedos de Cedric mientras luchaba por mantener sujeto el hombro de Ashton. Los ojos de Ashton estaban abiertos de par en par, pero sin ver, y su rostro lucía tan blanco como la nieve. La batalla parecía haber terminado, y los hombres se estaban reuniendo y revisando entre sí.

—Necesitamos un médico —jadeó Cedric mientras intentaba levantar a Ashton.

—¿Doctor? —Brock se arrodilló repentinamente junto a ella y Cedric—. Puedo traerlo. ¿Tienes un caballo? —le preguntó a Cedric.

Cedric señaló con la cabeza una zona del bosque que estaba un poco más adelante en el camino.

—Detrás del matorral.

Sin decir nada más, Brock corrió hacia los árboles.

Un inquietante silencio se apoderó del polvoriento camino. Godric y Cedric estaban acuclillados, atando a dos hombres heridos. La pierna de Godric estaba malherida, y cojeaba al caminar. Jonathan se inclinó sobre Lucien, quien estaba apoyado contra la pared del castillo, con un corte de espada en lo más profundo de su pecho. La sangre caía por su estómago.

—¿Dónde está el hombre de las cartas? —preguntó Charles, mirando a su alrededor. Su respiración era pesada mientras sujetaba uno de sus brazos, con la sangre filtrándose entre sus dedos —. No está aquí.

—Considero que faltan otros dos —dijo Godric.

Rosalind y Cedric compartieron miradas. Ella no podía borrar de su mente la imagen de la sangre de Ashton.

Cabalga rápido, Brock, rezó Rosalind en silencio. Cada uno de estos hombres necesitaba un médico. Sus hermanos también tenían rasguños y cortes en algunas partes. La batalla no dejó a ningún hombre ileso.

—Levantémoslo —dijo Godric mientras él y Jonathan ayudaban a Cedric y Rosalind a llevar a Ashton de regreso al interior—. Necesita una cama.

Aiden se movió delante de ellos.

—Hay una alcoba vacía por aquí —era una de las muchas habitaciones vacías que habían sido amuebladas hacía años pero que habían quedado desocupadas. Aiden tiró las sábanas blancas y una nube de polvo se levantó, haciendo que todos tosieran. Acomodaron a Ashton y Rosalind le indicó a su hermano que buscara paños limpios y agua caliente.

—¿Le han disparado a alguien más? —Rosalind miró al grupo de hombres hechos polvo, sangrando y cojeando mientras se unían a ella en el dormitorio.

—Solo unos rasguños —dijo Godric, pero Rosalind notó que su tez era nívea. El dolor se reflejaba en su rostro mientras descargaba el peso de su cuerpo sobre su pierna sana—. Ashton fue el único que recibió una bala, por suerte —los ojos verdes del Duque de Essex brillaron con furia.

—¿Dónde está Brodie? —preguntó Rosalind. Intentó evaluar el resto de sus heridas. Un corte en el pecho de Lucien, el brazo perforado de Charles, la ceja con sangre de Jonathan... Todos necesitarían ser atendidos.

Lucien se aclaró la garganta.

—Está asegurando a los dos hombres que siguen vivos. Me temo que nos enfrentamos a una situación un poco complicada.

—¿A qué te refieres? —ella volvió a mirar a Ashton, apartando el pelo de sus ojos cerrados. Él no se removió. El corazón de Rosalind latía como si cada pulso le costara un segundo de vida a Ashton, y deseaba poder frenar el péndulo del tiempo para no perderlo.

—Tendremos que hablar con el juez local sobre los dos que han muerto —explicó Lucien.

—Bueno, mi hermano Brock es el juez local.

Jonathan soltó un evidente suspiro de alivio.

—Bueno, eso es un pequeño milagro. Explicarle esto a otra persona habría sido difícil.

Aiden regresó, llevando una pila de paños blancos y un balde de agua caliente.

—Tráelos aquí.

Mojó el paño en el agua y lo presionó contra el hombro de Ashton. De repente, él gimió suavemente. La sangre empezaba a coagular en su camisa. Nunca había sido una criatura aprensiva, pero esto... Se tragó una oleada de náuseas y aplicó más presión sobre la herida.

—Quédate conmigo —dijo, cogiendo la mejilla de Ashton.

Sus labios se movieron.

—Rosalind...

—Estoy aquí —su voz se quebró al hablar. Charles se inclinó sobre la cama junto a ella y cogió la mano de Ashton, estrechándola. Rosalind se congeló al ver la mirada atormentada en sus ojos. Si alguna vez había dudado del amor entre Ashton y sus amigos, ahora ya no lo hacía. Ella cubrió la mano de Charles, la que a su vez sostenía la de Ashton.

—Es demasiado testarudo —masculló Cedric—. A Ash ya le han disparado. Esto no es nuevo para él —miró alrededor de la habitación, como si buscara el apoyo de los demás.

—Eso no significa que deba convertirlo en un hábito —dijo Rosalind, frustrada por no poder hacer más.

—Vamos, hombre —dijo Lucien—. Puedes superar esto —él y los demás formaron una silenciosa vigilia alrededor de Ashton. Godric le dirigió a Rosalind una mirada compasiva, como si conociera la sensación de sentarse junto a la cama de un ser querido y temer que nunca despertara.

Supongo que ahora soy uno de ellos.

Charles colocó su otra mano sobre la de Rosalind y la estrujó suavemente mientras ambos se aferraban a Ashton. Ella rezó en silencio mientras miraba el pálido rostro de Ashton. Si tan solo Brock se diera prisa en traer al médico...

ASHTON NO PODÍA VER, NO PODÍA RESPIRAR. SU CUERPO ardía.

Destellos… Fragmentos de su vida se esparcieron en una ráfaga de viento, y su alma fue arrastrada poco a poco.

Sus ojos se abrieron de golpe y jadeó. Cada músculo, cada hueso se sentía ligero, casi sin peso. Estaba tumbado en un sofá, con la luz entrando por las ventanas en mirador de una habitación que reconoció. Estaba en uno de los viejos salones de su casa de campo.

Pero las cosas eran *diferentes*. Las alfombras eran viejas, descoloridas; los estampados tenían más de veinte años, y las cortinas que dejaban pasar la luz del sol estaban pasadas de moda.

Hice cambiar esas cortinas hace diez años…

Ashton sacudió la cabeza, intentando disipar su confusa y difusa secuencia de pensamientos. ¿Dónde estaba? En casa… pero era el hogar que había tenido de niño.

De pronto, la puerta del salón se abrió y vio entrar una versión más joven de sí mismo. Era él a sus siete años, y no estaba solo. Su padre venía detrás de él, con una amplia sonrisa en los labios mientras se acercaba a una de las mesas de madera de cerezo que había junto a la chimenea, donde un reluciente juego de ajedrez esperaba su momento.

—Si ganas, Ashton, le llevaremos el desayuno a tu madre. Y si gano yo, iremos a pescar, solo tú y yo, *después* de darle el desayuno a tu madre —Malcolm le guiñó un ojo al pequeño.

Ashton contempló la escena con fascinación, con el corazón herido. *Recuerdo este día…*

Era uno de los cientos de días que había tenido de niño, lleno de calor, luz solar y amor. Uno que estaba cubierto de infinitas posibilidades y ningún apremio. El tipo de día que tendría un niño afortunado en una casa llena de amor.

¿Cómo había olvidado eso? Durante años, desde el fallecimiento su padre, solo había recordado al hombre que se sumergía en sus copas y visitaba los garitos de juego para malgastar su fortuna. Pero él no siempre había sido así. Alguna vez había sido amable. Cariñoso y juguetón. Un hombre que había pasado horas pescando con sus hijos y enseñando a su hija a montar a caballo. Un hombre que amaba y era amado.

Los ojos de Ashton ardían y parpadeó rápidamente.

—Padre —pronunció la palabra, pero ni el hombre ni el niño lo miraron. Estaban concentrados en su partida de ajedrez. El niño se jactó de su triunfo cuando reclamó el primer peón de su padre.

—Siempre tuviste talento para ese juego —una voz profunda se rio a espaldas de Ashton, sobresaltándolo.

Su padre, con el aspecto del hombre que había visto morir hacía mucho tiempo, estaba de pie detrás de él. Pero la mirada atormentada que había esperado encontrar no estaba allí. Solo había paz.

Confundido, Ashton miró entre esta imagen de su padre y el hombre que todavía jugaba al ajedrez con su versión más joven.

—¿Padre? —susurró. ¿Cómo era posible que volviera a sentirse como aquel niño de siete años?

Malcolm se paró detrás de él, observando a sus versiones más jóvenes jugar al ajedrez. Los cuadrados del tablero estaban bañados en laca y brillaban a la luz del sol.

—Padre, ¿cómo... dónde...? —se quedó sin palabras y parpadeó con una sensación punzante en los ojos.

—Es un lugar intermedio —su padre observó cómo el joven Ashton reclamaba otro peón, sonriéndole al joven Malcolm frente a él.

Ashton miró a su alrededor. La luz del sol calentaba su piel y el olor de las rosas primaverales de su madre perfumaba el aire, con sus pétalos blancos floreciendo al otro lado de las ventanas. El rocío de la mañana se adhería las hojas, pero no había cantos de pájaros ni brisa en las ventanas abiertas.

—¿Entre qué?

Los ojos de Malcolm eran una mezcla de paz y melancolía.

—Entre tu primer y último aliento.

Ashton intentó entender las palabras de su padre. Fragmentos de recuerdos se formaron dentro de su mente... Rosalind diciéndole que lo amaba; cartas clavadas en su pecho; el chasquido de una pistola; un dolor cegador. Ashton se sujetó el hombro, pero era un dolor fantasma. No había sangre en esta camisa.

—Me han disparado —se esforzó por aferrarse a esos recuerdos, pero empezaban a desvanecerse, como la niebla al amanecer. Todo cayó en la oscuridad, excepto el rostro de Rosalind.

Su padre movió la cabeza hacia sus versiones distantes que continuaban removiendo piezas del tablero.

—¿Recuerdas este juego?

Ashton liberó su brazo cuando el dolor fantasma disminuyó.

—Sí, lo recuerdo —podía recordar cómo las piezas de mármol se habían sentido frías contra las puntas de sus dedos, y cómo el aroma del humo de la pipa de su padre se aferraba como el perfume de un amante en el aire. Un aroma que notó que aún echaba de menos. Era extraño, hacía años que no pensaba en esos recuerdos. Siempre estaba muy centrado en el futuro y le aterraba recordar el pasado.

—Cuando te enseñé a jugar no se trataba de la victoria o la derrota. Se trataba de la forma en que un hombre actúa en el juego. Las decisiones que tomamos en esta tierra. No todas las decisiones tienen que ser analizadas y pensadas, pero siempre deben *sentirse* correctas.

Malcolm apoyó una mano en el hombro de Ashton, y él se sintió demasiado joven, como el niño que había sido hacía muchos años; el que se subía al regazo de su padre después de cenar para estudiar los mapas del mundo o hablar de navegar a tierras lejanas. Por eso adoraba sus compañías navieras: eran los últimos vestigios de ese pasado que aún conservaba.

La sonrisa de su padre estaba marcada con líneas de dolor.

—Te he fallado, hijo mío.

—Tú no... —protestó Ashton, pero su padre negó con la cabeza.

—Sí lo hice. Pero esa no es tu carga. Debes dejar de llevar el peso de mis pecados sobre tus hombros. Te queda mucho por hacer —señaló el tablero de ajedrez. La habitación estaba vacía ahora, excepto por él y su padre. Ya no había fantasmas del pasado persiguiéndolos con recuerdos de días más felices.

Ashton se concentró en la partida de ajedrez y las piezas comenzaron a moverse por sí solas; los peones persiguieron a sus caballos y los alfiles se deslizaron por el tablero.

—¿Qué debo hacer?

—Lo mismo que en el juego. Debes proteger a tu reina, o el rey está perdido —la voz de su padre sonaba distante, y cuando se volvió para mirarlo, ya no estaba.

Ashton ahogó las palabras que no había podido decir, sabiendo que ya no importaba. Su padre se había ido.

Los pecados de mi padre no son los míos. Observó el desarrollo de la batalla en el tablero de ajedrez hasta que un circuló de piezas blancas protegió a su reina.

Rosalind.

◈

Rosalind estaba acurrucada en su lado de la cama junto a Ashton. Habían pasado dos largos días desde la extracción de la bala por parte del médico, la sutura de la herida y el vendaje adecuado para el hombro de Ashton.

Cuando ella había preguntado acerca del tiempo de recuperación de Ashton, él había respondido: "El resto depende de Dios". Las palabras de despedida del médico la habían dejado enferma y con una sensación de vacío. No se había movido del lado de Ashton excepto para atender sus necesidades personales.

—Ashton, vuelve a mí —suplicó por enésima vez. Sus dedos se aferraron a los de él. Esperaba un apretón, un movimiento, *cualquier* señal de que él seguía ahí y que ella no lo había perdido.

Se secó las lágrimas que continuaban acumulándose en sus ojos. No podía perderlo, no cuando su corazón finalmente lo había aceptado como suyo.

—Por favor... —en este momento, Rosalind daría cualquier cosa para que él estuviera bien—. Nunca más te dejaré.

—Yo... te obligaré a eso... —la voz de Ashton era áspera, apenas superando un susurro.

—¡Ashton! —ella sintió que su mano sujetaba la suya, estrujándola débilmente. Rosalind empezó a llorar mientras se llevaba la mano a la mejilla y miraba su rostro. Sus pestañas doradas se agitaron y ella vislumbró esas profundidades azules que había llegado a adorar.

—Tranquila —Ashton liberó su mano para apartar las lágrimas de las mejillas de su mujer. Un fuerte suspiro se le escapó, y su mirada recorrió la habitación—. ¿Qué pasó después de...? —no terminó.

—Mis hermanos y tus amigos vencieron a los hombres contratados. Algunos murieron, otros huyeron. Dos han sido capturados y serán castigados —Rosalind no quería hablar de eso. Con Ashton vivo y despierto, nada de eso importaba.

Solo quería que se recuperara para que pudiera provocarla y ella pudiera sacarlo de quicio y llevarlo a la cama. Había mil cosas que quería hacer con él, y ninguna de ellas implicaba pensar en que casi lo había perdido.

—Ashton —Rosalind e acercó más.

Sus ojos se posaron en su rostro y sonrió.

—¿Qué es todo esto? Seguramente no pensaste que te dejaría, ¿verdad? Todavía tienes una promesa que cumplir.

Intentaba provocarla, pero Rosalind no podía bromear con esto. No cuando casi lo había perdido.

—Ashton, por favor —maldita sea, iba a llorar a moco tendido como una tonta—. Necesito disculparme. Nunca debí dejarte.

Ashton negó con la cabeza.

—*No*. Si nuestros papeles se hubieran invertido, yo habría

hecho lo mismo. Te sentiste traicionada, y no te di ninguna razón para creer que yo no estaba diciendo la verdad —hizo una pausa, recuperando el aliento—. El hombre que creías capaz de esas cosas es el hombre que yo solía ser. El hombre que utilizaba a cualquiera y cualquier cosa para lograr sus objetivos. Pero desde el momento en que te conocí, he querido ser digno de ti. No quiero seguir siendo ese hombre cruel —él cogió su mejilla mientras Rosalind capturaba suavemente su muñeca, acariciándolo con una desesperada necesidad de reconfortarlo.

—Tonterías. Eres el hombre más amable que he conocido —insistió ella.

—No lo soy. Pero si me dejas, me esforzaré por ser digno de ese elogio durante todos los días del resto de nuestra vida juntos. Eres *todo* para mí, Rosalind —la simple palabra provocó en ella un escalofrío de alegría y miedo.

—Yo nunca había sido el todo de nadie —ella había sido una carga, una criatura a la que se la podía menospreciar y abandonar, un objeto de compasión. Henry la había cuidado de una manera que Rosalind nunca había creído posible, pero ella no había sido su mundo. Nunca había sido el *todo* de alguien.

—Eres mía. Te mostraré lo que eso significa hasta mi último aliento —cuando le sostuvo la mirada, los ojos de Ashton reflejaron una profunda solemnidad solamente iluminada por el amor.

Rosalind resolló y asintió.

—Entonces, ¿no cancelarás la boda? —Rosalind había temido que él despertara de esta herida solo para darse cuenta de que no había merecido la pena pasar por todo esto solamente por ella, y menos aún casi morir por ella.

Sus ojos brillaron.

—Entré yo solo en un castillo con esos brutos que llamas hermanos para recuperarte. ¿Qué te parece eso?

Rosalind soltó una risa.

—Supongo que es cierto. Sí que te has enfrentado a un gran riesgo —ella sabía que él nunca se arriesgaba, a menos que asegurara primero sus posibilidades de ganar. Pero no había habido ninguna garantía de que ella volviera a Londres con él, ni de que sus hermanos lo dejaran ir sin más.

La puerta de la alcoba se abrió y Cedric apareció.

—He oído voces… Oh, gracias al cielo —sonrió ampliamente al verlos. Luego inclinó la cabeza hacia el pasillo—. Despertad, todos, Ash ha regresado.

Rosalind levantó las cejas cuando Cedric entró en la habitación. El vizconde se encogió de hombros.

—Estábamos en el pasillo, tumbados por todas partes.

—Pero tenemos muchas camas buenas…

El resto de la Liga entró en fila detrás de Cedric, con sus elegantes ropas llenas de arrugas y el pelo agitado, cada uno de ellos portando vendas. Ellos, al igual que Rosalind, no habían dormido mucho en los últimos dos días, y se les notaba en la cara.

—Queríamos estar cerca por si necesitabas algo —explicó Cedric.

Charles se separó del grupo y se acercó a la cama de Ashton.

—Me alegra ver que estás despierto —miró entre Rosalind y Ashton, sonriendo. Al parecer, ya no era la enemiga de Charles. Su tímida pero acogedora sonrisa le aseguró eso.

—¿Cómo está tu hombro? —inquirió Lucien mientras él y los demás pícaros se reunían alrededor de la cama.

—Como si el mismísimo diablo me estuviera quemando y perforando el cuerpo —dijo Ashton.

—Llamaré al médico. Está durmiendo arriba —Godric se marchó. Su cojera seguía siendo muy evidente.

—¿Dónde están mis hermanos? —preguntó Rosalind, dándose cuenta de que no los había visto en al menos un día.

—Lord Kincade se ha encargado de la investigación de las muertes de los hombres, y también de la investigación de los demás —dijo Lucien—. Nos aconsejó que no indagáramos más, y estoy más que feliz de hacerlo. Lo que ocurre en Escocia debe quedarse aquí. No deseo que este problema nos siga hasta Londres.

—¿Qué hay de Brodie y Aiden? —preguntó ella—. ¿Han encontrado a los que escaparon?

Los demás intercambiaron miradas antes de que Lucien continuara.

—Tus hermanos llegaron hace dos horas, con los caballos agotados.

Un destello de inquietud la recorrió ante la cuidadosa evasión de Lucien.

—¿Ellos están bien?

Lucien asintió.

—Lo están, pero han fallado. Los tres hombres han escapado. El rastro se perdió a un par de kilómetros. Puede que se hayan separado.

Ashton suspiró cansado.

—Entonces hemos fallado.

Rosalind contuvo la respiración, preguntándose cuándo sería el momento adecuado para sacar el tema. Parecía que no habría mejor momento que ahora. Metió la mano en el bolsillo secreto de su falda y sacó una sola carta.

—Ten... —se la tendió a Ashton, quien la cogió. Luego la miró con ojos perplejos.

—¿Esto es lo que creo que es?

—Sí —ella se sonrojó—. Me quedé con una antes de entregarte el paquete. Cuando volvamos a la Casa Lennox, podremos averiguar cómo descifrarla utilizando el código.

—Santo cielo —silbó suavemente Lucien. Todos los demás se habían enterado de las cartas y de lo que representaban. Incluso una podría tener el poder de exponer los negocios de Hugo. Pero también mancharía el nombre de la familia de Rosalind y posiblemente la arruinaría para siempre.

Ashton estrujó la carta, pero no hizo ningún movimiento para abrirla.

—Gracias, Rosalind.

Ella se limitó a asentir, enterrando sus temores. Sabía qué estaba en juego ahora. El peso de los pecados de Hugo superaba con creces el nombre de la familia de Rosalind. Si deseaba ser la esposa de Ashton, tenía que estar preparada para ayudar a proteger a sus familias y a ellos mismos de Waverly. Con el tiempo, tal vez podrían limpiar sus nombres si iluminaban con la suficiente luz el lugar donde se encontraba el verdadero culpable.

Pero, ¿qué supondría eso para Inglaterra y Escocia? Se preguntó Rosalind.

—Te dejaremos descansar, Ash —dijo Cedric. Los hombres salieron de la alcoba, pero Ashton capturó la mano de Rosalind cuando ella volvió a su asiento.

—Ven a descansar a mi lado. Me siento mejor cuando estás cerca.

Ella sonrió. Y él también. Ella lo necesitaba tanto como él a ella.

Rosalind volvió a acurrucarse junto a él en la cama, con cuidado de no acercarse a su hombro herido. Sus manos permanecieron unidas y ella se quedó profundamente dormida por primera vez en dos días. Finalmente, sabía que Ashton iba a estar bien.

CAPÍTULO 28

Hugo estaba de pie frente a la gran chimenea de su estudio en su casa de South Audley Street, esperando. La sangre le rugía en los oídos y sentía la cabeza ligera.

Se prometió a sí mismo que todo acabaría pronto. Las pruebas de sus insensatos comienzos, pruebas que podían dañar al país, sin mencionar una amenaza a su propia vida, volverían a estar en sus manos y podrían ser destruidas por completo. La Liga de los Pícaros no se enteraría de la magnitud de sus intereses y no podría descifrar su red de mentiras y secretos cuidadosamente construida.

La puerta del estudio se abrió y su mayordomo lo saludó con un gesto de cabeza.

—Sir Hugo, el señor Sheffield ha llegado.

—Hazlo pasar. ¿Mi esposa está todavía en casa?

—Sí, Sir Hugo. Se estaba preparando para salir esta tarde. ¿Debo decirle que desea hablar con ella?

—No. Haz entrar a Sheffield.

—Muy bien, señor.

Hugo se volvió hacia la chimenea y solo se giró de nuevo una vez que Daniel estuvo dentro. El abrigo de Daniel estaba cubierto de polvo del camino, pero su rostro brillaba de triunfo.

—¿Las has conseguido? —preguntó Hugo, con el corazón palpitando de nuevo.

Daniel deslizó una mano bajo los pliegues de su abrigo y sacó un paquete de cartas. Se las entregó a Hugo. El pergamino estaba amarillento por los años y a la tinta le faltaba un poco de color, pero las palabras eran legibles... palabras que lo habrían delatado como el espía inglés que había orquestado la destrucción de una rebelión separatista escocesa mediante el asesinato de sus líderes monárquicos.

—¿Algún problema? —preguntó Hugo mientras acariciaba los bordes de las cartas.

Daniel dudó antes de responder.

—Hubo algunas pérdidas de vidas, y dos hombres fueron capturados.

—¿Debemos preocuparnos?

Daniel negó con la cabeza.

—Eran locales. Ellos no saben nada.

—Bien —Hugo sonrió con frialdad. La Liga nunca se enteraría del contenido de estas cartas. Descubrió a Daniel mirándolas.

—¿Me necesitas más esta noche? —preguntó Daniel.

Hugo no se molestó en mirarlo.

—No. Puedes irte. Mañana tenemos planes pendientes.

—¿Señor? —Daniel esperó, golpeando delicadamente sus guantes de montar contra su muslo, el único indicio de su impaciencia.

—Avery Russell ha estado utilizando a la hermana menor de Sheridan en su trabajo aquí en Londres. Creo que es el momento de llevarlo a un nivel superior. ¿Qué te parecería seducir a la señorita Sheridan e involucrarla en una misión en Francia? Me gustaría mucho hacerla desaparecer allí. Distraería a las miradas atentas de nuestra verdadera misión. Ya sabes a qué me refiero.

—Sí, pero... —el rostro de Daniel enrojeció.

Hugo se rio.

—Eres un genio del espionaje, Daniel; no me digas que un poco de seducción te asusta.

—No es eso. Estoy involucrado con otra, y...

—No seas ingenuo. Tu lealtad es hacia la Corona. Y en esta habitación, yo represento a la Corona y sus intereses. Hablaremos de esto más tarde. Puedes irte.

Daniel se inclinó de manera brusca y salió de la habitación. Los hombros de Hugo se hundieron mientras sostenía la pila de cartas en sus manos, sopesándolas.

Su instinto era quemarlas, pero algo lo hizo detenerse. Después de un momento de vacilación, las contó, desdobló cada una y comprobó las fechas. Faltaba una carta hacia el final.

Hizo crujir las viejas hojas de pergamino en su mano. Las cartas habían estado en posesión de Lennox. Si había un hombre en la Liga que ponía a Hugo a pensar, era él.

Era el único adversario digno que jugaba una partida de ajedrez con peones vivos tan bien como Hugo, y ahora Lennox había demostrado quién se llevaría la victoria.

Él debió haberse quedado con una antes de entregárselas a mi agente. Era la única explicación lógica. El difunto Lord Kincade no habría omitido ni una sola carta. Era demasiado metódico en sus negocios como para cometer semejante error.

Una sensación de fatalidad lo invadió, ahogándolo como el río lo había hecho cuando había intentado acabar con Charles. La Liga había sido más hábil que Hugo.

Pero aún había esperanza, aunque fuera mínima. Ellos todavía tenían que aprender a descifrar el mensaje, y ninguno de sus agentes había encontrado el código enviado a Rosalind. ¿Quizás se había perdido? Y si la Liga hablaba de lo que había encontrado a oídos de sus hombres... Bueno, al menos Hugo se enteraría de lo que ellos sabían y podría preparar una defensa en consecuencia. Era posible que los fragmentos que ellos poseían no contuvieran nada demasiado condenatorio. Y con suerte, los hombres de Hugo podrían incluso robarlo delante de sus narices.

Un intenso escalofrío penetró en la base de su columna vertebral. Mantenía la esperanza, pero no se hacía ilusiones. Las pruebas que ellos tenían podrían destruir el mundo que Hugo había construido durante los últimos años.

Se acercó al fuego y dejó caer el paquete sobre los troncos. Observó cómo las llamas quemaban las cartas.

Y, sin embargo, él no estaba a salvo. Era solo cuestión de tiempo antes de que llegara el ajuste de cuentas.

༒

Estaba lloviendo el día de su boda. Ashton estaba de pie frente al altar en la pequeña iglesia de piedra a solo dos millas de su hogar ancestral, escuchando el susurro de la lluvia contra las ventanas y su zumbido en el techo abovedado.

—Ni siquiera tú puedes controlar el clima, viejo amigo —bromeó Charles cuando se paró al lado de Ashton.

Una triste sonrisa curvó sus labios.

—En efecto, no puedo.

Maldita sea la lluvia. Me casaré con Rosalind hoy, pase lo que pase.

Se quedó esperando, desesperado por distraerse de alguna manera y dejar de lado sus nervios. ¿Y si Rosalind no aparecía? No, ella llegaría. Ella se lo había prometido, y esa promesa tenía más peso que el banco más seguro de Inglaterra.

Frente a él vio a Godric, Cedric y Lucien, todos presentes con sus esposas, con sonrisas divertidas en su dirección.

—*Ella vendrá* —Godric articuló las palabras.

Ashton le dedicó a su amigo una leve inclinación de cabeza en señal de reconocimiento.

—Ash, tengo que decirte algo —le susurró Charles al oído.

Ashton fulminó con la mirada a su amigo.

—¿Ahora? Más vale que sea algo que me ponga de buen humor.

—Oh, así es —le aseguró Charles—. En tu casa, cuando estuviste enfermo, intenté alejar a Rosalind de ti ofreciéndole comprar sus deudas.

—¿Qué hiciste *qué?* —no se volvió hacia Charles. Si lo hacía, golpearía al hombre.

—Cálmate. Ella rechazó la oferta. Con contundencia. Esa es una mujer con la que vale la pena casarse. Una mujer por la que vale la pena apostar la vida de un hombre —un silencio se apoderó de la iglesia cuando todos escucharon el sonido de un carruaje afuera.

Ashton se sorprendió. ¿Rosalind no había aprovechado la oportunidad de escapar de su acuerdo matrimonial? Ahora, él sabía que ella lo amaba, ¿pero antes? Ella había mantenido su promesa incluso entonces. Y la mantendría ahora.

Las puertas de la iglesia se abrieron y dos cuerpos entraron, iluminados por una luz pálida a sus espaldas. Una nube de lluvia los seguía, pero el más alto de los dos bajó el paraguas que sostenía para revelar a la mujer más pequeña que estaba a su lado. Brock y Rosalind habían llegado.

Ashton se había parado tres veces allí para ver a sus amigos casarse. Apenas podía creer que ahora era su turno.

Soy un tonto, pero un tonto feliz. Ashton no pudo contener su alegría al ver a Rosalind con las mejillas sonrojadas. Incluso desde el otro lado de la habitación, él pudo ver el brillo de una risa en sus ojos mientras lo veía allí esperándola. Tal vez ella también había dudado de su presencia, para luego sentir el mismo alivio cuando finalmente lo vio.

El vestido blanco sobre el cuerpo de Rosalind era exquisito. El corpiño tenía un intrincado patrón de perlas cosidas, y el dobladillo del vestido tenía capas de campanillas de invierno bordadas. La seda del vestido brillaba mientras ella caminaba hacia el altar.

Una verdadera belleza. Un sueño hecho realidad. A Ashton se le formó un nudo en la garganta mientras luchaba por mantener el poco control que le quedaba. Ahora le preocupaba no poder hablar cuando ella lo alcanzara, y eso enfadaría mucho al clérigo que estaba a su lado.

Cuando por fin llegaron hasta él, Brock besó la mejilla de

Rosalind y luego inclinó la cabeza hacia Ashton en una silenciosa muestra de aprobación antes de dar un paso atrás.

La boca de Rosalind insinuó una sonrisa al ver cómo Ashton la observaba.

—¿Has permitido que llueva? —bromeó en un susurro que solo él pudo oír.

Los labios de Ashton se movieron mientras intentaba ocultar su propia sonrisa.

—No soy perfecto, me temo. Pero, ¿desde cuándo la lluvia es algo malo?

Rosalind soltó una risita, ganándose una mirada de desaprobación del hombre de la túnica que estaba de pie frente a ellos.

Ashton no escuchó ni una sola palabra del sacerdote. Sin duda, alguien tendría que pincharlo cuando llegara el momento de hacer sus votos. Ahora, lo único que importaba era que estaba aquí con la mujer que amaba más que a su propia vida.

Mi astuta, encantadora y absolutamente maravillosa rival.

No necesitaba poseer a una mujer para sentirse unido a ella. Rosalind le pertenecía de una manera que trascendía el sentido de propiedad. Estaban unidos por hilos invisibles de amor, afecto y confianza. Ella había sido la única mujer que había puesto a prueba su fuerza y lo había hecho más fuerte por ello. Mejor por ello. Ashton había anhelado esto durante mucho tiempo y, sin embargo, no se había atrevido a esperar que un día se hiciera realidad.

Le pertenezco a ella. Por primera vez en su vida, Ashton sonreía porque alguien lo había superado... de la forma más maravillosa posible.

❦

—Marido... —Rosalind experimentó con la palabra mientras observaba a Ashton acomodarse el pañuelo de cuello. Estaba muy elegante con su chaleco azul y sus bombachos de piel de gamo. Al pronunciar la palabra, Ashton levantó los ojos hacia los de ella, y la lenta curva de sus labios le provocó un gran sonrojo.

—Esposa.

Rosalind se mordió el labio. ¿De verdad se había casado hoy? Había sido un borrón de risas, sonrisas y amistad que la dejó sintiéndose envuelta en un capullo de amor. La Liga y sus esposas, así como la familia de Ashton, la habían aceptado en sus vidas de forma abierta y cálida. Incluso sus hermanos, por primera vez, se habían comportado de la mejor manera posible, a pesar de estar rodeados de ingleses. Brock le había prometido que ellos se quedarían unas semanas mientras las reparaciones del castillo se llevaban a cabo.

Todo era perfecto. Rosalind nunca había pensado que la vida pudiera estar tan llena de alegría.

—Ven y deja que te mire —Ashton le tendió una mano y ella se acercó a él. Se había puesto uno de sus vestidos favoritos. Un vestido color crema con encaje belga y rosas rojas bordadas a lo largo de las mangas, el corpiño y ascendiendo desde el dobladillo del vestido.

Ashton le rodeó la cintura con un brazo.

—Un ángel entre las flores.

Ella se rio.

—¿Creía que yo era tu diablilla de las Tierras Altas? —Rosalind se inclinó hacia él, respirando su cálido aroma, y entonces notó la ausencia de algo. Frunció el ceño—. ¿No se supone que tienes que llevar el cabestrillo? El médico ha dicho...

—Al diablo con el maldito médico. Ya me habían disparado. Los cabestrillos son una molestia. Han pasado dos semanas. Estaré bien —bajó la cabeza y le besó la frente—. He estado pensando, como regalo de bodas, ¿qué tal si... intercambiamos algo más que anillos?

Los ojos de Rosalind se abrieron de par en par con curiosidad.

—¿Oh?

—Sí. Tengo una compañía, una vieja línea naviera que compré

en mi juventud para restaurar la fortuna de mi familia cuando. Me gustaría dártela como muestra de fe. La mantendré en un fideicomiso que solo tú puedas controlar. Sería verdaderamente tuya sin ningún control por mi parte.

—¿De verdad harías eso por mí?

Él asintió.

Los labios de Rosalind se curvaron en una sonrisa.

—Entonces déjame darte algo a cambio. El pequeño banco que me dejó Henry. Es algo muy querido para mí, pero me gustaría dártelo a ti. Un verdadero intercambio.

Los ojos de Ashton se suavizaron y su toque en ella se intensificó.

—Dios, haces que un hombre esté ávido de besos cuando hablas de negocios —levantó la barbilla de Rosalind con una mano y le cubrió la boca con la suya en una tierna caricia que no tardó en atravesarla con fuego.

—¿Ashton? —ella tuvo que luchar para no reírse.

—¿Sí, cariño? —siguió besando sus labios y ella abrió la boca, dejando que él profundizara el beso. Dios, el hombre era pura tentación.

—Debemos bajar. La cena nos espera, y sé que aún tienes que reunirte con tus amigos.

Ashton exhaló, uniendo sus frentes, y Rosalind no pudo negar que también quería saltarse la cena.

—Tienes razón. Amigos, cena y luego... —Ashton señaló con la cabeza su cama. *La cama de ambos.* Rosalind sintió una oleada de calor en su interior y su piel se encendió.

Con una sonrisa traviesa, Ashton la levantó y la cargó hasta la cama.

—¡Bájame! —jadeó ella.

—La cena puede esperar —gruñó él, con un sonido más sensual que peligroso.

La dejó caer sobre la cama y se subió sobre Rosalind, deslizando las manos por sus faldas y levantándolas para poder situarse entre sus muslos. No perdía el tiempo cuando estaba decidido a llevarla a la cama.

—Eres un problema —Rosalind se rio y luego jadeó cuando Ashton comenzó a moverse sobre su zona íntima. De repente, su mano se abrió paso entre sus muslos, acariciando sus labios. Ella se tensó, asustada al principio, pero luego se relajó ante su tierno toque. Un delicioso fuego la atravesaba cada vez que él la acariciaba. Gimió sin poder evitarlo.

—Shh —la reprendió mientras la acariciaba suavemente, pasando un dedo por su sensible clítoris, y luego deslizando las puntas de los dedos dentro de ella. Pero no fue suficiente.

—Si no...

—Calla ahora, pequeña diablilla —Ashton le mostró una gran sonrisa.

Se desabrochó los bombachos y se acomodó dentro de ella, penetrándola con una dosis de salvajismo que la hizo desear todas las demás cosas que él podía hacerle. Rosalind se corrió rápido y con fuerza, gritando de placer. Cada vez que hacían el amor era terriblemente excitante, pero siempre terminaba con un momento perfecto de ternura. Ashton se corrió sobre ella y sus penetrantes ojos azules se suavizaron.

Rosalind podría quedarse con él para siempre, con sus cuerpos unidos. Las manos de Ashton sostenían las suyas clavadas en la ropa de cama, con los dedos entrelazados. Fue entonces cuando ella levantó la mirada y se dio cuenta de que había un suave resplandor sobre sus cuerpos. Algo que no había notado antes.

—¿Qué es eso? —le preguntó, señalando hacia arriba. Pero recordó la respuesta a su propia pregunta. Era el espejo, inclinado para que pudiera verse a sí misma y a Ashton encima de ella. La imagen de sus cuerpos juntos provocó una extraña sensación en su vientre. Se tensó y sintió que volvía a necesitarlo. Cerró las piernas en torno a él, viendo cómo el cuerpo de Ashton se sacudía en el espejo, para luego aferrarse a su pene en respuesta.

Ashton jadeó cuando empezó a ponerse duro dentro de ella. Otra vez.

—Los espejos. Hacen las cosas... *interesantes...* —él terminó finalmente antes de inclinarse para morderle el labio inferior.

Rosalind coincidió, cautivada por la imagen de ellos juntos. *Mi barón con su lado oscuro.* Ella no podía negar que amaba eso, y a él también.

—Deberíamos tener más de ellos —le susurró ella al oído. Rosalind le mordisqueó el lóbulo y él siseó una respiración superficial mientras se introducía con más fuerza en ella hasta que volvieron a caer por el vertiginoso acantilado de la pasión.

—Eres perfecta —susurró contra ella, con su cuerpo temblando mientras Rosalind le acariciaba la mejilla.

—Como tú —ella soltó una risita. Eran quizás los dos individuos más perfeccionistas y, sin embargo, se habían enamorado el uno del otro.

No puedo encontrar ningún defecto en él, al menos ninguno que yo no posea. No somos más que dos caras de la misma moneda.

—Deberíamos saltarnos la cena —Ashton sonrió y volvió a sacudir las caderas, recordándole su conexión.

Rosalind se mordió el labio para no reírse.

—Supongo que podríamos precipitar la cena y luego echar a todo el mundo. Lo entenderían. Después de todo, *es* nuestra noche de bodas.

—En efecto —Ashton bajó la cabeza para conseguir un beso más prolongado—. Te amo, mi diablillo escocés. Fuiste la respuesta a mis oraciones silenciosas —sus palabras le provocaron un nudo en la garganta y Rosalind tardó un minuto en recuperarse.

—Y tú fuiste la respuesta a los sueños a los que había renunciado hace tiempo —ella sonrió con los ojos llorosos—. Te amo, barón mío.

No importaba lo que viniera después, Rosalind y Ashton afrontarían el futuro juntos, y la Liga los acompañaría a lo largo del camino.

EPÍLOGO

Ashton se encontraba de pie en un salón privado de su finca, con el fuego crepitando en la chimenea a sus espaldas. Frente a él estaban sus cinco amigos más cercanos. Habían pasado por muchas cosas este último año y, sin embargo, en cierto modo les parecía que era solo el principio.

Godric se apoyaba de un bastón, aún tenía problemas con la pierna y cojeaba. Lucien jugaba con un trozo de seda roja. Cedric y Jonathan servían copas de brandy para los demás. Charles estaba apoyado en la pared junto a la puerta, con la mirada pensativa.

En su mano, Charles sostenía el pequeño dispositivo decodificador de oro que había encontrado en su habitación. Rosalind le había confirmado que era el que su padre había enviado. La clave para descifrar las cartas de Hugo había estado bajo sus narices desde el principio. Charles jugaba con el dispositivo mientras se encontraba con la mirada de Ashton, impaciente por empezar.

—¿Qué es esta reunión de intriga y misterio? —preguntó Lucien—. ¿Ha habido alguna novedad con respecto a Waverly?

Ashton sacó una carta de su chaleco y la sostuvo. Los ojos de todos los hombres se clavaron en los escasos y valiosos trozos de pergamino.

—Ya lo veremos.

—¿Eso es...? —los brazos de Godric cayeron a sus costados mientras se acercaba.

—Sí —confirmó Ashton. En escocia, había informado a sus amigos sobre la naturaleza de las cartas, pero había mantenido en secreto la existencia de esta carta restante hasta ahora.

—Durante mucho tiempo nos hemos preguntado cómo Hugo tenía los recursos y el personal para causarnos tanto dolor este último año. Y ahora parece que tenemos una respuesta. Sir Hugo Waverly es un espía. Por supuesto, saber esto nos ayuda poco. Acusarlo abiertamente de tales cosas no resolvería nada. Él está al servicio de la Corona.

—Pero si él ha actuado en formas que la Corona no puede aprobar oficialmente... —comenzó Godric.

Ashton asintió.

—Exactamente. Charles y yo desciframos este mensaje anoche. Esta carta muestra que Hugo realizaba su trabajo de espía en Escocia y que mandó asesinar a los líderes de la rebelión —Ashton hizo una pausa—. Desafortunadamente, también muestra que Waverly trabajó con el difunto Lord Kincade, quien traicionó a su propia gente.

—Ash, sabemos lo que tenemos que hacer —intervino Charles—. Delatar a ese bastardo, y arruinar cualquier juego que esté jugando podría exiliarlo de Inglaterra, o algo peor. La Corona no lo defendería. Si lo hicieran, sería admitir que sancionaron el asesinato para mantener a Escocia como parte de Gran Bretaña.

Ashton depositó la carta en la repisa de la chimenea y se volvió hacia sus amigos. Se le hizo un nudo en la garganta al hablar.

—Esta carta también tiene el poder de destruir la felicidad de mi esposa. Mancharía el nombre de su familia, señalaría a sus hermanos como hijos de un traidor. Serían parias entre su propia

gente en sus propias tierras, simplemente por las acciones codi-
ciosas de dos hombres.

—Por no hablar de perturbar a toda nuestra nación —replicó
Lucien—. Tanto si se sanciona como si no, la impresión que daría
sería la de Inglaterra imponiendo su voluntad a Escocia. Eso no
puede terminar bien.

—Entonces, ¿qué propones? —preguntó Cedric. La tensión
en la sala había aumentado. Ashton sabía que no sería fácil
pedirles esto. Ningún hombre debería tomar esta decisión.

—Sugiero que sometamos el destino de la carta a votación. O
revelamos su contenido a toda Inglaterra o la quemamos aquí en
este mismo fuego —hizo un gesto hacia las llamas en
movimiento.

Jonathan se aclaró la garganta.

—Necesitaréis un número impar para asegurar una mayoría.
Me retiraré, ya que no tengo historia con Hugo, a diferencia del
resto de vosotros.

—Me parece justo —habló Lucien—. Estoy de acuerdo con la
votación.

Los demás miembros mascullaron su conformidad.

—Voto por quemarla, por el bien de Rosalind —declaró
Ashton. La elección no había sido fácil, pero al final se dio
cuenta de que era la única manera. Rosalind le había ofrecido su
confianza y le había dado un arma que ella misma sabía que
podría arruinar a su familia. Pero ellos ya habían sufrido bastante
con su padre y no merecían ser perseguidos eternamente por su
fantasma.

—Voto por revelar la carta —dijo Cedric—. Él intentó matar
a Horatia y a Anne. Si no la usamos, él *volverá* a intentar algo.

Ashton había esperado eso. Cedric, más que ningún otro
hombre, había sufrido por el deseo de venganza de Hugo.

—Estoy con Ash. La quemamos —Lucien se acarició la
barbilla—. Esto no es sobre la victoria. Se trata de una cuestión
de carácter moral. ¿El daño que causan estas cartas es mayor que
la verdad que aportan? Podemos encontrar otra forma de detener

a Hugo. Si ha cometido un error en el pasado, seguro que ha cometido otro.

Charles frunció el ceño mientras miraba fijamente la carta sobre la repisa de la chimenea.

—Tonterías. Incluso cuando sus planes se ven frustrados, Hugo va un paso por delante de nosotros. Él lleva más tiempo siendo la perdición de mi vida con respecto a cualquiera de vosotros. Se nos ha *dado* esta oportunidad. Seríamos tontos si no la usáramos, y no solo para nosotros. Se lo debemos a Peter.

Dos a dos.

Todos se volvieron hacia Godric. Él se encontró con sus miradas antes de suspirar y emitir su voto.

—Por mucho que quiera revelar esa carta —dijo con un suspiro—, no puedo atreverme a arruinar la reputación y la felicidad de tu esposa, y la de su familia. Pero tampoco puedo permitir que esta carta divida todavía más a Inglaterra y Escocia. Voto por quemar la carta.

Ashton respiró aliviado. Sus manos, las cuales habían estado cerradas en puños, comenzaron a relajarse lentamente.

Durante un largo momento nadie dijo nada. Ashton se volvió hacia la chimenea y cogió la carta. Por un último momento, sostuvo la prueba de los crímenes de Hugo en la palma de su mano. Si tan solo Hugo supiera lo cerca que había estado de la ruina.

Miró una vez más a sus amigos más cercanos. Cuando nadie dijo nada, arrojó la carta al fuego. Las llamas arañaron los bordes de la carta. El sello de cera se derritió y se derramó como gotas de sangre. Ashton y los demás esperaron hasta que la carta se convirtió en ceniza.

Cedric frunció el ceño y los labios de Charles se torcieron en un medio gruñido silencioso. Pero la votación estaba hecha, y no habría vuelta atrás.

—Está hecho —dijo Ashton.

—Pero la batalla está lejos de haber terminado —Charles se unió a él junto al fuego y utilizó el atizador para avivar las llamas.

El fuego se disparó con furia alrededor de las cenizas. El resto de la Liga los flanqueó a él y a Charles, observando cómo ardía la carta.

—Hugo —se dijo Ashton—, vamos a por ti.

⚜

HUGO WAVERLY ESTABA SENTADO EN SU ESTUDIO, CON LA cabeza entre las manos mientras se aferraba a una botella de brandy. Llevaba casi dos días bebiendo, desde que se había enterado de la boda de Lennox con Rosalind Melbourne.

En cualquier momento, esperaba que su vida, tal como la conocía, se acabara. Su pasado saldría a la luz, su carrera se arruinaría y sería un hombre señalado.

Se frotó los ojos y se llevó la botella a los labios justo cuando oyó un golpe en la puerta.

—¿Qué pasa? —esperaba oír a su mayordomo, pero se encontró con Daniel Sheffield con un papel en las manos.

—Una carta urgente de su hombre al servicio de Lonsdale —se acercó sin preámbulos y depositó la carta delante de Hugo.

Éste gruñó y empezó a levantar la botella, sin interés en escuchar lo que ya sabía, pero Sheffield le detuvo.

—Léela —dio un golpecito a la carta, y fue entonces cuando Hugo notó que la habían abierto. Sheffield la había leído.

Con el ceño fruncido, Hugo le arrebató la carta y la leyó. Tom Linley afirmaba que los Pícaros habían celebrado una reunión privada en la Casa Lennox y habían quemado una sola carta después de haber hecho una votación; tres votos a favor y dos en contra, pidiendo que la carta fuera destruida por el bien de las relaciones de Inglaterra con Escocia y por liberar a la familia de Rosalind de la sombra de su pasado lleno de traición.

Su mente tardó un momento en asimilar la verdad.

No iba a ser expuesto. Estaba a salvo.

No se hizo ilusiones sobre los motivos. Ellos lo habían hecho por razones sentimentales, nada más. Y eso sería la perdición para ellos. Cogió la carta de Linley y se volvió para arrojarla al fuego detrás de su escritorio.

—Estamos muy cerca, Peter. Muy cerca —dijo distraídamente mientras se dejaba transportar al pasado, a una época mucho más oscura en la que había perdido a su amigo para siempre, y una época más atrás, en la que había perdido todavía más.

—Encontraré justicia —grabó la promesa en su corazón y vio cómo el pergamino se convertía en ceniza—. Tanto para ti... como para mi padre.

¡MUCHAS GRACIAS POR LEER *RIVALES INFAMES*! Asegúrate de pasar la página para leer el primer capítulo de *Su Perverso Deseo*, dos novelas cortas que te prepararán para las historias completas de Jonathan y Audrey, así como de Gillian y James, más de tus personajes favoritos de la Liga de los Pícaros.

SU PERVERSO DESEO
CAPÍTULO UNO

Gillian Beaumont sabía que el día iba a estar lleno de problemas. Mientras trabajaba para domar los rizos del cabello de su ama, comenzó a preocuparse por el brillo malicioso en los ojos de Audrey Sheridan. Gillian estaba acostumbrada a ese brillo travieso, pero hoy parecía especialmente intenso; y la forma en que sus labios se curvaban en los extremos en una pequeña sonrisa aumentaba aún más la preocupación de Gillian. La última vez que la había visto así, Audrey había estado persiguiendo a un pícaro alrededor de un sofá, exigiendo que la besara.

—Listo, mi señora —Gillian terminó de colocar la última horquilla en el pelo de su ama.

Los ojos marrones de Audrey centellearon al encontrarse con la mirada de Gillian en el espejo.

—Perfecto. Hoy tengo que lucir impecable. La Liga vendrá para el té dentro de una hora y... —un delicado rubor floreció en sus mejillas.

—¿Y el señor St. Laurent estará allí?

—Eh... supongo que sí —respondió Audrey vagamente.

Gillian era demasiado consciente de lo que su señora sentía por ese caballero en particular. Era un hombre apuesto, de ojos verdes y pelo rubio besado por el sol. Gillian suponía que era atractivo, pero nunca la hacía sentir de la forma en que había oído que las mujeres debían sentirse con un hombre que les gustara.

Gillian se miró la cara en el espejo mientras ordenaba el tocador. Tal vez ella era diferente a las demás damas. Colocó los cepillos con mango de marfil junto a un juego de exquisitos peines de carey. A diferencia del cabello castaño oscuro de Audrey, el de Gillian era de un marrón poco llamativo y sus ojos de un suave gris jaspeado. Nunca había destacado como una belleza, pero tampoco era poco atractiva. Era, en definitiva, la clase perfecta de mujer sencilla que funcionaba mejor como dama de compañía o acompañante.

Como bastarda de un conde, a Gillian le habían enseñado a no esperar mucho de sus circunstancias, aunque su padre les había proporcionado lo suficiente a ella y a su madre. Habían llevado una vida cómoda, aunque modesta, en una pequeña casa adosada cerca de Mayfair. A sus quince años, su padre murió y ella se vio obligada a trabajar para mantener a su madre enferma. No tenía ninguna experiencia real como acompañante, pero se había enterado por una amiga de su madre que el vizconde Sheridan buscaba una dama de compañía para su hermana menor, alguien cercana a su edad.

No era habitual tener una dama de compañía tan joven, pero Audrey había insistido en que su doncella se aproximara a su edad. Y así fue como Gillian, de casi dieciséis años en ese entonces, se había convertido en la criada de Audrey y en su sombra leal y protectora. Un año después, la madre de Gillian había fallecido.

Ahora mamá ya no está, y yo estoy sola.

Gillian frunció el ceño. Eso no era cierto. En muchos sentidos, ser la dama de compañía de Audrey era algo así como ser la amiga de Audrey. Compartían secretos y vivían muchas aventuras, y Gillian se sentía cómoda. Había una familiaridad entre ellas que ciertamente no era normal para una criada y una dama.

Audrey tenía un gran corazón y un espíritu que no podía ser enjaulado.

—Gillian, ¿podrías hacer algunos recados por mí hoy? Creo que tenemos que publicar algunos artículos en *La Gaceta del Monóculo de Cristal* que tendrán que salir en las próximas semanas. ¿Te importaría ocuparte de eso por mí? —Audrey estaba tirando de la cintura de su vestido de muselina y batista azul, el cual se ajustaba perfectamente a su cintura. El vestido tenía diseños ornamentados en el corpiño. El estilo del vestido y su cintura alta hacían que el diminuto cuerpo de Audrey pareciera más largo. La falda completa estaba adornada con una gasa de color lavanda que le daba un aspecto ligero y casi plumífero en el dobladillo.

Audrey tenía un gusto exquisito, algo que había insistido en que su criada cultivara también. Gillian llevaba un vestido de muselina de color lavanda con más estilo que el que solía llevar una doncella. Se acercaba al estilo de los vestidos que había utilizado cuando su padre estaba vivo.

—¿Y bien? ¿Te importaría mucho? —la voz de Audrey sacó a Gillian de sus pensamientos.

—Por supuesto, mis disculpas, mi señora. Estaba soñando despierta. Sí, déjeme los artículos y me encargaré de entregarlos a quien corresponda.

—Excelente —Audrey se dirigió a su escritorio y sacó tres artículos cuidadosamente empaquetados y se los entregó a Gillian.

—¿Necesita algo más, mi señora?

—De momento no. Ah, y recuerda que esta noche iremos a ese club infernal.

Gillian se congeló a mitad de camino, con la columna vertebral rígida. El club infernal, ¿cómo lo había olvidado?

—Mi señora, no creo que debamos...

Audrey dio un golpecito con su delicado pie y cruzó los brazos sobre el pecho.

—Gillian, sabes que ese horrible Gerald Langley pertenece a

ese club. ¿Cómo se llamaba? —Audrey ladeó la cabeza, levantando la mirada mientras parecía hurgar en su memoria—. Pecadores y Sádicos, no... ¡Espera! —levantó un dedo en el aire—. Los Pecadores Impíos del Infierno.

Gillian se estremeció.

—¿Debemos ir esta noche? Los hombres podrían ser peligrosos —no era que sus vidas estuvieran libres de cotilleos y problemas, ya que el hermano mayor de Audrey, Cedric, era miembro de la infame Liga de Pícaros. En más de una ocasión, Cedric y sus amigos se habían visto envueltos en situaciones mortales, y provocaban escándalos al menos cada dos semanas. Lo último que Audrey necesitaba era huir y buscar más problemas, al menos esa era la opinión de Gillian.

—Tonterías. No debería pasarnos nada. Permiten que las damas asistan a sus festividades impías, y si llevamos a Charles y a su ayuda de cámara como escoltas, estaremos bastante seguras.

—¿Lord Lonsdale? No es exactamente un hombre de buena reputación. Sé que recuerdas a los cisnes. Todo el mundo se escandalizó.

Audrey soltó una risita.

—Por supuesto que sí. Yo estuve allí. Charles no es tan malo. Me costó muchísimo intentar besarlo, ¿recuerdas? Es más caballeroso de lo que parece.

Con un pequeño bufido que no estaba exactamente conforme con la situación, Gillian se dirigió a la puerta, pero Audrey la detuvo.

—¡Los vestidos! Lo había olvidado por completo. Debes ir a casa de Madame Ella a por los vestidos. Pruébatelos para comprobar que se ajustan bien.

Gillian suspiró y asintió. No era la primera vez que le pedía que se probara uno de sus vestidos. Eran casi idénticas en cuanto a estatura; las dos eran bajitas y rellenitas. Sospechaba que su ama estaba intentando provocarle un poco de placer, pero Gillian temía anhelar cosas que nunca podría tener.

Desde el momento en que había crecido lo suficiente como

para comprender su lugar como hija ilegítima de un miembro de la nobleza, había dejado de admirar los vestidos más bonitos y había renunciado a sus sueños de encontrar un buen caballero para contraer matrimonio. La aceptación de su destino como sirvienta doméstica había sido agotadora, y aunque adoraba trabajar para Audrey, incluso cuando estaban metidas en problemas, eso no le impedía desear una vida tranquila en una casita de campo en algún lugar.

—Gracias —Audrey la empujó suavemente hacia el vestíbulo y Gillian bajó las escaleras para buscar su capota y su monedero. Para cuando terminara sus recados, la Liga de Pícaros y sus esposas habrían llegado para beber el té, y Audrey tendría pocas posibilidades de meterse en problemas.

Gillian le sonrió a Sean Hartley, el joven y apuesto lacayo irlandés, mientras le entregaba un pequeño monedero.

—¿Y qué recados te ha encargado hoy nuestra señora? —preguntó Sean, su acento irlandés y su buen aspecto eran una tentación para todas las criadas de la residencia Sheridan.

—Tengo que recoger unos vestidos, y algunos artículos deben ser publicados. ¿Podrías conseguirme un carruaje?

Sean esbozó una amplia sonrisa.

—Más vestidos. Uno pensaría que tiene suficientes —bromeó y le guiñó un ojo a Gillian.

Gillian le devolvió la sonrisa.

—Sí, cualquiera pensaría eso —le agradaba Sean. Era como un hermano mayor, juguetón y amable.

La dejó sola en el vestíbulo mientras él llamaba a un carruaje. Presionó su bolso y los artículos de la *Gaceta* contra su pecho, asegurándose de no dejar caer ninguno de los dos por accidente. No había ojos cerca, lo cual era bueno porque Sean sabía la verdad de la doble vida de Audrey. Se podía confiar en él, pero ni Audrey ni Gillian querían arriesgarse a que nadie más lo supiera.

Era el secreto mejor guardado de su ama. La infame y a veces excesivamente crítica pluma de Lady Society, la anónima columnista social de *La Gaceta del Monóculo de Cristal*, no era otra que

Audrey Sheridan. La ama de Gillian llevaba años escribiendo artículos en los que desafiaba a los caballeros a enamorarse y exponía públicamente a los miembros de la sociedad que intentaban perjudicar a los demás, pero su pasatiempo favorito era hacer de casamentera para los pícaros que ella apreciaba.

Su última victoria había sido exponer el libro de apuestas de White's, donde un hombre llamado Gerald Langley había ofrecido cinco mil libras por arruinar públicamente a una mujer. Pero Audrey aún no había terminado con él; tenía toda la intención de hacer pública la participación de Langley en el club infernal.

Y debo seguirle la corriente, o de lo contrario ella se metería en verdaderos problemas. Gillian sacudió la cabeza, tentada a reírse. ¿Ella siempre tenía que ser la voz de la razón? Era agotador mantener y mantener a su ama alejada de los problemas. Lo que Audrey realmente necesitaba era un hombre que la persiguiera y la mantuviera fuera de peligro mientras ella vivía su vida de aventuras. Un hombre como Jonathan St. Laurent. Una vez que Audrey se casara, Gillian conseguiría un aliado en el marido de su ama, y por fin podría relajarse.

Sean regresó y le abrió la puerta principal de la casa.

—No te preocupes, la vigilaré —prometió Sean.

—Gracias —Gillian lo dijo en serio. Le preocupaba, como a todos los sirvientes, que Audrey se metiera en un lío del que no pudiera salir si no la cuidaban. Gillian subió al carruaje, se acomodó y cerró los ojos brevemente. Le esperaba una larga noche si debían infiltrarse en el club infernal después de la medianoche.

Cuando llegó a la tienda de la modista Madame Ella, ya había descansado y entregado con éxito los artículos de Lady Society a su editor. Se sentía renovada y preparada para lidiar con las pruebas del vestido de Audrey. Conociendo a su ama, podía tardar un rato si los vestidos eran elaborados, y siempre lo eran.

Hizo que el chófer la esperara mientras ella entraba en la tienda. Una mujer madura con el pelo gris plateado estaba arrodillada junto a una joven que llevaba un vestido de seda rosa. La joven parecía tener la edad de Audrey y Gillian, diecinueve años. Tenía el pelo castaño claro, peinado de forma profesional, y le sonrió agradablemente a Gillian, asumiendo, por su ropa, que probablemente era una joven de un círculo social similar.

Madame Ella levantó la mirada y sonrió.

—¡Señorita Beaumont! Qué gusto. Tengo los vestidos, pero tendrás que probarte los dos para estar segura —la modista sabía que Gillian se probaba los vestidos cuando Audrey no podía asistir.

—Por supuesto —Gillian cruzó la tienda, dejó sus cosas en una pequeña zona con cortinas y luego cogió los dos vestidos de Madame Ella. Se quitó rápidamente su propio vestido de paseo y se probó primero el vestido de noche, de confección sencilla. Tenía botones en la parte delantera, y lo examinó fácilmente en el estrecho espejo del pequeño probador. Sin embargo, el vestido de noche de Audrey requería ayuda para atarse los lazos en la espalda.

—¿Madame Ella? Necesito ayuda con los lazos.

La cortina se movió y ella se giró a medias, miró por encima de su hombro y se quedó boquiabierta. Un hombre apuesto, de pelo oscuro y suaves ojos marrones, la miraba fijamente, con los labios entreabiertos. Llevaba un par de guantes leonados en las manos, pero no se movió. Su espalda, parcialmente desatada, estaba expuesta a su mirada. Sus ojos recorrieron la longitud desnuda de su columna vertebral, y ella casi pudo sentir su mirada, como dedos invisibles bailando sobre su piel.

Sintió vértigo al saber que él la estaba viendo así, expuesta y vulnerable de una forma muy sensual. Sus labios se curvaron, mostrando apenas un atisbo de lo que debía estar pensando mientras la recorría de nuevo de pies a cabeza. Mirando sus ojos marrones, Gillian sintió que caía en un abismo de pensamientos oscuros y eróticos. Una pequeña voz en el fondo de su mente le advirtió que estaba en un territorio peligroso. Si hubiera sido una dama como Audrey, podría haberse visto comprometida por esto.

—Mis disculpas —el hombre se recuperó y desvió la mirada.

Sus mejillas se tiñeron de rojo. La cara de Gillian también se sonrojó. Sin embargo, ella seguía sin encontrar su voz. Cuando miró fijamente al alto desconocido de pelo oscuro, simplemente dejó de *pensar*. Su corazón se agitó salvajemente, y su corsé se sintió repentinamente demasiado apretado.

—¿James? —gritó una voz femenina—. ¿Dónde estás? Me gustaría ver si los guantes hacen juego con este vestido.

James, su apuesto desconocido, le dedicó una media sonrisa y luego bajó lentamente la mano que sostenía la cortina. Justo antes de que su rostro desapareciera de la vista, sus ojos se fijaron en los de ella, y con una sonrisa arrogante le susurró:

—Nunca te avergüences de mostrar una piel tan bonita.

La cortina volvió a su sitio y Gillian pudo volver a respirar. Presionó los brazos contra sus pechos, sintiéndolos encendidos. Intentó calmarse. ¿Quién era él? ¿Por qué no había bajado la cortina de inmediato? Seguramente él sabía que su comportamiento había sido muy escandaloso.

—¿Señorita Beaumont? ¿Está lista para que la ayude con los lazos del vestido? —llamó Madame Ella desde el otro lado de la cortina.

—Sí, por favor, adelante —contestó ella, con su voz sin aliento. La modista entró y se ocupó rápidamente de los lazos.

—Bueno, ¿cómo te queda? —Gillian se apresuró a estudiar el vestido y asintió con la cabeza en dirección a la modista.

—Esto servirá. Gracias, Madame Ella —intentó desesperadamente ordenar sus pensamientos. ¿Lo volvería a ver en la tienda? Si había estado ayudando a una mujer a comprar guantes, lo más probable era que ya se hubiera ido, ya que Gillian se había tomado su tiempo para terminar de probarse el vestido de Audrey. Esperaba que se hubiera ido para no tener que verlo, pero tampoco quería que se fuera. Tenía sentimientos encontrados. Volvió a ponerse su vestido color lavanda y salió del probador. Su zapatilla de casa se enganchó en la alfombra y tropezó.

—¡Oh! —jadeó Gillian, preparándose para una caída, pero terminó cayendo justo en un duro pecho masculino. Unas manos suaves envolvieron su cintura, sujetándola. El hombre la sujetó con más firmeza y la levantó ligeramente hacia sus brazos, de modo que ella se presionó completamente contra él. El tentador aroma a sándalo invadió su nariz, y levantó la cabeza para mirar al hombre.

Él.

El apuesto y misterioso hombre llamado James. Sus ojos marrones eran cálidos y brillantes. El estómago de Gillian dio un vuelco.

—Me disculpo otra vez —James se rio y dudó un momento antes de soltar su cintura.

—¿James? ¿Qué estás haciendo? —era la bonita morena que Gillian había visto al entrar en la tienda.

—Letty —James la saludó cálidamente y se apartó de Gillian, pero solo lo suficiente para permitir que la otra mujer se acercara a los dos.

—Hola —Letty le sonrió a Gillian—. ¿No me digas que mi hermano mayor te estaba molestando? Juró portarse bien hoy. No es que yo le haya creído, por supuesto. Es un poco pícaro, ¿eh? Los problemas lo persiguen —los ojos de Letty eran del mismo marrón encantador que los de su hermano. Gillian odiaba admitir que se sentía aliviada de que fueran hermanos y no...

No debería importar, pero importa.

—No, él está bien. Quiero decir, se estaba comportando... —una nueva ola de calor y vergüenza la recorrió. Normalmente, Gillian no hablaba con las damas, no así.

—Parece que estoy interrumpiendo el día de la señorita... —James miró expectante a Gillian, esperando claramente que le dijera su nombre. Este tipo de presentación no era apropiado, pero, a estas alturas, *nada* entre ellos había sido apropiado.

—Beaumont. Gillian Beaumont —el difunto Conde de Morrey había sido Richard Beaumont, pero aunque ella llevaba el apellido de su padre, nadie haría la conexión ni adivinaría que había nacido de manera ilegítima. Había muchos Beaumont en Londres que no tenían relación con el título de Morrey.

—Es un placer conocerla, señorita Beaumont. Soy Leticia Fordyce, y este es mi hermano James, Lord Pembroke.

Los pulmones de Gillian se quedaron sin aire. *El Conde de Pembroke*. Había oído los susurros de las amigas de Audrey mientras bebían el té, hablando de ese hombre de sonrisa perversa y suaves ojos marrones. Era una mezcla de fantasía pícara con un perfecto caballero. Un enigma que las damas de la *alta* no podían descifrar. Y, sin embargo, nadie había ganado su corazón. Era justo el tipo de hombre con el que ella habría deseado bailar en un baile, un hombre con el que podría haber tenido una oportunidad si su madre hubiera estado casada con el conde de Morrey en lugar de ser su amante. Pero esa vida nunca sería suya, y tenía que dejar de pensar en lo que podría haber sido.

Gillian se esforzó por pensar.

—Es un placer conocerlos a ambos —logró decir finalmente.

¿Qué haría Audrey Sheridan? Gillian sabía exactamente lo que Audrey haría, y no era lo que ella haría.

—¿Así que mi hermano está interrumpiendo tu día? —Letty esbozó una gran sonrisa, una sonrisa pícara curvando su boca de arco de Cupido mientras los miraba.

James miró sus propias botas antes de mirar a Gillian con una sonrisa tímida que la forzó a concentrarse en sus labios. Aquel hombre tenía unos labios irresistibles. Ella se sobresaltó. Rara vez se permitía pensar en hombres de esa manera. Su vida siempre se había centrado en el trabajo y en mantenerse ocupada. Sobrevivir en Londres significaba dejar de pensar en el matrimonio. Ningún hombre aceptaría como esposa a una mujer ilegítima sin dinero, al menos nadie por encima de la posición de Gillian.

—Creo que Lord Pembroke la buscaba a usted y yo me tropecé con él —respondió Gillian, intentando ocultar sus nervios. No estaba acostumbrada a hablar directamente con miembros de la nobleza.

—Ah —Letty soltó una risita.— Hemos terminado con

Madame Ella. ¿Tú también? He pensado que podríamos ir a Gunter's a por unos helados. ¿Te gustaría acompañarnos?

La expresión de Letty estaba tan llena de esperanza que el corazón de Gillian se retorció de culpa. Tenía que negarse. No podía ir a Gunter's, no con el conde y su hermana. Era imposible. La habían confundido con una dama de origen noble como Audrey.

Se esforzó por encontrar una excusa.

—Lo lamento, pero debo ir a una librería y recoger algunas novelas.

—Oh... —la expresión de Letty cambió, pero los ojos marrones de James brillaron mientras miraba fijamente a Gillian.

—Nosotros también necesitamos novelas, ¿verdad, Letty? Te acompañaremos, y una vez que hayamos satisfecho nuestra sed literaria, podremos saciar nuestra sed física en Gunter's con té y helados —el conde declaró su plan con tal determinación que Gillian no veía cómo podía rechazarlo.

—Supongo que eso estaría bien... —vivir una pequeña mentira durante unas horas no hacía daño, ¿verdad?

—¡Maravilloso! ¿Ha traído un carruaje, señorita Beaumont? Tenemos uno y estaríamos encantados de llevarla a casa después de Gunter's, si quiere ahorrarle tiempo a su chófer —ofreció Letty.

—Oh no, está bien. Le diré que me lleve a Gunter's y espere allí —dijo Gillian. Si la dejaban en la casa Sheridan, en la calle Curzon, él no tardaría en averiguar su verdadera identidad. Si descubrían su engaño, no podría enfrentarse a ellos. Si podía fingir durante un tiempo, todo estaría bien.

No debería hacer esto... pero Audrey no me necesita esta tarde, y será agradable fingir durante unas horas. Si las circunstancias fueran diferentes, esta podría haber sido mi vida. Era bastante egoísta decir que sí a esta locura, lo sabía, pero le fascinaba James y le gustaba su hermana. Seguramente una visita a una librería y a Gunter's no la perjudicaría. Seguramente...

9 781956 227260